Das Vermächtnis der Agnes Bernauer

Das Vermächtnis der Agnes Bernauer

Historischer Roman

Silke Elzner

Bibliographische Information der Deutschen Nationalbibliothek:

Die Deutsche Nationalbibliothek verzeichnet diese Publikation in der Deutschen Nationalbibliografie; detaillierte bibliografische Daten sind im Internet über http://dnb.dnb.de abrufbar.

3. Auflage

Cover: V. Elzner unter Verwendung einer Illustration von Eleatell/Pixabay https://pixabay.com/de/illustrations/blumen-bl%C3%A4tter-hintergrund-arabeske-7477704/

Silke Elzner
c/o COCENTER
Koppoldstr. 1
86551 Aichach
www.silkeelzner.de

Für Lily

Under der linden an der heide,
da unser zweier bette was,
da mugt ir vinden
Schone beide
Gebrochen bluomen unde gras.
Vor dem walde in einem tal,
tandaradei,
schonen sanc diu nahtegal.

— WALTHER VON DER VOGELWEIDE

PROLOG

STRAUBING, OKTOBER 1435

ZITTERND STAND Agnes auf der Brüstung der äußeren Donaubrücke. Hände und Füße waren mit Lederschnüren gefesselt, eine Binde nahm ihr die Sicht. Die Haut an Hals und Armen war verschmutzt, die langen goldenen Haare strähnig, das Gesicht bleich. Ein eisiger Wind zerrte an ihrem dünnen Leinenhemd und ließ es wie ein Segel flattern.

Es war Absicht, dass man sie so unschicklich bekleidet aufgestellt hatte. Niemand sollte auf den Gedanken kommen, eine Herzogin erwarte hier ihre Hinrichtung.

Wenigstens, so dachte sie bei sich, *hat es aufgehört zu regnen.*

»Stoßt das Weib, stoßt es! Lasst die Hure schwimmen!«, verlangten Dutzende Stimmen am Ufer im Chor. Es waren die Bürger der Stadt, die Bauern vom Feld, das

Gesinde aus dem Schloss. Sie alle waren gekommen, um sie ein letztes Mal zu sehen. Gewiss waren die Schöffen ebenfalls hier mit ihr auf der Brücke. Sie kannte viele beim Namen, hatte oft mit ihnen an derselben Tafel gespeist. Erbhofmarschall Degenberg. Geheimschreiber Aichstetter ...

Sie stellte sich vor, wie diese Männer sich hinter ihr aufgereiht hatten, die Arme vor der Brust gekreuzt, um den Oktoberwind aus den Mänteln zu halten, die Mienen grimmig. Gewiss konnten sie es kaum erwarten, für einen Würzwein in die geheizte Halle zurückzukehren. Und zweifellos, so schloss sie, war auch der Mann anwesend, der über sie gerichtet hatte. Ihr Schwiegervater, Herzog Ernst von Bayern-München.

»Agnes«, sprach der Pfarrer sie an. »Es ist entschieden. Du wirst nun der Donau überantwortet. Dein Hab und Gut fällt an das Herzogtum.« Lauter fügte er hinzu: »Das ist Gottes Wille, und das ist unsere Rechtsprechung. Nimmst du, Agnes, diese Strafe für deine Vergehen an?«

»Ja«, flüsterte sie.

Der Scharfrichter verdrehte ihr schmerzhaft die Hände. »Lauter!«

»Ja!«, schrie sie aus voller Lunge. »Ja, beim Herrgott! Ich nehme sie an!«

Der Pfarrer wandte sich an die Gemeinde. »Liebe Leute von Straubing, die ihr euch hier versammelt habt. Lasst euch dies eine Warnung sein. Handelt gottgefällig und fromm, und maßt euch niemals an, etwas anzustreben, das euch nicht zusteht. Und nun, lasset uns beten.«

Lustlos leierte er die lateinischen Worte herunter

und schloss mit »... in nomine patris, et filii, et spiritus sancti«.

Vom Ufer ertönte folgsam ein *Amen*.

»Amen«, flüsterte auch Agnes. Das Gebet hatte ihr nur wenig Trost geschenkt.

Kiesel knirschten. Das Geräusch wurde leiser. Der Pfarrer war gegangen.

»Vergibst du mir?«, fragte der Scharfrichter.

»Ja-ja, ich v-vergebe dir.« Sie war so durchgefroren, dass die Worte stoßweise kamen.

»Gott sei deiner Seele gnädig.«

Ihre Gedanken wanderten zu Albrecht. Sie ahnte, er würde untröstlich sein, wenn er hiervon erfuhr. Und das war es, was ihr am meisten zu schaffen machte. Nicht, dass ihr Leben in wenigen Augenblicken vorbei sein würde. Nicht, dass sie einen unwürdigen Verrätertod in der Donau haben würde. Nicht, dass sie sterben würde, ohne die Gelegenheit gehabt zu haben, selbst Leben zu geben. Nein, was sie vor allem aufwühlte, war die Sorge, dass Albrecht ohne sie verloren wäre.

Der Scharfrichter ließ sich Zeit. Trügerische Hoffnung machte sich in ihr breit. Vielleicht war ihr das Glück doch hold? Sie stellte sich vor, wie man gerade hinter ihrem Rücken stumme Botschaften austauschte, ob das Urteil wirklich vollstreckt werden sollte. Ein Schauspiel, ein grausamer Streich, ersonnen, um sie in ein Kloster zu treiben und Albrecht freizugeben. Niemand konnte ernsthaft die Absicht verfolgen, sie ihrer Liebe wegen zu töten. Selbst ihrem gestrengen Schwiegervater war es kaum zuzutrauen.

Der Stoß traf ihren Rücken jäh. Sie schrie auf und fiel

nach vorn. Die gnadenlose Eisenfaust der Donau schlug ihr mitten ins Gesicht. Sprudelnd und eiskalt zerrte das Wasser an ihren Haaren, an ihrem Gewand. Sie wollte schreien, doch sie schluckte nur fischiges Nass.

Sie strampelte wie wild, eine der Fesseln an den Füßen löste sich. Ihr entwich ein überraschtes Lachen. Der Scharfrichter hatte gepfuscht! Ihr Scheitel durchstieß die Oberfläche. Blind schrie sie: »Helft! Helft! Helft!«

Noch ein Tritt nach vorn, und ein weiterer. Sie ignorierte die Kälte, vergaß den Schmerz. Sie war nicht bereit zu sterben. Nicht hier, nicht heute. Sie musste leben, für Albrecht! Die Erkenntnis traf sie mit schmerzhafter Heftigkeit.

Kiesel aus dem Flussbett wirbelten vor ihr auf und spülten in ihren Mund. Algen umschmeichelten ihre Stirn, streichelten über ihre Knie. Beinah hatte sie es geschafft. Das Ufer war gleich erreicht.

Sie holte Luft, ein letztes Mal.

KAPITEL 1

AUGSBURG, FEBRUAR 1428

Mit einem Ruck schloss Albrecht das Visier seines Helms. Angst verspürte er keine. In seinem Leben hatte er schon ganz andere Kämpfe gefochten und schwerere Schlachten geschlagen, meist hämisch beäugt von der Münchener Bürgerschaft. Die Möglichkeit, in wenigen Augenblicken als Verlierer aus dieser Begegnung zu gehen, löste in ihm keine Furcht aus.

Durch die Sehschlitze betrachtete er seinen Gegner am anderen Ende der Bahn, seinen Vetter Heinrich den Reichen, Herzog von Landshut. Albrechts Ansicht nach ein alter Mann, aber dennoch nicht zu unterschätzen. Was die Alten an Wendigkeit und Kraft vermissen ließen, machten sie nur allzu häufig durch List und Erfahrung wieder wett.

Ein letztes Mal überprüfte er das Material und seinen Sitz. Die Vorwand des Hohenzeugsattels reichte ihm bis zur Brust, abwärts ging es bis zu den Füßen. Eine Spange um die Leibesmitte hielt ihn sicher im Sattel. Ein Turnierhelfer brachte ihm die Lanze. Sie war schwer und stumpf. Um nicht vorzeitig zu ermüden, stellte Albrecht das untere Ende auf dem Eisenschuh ab. Er würde sie erst heben, wenn das Signal kam. Bis dahin verharrte er unbeweglich, ebenso wie sein Schlachtross, ein edler Rappe, dessen Fell an diesem Tag glänzte wie eine polierte Münze.

Der Turniermeister ließ sich Zeit, obwohl es ein klirrend kalter Tag war und die Sonne sich nicht hinter der dicken Wolkendecke hervortraute. Die Menge auf dem Fronhof begann, sich über die Oberarme zu reiben und in die Fäuste zu hauchen. Hier und dort nippte man an dampfenden Bechern. Ein Mann mit Bauchladen schritt durch die Reihen und verkaufte lautstark Pasteten.

Albrecht hatte ebenfalls keine Eile. Er fror nicht, vielmehr war es ihm unter dem gepolsterten Helm so warm, dass ihm der Schweiß auf der Stirn stand. Hinzu kam die Aufregung vor dem Stechen. Er liebte den kostbaren und allzu flüchtigen Moment, wenn alle Augen auf ihn gerichtet waren und das Blut bis in die letzten Winkel seines Körpers heiß pulsierte. In diesen Augenblicken fühlte er sich am lebendigsten. Hier war er nur er selbst, ein strahlender Prinz in glänzender Rüstung, von schönen Frauen verehrt, von starken Männern geachtet.

Schließlich war alles bereit. Der Trompeter befeuchtete die Lippen und legte sein Instrument an. Der Blick glitt zum Turniermeister, der das Signal geben musste. Stille senkte sich über den Platz. Der erste Fanfarenstoß schnitt durch die eisklare Luft. Das Pferd fing an, erwartungsfroh auf der Stelle zu tänzeln. Albrecht legte den Schildbuckel nah an den gepanzerten Körper. Mit klopfendem Herzen hob er die Lanze an und lauschte auf das nächste Signal.

Der Turniermeister reckte den linken Arm hoch in die Luft, in der Faust ein rotes Tuch. Mit Schwung riss er ihn hinunter. Der Trompeter hob an. Der zweite Stoß!

Sofort trieb Albrecht die Sporen in die Flanken. Der Wallach legte die Ohren an und stürmte nach vorn.

Gegenüber wurde ebenfalls scharf angeritten. Heinrich brachte seine Waffe in Position und zielte auf Albrechts Hals, der gewagteste aller Turnierstöße.

Rasch ersann dieser einen passenden Konter. Es war nicht nötig, den Gegner vom Pferd zu heben. Es reichte, wenn die Lanze durch die Wucht zerbrach. Daher würde er einen Stoß *Zu den vier Nägel*n versuchen. Das Ziel, der eisenbeschlagene Schild des Gegners, war groß und früher zu erreichen als der Körper.

Er machte eine winzige Bewegung mit dem Handgelenk, gleichzeitig justierte er den eigenen Schild, um Heinrichs Lanzenspitze bei Kontakt abzuleiten. Die Krönleinspitze seiner Lanze fest im Blick beschleunigte er das Tempo und jagte sein Pferd in die Karriere. Das Tier blähte die Nüstern auf und legte einen Zahn zu.

Nein, er hatte keine Angst.

Mit einem lautstarken Donnerschlag prallten die beiden Kontrahenten aufeinander. Die Spitze der gegnerischen Lanze zerbarst in tausend Teile, Holzsplitter spritzten zu allen Seiten. Der Schmerz folgte unmittelbar. Für einen Moment war es, als explodierte Albrecht die untere Gesichtshälfte. Sein Kopf knickte nach hinten ab, ihm wurde schwarz vor Augen. Im hohen Bogen flog er aus dem Sattel. Die Lanze fiel ihm kraftlos aus der Hand und schepperte davon.

Durch die Menge ging ein Raunen.

Auf dem strohbedeckten Turnierboden kam er wieder zu sich. Jemand hatte ihm das Visier geöffnet. Das Erste, was ihm auffiel, war, dass der Augsburger Himmel plötzlich blau war. Die Sonne hatte einen Weg durch die Wolken gefunden.

Dann schob sich Jans besorgte Miene in sein Blickfeld. »Alles in Ordnung?«

Er wagte ein mattes Lächeln, doch es wollte ihm nicht so recht gelingen. Seine gesamte Kieferpartie war taub. »Lebe ich noch?«

Der Turnierarzt eilte heran. Er befreite Albrecht mit geschickten Handgriffen von seinem Helm. »Ihr seid flach auf dem Rücken aufgekommen, mein Herr. Könnt Ihr Eure Glieder spüren?«

Albrecht wackelte in der starren Rüstung mit den Zehen und stellte mit Erleichterung fest, dass ihm das ohne größere Probleme gelang. Er nickte.

»Dann könnt Ihr der Jungfrau Maria danken, dass nichts Schlimmeres passiert ist. Der Stoß hat Euch so zielgenau getroffen, das hatten wir schon lange nicht mehr hier in Augsburg.«

Der Arzt sagte das so, als hätte sich Albrecht den größten Patzer geleistet. Indigniert schloss er die Augen.

Jan reichte ihm die Hand. »Was liegst du denn immer noch faul am Boden, *bratře*? Komm, ich helf dir auf.«

»Du warst es, der mich zu diesem Turnier überredet hat.«

»Jetzt tu nicht so, als hättest du dich lang bitten lassen! Du liebst das Stechen. Na los, oder willst du den ganzen Vormittag im Staub liegen und dich von den Damen in unrühmlicher Pose begaffen lassen?«

Stöhnend ergriff Albrecht die Hand seines besten Freundes, damit dieser ihn wieder auf die Beine ziehen konnte. Die schwere Eisenrüstung klapperte und quietschte bei jeder Bewegung.

»Wo ist mein lausiger Vetter? Wo ist Heinrich?«, grunzte er.

»Er hat sich gleich vom Stechplatz verabschiedet.« Mit einem Tuch tupfte Jan ihm den Schmutz von der Nase.

Das sieht diesem Hasenfuß ähnlich, dachte Albrecht verärgert. *Besser schnell aus dem Staub machen.*

Jan klaubte ihm den gefiederten Helm auf und zog sich diskret zurück. Den Kopfschutz unter den gesunden Arm geklemmt, wagte Albrecht einen wackligen Schritt zur Mitte des Kampfplatzes. Der Sturz hatte ihn mächtig durchgeschüttelt. Die Prellung war deutlich zu spüren, vor allem in der linken Schulter und an der Hüfte. Aber er würde es überleben. Nichts war gebrochen, soweit er das einschätzen konnte. Nun hieß es, zu retten, was zu retten war. Niemand mochte einem schlechten Verlierer zujubeln.

Er richtete den Blick auf die Ränge und hob den schmerzenden Arm. Tosender Applaus brauste auf. Bedächtig drehte er sich einmal um die eigene Achse und gab dabei ein huldvolles Lächeln zum Besten. Ein

Gewinnerlächeln. Er zwinkerte den fetten Patriziern genauso zu wie den holden Jungfrauen.

Der Turniermeister entließ den Verlierer mit einem anerkennenden Klatschen. »Was für ein Stoß, meine Damen und Herren! Eine Runde Applaus für unseren Zweitplatzierten, Prinz Albrecht von Bayern-München!«

Dies war die Aufforderung, den Platz freizumachen für die nächste Begegnung. Doch Albrecht ließ sich Zeit. Er legte den Eisenhandschuh an die Brust und deutete eine letzte höfische Verneigung an. Einer zufällig auserwählten jungen Dame im Publikum warf er eine Kusshand zu. Erst danach stolzierte er mit hoch erhobenem Kopf vom Stechplatz.

Natürlich war ihm bewusst, dass er aus der Begegnung als Verlierer hervorgegangen war. Er spürte es in allen Knochen. Doch woran man sich hinterher erinnern würde, war nicht der Sturz aus dem Sattel. Es war der galante Abgang trotz der erlittenen Schmach.

Gewinnen konnte jeder. Einen Verlust mit Leichtigkeit und einem Lächeln wegzustecken, das war es, was einen Mann erst zum Mann machte.

KAPITEL 2

Jan klopfte Albrecht von hinten kräftig auf die Schulter. »Hier kommt Nachschub für den Verlierer des Tages!«

Albrecht fuhr zusammen. »Autsch! Muss es denn immer die linke Seite sein?«

Sein bester Freund rutschte auf die Bank gegenüber und knallte einen irdenen Weinkrug auf den Tisch, dass es nur so schwappte. Im schummrigen Licht der einzigen Kerze auf dem Tisch leuchteten seine Zähne hell auf. »Entschuldige, mein lieber Albrecht! Doch du hast dich heute beim Turnier so geschickt aus der Affäre gezogen, dass ich ständig vergesse, dass du eigentlich wie ein Schwan im Staub gelandet bist.«

»Die Geschichte werde ich mir wohl von dir bis ans Ende meiner Tage anhören dürfen.«

»*Chybami se člověk učí.*«

»Ja, ja, Durch Schaden wird man klug. Lach nur, mein Freund.«

»Du hast recht. Lass uns von angenehmeren Dingen sprechen. Hast du die kleine Schankmaid dort drüben gesehen? Sie wirft dir schon den ganzen Abend heiße Blicke zu.«

Albrecht stützte das Kinn auf und seufzte entrückt. »Die Augsburger Jungfrauen sind zweifellos tausendmal schöner als die in München.«

»Du musst es wissen! Du hast sie dort ja fast alle durch.«

»Schmarrn!«

»He – was denkst du? Soll ich was arrangieren, wenn sie das Essen bringt? Sie ist gewiss aufgeschlossen ...«

Nachdenklich ließ Albrecht den Blick über den Tanzsaal gleiten. Sie befanden sich im Geschlechterhaus, dem gesellschaftlichen Versammlungshaus der Augsburger Patrizier. An jedem Abend der Turnierwoche wurde vom Rat für die adligen Gäste mit Gesang und Tanz aufgespielt. So auch heute. Die Bänke waren beinah bis auf den letzten Platz besetzt, der Raum war erfüllt vom dröhnenden Lachen der Herren, die Tafeln bogen sich unter allerlei Köstlichkeiten.

Er schüttelte den Kopf. »Zu heikel. Am Ende müssen wir noch vor einem gehörnten Gatten Reißaus nehmen.«

»Das wiederum würde deinen fliegenden Abgang beim Turnier in den Schatten stellen. Du solltest es dir überlegen.«

»Jetzt fängst du schon wieder damit an!«

»Ich will dich nur daran erinnern, wie das Leben ausgesehen hat, bevor man dich verlobt hat.«

»Zum Glück ist das vorbei!«

»So ist es! Du bist ein freier Mann, *bratře*. Zeit, sich wieder den wahren Freuden des Lebens zu ergeben.«

Albrecht nippte an seinem Wein. Jan hatte recht. Es gab keinen Grund, sich weiter vor der Frauenwelt zu verschließen. Seine Verlobung war gelöst, und das ganz ohne sein Verschulden. Vielmehr war es seine Braut Elisabeth, Tochter des Grafen von Württemberg, die für diesen unerhörten Skandal gesorgt hatte. Statt sich den Wünschen ihres Vaters zu fügen, war die Prinzessin bei Nacht und Nebel mit ihrem Jugendfreund, dem Grafen von Werdenberg, ausgerissen und hatte sich heimlich vermählt. Ein Glücksfall, wenn man es genau bedachte. Denn obwohl Albrecht mit seinen siebenundzwanzig Jahren im hochheiratsfähigen Alter war, fühlte er sich noch lange nicht bereit, den Bund der Ehe einzugehen.

Er lachte in sich hinein. Die Affäre war zu köstlich! Als die Nachricht der gelösten Verlobung den Hof in München erreicht hatte, war sein Vater, Herzog Ernst, so puterrot angelaufen, dass die Dienerschaft um seine Gesundheit gefürchtet hatte. Und diesmal so ganz ohne Albrechts Zutun, wo er doch sonst immer die Quelle aller Enttäuschungen war!

Jan fing sein kaum sichtbares Schmunzeln ein. »Du denkst an deinen Vater.«

»Er hatte alles so minutiös geplant.«

»Und dabei konnte er dir noch nicht einmal böse sein.«

Albrecht hob abwehrend die Hände. »Ich habe mich ganz still verhalten. Ich habe Elisabeth keinen Anlass gegeben, die Flucht zu ergreifen.«

»Aber ihr hattet euch doch einmal getroffen …?«

»Eine kurze Begegnung, misstrauisch beäugt von ihren Anstandsdamen und meiner Mutter. Alles sehr sittsam.«

»Und dennoch konntest du sie nicht überzeugen.«

Albrecht schlug Jan leicht gegen die Backe, so als wollte er ihn mit einem Fehdehandschuh streifen. »He! Nicht frech werden, *ty šašku*!«

Jan gluckste.

»Die Liebe war einfach stärker«, seufzte Albrecht auf. »Die Prinzessin kannte den Grafen von Kindesbeinen an. Die Vermählung mit einem anderen stand für beide außer Frage. Nicht einmal für die Staatsräson.« Er blinzelte in den dunklen Saal, in dem eifrig das Tanzbein geschwungen wurde. »Es ist beneidenswert.«

»Ach nein! Das sagt der stadtbekannte Schürzenjäger?«

Die Schankmaid eilte mit zwei dampfenden Tellern zu ihrem Tisch und stellte die Mahlzeiten vor ihnen ab. »Bittschön! Eure Sauren Kutteln. Einen Guten, die Herren.«

Sie wollte sich sogleich wieder davonmachen, da packte Jan sie blitzschnell am Handgelenk. »Nicht so schnell, meine Hübsche.«

Sie entzog ihm die Hand, zwinkerte ihm dabei jedoch gleichzeitig aufmunternd zu. »So, so! Ein freches Bürschchen.«

Jan deutete mit dem Kinn auf Albrecht. »Nicht ich habe Interesse, sondern mein Freund.«

Sie stemmte die Fäuste in die breiten Hüften und ließ

einen unerschrockenen Blick über Albrecht gleiten. Jener entschloss sich spontan, mitzuspielen. Er schenkte ihr einen treuherzigen Augenaufschlag.

»Ein gestandener Mann!«, sagte sie anerkennend.

Ihre forsche Art entlockte den Herren ein herzhaftes Lachen. Es war ersichtlich, dass die Tändelei nicht weit kommen würde, doch Albrechts Laune hatte sich bereits entschieden verbessert.

»Vielleicht würde ein Ständchen meine Gunst bei dir erhöhen?«, schlug er vor.

»Ein Gesang?«

»Er ist ein vorzüglicher Sänger«, bestätigte Jan.

»Ha! Wer's glaubt!«

Albrecht schaute sich um. Der Moment war günstig. Die Musiker hatten eine Pause eingelegt, und die Tänzer waren zu den Bänken zurückgekehrt. Er suchte in Jans Blick Bestätigung für sein Vorhaben und wurde fündig.

»Nun denn!« Schwungvoll genehmigte er sich einen letzten Schluck und stieg auf die wacklige Bank. Die Schankmaid trat ehrfürchtig einen Schritt zurück und machte große Augen.

Er räusperte sich und begann, aus vollstem Hals zu schmettern. Als er geendet hatte, brach der Saal in Jubel aus. Albrecht wusste, dass er eine schöne Stimme hatte und gewählt vortragen konnte. Seine Mutter ließ ihn oft vor ihren Damen singen. Gewandt warf er Küsse in die Lüfte und verneigte sich vor dem Applaus.

»Ich glaub's nicht!«, seufzte die Schankmaid und faltete die Hände vor der Brust. »Ein Engel.«

Grinsend stieg er wieder von der Bank.

»Du wirst immer besser«, sagte Jan.

»Danke. Doch nun wollen wir essen. Die Kutteln werden kalt.«

Die Schankmaid vollführte einen hastigen Knicks und verschwand in Richtung Küche. Die anderen Gäste nahmen ihre Gespräche wieder auf, und die beiden Freunde widmeten sich ihrer deftigen Mahlzeit. Die Pansen waren mit Wein leicht gesäuert und schmeckten vorzüglich.

»Vetter, wie erfreulich zu sehen, dass du nicht sofort abgereist bist«, sagte auf einmal eine Stimme.

Albrecht schaute auf. Sein Turniergegner hatte sich neben seinem Tisch aufgebaut, dort, wo ihn soeben noch das Schankmädchen angehimmelt hatte. Vetter Heinrichs reich besticktes Wams wölbte sich über einen mit dem Alter immer größer werdenden Bauch, die Wangen waren vom vielen Wein gerötet.

Jan, dessen Löffel auf halber Strecke zum Mund gewesen war, stöhnte leise auf und legte das Essbesteck zurück in den Teller.

Die beiden Freunde standen auf, um den Herzog zu begrüßen.

»Heinrich, du bist einfach so vom Platz verschwunden und hast mir gar keine Gelegenheit gegeben, dir zum heutigen Erfolg zu gratulieren«, sagte Albrecht. Er deutete auf seinen Begleiter. »Meinen Hofmarschall, den Grafen von Sedlec, kennst du doch gewiss? Ihr müsst euch schon einmal begegnet sein …?«

Heinrich lächelte, was ein wenig so aussah, als bleckte er die Zähne. »Hatte noch nicht das Vergnügen. Sedlec? Ein ungewöhnlicher Name.«

»Aus Böhmen, Eure Hoheit.«

»Und nun in Bayern ansässig?«

»Seit vielen Jahren. Ich bin damals mit nach München gekommen, nachdem der Prinz seine Lehrzeit am Prager Königshof beendet hatte.«

Anstatt darauf zu antworten, musterte der Landshuter Herzog ihn nur stumm und kräuselte die dicke Nase. Dann wandte er sich wieder seinem jüngeren Vetter zu. »Tut mir leid, Albrecht, dass ich dich heute vom Pferd gestoßen habe. Ich hoffe, du bist nicht nachtragend.«

»Es war ein ausgezeichneter Stoß. Ich hatte nichts anderes verdient.«

»Dann reist du gewiss morgen ab?«

»Wir hatten eigentlich vor, bis zum Ende zu bleiben.«

»Wohl keinen Drang, schnell wieder nach München zurückzukehren, he? Kann ich verstehen. Aber lass dir gesagt sein, du wirst dich nicht ewig vor der Verantwortung drücken können. Bayern zählt auf dich.« Heinrich lachte röhrend auf. »Nun ja, wer weiß, vielleicht siehst du mich ja dann am Ende der Woche auf dem Siegertreppchen.«

»Das würde ich dir wünschen.«

»So? Würdest du?«

»Wir sind doch eine Familie, Vetter.«

Der Landshuter betrachtete ihn wortlos, dann bildeten sich rund um seine knopfartigen Augen winzige Lachfältchen. Er ergriff Albrechts Hand und klopfte ihm mit der anderen gegen den geprellten Oberarm. Der scharfe Schmerz schoss ihm bis in die Kniekehlen.

»Natürlich sind wir das. Wir Wittelsbacher müssen zusammenhalten.«

Er warf Jan einen letzten abschätzigen Blick zu und verschwand in der Menge.

»Ein unangenehmer Mensch«, zischte Jan durch zusammengebissene Zähne. Es war der schärfste Ausdruck der Missbilligung, den er sich in der Öffentlichkeit erlaubte.

»Es braucht ein wenig, bis man mit ihm warm wird«, stimmte Albrecht mit einem Schulterzucken zu. Er nahm wieder Platz. »Doch tief im Herzen ist er ein anständiger Kerl.«

»Hast du nicht den Blick gesehen, als ich ihm erzählt habe, dass ich Böhme bin?«

»Den Blick hast du in den letzten Monaten häufiger geerntet. Deine Landsleute machen nicht gerade auf erfreuliche Art von sich reden. Die deutschen Bauern in den Grenzmarken leben in Angst und Schrecken vor ihnen.«

Jan tunkte sein Brot in die Sauce und riss mit den Zähnen einen Fetzen ab. »Ich habe mit diesem Pack nichts zu schaffen. Ich bin ein Graf, ein Edelmann! Was scheren mich die hussitischen Bauern mit ihrem ketzerischen Glauben?«

»Ein weiser Mann würde das zu unterscheiden wissen. Aber ich glaube, da verlangst du zu viel von meinem Vetter. Für ihn sind alle Böhmen gleich.«

»Nicht nur für ihn.«

Betroffen betrachtete Albrecht seinen Freund. Es kam selten vor, dass Jan so gereizt war, dass es ihm die gute Laune verdarb.

»Er ist ein *mezek*«, sagte er versöhnlich.

»Ja, ein Esel ist er fürwahr.«

»Komm, vergiss es einfach. Wir haben noch eine halbe Woche voller Kurzweil vor uns. Also, was unternehmen wir morgen? Wollen wir uns das Lanzenstechen anschauen?«

KAPITEL 3

AGNES RIEB sich fröstelnd über die Oberarme, den Blick zum trüben Himmel gerichtet. Der Qualm von unzähligen Herdfeuern lag glockenschwer über den Augsburger Dächern. Noch dazu waren dicke Wolken aufgezogen, die von Schnee kündeten.

In die Hände hauchend ging sie wieder hinein und verschloss die Tür. In der Ecke des Vorraums stand ein altersschwacher Ofen. Sie durchquerte den Raum und hockte sich hin, um die klammen Finger vor die Öffnung zu halten. Vor nicht allzu langer Zeit hatte die Röhre noch in der Badestube im hinteren Teil des Hauses ihren Dienst versehen. Eigentlich war er zu alt, um den großzügigen Eingangsbereich angemessen zu erwärmen. Doch sie wusste, sie musste sich glücklich schätzen, dass ihr Vater überhaupt daran gedacht hatte, das Ding nicht gleich weiterzuverkaufen. Noch dankbarer musste sie für das Feuerholz sein, dass sie sich für ihren eigenen Bedarf vom Stapel für die Baderstube abzweigen durfte.

Sie stocherte in der Glut herum und legte ein Scheit nach.

Ihr Bruder kam herein und bedachte sie mit einem abschätzigen Blick. Hans war ein grobschlächtiger Kerl mit dicken Fingern, die erstaunlich anmutig wurden, sobald sie sich der Bartpflege seiner Kunden widmeten.

»Was hockst du da so herum, Agnes? Hast du nichts Besseres zu tun? Wie wäre es mit mehr Kundschaft?«

»Es ist so kalt, da dachte ich, ich schließe die Tür und heize einmal kräftig ein.«

»Ach ja? Und wie sollen die Kunden uns dann finden?«

Mit einem neuen Schild am Eingang, dachte Agnes verdrossen. Ein größeres, das in die Gasse ragte, damit man es von der Hauptstraße aus gut erkennen konnte. Doch sie wusste, dass sie gut beraten war, nichts zu sagen. Besser war es, sich mit überflüssigen Arbeiten warm zu halten, statt den Bruder noch mehr zu verärgern.

Seufzend richtete sie sich auf und strich den Rock glatt. Für einen Moment beneidete sie die Bademägde, die in der hinteren Stube die Gäste in den heißen Wannen bewirteten und dabei ordentlich ins Schwitzen kamen. Oder die Knechte, die mit dem Esel tagaus, tagein das Holz heranschafften, um die Öfen für das Warmwasser am Laufen zu halten. Die froren gewiss nicht so wie sie hier vorn am Eingang.

Hans riss die Haustür auf und klemmte sie mit einem Keil fest. Dann warf er seiner jüngeren Schwester einen warnenden Blick zu, der bedeutete, die Maßnahme nicht eigenmächtig wieder rückgängig zu machen. Mit mürrischem Gesichtsausdruck kehrte er in den hinteren Teil des Hauses zurück.

Agnes angelte sich einen Schal vom Haken und legte ihn sich um die Schultern. Widerwillig ging sie zu ihrem Posten auf der Schwelle zurück.

Vor ihren Nasenlöchern stiegen Atemwölkchen auf, und sie begann zu zittern. Um die Füße warm zu halten, tanzte sie von einem Bein aufs andere. Wahrscheinlich kein verlockender Anblick für die Kundschaft, ganz gleich wie lieblich ihr Antlitz auch sein mochte, denn sie war angewiesen, unentschlossene Kunden anzuwerben. Doch sie wollte sich nicht beschweren. Eigentlich fand sie es spannend, Fremde wie Nachbarn zu begrüßen und bereits an ihrem Gesichtsausdruck oder an der Körperhaltung zu erraten, warum sie das Badehaus ihres Vaters aufsuchten.

Kaspar Bernauer war einer von etwas mehr als einem Dutzend Baderstubenbesitzern in Augsburg. Sein Haus war zwar nicht das feinste der Stadt, aber es erfreute sich eines regen Zuspruchs. Kaspar war ein anständiger Mann, der vor einigen Jahren durch viel Fleiß und harte Arbeit eine leerstehende Bruchbude in einen florierenden Betrieb verwandelt hatte. Besonders stolz war er darauf, dass sein Haus gleich im doppelten Sinne *sauber* war. Mochten sich die Pfaffen noch so über die Badebetriebe Augsburgs empören, Kaspar Bernauer konnte ruhigen Gewissens behaupten, dass seine Kunden nur anständige Dienste angeboten bekamen.

Vom Ende der Gasse aus beobachtete Agnes das bunte Treiben entlang der Hauptstraße. Zahllose Bürger strömten vorbei in Richtung Fronhof, die wollenen

Kapuzen tief in die Stirn gezogen. Es waren mehr Leute als an anderen Tagen. Das Faschingsturnier mit den edlen Rittern aus ganz Süddeutschland hatte viele Besucher in die Stadt gelockt. Es war ein großes Ereignis, das erst am Wochenende beendet sein würde. Auch Agnes hatten Turnier und Jahrmarkt so neugierig gemacht, dass sie sich am Tag zuvor heimlich und ohne Begleitung aus dem Haus geschlichen hatte. Zum Glück hatten es weder der Bruder noch der Vater bemerkt. Hätte man sie erwischt, hätte das ein gewaltiges Donnerwetter gegeben.

Eine Frau bog in die Gasse ein, gegen die Brust ein Mädchen gedrückt, dessen dünne Arme fest um ihren Hals geschlungen waren. Ihre Miene war sorgenvoll. Für einen Moment schlug Agnes' Herz schneller, denn auch wenn ihr Vater und ihr Bruder beschäftigt waren, so konnte man nie genug neue Kunden anwerben. Dann erkannte sie anhand des zerschlissenen Mantels und des verschmutzten Kopftuchs, dass die Fremde arm war, und seufzte innerlich auf.

»Wohnt hier der Bader Bernauer?«, fragte die Frau schon von Weitem, vielleicht, um sich bei einer Absage den langen Weg die Gasse hinunter zu ersparen.

»Ja, so ist es. Ist es das Kind?«

»Meine Tochter fiebert. Dürfen wir eintreten?«

Agnes winkte sie heran. »Der Bader wird es sich anschauen. Hab keine Angst.«

Im Gesicht der Mutter spiegelte sich eine Mischung aus Erleichterung und Hoffnung wieder. »Bei den anderen wurden wir abgewiesen. Doch das Kind ist nicht ansteckend. Ich kann's beschwören!«

»Ich glaube dir. Komm ruhig herein. Der Bader hat gleich Zeit für euch.«

Die Frau trat an ihr vorbei über die Schwelle. Die kleine Patientin auf ihrem Arm war so krank, dass Agnes meinte, im Vorbeigehen die Wärme des Fiebers zu spüren. Ihr Vater würde sich den Fall sofort ansehen müssen.

»Wie alt ist das Mädchen?«, fragte sie.

»Fünf.«

Fünf, dachte sie beklommen. Das Kind war so dürr, dass es allenfalls wie dreieinhalb Jahre aussah. Die Familie musste wirklich bettelarm sein.

»Kannst du den Bader denn entlohnen?«, fragte sie sanft. Sie hasste es, diese Frage zu stellen, wo es doch offensichtlich war, dass die Frau sie verneinen würde. Aber ihr Vater hatte ihr eingebläut, immer zunächst die Bezahlung zu klären, schließlich führten sie ein Geschäft mit Gesinde, Miete und vielen weiteren laufenden Kosten.

»Ich kann einen Teil heute zahlen, den Rest nächste Woche, wenn mein Sohn seinen Lohn erhält.«

Also nie, dachte Agnes. Wenn diese Frau auf das Einkommen des Sohns baute und nicht des Ehemannes, dann war sie eine mittellose Witwe. Doch Agnes brachte es nicht über sich, sie abzuweisen. »Das ist uns gut genug. Warte hier, ich rufe den Bader.«

Ihr Vater war gerade frei und folgte ihr in die vordere Stube, um die Patientin aus der Ferne zu begutachten. Auch ein Bader musste sich vor Ansteckung schützen. Stumm wischte er sich die Hände an einem Tuch trocken.

»Eine Mutter mit fiebrigem Kind. Es ist sehr schwach«, erklärte Agnes.

»Der Fall ist klar. Aderlass.« Kaspar wandte sich ab.

»Die Kleine ist erst fünf«, sagte Agnes. Sie befürchtete, dass der Aderlass das Mädchen noch weiter schwächen würde.

Kaspar betrachtete über die Schulter das Kind und runzelte die Stirn. »Ich sage: Aderlass. Das ist die einzige Möglichkeit, die Krankheit aus dem Körper zu ziehen. Danach kannst du ihr einen Beutel für einen Kräuteraufguss mitgeben. Kann sie zahlen?«

»Einen Teil.«

Kaspar brummte. Auch er wusste, was das bedeutete. Er sagte dennoch: »Führe sie hinter den Vorhang und bereite alles vor. Und geh mir dabei zur Hand. Kinder halten nie still.« Er verschwand wieder im rückwärtigen Raum.

Dieses hier schon, dachte Agnes.

Sie geleitete die Frau zu einer tiefen Nische und bedeutete ihr, sich zum Warten auf den Schemel zu setzen, den man dort für Patienten aufgestellt hatte. Auf einem Tisch legte sie derweil eine Schüssel, einen Lederriemen und einen kurzen Stecken aus Holz bereit. Bei der Wahl des Instruments entschloss sie sich für den nadelförmigen Bickel statt der scharfen Fliete, da die Arme des Mädchens so mager wie Kienspäne waren. Dann lehnte sie sich zum Warten an die Wand. Wenigstens musste sie nicht weiter draußen in der Kälte verharren.

Sie bemerkte kaum, wie die Zeit verstrich. Erst ein Räuspern der Mutter, die das Mädchen auf dem Schoß sitzend fest umschlossen hielt, machte ihr bewusst, dass ihr Vater sie ungebührlich warten ließ.

Sie schenkte der Frau ein beruhigendes Lächeln und stieß sich von der Wand ab. »Ich gehe mal nachschauen, wo der Bader steckt.«

Sie musste nicht lange suchen. Kaspar hatte soeben einen Besucher zur Tür begleitet und sah diesem stumm hinterher. Agnes' Herz blieb beinah stehen. Sie hatte die schmächtigen Schultern des Gastes sogleich erkannt. Es war der Mann, dem sie seit Weihnachten versprochen war.

»Wollte Gernot denn gar nicht hereinkommen und mich sehen?«, fragte sie.

Kaspar fuhr zu ihr herum. »Hm?«

»Es ist ein bisschen unhöflich, dass er gar nicht mit mir gesprochen hat, wenn er uns schon besuchen kommt.«

»Es war ein Gespräch unter Männern. Er wollte nachfragen, wann wir endlich Nägel mit Köpfen machen.«

Er meinte die geplante Hochzeit. Gernot hatte wissen wollen, wann er seine Braut heimführen konnte.

»Und, was hast du geantwortet?«, fragte sie bang.

»Ich habe die Woche nach Ostern vorgeschlagen. Da ist es hoffentlich ein wenig wärmer, das Fasten ist vorüber und wir können eine große Feier im Hof unter der Linde ausrichten.«

»Oh.« *April. So bald schon.*

»Was soll dieser erschrockene Gesichtsausdruck, Tochter?«

Sie wandte sich eilig ab. »Ich weiß nicht, wovon du sprichst.«

Mit einem Satz war er bei ihr und wirbelte sie am Handgelenk zu sich herum. »Was ist los mit dir, Agnes? Willst du den Gernot nun etwa doch nicht?«

Sie starrte in sein rot angelaufenes Gesicht. »Natürlich, Vater.«

Gernot. Ihr guter alter Freund aus Kindertagen, mit dem sie die Gassen unterhalb der Stadtmauer unsicher gemacht hatte. Der Junge, der ihr fortwährend an den Zöpfen gezogen hatte. Viele Jahre war er ihr nicht mehr als ein Spielkamerad gewesen, bis sie sich ein wenig aus den Augen verloren hatten. Doch ihn heiraten und das Brautbett mit ihm teilen? Bei dem Gedanken lief es ihr eiskalt den Rücken runter.

»Du weißt, dass Gernots Vater früh verstorben ist und er die Baderstube allein weiterführt.«

»Wir waren ja alle bei der Beerdigung.«

Der Druck um ihr Handgelenk wurde fester. »Sein Betrieb läuft ausgezeichnet, aber er braucht ein Weib, das ihm zur Hand geht. Du wirst ein gutes Auskommen bei ihm haben.«

»Ja, Vater.«

Mit den Augen versuchte er zu ergründen, ob sie meinte, was sie sagte. Er lachte bitter auf. »Es ist ein Jammer mit dir, Agnes. Du glaubst, du wärst was Besseres als wir alle zusammen. Da bist du wie deine Mutter. Du glaubst, weil du so hübsch bist, steht dir die Welt offen. Doch du vergisst, dass wir Bader sind. Kein Bäcker würde dich nehmen. Kein einziger Schmied! Wir Bader bleiben unter uns.«

Mit einem Ruck entzog sie ihr schmerzendes Handgelenk. »Das weiß ich, Vater. Du hast es mir oft genug gesagt.«

Die Ohrfeige kam schnell wie der Blitz. »Nicht frech werden! Ich habe Gernots Familie schon vor langer Zeit das Versprechen gegeben, und das werden wir halten.«

»Natürlich, Vater.«

»Und senk deinen Blick, wenn ich mit dir spreche. Besinne dich auf das, was ich dich gelehrt habe.«

Folgsam schlug sie die brennenden Augen nieder. Ihr Vater hatte recht. Tief im Innern wusste sie, dass sie es weitaus schlimmer hätte treffen können. Als Gernots Gattin würde sie innerhalb ihres Standes angesehen sein und müsste sich um nichts sorgen. Es wäre ein sicherer Weg, von dem viele nur träumen konnten. Und heiraten musste sie eines Tages sowieso, damit sie abgesichert war. Jeder hielt es so.

In wenigen Wochen also würde sie von der Obhut ihres Vaters in die des nächsten Mannes weitergereicht werden. Sie würde in sein Heim ziehen, ihr Haar bedecken und schon bald unter Schmerzen ihr erstes Kind gebären. Sie würde mithelfen, den Wohlstand der Familie zu wahren und das Ansehen zu mehren. Sonntags würden sie mit Gernot die Messe besuchen, Woche für Woche, erst mit einem Kind, dann mit zweien, später mit dreien oder vieren. So würde es sein, bis der Nachwuchs wiederum alt genug war, um ebenfalls zu heiraten. Mit der Zeit würden die Haare unter ihrer Haube dünner werden und ergrauen, ihr Gesicht würde von Runzeln gezeichnet und der Gang würde gebückt sein. Und dann, nach vielen Jahren, würde sie im Kreis ihrer

Familie hustend und steif auf ihr Nachtlager sinken und nie wieder aufstehen.

Ein unmerkliches Schaudern durchfuhr sie.

»Gibt es etwas, das du mir mitteilen möchtest?«, fauchte Kaspar.

Sie schüttelte den Kopf. »Nein, Vater. Im April heirate ich in die Häuslers ein. Ganz wie du wünschst.«

»Der Gernot kann es kaum erwarten.«

»Ich auch nicht«, sagte sie und schluckte den dicken Brocken hinunter, der sich in ihrer Kehle gebildet hatte.

»Gut. Vergiss das nie wieder!«

Er stapfte an ihr vorbei, um nach der Patientin zu sehen.

KAPITEL 4

AUCH AM FOLGENDEN Tag war der Fronhof, Austragungsort des Augsburger Fastnachtsturniers, gut besucht.

Albrecht musste sich mit den Ellbogen einen Weg durch die Menge bahnen, um zu Jan aufzuschließen, der in vorderster Reihe dem Knappenstechen beiwohnte.

»Mensch Albrecht, da bist du ja endlich! Du wolltest doch nur kurz austreten, und gleich beginnt die nächste Runde. Ist was? Du bist ja völlig verschwitzt.«

»Ich bin verliebt!«

Jan prustete los. »Schon wieder?«

»Nein, in echt!«

»Ach ja? Und, wer ist es diesmal?«

»Ein Mädchen, das ich getroffen habe.«

»Du hast ein Mädchen getroffen? Etwa auf dem Weg zur Latrine?«

»Ja doch! Die Liebe meines Lebens! Hörst du mir denn nicht zu?«

»So, so. Und nun ist es also gleich Liebe?«

Albrecht hielt ihm ein Stück Schmalzgebäck hin. »Sie ist einzigartig.«

Jan nahm das Gebäck entgegen und biss genüsslich hinein. »Hm, köstlich.«

»Sie ist wunderschön, Jan. Ich habe noch nie eine so schöne Frau gesehen. Gott ist mein Zeuge, ihre Haut ist so zart und weiß, mich würde es nicht wundern, wenn man den Wein ihre Kehle herabrinnen sähe.«

Kauend führte Jan ihn vom Stechplatz weg. »So poetisch heute, mein Guter! Doch erzähl mir mehr.«

Albrecht benötigte keine weitere Aufforderung. Die Worte prasselten aus ihm heraus wie ein kräftiger Platzregen im Frühling. »Auf meinem Rückweg bin ich über den Jahrmarkt geschlendert auf der Suche nach einem Bäcker. Du weißt schon, dort drüben, wo die Verkaufsstände sind.«

»Ja, und weiter?«

»Da waren jede Menge Leute zusammengekommen. Sie haben alle durcheinander geschrien. Natürlich musste ich hin und nachschauen, was geschehen war.«

»Natürlich. Und was war geschehen?«

Albrecht hatte den ganzen Aufruhr vor sich, so als spielte er sich direkt vor ihm ein zweites Mal ab.

Eine Menschentraube hatte sich gebildet, eine dicht gedrängte Menge aus Besuchern – Handwerkergesellen, Freudenmädchen, Patrizier, Mägde, Hausfrauen mit Kleinkindern an den Händen. Sie alle hatten durcheinander gerufen, einer lauter als der Nächste.

»Holt den Turniermeister!«

»So was gehört scharf bestraft!«

»Ja, ruft die Stadtknechte herbei!«

Neugierig geworden trat er näher, doch die Rücken der Umstehenden verdeckten den Grund für die Aufregung. Laut fragte er: »Die Stadtknechte?«

Ein feistes Weib mit ranzigem Atem drehte sich zu ihm um. »Der Bengel da hat lange Finger gemacht.«

»Was wollte er stehlen?«

»Ein Stück Brot. Dem Langfinger gehört die Hand abgehackt«, fügte sie ungefragt hinzu.

In Albrechts Magen bildete sich ein heißer Knoten. Er konnte den rigorosen Strafen, die so manchem Notleidenden zuteilwurden, nichts abgewinnen. Er beschloss, der Sache auf den Grund zu gehen. Mit ausgefahrenen Ellbogen bahnte er sich einen Weg durch die Menge.

Sein Blick fiel auf einen Bäcker, der wutschnaubend einen Knaben am Ohr festhielt. Dem klapperdürren Kind kullerten die Tränen über die Wangen. Auf Albrecht wirkte er wie ein Vögelchen, dem man mit einer falschen Bewegung jeden Knochen brechen konnte.

Er stöhnte auf. Der Anblick war schwer zu ertragen. Gewiss, dies mochte ein Dieb sein, den man auf frischer Tat ertappt hatte. Gleichzeitig regte sich in ihm jedoch Mitgefühl für diese erbarmungswürdige Gestalt. Er hatte gerade den Beschluss gefasst, dazwischenzugehen, da drängte sich auf einmal auf der gegenüberliegenden Seite eine Frau durch die Gaffer und baute sich mit den Fäusten an den Hüften vor dem Bäcker auf. Sie trug wie eine Jungfer farbige Bänder im Haar, eigentlich billiger Tand, doch so, wie das Blau durch ihre weizenblonden Locken schimmerte, wirkte es wie der edelste Putz.

»Was soll das?«, fauchte sie. »Du siehst ja wohl, dass

der Junge etwas essen muss. Nun gib ihm schon den verdammten Krapfen, und gut ist!«

Albrecht klappte vor Staunen der Kinnladen runter. Was gab diesem Frauenzimmer das Recht, so mit dem Bäcker umzuspringen?

Die Augen des Knaben wanderten zu der Frau, die ihm unverhofft zur Rettung gekommen war. Mit dem Ärmel wischte er sich den Rotz von der Nase.

»Der Bursche wollte mehr als nur einen Krapfen stehlen«, erwiderte der Bäcker. »Er hat es bereits zugegeben.«

»Ich habe fünf Geschwister, die alle hungern, Herr!«, rief der Junge.

»Fünf?«, fragte die Frau und hob die Augenbrauen.

»Nun gut. Drei. Aber wir haben seit Tagen nichts gegessen. Ich schwöre es bei Gott.«

Ihr Blick wanderte von dem Jungen zu seinem Peiniger. »Gib ihm wenigstens das Ohr frei, du Schuft, bis wir das geklärt haben.«

Mürrisch ließ der Bäcker das Ohr los, schnappte aber im selben Moment nach dem Ärmel, damit der Dieb nicht entwischen konnte. »Und nun, gnädiges Fräulein?«

Sie sah dem Meister unerschrocken in die Augen. »Der Junge leidet Hunger.«

Es war keine Forderung, keine Bitte, vielmehr eine Bestimmtheit, die keinen Widerspruch duldete. Die Menge hielt gebannt den Atem an. Auch Albrecht war gefesselt.

»Mein liebes Fräulein, ich verstehe, was du damit sagen willst. Doch wo kommen wir denn da hin, wenn ich jedem Dieb einfach so meine Waren in die leeren Taschen stopfe? Wie soll ich da meinen Lohn verdienen? Auch ich habe eine Familie zu versorgen.«

»Aber scheinbar hast du kein Herz. Sei ein guter Christ und zeige ein wenig Barmherzigkeit.«

»Ich bin ein guter Christ!«, brauste der Bäcker auf. »Ich gebe großzügig Almosen. In der Kirche! Und dorthin sollte sich so ein Hungerleider wie dieser hier wenden. Der Bischof hat eine Armenspeisung eingerichtet.«

»Nur jeden dritten Tag, Herr«, sagte der Bursche mit dünner Stimme.

Die Augen der Frau wanderten von dem Kind zurück zu ihrem Gegenüber. »Nur jeden dritten Tag, Bäcker.«

Der Mann stutzte. In den Mienen der Umstehenden suchte er nach Beistand. Hatte der Einspruch den Zorn der Menge in einen Ruf um Nachsicht verwandelt? Das Grummeln um sie herum ließ vermuten, dass man sich uneins war.

»Und wer soll mir den Schaden ersetzen?«, fragte er kläglich.

Albrecht schob sich nach vorn. »Ich werde dir die Ware abkaufen, Bäcker. Verrate mir, was ich dir schulde.«

Die Frau fuhr zu ihm herum. Verdutzt musterte sie ihren unverhofften Unterstützer. Albrecht hielt den Atem an. Ihre Augen waren wunderschön. So blau. Wie Vergissmeinnicht. Es waren Vergissmeinnichtaugen.

»Das wird teuer, mein Herr«, sagte der Bäcker, der anhand der Kleidung des feinen Herrn sofort ein unschlagbares Geschäft witterte. »Der hatte seine Finger überall. Die ganze Seite hier kann ich wegwerfen, denn er hat in alles hineingegriffen.«

Albrecht ließ die dreiste Lüge ungestraft im Raum stehen. Sein Herz war woanders. Diese Augen, sie hielten ihn fest. Er war unfähig, den Blick abzuwenden.

Ohne weiter darüber nachzudenken, sagte er: »Lass den Jungen los und nenn mir den Preis. Ich werde ihn zahlen. Bursche, nimm dir, was du für dich und die deinen benötigst.«

Der Bäcker ließ den Knaben los, der sogleich zu der jungen Frau eilte. Sie legte die Arme um ihn und beobachtete stumm, wie Albrecht die Geldkatze zückte und den Händler auszahlte. Als der Bäcker erkannte, dass Albrecht ihn mehr als großzügig entlohnte, kehrte er zufrieden zu seinem Stand zurück. Die Menge zerstreute sich kopfschüttelnd. Nicht wenige hatten zweifellos gehofft, dass der Dieb heute seine Hand auf dem Richtblock verlieren würde.

Die Frau hockte sich hin, und der Junge schlang seine dürren Arme um sie. Vor Erleichterung war er in Tränen ausgebrochen. Albrecht ging bei diesem Anblick das Herz auf. Nein, mehr noch. Er wurde von heftigem Neid gepackt. Zu gern wäre er so wie der Knabe an diesen Busen gedrückt worden, hätte sich über die Wange streicheln und die Stirn küssen lassen. Was zum Teufel war bloß los mit ihm?

Weil er den Anblick nicht länger ertragen konnte, sagte er: »Nun mach, dass du davonkommst, bevor jemand die Büttel holt.«

Der Junge wischte sich mit dem Ärmel das Gesicht trocken. Dann stürzte er sich auf das Gebäck in der

Auslage, so als wollte er ein ganzes Armenviertel mit Backwaren versorgen, und hastete ohne ein Wort der Erkenntlichkeit davon.

»Das war sehr großzügig von Euch, mein Herr«, sagte stattdessen die Frau mit diesen faszinierenden Augen. »Ich möchte Euch meinen Dank aussprechen.«

»Man muss den Schwachen helfen«, erwiderte er und biss sich noch im selben Moment auf die Zunge. War das das Einzige, was ihm über die Lippen kommen wollte?

»Ein wahrer Ehrenmann. Das findet man selten. Viele Adlige erinnern sich erst an die Nächstenliebe, wenn es zu spät ist. Und dann geben sie das Geld lieber für die ewige Totenmesse aus als für das hungernde Volk.«

Ihr Lächeln verschlug ihm die Sprache. Sein Kopf war wie leergefegt. Er starrte sie dümmlich an.

Sie deutete einen Knicks an. »Ich wünsche noch einen schönen Tag, der Herr.«

Und dann war sie verschwunden. Einfach so ...

»Einfach so?« Jan blieb stehen. Mit dem Handrücken wischte er sich die Krümel seines Schmalzgebäcks aus den Mundwinkeln.

»Sie hat sich umgedreht und ist weggegangen. Sie ist weg.«

»Albrecht, ich erkenne dich überhaupt nicht wieder. Warum bist du ihr nicht hinterher?«

»Ich ... ich weiß auch nicht ...«

»Jetzt hör mir mal gut zu.« Jan schleuderte den letzten Bissen des Gebäcks von sich und zog Albrecht am Revers seines Mantels zu sich heran. »Du gehst jetzt sofort zurück zum Jahrmarkt und suchst nach ihr!«

»Aber, was soll ich sagen?«

»Das fragst du noch? Du bist doch sonst nicht so verlegen.«

Albrecht befreite sich aus Jans Griff und zupfte sich die Kleidung zurecht. »Du hast recht. Ich muss zurück. Bitte entschuldige mich.«

Hals über Kopf stürzte er davon.

»Richtig so, *bratře*!«, rief Jan vergnügt. »Lass sie dir nicht entgehen! Sei ein Jäger!« Dann schob er noch einen Glückwunsch hinterher: »*Mnoho štěstí!*«

Sei ein Jäger, hallte es durchs Albrechts Kopf. Was würde ein Jäger in seiner Situation tun? Er würde das Revier durchstreifen und Ausschau halten nach der Beute.

Systematisch durchkämmte er den gesamten Fronhof. Er hatte das Glück, dass er groß gewachsen war. Im Meer der Augsburger Bürgerschaft überragte er die meisten Besucher um einen ganzen Kopf. Das ermöglichte es ihm, weite Teile der dicht gedrängten Gänge und Plätze aus der Entfernung in Augenschein zu nehmen. Von der hübschen Frau allerdings keine Spur.

Das ätzende Gefühl der Enttäuschung machte sich in ihm breit. Er war ja so ein Esel! Warum hatte er sie ziehen lassen? Wahrscheinlich war sie längst auf und davon.

Er begann von vorn. Beharrlichkeit war eine Tugend, die sich auch ein Jäger zu eigen machen musste. Abermals kam er an dem Bäcker vorbei, der lächelnd seinen neu gewonnenen Reichtum zählte, staunte über die Fingerfertigkeit der Jongleure und landete ein zweites Mal beim Knappenstechen.

Das Herz wurde ihm schwer. Er hatte seine Chance gehabt, und er hatte sie nicht genutzt. Nun war sie ihm durch die Lappen gegangen. Wie hatte er nur so töricht sein können?

Seine Stimmung war getrübt. Doch es half alles nichts. Er begann von vorn. Die Befürchtung, dass er die unbekannte Schöne nie wiedersehen würde, wühlte ihn mehr auf, als er sich zunächst hatte eingestehen wollen. Nun schnürte es ihm regelrecht die Kehle zu.

Dann blieb sein Blick an einem schmalen Rücken hängen, über den sich ein goldener Wasserfall aus Haaren ergoss. Die Frau betrachtete die Auslage eines Messerschmieds. Sein Herz begann, so heftig in seiner Brust zu schlagen, dass er einen leichten Schwindel verspürte.

Jetzt oder nie, sagte er sich. *Du hast schon einmal einen Fehler gemacht. Sei kein Narr und rede mit ihr!*

Er schlenderte hinüber und gesellte sich an ihre Seite. Eine Weile starrten sie beide auf die Auslage an Dolchen, Scheren und Speisemessern, doch er war blind für die Waren. Schließlich fasste er sich ein Herz. »Eine prächtige Auswahl.«

Sie schaute auf. Als sie ihn erkannte, zeigte sich zunächst Verblüffung in ihren Zügen. Dann bildeten sich zwei tiefe Grübchen in ihren Wangen. Sie lächelte.

»Der barmherzige Edelmann.«

»Ich frage mich, ob mir dieses Messer gefallen

würde.« Er deutete auf ein Rasiermesser, dessen geschnitzter Holzgriff die Form einer Dame mit Haube hatte.

Sie riss sich von seinem Anblick los und folgte dem Fingerzeig. »Es ist sehr fein gearbeitet. Und elegant. Es wäre eine gute Wahl für Euch.«

Er atmete auf. Sie ließ sich auf die Tändelei mit ihm ein!

Im Nu sprach er weiter. »Nun frage ich mich jedoch, ob mich die Klinge nicht enttäuschen wird. Man sagt ja, die besten kämen aus Solingen ...«

»Da kenne ich mich nicht aus. Doch hübsch anzuschauen wäre es allemal. Oder vielleicht dieses hier?« Sie deutete auf ein anderes Messer mit einer ähnlich prächtigen Griffverzierung.

»Das da?« Er wollte es aufnehmen, da schoss ihre Hand ebenfalls nach vorn. Sie trafen sich in der Mitte. Die unverhoffte Berührung durchfuhr ihn wie ein Blitz. Hastig zogen sie sich beide zurück.

Er unterdrückte ein Grinsen. »Eine vortreffliche Wahl. Das gefällt mir auch.«

Ihre Antwort war ein kokettes Lächeln.

Er gab vor, weiter die Auslage zu betrachten. »Vielleicht sollte ich jedoch meine Börse geschlossen halten, bis es mich ins Bergische Land verschlägt. Dann könnte ich sicher sein, dass ich in erstklassige Qualität investiere.« Er schaute auf und runzelte die Stirn. Ein Schatten hatte sich über ihre Vergissmeinnichtaugen gelegt. Hatte er etwas Falsches gesagt?

»Ihr scheint viel herumzukommen, mein Herr. Ich

wüsste noch nicht einmal, wo das Bergische Land liegt. Ist es weit von hier?«

Warum wirkte sie mit einem Mal so traurig? Das hatte er nicht gewollt. »Wollen wir nicht ein Stückchen zusammen gehen? Dann kann ich dir mehr über die feinen Klingen aus Solingen erzählen.«

Zu seiner Freude willigte sie ein. Sie verließen den Stand, und er bot ihr den Arm. Doch sie steckte lieber die Hände in die weiten Ärmel ihres waidblauen Mantels.

»Ihr kommt nicht aus Augsburg«, stellte sie fest, nachdem sie ein paar Schritte gegangen waren. »Seid Ihr für das Turnier angereist?«

»So ist es. Aber dann bin ich vom Pferd gestoßen worden, und jetzt bin ich nur noch ein Zuschauer.«

Sie lächelte.

»Und du bist ebenfalls nicht aus Augsburg.«

Sie blieb überrascht stehen. »Woher wisst Ihr das?«

»Du schwätzt nicht wie die anderen Mädchen.«

»So, so. Na, Ihr müsst es ja wissen!«

Er spürte, wie ihm das Blut in den Kopf schoss. Ertappt schwenkte er zu einem neuen Thema über. »Der Bischof gibt nur jeden dritten Tag eine Armenspeisung aus?«

»Das stimmt nicht ganz. Die Franziskaner und die Karmeliter zum Beispiel sind ebenfalls barmherzig und sorgen sich um die Kranken und die Hungerleider.«

»Der Junge wusste das nicht?«

Sie lachte auf. »Oh doch, der Junge wusste das zweifellos. Aber was hätte es ihm gebracht, wenn er es zugegeben hätte? Das war sehr gewitzt von ihm. So konnte er Euer großzügiges Herz erweichen.«

»Ich kann es nicht ertragen, wenn einem Kind Böses widerfährt. Der Junge hat sein Leben noch vor sich. Mit nur einer Hand hätte er sich für immer aufs Betteln verlegen müssen.«

Sie lächelte, und sein Herz schmolz dahin. »Es ehrt Euch, dass Ihr so denkt. Nicht jeder Adlige zeigt Mitgefühl mit dem einfachen Volk.«

Das Lob verschlug ihm die Sprache, und wieder war das Gespräch zum Erliegen gekommen. Er räusperte sich. »Nun haben wir also festgestellt, dass du nicht gebürtige Augsburgerin bist. Doch das ist alles, was ich über dich weiß. Willst du mir deinen Namen verraten?«

Sie blieb stehen. »Agnes.«

»Agnes«, wiederholte er. Er wollte herausfinden, wie sich der Name auf seiner Zunge anfühlte. Gut, stellte er fest. Wie geschmolzene Butter. Er mochte den Klang. »Wie ein Engel.«

Sie riss sich von seinem Blick los und führte ihn weiter. »Ob ich ein Engel bin, das lasse ich lieber andere entscheiden. Und, werter Herr, habt Ihr die Güte und nennt mir Euren Namen?«

»Albrecht. Prinz Albrecht von Bayern-München.«

»Jetzt zieht Ihr mich auf!«, rief sie lachend.

Sie hatten das Ende des Platzes erreicht, und sie führte ihn den Rand entlang für eine weitere Runde.

»Mein Vater ist der Herzog. Herzog Ernst. Er regiert Oberbayern zusammen mit meinem Onkel Wilhelm.«

»Ein echter Prinz«, murmelte sie erstaunt. »Wer hätte das gedacht?«

Ihre Bewegungen erschienen ihm mit einem Mal hölzern. Sie versteifte sich.

War er zu offen vorgegangen? Hätte er seine Herkunft besser verschweigen sollen? Die meisten Mädchen fielen ihm um den Hals, wenn sie erfuhren, dass er dem Hochadel angehörte. »Habe ich dich verschreckt?«

»Nein, nein.« Der Klang ihrer Stimme gab ihm Rätsel auf, mehr noch, als die Antwort aus dem Weg zu räumen versuchte.

Eine Weile flanierten sie schweigend nebeneinander her. Die Stille war schwer zu ertragen. Zu gern hätte er gewusst, was durch ihren Kopf ging.

»Sag, Agnes, wartet zu Hause ein Liebster auf dich?«

»Ich bin in der Tat jemandem versprochen, mein Herr.«

Die Eröffnung traf ihn wie ein Schlag in die Magengrube. Selbstverständlich war sie jemandem versprochen! Dieses bildhübsche Mädchen wollte gewiss jeder an seiner Seite haben. Mit gespielter Entrüstung reckte er eine unsichtbare Klinge in die Luft und rief mit tiefer Stimme: »Wie heißt der Kerl? Wo kann ich ihn finden? Ich werde ihn fordern!«

»Aber, mein Herr! Es ist der Nachbarsjunge! Was würde nur seine Mutter sagen, wenn Ihr ihn mit dem Schwert durchbohrt?«

»*Geschieht ihm recht*, würde sie sagen. *Wie kann der Bursche es wagen, dich diesem ehrenwerten Herrn aus München einfach so wegzuschnappen?*«

Das ließ sie glucksen. Sie waren bei den Zelten der Turnierleitung angekommen. Um sie herum stapelten sich Kisten, Fässer und Körbe mit Gerät und Werkzeug. Sie waren unbeobachtet. Sein Herz frohlockte. Er blieb stehen und nahm ihre Hände in die seinen. Sie waren schlank und feingliedrig und eiskalt.

»Du bist erstaunlich, Agnes aus Augsburg«, sagte er unumwunden und rieb sanft mit den Daumen über die rauen Handballen. »Wie du dich für diesen Jungen eingesetzt hast. Du hast das Herz am rechten Fleck.«

»Es ist Fluch und Segen zugleich.«

»Was meinst du damit?«

Sie befreite sich aus seinem sanften Griff, und zu seiner Verblüffung legte sie die Handfläche auf seine Wange. Es war die gleiche Berührung, die sie dem kleinen Dieb hatte zuteilwerden lassen. Die ganze Zeit hatte er sich nach dieser Geste gesehnt, hatte sich gewünscht, dass sie ihm dieselbe Aufmerksamkeit schenken würde, und nun war sein Wunsch in Erfüllung gegangen. Er schloss die Lider und ließ es sich gefallen.

»Es war mir eine Freude, Euch kennenzulernen, mein Herr.«

Er riss die Augen auf. »Das klingt nach Abschied!«

»Ihr werdet bald abreisen.«

»Ich werde zurückkommen. Für dich.«

Sie ließ die Hand sinken. »Das bezweifle ich. Wartet zu Hause nicht auch jemand auf Euch?«

Er dachte an seinen Vater und schüttelte den Kopf.

»Wäret Ihr kein Ehrenmann, ich würde Euch jetzt eine Lüge unterstellen.«

Er betrachtete die Grübchen in ihrem Gesicht, die formvollendete Nase, die zierlichen Ohren, die von der Kälte gerötet waren. Er konnte sich nicht an ihr sattsehen. Er war unfähig, weiterzusprechen.

»Ich muss nun gehen, mein Herr. Gewiss werde ich zu Hause schon vermisst.« Sie trat einen Schritt zurück.

»Geh nicht. Wir lernen uns doch gerade erst kennen.« Er streckte den Arm nach ihr aus und wollte sie zurückziehen, mit dem Ergebnis, dass sie nur noch mehr Abstand zwischen sie beide brachte.

»Und weiter soll es nicht gehen. Ihr seid ein Prinz, ein Herzogssohn. Und ich ...« Sie stockte.

»Ganz recht. Ich bin ein Herzogssohn. Ich kann dir alles geben, was du dir wünschst.«

Sie lachte auf. Sie lachte! Lachte sie ihn aus? »Es ist ein großzügiges Angebot, mein Herr. Aber nein, es geht nicht.«

Sie kam zögerlich zurück und legte abermals die Hand an seine Wange. Sie umgab ein Duft wie eine blühende Wiese im Sommer. »Es ist ein schöner Traum, von dem Ihr da sprecht«, sagte sie, und es klang in seinen Ohren traurig. »Doch es soll nicht sein. Lebt ein feines Leben und setzt Euch auch in Zukunft für die Schwachen ein.«

Damit wandte sie sich ab und ließ ihn ohne ein weiteres Wort stehen. Er starrte ihr hinterher, als sie schon lange hinter den Kisten und Fässern verschwunden war.

KAPITEL 5

»ACH, Albrecht, den ganzen Tag schon dieses sauertöpfische Gesicht. Das ist ja nicht auszuhalten. Komm, jetzt bringe ich dich auf andere Gedanken.« Jan winkte einen Burschen mit Fackel heran und drückte ihm eine Münze in die Hand.

Von der Herberge aus folgten sie dem Licht bis in die verwinkelten Gassen nahe des Roten Tores. Die Nacht war bitterkalt, die ungepflasterten Straßen Augsburgs zu Stein gefroren. Jedes Mal, wenn sie auf eine Pfütze traten, knirschte es unter ihren Ledersohlen. Da man sich nie sicher sein konnte, welch Gesindel sich zu solch später Stunde herumtrieb, hielten sie die Dolche locker in den Scheiden.

Albrecht hatte eine Ahnung, was sich hinter Jans geheimnisvollem Plan verbarg. Er war dennoch überrascht, als der Weg sie zu einer unscheinbaren Holztür führte. Das Haus wirkte verlassen. Die Läden vor den Fenstern zu beiden Seiten waren verschlossen.

Fröstelnd wickelte er den Mantel enger um sich. So ganz wohl war ihm nicht bei der Sache. »Eine Badestube? Zu so später Stunde?«

Jan zauberte dem wackeren Burschen, der ihnen geleuchtet hatte, eine zweite Münze aus dem Ohr. Kaum war der Kleine um die nächste Ecke verschwunden, umhüllte sie die Dunkelheit wie der Mantel einer sorgenvollen Mutter.

»Eine vertrauliche Abmachung mit dem Bader. Ich war schon einmal hier, als du heute Nachmittag in der Herberge deine Wunden geleckt hast. Sie sagen, es sei das beste Haus der Stadt.«

Albrecht schaute zweifelnd an der Fassade hoch. Hier und da war der Putz aus der Wand gebröselt und hatte das darunter liegende Flechtwerk freigegeben. »Wohl eher das zwielichtigste.«

»Vertrau mir. Du wirst nicht enttäuscht werden.«

Jan hämmerte gegen die massive Tür. Sie öffnete sich sofort, so als hätte man sie erwartet.

Der Bader war ein kahlköpfiger Geselle mit Stiernacken und einer dicken Warze auf der Stirn. »Na los, rein mit euch, aber schnell!«

Die beiden Freunde schlüpften durch die Tür. Der leere Raum dahinter roch abgestanden und modrig.

Der schäbige Eindruck, den Albrecht draußen gewonnen hatte, verstärkte sich. »Jan, bist du dir sicher?«, raunte er.

Jener trat ihm unbemerkt auf den Fuß, um ihn zum Schweigen zu bringen. »Ist alles bereit, Meister?«, fragte er den Bader.

»Ja, ja, mein Herr. Wie besprochen. Hier entlang.«

Der seltsame Geselle schlurfte voran und geleitete sie in eine schmale, fensterlose Kammer. Auf einer wackligen Bank kämpfte ein einsames Talglicht gegen die Dunkelheit an. »Hier könnt Ihr ablegen. Dort sind die Badehüte, da die Quasten. Wenn Ihr bereit seid, geht's gleich weiter geradeaus in die Badestube.«

Damit ließ er seine beiden Gäste allein. Albrecht folgte Jans Beispiel und entledigte sich seiner Kleidung. Als er sah, wie lächerlich sein Freund mit dem bereitgelegten Badehut aussah, verzichtete er auf den seinen.

Mit den Badequasten vor dem Geschlecht traten sie auf der anderen Seite wieder ins Freie. In einem geheizten Raum erwartete sie eine Reihe von großzügigen Tuffsteinwannen, zwei davon bis zum Rand mit dampfendem Wasser gefüllt. Ein Hauch von Sommerblumen hing in der Luft. Der Meister war nirgendwo zu sehen.

»Was sagst du nun?«, fragte Jan mit einem breiten Grinsen. Er warf die überflüssige Quaste, nicht viel mehr als ein Büschel aus Birkenreisern, von sich, und stieg in eine der beiden vorbereiteten Wannen. Mit einem Seufzen ließ er sich ganz hineingleiten, bis nur noch der Kopf mit dem unvorteilhaften Badehut herausschaute.

Albrecht tauchte daneben ein. Das warme Wasser war eine Wohltat für seine vom Sturz geprellten Glieder. Er seufzte auf. »Göttlich!«

»Ich wette, den Turniersieger wird man nicht so verwöhnen wie dich heute Nacht.«

»Ich armer Hahnrei habe es nach der geplatzten Verlobung mehr als verdient.«

»Was, denkst du, wird nun geschehen, da das Eheversprechen aufgelöst ist?«

»Mein Vater wird mir eine neue Braut suchen. Gewiss hat er schon einige im Sinn.«

»Wirst du dich dann wieder so anstandslos fügen?«

»Was bleibt mir anderes übrig? Was mein Vater sagt, ist Gesetz ...«

»Alles wie gewünscht, die Herren?«, unterbrach sie der Meister. »Zu heiß? Zu kalt?«

Albrecht richtete sich auf und blinzelte in die Dunkelheit. Hinten beim Ofen war der kauzige Kerl aufgetaucht und wartete auf weitere Anweisungen.

»Alles bestens.«

Der Bader legte zwei Planken über die Wannen, um darauf jeweils einen Becher Wein abzustellen. Dann schlurfte er durch eine verborgene Tür neben dem Ofen aus der Stube, um seine Gäste in Ruhe zu lassen.

Eine Weile genossen sie schweigend das behagliche Gefühl von Wasser und Wärme. Die trockenen Kehlen spülten sie dabei mit schwerem Rotwein durch.

»So lässt sich's leben!«, sagte Jan in die Dunkelheit.

»Und ich Tor hatte vermutet, du hättest Unziemliches im Sinn.«

»Wie kommst du denn auf so was?«

»Du hast also doch etwas geplant?«

»Ich? Niemals! Was denkst du nur von mir? Ich wollte nur ein Bad nehmen.«

»Zu dieser späten Stunde?«

»Warum nicht?«

Albrecht lehnte sich zurück und klappte die Lider zu. Er konnte spüren, wie sich jeder seiner Muskeln entspannte. »In dieser heruntergekommenen Kaschemme?«, bohrte er nach.

»He, he! Lass das bloß den Meister nicht hören!«

Die Tür neben dem Ofen öffnete sich ein weiteres Mal.

Albrecht stöhnte auf. »Das Wasser ist noch warm genug, alter Mann«, murmelte er.

»Aber abreiben lassen willst du dich doch bestimmt auch?«, fragte eine entschieden weiblich klingende Stimme zurück.

Er fuhr hoch und wischte sich das Wasser aus dem Gesicht. Vor ihm stand eine blutjunge Magd. Sie trug ein weißes Leinenhemd, das einen großzügigen Einblick in ihren Ausschnitt gewährte. Trotz der Wärme im Raum waren die Spitzen ihrer Brüste fest.

Das alles nahm er mit nur einem einzigen geübten Blick wahr. Erst danach bemerkte er, dass das Mädchen ein frisches Gesicht mit Sommersprossen hatte, aus denen die grünen Augen fröhlich blitzten.

Grinsend deutete er mit dem Finger auf seinen Freund. »Du Sauhund! Hab ich's doch gewusst!«

Das Mädchen machte einen Knicks. »Ich bin Irma. Und meine Freundin da heißt Jutta.«

Eine zweite Badersmagd war in den Lichtkegel getreten. Mit ihrer unschuldigen Schönheit stand sie der Ersten in nichts nach.

Irma trat hinter Albrecht und hob die Hände. »Kann ich?«

»Nur zu.«

Geschickt begann sie, seine Schultern durchzukneten, während Jutta auf gleiche Weise bei Jan tätig wurde.

Sie machte ihre Sache gut. Es war das erste Mal an diesem Tag, dass ihn die Berührung an dieser Stelle nicht schmerzte, sondern ein wohliges Schaudern durch seinen Körper jagte.

Zufrieden nippte er an seinem Wein und genoss die geübten Griffe auf seiner Haut. Jan hatte nicht übertrieben. Diese Badestube war zweifellos das beste Haus in Augsburg. »Du hast sehr kunstfertige Finger, mein Liebchen.«

»Kommst du von weit her?«, fragte Irma. »Du sprichst so anders.«

»München.«

»München? Das glaub ich ja nicht!«

»Er ist der Sohn des Herzogs von Bayern-München. Albrecht«, erklärte Jan. »Eines Tages wird er über ein ganzes Drittel Bayerns herrschen.«

»Vielleicht zwei Viertel, mein Freund. Du vergisst Straubing. Sofern es der König will.«

»Zwei Viertel«, bestätigte Jan ernst.

Das Mädchen beugte sich über Albrecht, um ihm ins Gesicht zu schauen. Sie bemerkte gar nicht, wie ihr dabei ein Träger von der Schulter rutschte und ein galant geschwungenes Schlüsselbein freilegte. »Mach keine Sachen!«

»Es ist wahr.«

»Ein Prinz ...«, sagte sie ungläubig. »Und schön ist er noch dazu ...«

Er nutzte ihre Verblüffung, legte die Hand in ihren Nacken und zog sie für einen Kuss zu sich heran. Sie kam ihm mit der Zunge entgegen und löste in seinen Lenden ein willkommenes Kribbeln aus. Als er sie wieder losließ, waren ihre Lippen adrett gerötet.

Jan hob vergnügt den Kelch. »Und singen kann er auch, unser Prinz.«

Die Mädchen wechselten einen Blick.

»Singst du für uns, Prinz?«, fragte Jutta.

Albrecht ließ sich nicht lange bitten. Der Wein war ihm in der heißen Badewanne ein wenig zu Kopf gestiegen. Er bedeutete Irma, dass sie das Brett von der Wanne nehmen solle.

In seiner Trunkenheit kam er nur schwerfällig auf die Füße. Das Torkeln löste allgemeine Heiterkeit aus. Er räusperte sich und stimmte einen derben Reigen an, den er mit Jan zur Knappenzeit in Prag gedichtet hatte. Sein Freund gab per Händeklatschen den Takt vor.

Geht der Tischlersjung auf Walz,
Holdari holdaho!
Treibt's sein Weib bald auf die Balz.
Holdari aho!
Am Abend häng's d' Wäsch zum Wechseln,
Und jeder weiß, 's Zeit zum Drechseln.
Holdari holdaho! Holdari aho!
Da renn's die Bursch'n in ihr Stub'n,
wo's willig Liesl empfängt die Bub'n.
Dann wird gehobelt und gerieben –
Fest furniert und auch getrieben!
Holdari holdaho! Holdari aho!
Die Liesel freut's und auch ihr Gesell'n,
Ist doch so müd' vom Bäumefäll'n!

Der zweideutige Reigen hatte die Mädchen zum Lachen gebracht. Unter Applaus endete Albrecht mit einer schwungvollen Verbeugung, die ihn beinah von den Füßen riss. Er grinste in das zu ihm aufgerichtete Gesicht seiner Badersmagd, die ehrfürchtig neben der Wanne kniete.

»Ein Engel«, seufzte sie mit leuchtenden Augen, genauso wie zuvor das Schankmädchen in der Halle der Patrizier.

»Und ein Prinz!«, fügte Jutta andächtig hinzu. Jan verschloss ihr den vorlauten Mund mit einem Kuss.

Albrecht nahm wieder Platz und ließ sich weiter durchkneten.

»Erzähl mal«, bemerkte Irma. »Wieso ist deine Haut so dunkel? Du hast so was Fremdländisches an dir.«

»Seine Mutter ist Italienerin«, sagte Jan.

Sie hielt inne und legte den Kopf schief. »Ja, das hat Sinn. Siehst ein bisschen aus wie ein Italiener. Ein hübscher Italiener.« Sie schnalzte mit der Zunge. »Aber Herrgott, ganz schön verspannt! Mach dich doch mal locker, Prinz. Wie soll man denn damit schaffen?«

»Da wirst du dich wohl ein bisschen mehr anstrengen müssen, Irma«, sagte Jan. »Der Prinz hat heute sein Herz verloren.«

»Mach keine Sachen! An eine Prinzessin? Etwa hier in unserem Augsburg?«

»An eine Unbekannte«, seufzte Albrecht auf. »Das ist ja der Jammer.« Er spürte, wie plötzlich Schwermut, befeuert von zu viel Wein, über ihn herfiel wie ein wildes Tier. Er würde diese Agnes niemals wiedersehen, dabei hatte er sie gerade erst kennengelernt.

Irma kam stirnrunzelnd auf die Füße und stemmte die Hände an die Hüften. »Und jetzt kannst du sie nimmer vergessen, oder was?«

Albrecht schüttelte den Kopf. Ihm war nicht entgangen, dass Jutta mittlerweile zu Jan in die Wanne gestiegen war für eine ganz andere Form der Entspannung. Doch plötzlich war ihm nicht mehr danach.

»Was mache ich nur mit dir, Schätzchen?«, fragte Irma. »Du tust bloß Trübsal blasen und Elend geigen.«

Er seufzte auf und machte Anstalten, aus dem Waschzuber zu steigen. »Tut mir leid. Ich hätte gar nicht erst kommen sollen.«

»Mistzeugs!«

Sie drückte ihn zurück ins Wasser und kletterte ungefragt zu ihm in die Wanne. Er ließ sich geschlagen fallen.

Mit Weinkelch in der Hand betrachtete sie ihn nachdenklich. »Sie ist also keine Prinzessin? Hat sie denn wenigstens einen Namen?«

»Agnes.«

Die beiden Mädchen lachten gleichzeitig auf. »Agnes? So heißt ja jede Zweite hier! Und wie weiter?«

»Mehr weiß ich nicht.«

»Hm«, machte Irma grüblerisch. Sie schaute hilfesuchend zur anderen Wanne. »Mensch, Jutta. Jetzt hör mal auf zu knutschen und denk mit! Kennst du eine Agnes?«

»Ein paar. Wie sieht sie noch aus? Ist sie mordsmäßig hübsch?«

»Die schönste Frau des Reiches«, sagte Albrecht.

Jan zog Jutta zu sich heran. »Er spricht nur für sich,

meine Teure. Ich bin bereits mit dem schönsten Wesen aus Augsburg gesegnet.«

Irma fragte: »Kannst du sie genauer beschreiben?«

»Lange blonde Haare, blaue Augen. Sie ist schlank, und für eine Frau recht groß. Zwei Grübchen, die sich erst beim Lächeln zeigen. Sie schreitet wie eine Königin und duftet wie eine Sommerwiese …«

Die beiden Mädchen wechselten einen belustigten Blick, und Jutta rief: »Das klingt ja genau wie Agnes Bernauer!«

Albrecht setzte sich so abrupt auf, dass Wasser über den Rand schwappte. »Du kennst sie?«

»Ja, wer kennt sie nicht? Du hast recht. Sie ist wirklich schön.«

Jan grinste. »Volltreffer.«

»Ja, aber gibt es noch mehr, was ihr über sie wisst? Wo sie wohnt? Was sie macht?«

»Ihr Vater hat eine Badestube«, sagte Irma. »Kaspar Bernauer. Ein paar Straßen weiter, Zwischen den Schachten.«

»Sie ist eine Badersmagd?«, fragte Albrecht erschrocken.

»Nicht, dass daran was auszusetzen wäre«, sagte Jan schnell, als er Juttas beleidigten Blick einfing.

»Nein, nicht wirklich. Sie ist nur die Tochter. Kommandiert die Mägde und Knechte rum.«

»Eine Baderstochter«, murmelte Albrecht. Damit hatte er nicht gerechnet.

Er hatte erwartet, dass Agnes aus Handwerkerkreisen stammte. Dass ihr Vater vielleicht ein Stellmacher war, oder ein Schmied. Etwas Bodenständiges,

Ehrbares. Aber nein, sie entstammte offenbar den niedrigsten Kreisen der Stadt. Bader zählten zu den unehrlichen Berufsständen. Sie waren nicht Teil der städtischen Gemeinschaft, wurden geduldet, genossen jedoch kein Ansehen, ähnlich wie Henker, Abdecker und Gefängniswärter.

Natürlich war nicht jede Badestube ein so zwielichtiges Unternehmen wie jenes, in dem sie sich gerade befanden. Hier schloss der Bader eigens für sie noch einmal auf, wohingegen tagsüber ganz normale Leute für den üblichen Badebetrieb bewirtet wurden. Das, was die beiden Edelmänner hier erhielten, war eine Sonderbehandlung, für die zweifellos Bestechungsgelder über den Tresen gereicht wurden, damit der Stadtrat ein Auge zudrückte. Die meisten Badestuben waren einzig für die Körperpflege da, streng nach Geschlechtern getrennt. Es waren soziale Orte, wo man einmal die Woche einkehrte, sich säuberte und pflegte und nebenbei den neuesten Klatsch aus der Nachbarschaft austauschte.

»Kann man bei den Bernauers auch nachts baden?«, fragte er. »So wie hier, mit euch beiden Hübschen?«

»Ach wo! Da wird nur gebadet. Der Bernauer versteht sich außerdem aufs Zähneziehen.«

Das war nicht unüblich. Viele Bader hatten ihr Handwerk ausgeweitet. Manche boten das Schneiden von Bart und Kopfhaar an, andere verstanden es, gebrochene Knochen zu schienen oder Kunden zur Ader zu lassen. Sie waren die Ärzte der kleinen Leute, immer zur Stelle, wenn der Medikus zu teuer war, was meist der Fall war.

Ein Badermädchen, dachte Albrecht, doch kein Freudenmädchen wie Irma. Die Tochter des Hauses. Eines ehrbaren Hauses, sofern man das von einer Badestube behaupten konnte. Ein Ort, wo Schmerzen gelindert wurden. Sie wusste offenbar, einen Haushalt zu führen, kümmerte sich um die Angestellten ihres Vaters.

Er wechselte einen Blick mit Irma, die das als Aufforderung sah, langsam die beiden Träger ihres Kleidchens für ihn nach unten zu schieben.

»Jan.«

Sein Freund war anderweitig beschäftigt.

Er schlug erbost mit der flachen Hand auf die Wasseroberfläche. »Herrgott noch mal. Jan!«

»Später.«

»Du suchst sie für mich.«

»Natürlich.«

»Du gehst da morgen hin. Irma kennt die Adresse. Du sprichst mit ihr.«

»Kein Problem.«

Albrecht lehnte sich zurück. Es bestand Hoffnung, dass er sie wiedersehen würde. Das allein sollte für heute Abend genügen. Erleichtert schloss er die Augen und lächelte vor sich hin.

Als er sie wieder öffnete, sah er sich Nasenspitze an Nasenspitze Irma gegenüber.

»Also, was ist nun, mein Prinz?«, hauchte sie. »Möchtest du uns noch einmal was vorsingen, oder sollen wir beide vielleicht lieber ausreiten?«

KAPITEL 6

Am nächsten Tag fand sich Albrecht kurz nach dem Mittagsläuten unter dem Perlachturm ein. Ungeduldig schritt er auf und ab. Agnes ließ auf sich warten. Er zerbrach sich den Kopf darüber, was sie aufgehalten hatte. Der Gedanke, dass sie es sich im letzten Moment vielleicht anders überlegt haben könnte, war kaum zu ertragen.

Um ihn herum gingen die Bürger der Stadt ihren alltäglichen Geschäften nach. Hausfrauen und Mägde kauften Lebensmittel ein, ein Bursche rupfte in einer Ecke Hühner, ein Bettler flehte um Almosen und wurde von ein paar Gören mit Kieselsteinen beworfen.

Er beobachtete all diese Vorgänge, aber er sah sie nicht wirklich. Er war viel zu durcheinander. Inbrünstig betete er, dass Agnes doch noch erscheinen würde. Er hatte ihr so viel zu sagen! Wenn er jedoch über die genauen Worte nachdachte, wurde sein Kopf leer.

Schließlich blieb sein Blick an einer Person hängen,

die sich wie eine Prinzessin wandelnd einen Weg durch die Massen bahnte. Sie trug dasselbe waidblaue Kleid mit einem losen Mantel darüber wie am Vortag. Sein Herz machte einen Satz. Da war sie ja!

Er eilte ihr entgegen. »Ich hatte schon befürchtet, dass du es nicht mehr schaffen würdest.« Die Erleichterung ließ ihn alle höflichen Umgangsformen vergessen.

Sie übersah es gütig. »Man wollte mich beinah nicht gehen lassen. Doch dann fiel mir ein, dass ich einige Besorgungen zu erledigen habe.« Sie hob einen Korb an, um anzudeuten, dass sie diesen als Vorwand mitgenommen hatte. »Also, was wollen wir unternehmen?«

Er zuckte mit den Schultern. »Was kann man denn in Augsburg so machen?«

»Wie wäre es mit einer Stadtführung?«

»Das klingt wie eine ausgezeichnete Idee.«

Er wusste es diesmal besser, als ihr den Arm anzubieten, und sie deutete nicht an, dass sie dies von ihm erwartete. Stattdessen trug sie weiter den Korb vor sich her, die handschuhlosen Hände tief in den Ärmeln vergraben. Aus dem Augenwinkel bemerkte er, dass sie sich wieder blaue Bänder ins Haar geflochten hatte. Sie hatte sich für ihn herausgeputzt, zumindest ein wenig.

Seite an Seite schritten sie die breite Hauptstraße hinunter, die den Marktplatz mit dem Dom verband.

»Da habt Ihr mir heute Morgen aber einen lustigen Gesellen vorbeigeschickt«, sagte sie. »Ein guter Freund?«

»Der Beste. Ich kenne Jan schon, seit ich ein kleiner Knabe war. Er war ein regelrechter Lausbub.«

Sie schmunzelte.

»Agnes, ich will dir danken, dass du dich noch einmal mit mir triffst.«

»Nichts zu danken. Ich war selbst neugierig.«

Ihre Worte ließen sein Herz stolpern.

»Also, mein Herr. Was kann ich Euch von meiner schönen Stadt zeigen? Den Dom kennt Ihr ja gewiss bereits?«

»Ich war noch nie drinnen.«

»Oh, aber das müssen wir unbedingt nachholen.«

»Gern.«

Wie so viele andere Kirchenbauten war der Augsburger Dom eine immerwährende Baustelle. Der neue, imposante Ostchor stand kurz vor der Vollendung und zog daher zahlreiche Besucher an. Sie betraten das dämmrige Kirchenschiff, und Albrecht zog den Hut vom Kopf. Beide benetzten sie sich mit Weihwasser und bekreuzigten sich vor dem Altar, bevor Agnes ihn zu einer Kapelle führte und auf Knien zu beten begann.

Er kniete sich neben sie und betete ebenfalls. Nicht für sich, sondern für seine Familie und für Bayern, so wie er es immer tat. Diesmal jedoch ging es ihm nicht so leicht von der Hand. Immer wieder glitt sein verstohlener Blick zu ihr hinüber. Agnes' Schönheit stellte alles in den Schatten, selbst die prächtige Ausgestaltung des Doms.

Als sie ein Kreuz schlug, tat er es ihr gleich und kam wieder auf die Füße.

»Es ist ein herrliches Bauwerk«, flüsterte er.

»Ich komme gern hierher. Hier fühle ich mich meiner Mutter am nächsten.«

»Sie ist tot?«

»Sie starb, als ich klein war. Kurz darauf ist mein Vater mit uns nach Augsburg gezogen.«

»Das tut mir leid.«

Sie lächelte matt. Die Trauer in ihren Augen war nicht zu übersehen.

»Sollen wir eine Kerze für sie entzünden?«

»Das wäre sehr schön. Hier vorn gibt es eine zu kaufen.«

Er wählte eine teure Bienenwachskerze aus. Agnes hielt sie an eine der Opferkerzen, ließ ein wenig Wachs aufs Holz tropfen und befestigte das Licht. Gemeinsam betrachteten sie die zittrige Flamme.

»Und was nun?«, fragte sie.

»Um ehrlich zu sein, keine Ahnung.«

»Habt Ihr Hunger?«

»Ja«, log er. Die Wahrheit war, er hätte alles mit ihr unternommen, im eisig kalten Fluss Wäsche gewaschen oder eine Kloake entleert, solange er nur Zeit mit ihr verbringen konnte.

»Dann habe ich eine Idee.«

Sie führte ihn einige Straßen weiter, dorthin, wo die Häuser so dicht standen, dass sich die Nachbarn über die Gasse hinweg die Hand schütteln konnten.

Albrecht bemerkte ein paar andersartige Schriftzeichen an einer Fassade. »Befinden wir uns etwa im Judenviertel?«

»Hier gibt es einen vorzüglichen Bäcker. Das Brot muss man probiert haben.«

»Gut …«, sagte er.

Er folgte ihr in eines der Geschäfte. Staunend ließ er den Blick über die Auslagen schweifen. Da waren die unterschiedlichsten Brote, klein wie groß, Gebäckstücke in seltsamen Formen, Rollen und gefüllte Teigtaschen. Ein tröstender Duft hing in der Luft, ein Aroma von Backwaren und unbekannten Gewürzen.

»Grüß Gott!«, sagte Agnes zur Verkäuferin.

»Schalom, Agnes. Wie freundlich von dir, dass du mal wieder vorbeischaust. Was macht die Familie? Das Geschäft? Alles in Ordnung?«

»Bestens, Miriam. Verkaufst du mir etwas von deinem köstlichen Brot?«

Die Frau zeigte auf einen großen Leib, der wie ein geflochtener Zopf aussah. »Die Challa mit Mohn?«

»Ja, eine mit und eine ohne, bitte.«

Sprachlos beobachtete Albrecht die geübte Transaktion. Als sie den Laden wieder verließen, fragte er: »Du kaufst öfters hier ein?«

Sie zupfte einen Teil des backwarmen Brotes ab und hielt es ihm vor die Nase. »Kostet mal. Es ist vorzüglich.«

Er wich erschrocken zurück. »Aber das ist jüdisches Essen?«

»Na los, keine Angst.«

Zögerlich nahm er das Brot entgegen und probierte. Es war herrlich aromatisch.

»Und?«

»Es ist gut«, gab er widerwillig zu.

»Freut mich.«

Er verspeiste den Rest des Brotes, und sie führte ihn weiter durch die engen Gassen der Stadt. Sie schien jeden Winkel genau zu kennen. Hier und da deutete sie auf kunstvoll geschnitzte Holzbalken und Marienstatuen, wies ihn auf trockene Brunnen und versteckte

Gärten hin und warnte vor rutschigen Pflastersteinen und lockeren Dammbohlen. Immer wieder wurden sie von Passanten gegrüßt, die Agnes beim Namen nannten.

Als sie zurück waren auf der geschäftige Hauptstraße, sagte Albrecht: »Du kennst dich gut aus in Augsburg.«

»Ich lebe gern hier. Die Leute sind nett. Aber manchmal ...« Sie brach ab und ihr Blick wanderte zum Himmel.

»Aber manchmal?«

»Ob es wohl heute noch schneien wird?«

Er schaute zu den Wolken. »Würde dich das freuen?«

»Oh ja, ich liebe Schnee.«

Sie kamen zum Ausgangspunkt zurück. Der Markt hatte sich geleert, die ersten Stände waren abgebaut. Nur diejenigen Gestalten waren zurückgeblieben, die man an Markttagen zwischen all den Besuchern nicht wahrnahm: die entstellten Bettler, die Straßenkinder, die wirren Propheten und Beutelschneider.

»Und was unternehmen wir jetzt?«, fragte sie.

Er hatte keine Ahnung. Er dachte jedoch nicht daran, dies vor ihr zuzugeben. Er wusste nur eins: Er wollte nicht, dass dieser Tag mit ihr zu Ende ging. Und am allermeisten wünschte er, mit ihr allein zu sein. Doch das war mitten in der Stadt unmöglich.

»Sollen wir zum Fluss gehen?«, schlug er vor. »Vielleicht haben wir Glück, und es hat bis dahin angefangen zu schneien.«

Sie willigte ein. Unterwegs machte sie bei einem der Bettler halt. Sie reichte ihm das zweite Brot aus der Judenbäckerei.

»Gott segne dich, Agnes«, sagte der Mann. Er sah mit seiner abgeschnittenen Nase so grausig aus, dass Albrecht schnell wegschauen musste.

»Dich auch, Ulf. Morgen ist gewiss ein besserer Tag. Jetzt suche dir lieber ein warmes Plätzchen. Es sieht nach Schnee aus.«

»Das werde ich, Fräulein. Ich danke dir.«

Er humpelte mit dem Brot unterm Arm davon.

Agnes blickte ihm traurig hinterher. »Er hat vier Kinder zu Hause«, sagte sie. »Die Frau ist letzten Winter gestorben. Der Jüngste, Johann, hustet so schlimm, dass er wohl bald nachfolgt.« Kopfschüttelnd wandte sie sich ab.

Albrecht folgte ihr eilig. »Woher weißt du all diese Dinge?«

»Welche Dinge?«

»Die Namen der Leute. Wo sie wohnen. Was sie machen. Wie ihre Kinder heißen. Wer wann gestorben ist?«

»Keine Ahnung. Man kommt eben so ins Gespräch.«

Er blieb stehen. Ihm war eine Idee gekommen. »Du warst so großzügig zu dem Bettler. Nun möchte ich im Gegenzug dir etwas schenken.«

Sie tippte sich ans Kinn. »Aber was könnte das sein, mein Herr?«

Er sah sich um. »Gibt es hier einen Gold- oder Silberschmied?«

»Ihr wollt mir Schmuck schenken?«

»Was spricht dagegen?«

»Es ist viel zu teuer! Ihr kennt mich doch gar nicht.«

»Da, wo ich herkomme, schenkt man einer schönen Frau Geschmeide. So gehört sich das. Also?«

Zögerlich wies sie auf eine Straße, die vom Marktplatz abging. »Dorthin.«

Im Geschäft des Silberschmieds ließ Albrecht sich die feinsten Kreuzanhänger zeigen, die der Meister angefertigt hatte. Erst der letzte aus seiner Auslage stellte ihn zufrieden. Er war so groß wie ein Gulden und mit winzigen Rubinen verziert. Er bestellte eine passende Kette dazu. Der Verkäufer legte den Schmuck probeweise um Agnes' Hals. Es stand ihr ausgezeichnet.

»Eine vortreffliche Wahl, mein Herr. Eine Zierde für diese bezaubernde junge Dame.«

Agnes blickte ins Spiegelglas und betastete das Kreuz. »Es ist äußerst elegant. Aber ich möchte es nicht haben. Trotzdem Danke.«

Ihre Zurückweisung traf ihn hart. »Aber warum, Agnes? Es kommt von Herzen. Kümmere dich nicht um den Preis. Ich schenke es dir als Erinnerung an diesen gemeinsamen Tag.«

Der Silberschmied legte das Schmuckstück für sie auf den Tresen.

»Mein Herr«, sagte sie. »Ich kann so etwas nicht annehmen. Es ist viel zu wertvoll.«

»So wählt etwas anderes aus«, brachte sich der geschäftstüchtige Verkäufer ein. Er holte eine Holzkiste hervor. »Wie wäre es hiermit?« Er kramte herum, bis er fand, was er gesucht hatte. Triumphierend hielt er zwischen Daumen und Zeigefinger einen Ring hoch. Ein einzelner winziger Edelstein glänzte im Licht der Talglampen.

»Wie stilvoll!«

»Darf ich dir dann vielleicht den schenken, liebe Agnes?«, fragte Albrecht.

»Na gut«, sagte sie zögerlich, doch ihre Augen verrieten, dass sie sich freute.

»Erstklassige Wahl, mein Fräulein!« Frohlockend ließ der Verkäufer den Ring in ein Ledersäckchen gleiten.

Als er ihn zuschnüren wollte, fragte Agnes: »Könnte ich wohl eine Halskette dazu bekommen? Ich traue mich nicht, ihn offen am Finger zu tragen. Die Leute könnten Fragen stellen.«

Der Silberschmied warf Albrecht einen fragenden Blick zu. Dieser nickte.

Die Wintersonne stand schon tief, als sie das Geschäft verließen, und unter den schweren Schneewolken wurde es dämmerig. Sie durchquerten die Jakobervorstadt im Osten und passierten das Jakobertor. Vor ihnen lagen die menschenleeren Uferwiesen des Lechs. Sie waren mit einer hauchfeinen Schicht Eis überzogen. Als sie zum Flussufer schritten, knisterte es leise unter ihren Sohlen.

Agnes war bester Laune. »Ach, was für ein herrlicher Nachmittag! Ich danke Euch für das Geschenk.«

»Ich wünschte, du würdest mir erlauben, dir noch mehr davon zu machen. Ich würde dir die Sterne vom Himmel holen, wenn du mich ließest.«

Sie kicherte über seine Worte, und er spürte, wie ihm das Blut zu Kopfe stieg. Insgeheim schalt er sich einen Esel, der wieder einmal sein Herz auf der Zunge trug.

»Ich muss sagen, ich war erstaunt, dass Ihr mich in Augsburg ausfindig gemacht habt, mein Herr.«

»Bitte, du kannst mich duzen.«

Sie blieb unter einer winternackten Birke stehen und wurde unvermittelt ernst. »Ihr spielt ein gefährliches Spiel. Ist Euch das eigentlich bewusst? Oder ist es Euch etwa gleich?«

»Das ist kein Spiel. Ich möchte doch nur, dass du mich wie einen ganz normalen Mann behandelst. Nicht wie einen Prinzen.«

»Wir können zwar so tun als ob, aber wir wissen beide, dass es nicht so ist.« Sie rang mit sich, dann sagte sie: »Albrecht.«

Er grinste breit, als er seinen Namen aus ihrem Mund vernahm. »Lass uns doch einfach so tun als ob. Nur für diesen einen Tag. Was ist denn schon dabei?«

»Ach, Albrecht, ich weiß ja überhaupt nichts über dich. Ein Herzogssohn aus München ... Dein Leben wird wohl so völlig anders sein als das anderer Leute.«

Er dachte zurück, wie sie ihn heute durch die schmuddeligsten Straßen der Stadt geführt, mit Juden verkehrt und einen verstümmelten Armen gefüttert hatte. »Ein wenig.«

»Gewiss wohnst du in einer Burg oder dergleichen.«

»Ein Stadtschloss. Es steht mitten in München. Wir nennen es die Alte Veste.«

»So gibt es auch eine Neue Veste«, schloss sie.

»Ja. Wir bauen daran.«

»Dein Vater, der Herzog.«

»Und mein Onkel. Sie regieren gemeinsam Oberbayern.«

»Aber du nicht.«

»Nein«, räumte er ein. »Noch nicht.«

Es schmerzte ihn, das zu sagen. Er war immerhin schon siebenundzwanzig. »Aber Vater vertraut mir immer mehr Aufgaben an.« Eine winzige Lüge.

»Zweifellos leben viele Leute bei Hof.«

»Wie ein Bienenstock.«

»Unzählige bezaubernde Frauen.«

Ihm kamen die Damen seiner Mutter in den Sinn. »So einige.« Zu spät ging ihm auf, was er gesagt hatte, und er biss sich auf die Zunge. »Ein paar«, wiegelte er ab. »Die meisten sind ziemlich alt.« Das war keine Lüge.

»Ein Hof voller edler Damen also. Und da verschwendest du deine Zeit hier mit mir auf den Uferwiesen? Diese Frauen werden doch alle sehr wohlhabend sein und bezaubernd ...«

Er legte ihr eine Hand auf die Schulter. Sie schaute auf.

»Keine ist so wie du, Agnes.«

»Schmeichler!«

Da waren sie wieder, diese Grübchen. Ihr Blick glitt zum Fluss.

»Es ist wahr, Agnes.«

In diesem Moment begann es zu schneien.

Sie streckte den Arm aus und fing ein paar der Schneeflocken mit der Hand auf. »Schau, Albrecht! Wie herrlich.«

Er betrachtete sie in ihrem sorglosen Glück. Wie Engelsstaub rieselten die winzigen Kristalle auf ihre Schultern und Haare, wo die fahle Wintersonne sie zum Glitzern brachte. Beinah war es, als würde sie von innen heraus leuchten.

Sein Entschluss war gefasst. Diese Frau stellte alles

in den Schatten, was er jemals erlebt hatte. Er konnte sie unmöglich wieder gehen lassen. Er musste alles dafür tun, dass sie bei ihm blieb. Nur wie?

Sie riss ihn aus seinen Grübeleien. »Mir ist soeben etwas aufgegangen. Wenn du der zukünftige Herzog von München bist, dann ist da vorn am anderen Ufer ja dein Land.«

»Ein wenig weiter südlich. Aber ja, das stimmt.«

»Wie es dort wohl aussieht?«

»Ich würde es dir gern zeigen, Agnes.«

Sie lachte auf. »In meinen Träumen! Ich werde diese Stadt nie verlassen.«

»Warum glaubst du das?«

»Weil mein Vater das so will. Und weil ich mich fügen muss. Ich werde bald heiraten, und dann arbeite ich in der Badestube meines Mannes. Ich bekomme seine Kinder und sterbe am Ende in seinem Haus und in seinem Bett.«

»Wenn du das so siehst ...«

»Glaube ja nicht, dass mich jemand gefragt hätte, ob ich mein Leben so leben will.«

Er seufzte. »Dein Vater ist so wie meiner. Mich fragt auch keiner nach meinen Vorstellungen.«

»Dann weißt du ja, wie sich das anfühlt. Doch für mich ist es weitaus schlimmer. Ich bin eine Frau.«

»Und wenn du mit mir nach München gehen würdest?«

»Um am Hof als Magd zu arbeiten? Nein, danke. Dann führe ich lieber für meinen Mann eine Badestube. Da muss ich wenigstens nicht die Asche aus dem Kamin kehren.«

»Aber nein! Das meinte ich nicht. Komm mit mir mit! Als meine ... als meine ...« Er brach ab.

Sie hob herausfordernd das Kinn. »Als deine was?«

»Als meine ...« Er konnte es nicht aussprechen.

»Als deine Hübschlerin?«

Er ließ beschämt die Schultern sacken und stieß innerlich einen Fluch aus. Zu oft sprach er einfach drauflos, ohne nachzudenken. Vater hielt ihm diese Schwäche ständig vor. »Nun, Agnes, weißt du ... Wenn du bei mir in München wärest, könnte ich dir die schönsten Kleider kaufen. Du wärest eine gefeierte Schönheit bei Hof. Die anderen Damen würden vor Neid erblassen.«

Sie hob an, um ihn zu unterbrechen, doch er redete schnell weiter. »Wir könnten zusammen reisen. Du sagst, du willst die Welt sehen – lass sie mich dir zeigen. Wir könnten die Fürstenhöfe überall in Süddeutschland besichtigen. Ach, was sage ich: Im gesamten Reich!«

»Albrecht ...«

»Ein eigenes Schloss, nur für dich. Und die köstlichsten Speisen aus aller Welt dazu. Ich bestelle einen Koch aus Frankreich und ...«

»Albrecht!«

Er verstummte.

»Ich komme nicht mit dir mit nach München.«

»Aber wieso nicht?«

»Mein Leben ist hier. Ich kann nicht davonlaufen. Was, wenn du mich eines Tages nicht mehr willst? Ich kenne niemanden in München. Es wäre mein sicherer Tod.«

»Ich würde dich nicht verstoßen, Agnes. Das schwöre ich dir bei meiner Ehre.«

Sie musterte ihn prüfend, dann zuckte sie mit den Schultern. »Nun gut. Ich glaube dir. Aber es gibt einen weiteren Grund.«

Er spürte, wie er zornig wurde. Nein, nicht zornig. Verzweifelt. Er war es nicht gewohnt, dass er seinen Willen nicht bekam. »Das müsste aber ein verdammt wichtiger Grund sein. Ich biete dir das Paradies auf Erden, und du lehnst es ab, ohne auch nur darüber nachzudenken.«

»Ich kann meinen Vater nicht im Stich lassen. Er würde es nicht verstehen.«

»Du willst also nicht mitkommen wegen deines Vaters.«

»Genau.«

Seine Welt zerbrach in tausend Stücke. Er konnte es nicht begreifen. Sie hatte ihn abgelehnt.

Ihre schlanken Finger legten sich wie beim Gebet um seine Hände. Sie waren eiskalt. »Bitte verzeih, Albrecht. Es fällt mir nicht leicht, das auszuschlagen. Mehr, als du mir jetzt wahrscheinlich glauben willst.«

Er betrachtete seine Stiefelspitzen. Die Absage schmerzte über alle Maßen. Noch nie hatte eine Frau ihm so sehr den Kopf verdreht und ihm im Anschluss einen solch gewaltigen Korb verpasst.

»So ist dies also unser Abschied.«

»Es tut mir leid. Es liegt nicht in meiner Macht. Doch sei unverzagt. Du wirst mich bald vergessen haben.«

Er nickte traurig. Und dann schlang sie die Arme um seine Mitte und küsste ihn so innig, als wolle sie ihm im selben Moment das Gegenteil beweisen.

KAPITEL 7

AUF ENGELSSCHWINGEN TANZTE Agnes an diesem Abend nach Hause. Sie war wie berauscht. *So also fühlt es sich an, wenn man verliebt ist,* dachte sie und schwang den leeren Korb ausgelassen hin und her. Beinah war es, als hätte man die Welt für sie in bunten Farben angemalt.

Die Straßen ihres Viertels lagen verlassen da. Albrecht hatte darauf bestanden, sie bis zur elterlichen Haustür zu begleiten, doch Agnes hatte Angst vor Entdeckung gehabt und ihn überzeugt, sie nur bis zum Tor des nicht weit entfernten Dominikanerklosters zu bringen. Eine halbe Ewigkeit hatten sie sich dort in einem unbeachteten Winkel gegenüber gestanden und einander an den Händen gehalten, seine groß und warm, ihre klein und kalt. Sie hatte sein kräftiges Kinn bewundert und die dunklen Brauen, die formvollendeten Ohren und die winzige Narbe an seiner Nase. Als ihr Blick zu seinen Augen gewandert war, hatte sie darin aufrichtige Trauer gelesen. Beide wussten, es war ein Abschied für immer.

»Das bricht mir das Herz«, hatte er gemurmelt.

»Verzeih, Albrecht. Es geht nicht.«

»Solltest du dich umentscheiden …«

»Ich …«

»Unsere Herberge ist direkt am Weinmarkt.«

Zu gern hätte sie ihn ein letztes Mal geküsst. Auf der belebten Hauptstraße war das jedoch undenkbar gewesen.

Sie war dennoch dankbar für diesen Tag. Wenn sie schon jemanden heiraten musste, für den sie nichts empfand, so würde sie nun wenigstens für immer die Erinnerung an ihren heimlichen Kuss auf den Lechwiesen bei sich tragen. Es war mehr, als sich so manch anderes Mädchen vom Leben erhoffen konnte. Tief im Herzen wusste sie, dass ihre Gefühle füreinander an diesem Tag echt gewesen waren.

Als sie in ihre Gasse einbog, fand sie Tür und Fensterläden des Elternhauses fest verrammelt. Es verwunderte sie nicht. Der Bäderbetrieb war längst beendet für den Tag. Sie ließ den Eingang links liegen und schlüpfte durch die schmale Toreinfahrt, die zum Hof führte.

Sie betrat das Haus von der Rückseite. Die Baderstube lag finster und verlassen da. Die Tuffsteinwannen waren geleert und von den Mägden bereits für den nächsten Tag geschrubbt worden. Ein wenig Restwärme hing in der Luft, ein krautiges Aroma von Ringelblumen und Kamille.

Blind durchquerte sie den vertrauten Raum und begab sich zur Küche, um den Korb zurückzubringen.

»Wo bist du so lange gewesen?«

Es war ihr Bruder. Er saß am Esstisch beim Schein einer einzelnen Kerze.

Sie hob den Korb und stellte ihn demonstrativ in das Wandregal. »Auf dem Markt, wie ich gesagt habe.«

»So lange?«

»Ich habe mich verschwatzt.«

»Und du hast nichts gekauft?«

»Doch, aber ich habe es gleich dem Bettler gegeben. Er sah so hungrig aus.«

»Du tust so, als ob wir in Geld ersticken würden, Agnes.«

Sie zog den Mantel aus, hängte ihn an einen Nagel und legte sich eine Schürze um.

»Was gibt's zum Abendessen?«, fragte er.

»Ich wärme den Eintopf noch einmal auf. Morgen koche ich dann frisch.«

»Du weißt, ich hasse das.«

»Es war so viel übrig von gestern. Und ich weiß, wenn es etwas gibt, dass du noch mehr hasst als aufgewärmten Eintopf, dann, wenn unser überschüssiges Essen an die Schweine geht.«

Hans gab ein unwilliges Knurren von sich.

Eins zu null für mich, dachte Agnes vergnügt. »Wo ist Vater?«

»Im Stall. Einer der Esel hat heute gelahmt.«

Sie schürte mit frischen Kohlen das Herdfeuer an und schleppte den schweren Kessel mit dem Eintopf von draußen herein.

»Du bist plötzlich so anders«, sagte Hans.

Sie lachte auf. »Wirklich?«

»Dieser Schwung in deinen Hüften. Als ob du tanzt.«

»Ich weiß nicht, was du meinst.«

Er murrte und zückte sein Speisemesser, um die Klinge zu polieren.

Sie stellte ihm klappernd das Geschirr hin, eine stumme Aufforderung, den Tisch zu decken. Er ignorierte es und säuberte weiter sein Messer. Kopfschüttelnd kehrte sie zum Herd zurück.

»Der Tag deiner Hochzeit rückt immer näher«, sagte er.

»Vater behauptet, Gernot könne es kaum noch erwarten.«

»Kann ich verstehen. Wird ja auch langsam Zeit.«

Sie wandte sich nicht um. »Warum sagst du das?«

»So ein junges Mädchen wie du sollte nicht lange ledig bleiben. Sonst kommt es noch auf dumme Ideen.«

Sie stellte den Kessel aufs Feuer. »So ein Unsinn. Was denn zum Beispiel für Ideen?«

»Du könntest dich in falscher Gesellschaft herumtreiben. Mit Männern zum Beispiel, die dich mit kostspieligen Geschenken bezirzen wollen. Die Nachbarn könnten das sehen, und dann wäre dein guter Ruf dahin.«

Agnes rutschte das Herz in die Hose. Hans wusste Bescheid. Der Ring, den Albrecht ihr geschenkt hatte, und den sie unter dem Kleid auf ihrer Brust trug, brannte auf einmal wie Feuer auf ihrer Haut.

Sie ließ sich nichts anmerken und machte weiter mit der Vorbereitung des Abendessens. Aus einem irdenen Kasten nahm sie einen Kanten altbackenes Brot und begann, dicke Scheiben abzuschneiden.

»Nicht auszudenken, die Nachbarn könnten glauben, du würdest dich für gewisse Dienste bezahlen lassen.«

Agnes wurde es heiß und kalt zugleich. Aus Angst, sich vor Aufregung am Brotmesser zu schneiden, legte sie es beiseite. Im Halbdunkel fischte sie nach der Kelle, die an einem Haken an der Wand hing, und begann, im Kessel herumzurühren.

»Du sagst ja gar nichts, Schwesterlein. Bist doch sonst nicht auf den Mund gefallen.«

»Mir ist wohl entgangen, dass du eine Frage gestellt hast.« Unter ihren Armen bildeten sich Schweißflecken.

»Hab ich auch nicht.«

Er stieß ein Seufzen aus, das Agnes sagte, dass er es sich bequem gemacht und die Beine weit von sich gestreckt hatte. Sie konnte wetten, dass der Tisch immer noch nicht gedeckt war.

»Ich wollte dich nur warnen«, sagte er. »Die Nachbarn halten Augen und Ohren jederzeit offen, und hässliche Gerüchte fegen durch Augsburger Stuben schneller als der Wind.«

»Hässliche Gerüchte?«

»So hoffe ich doch. Denn wenn Vater vernimmt, was sein liebes Töchterlein heute so alles getrieben hat, und dass sie dabei durchaus nicht allein war, wird er dich windelweich prügeln.«

»Hörensagen. Die Nachbarn sollten sich um ihren eigenen Kram scheren. Alles Verleumdung.«

»Ja, nicht mehr und nicht weniger. Oder, Agnes?«

Sie brachte sich dazu, sich umzudrehen. Hans lungerte auf der Bank herum und drehte das Messer am

Heft in der Hand. Sie nahm all ihren Mut zusammen, ging zu ihm herüber und teilte die Teller aus.

»Bist doch eigentlich ein anständiges Mädchen, Agnes, oder etwa nicht?«, fragte er, während er sie prüfend betrachtete. »Wenn Vater nachfragt, ob ich was gehört habe – was denkst du, sollte ich ihm dann wohl sagen?«

»Es gibt nichts zu sagen, Hans. Doch wenn es dich beruhigt, werde ich bis Ostern nicht mehr vor die Tür gehen, und ab dann ist es sowieso nicht mehr deine Verantwortung.«

»Das klingt wie eine ausgezeichnete Idee. Wäre jedenfalls gesünder für dich. Baue lieber nicht darauf, dass ich deine liederlichen Machenschaften decken werde.«

»Was für liederliche Machenschaften?«, tönte es von der Tür.

Agnes stockte mitten in der Bewegung.

»Grüß dich, Vater!«, rief Hans hämisch. »Frau Häusler hat mit mitgeteilt, dass sie heute Agnes beim Silberschmied gesehen hat.«

Kaspar baute sich unheilvoll hinter Agnes auf. »Was hast du beim Silberschmied zu schaffen?«

»Sie war nicht allein«, ergänzte ihr Bruder genüsslich.

Agnes entwich jegliche Gesichtsfarbe. Mit zittriger Hand stellte sie den Teller ab.

»Wer hat dich zum Silberschmied geführt?«, fragte Kaspar. »Schau mich an, wenn ich mit dir rede!«

»Ich ...«, hob sie an.

Hans kam ihr zuvor. »Ein edler Mann war's, so sagt

jedenfalls Gernots Mutter. Er hat ihr einen Ring geschenkt.«

Kaspars Gesicht lief rot an. Er riss Agnes' Hand hoch. »Einen Ring? Wo ist er?«

»Es war ganz anders ...«

Ihr Vater packte sie an den Schultern und brüllte: »Wo ist der Ring?«

Hans sprang auf und war im Nu bei ihnen. Er griff an ihren Nacken und zerrte an der Kette. »Schau her. Da ist er ja!«

Schnaubend holte Kaspar aus und schlug seiner Tochter ins Gesicht. Der Schlag war so gut platziert, dass Agnes' Kopf zur Seite flog. Ihre gesamte linke Gesichtshälfte flammte auf. »Du widerliche Hure! Deine Mutter würde sich vor Scham im Grab umdrehen.«

Heiße Tränen schossen ihr in die Augen. Mit der Hand hielt sie sich die schmerzende Wange. »Es war ganz anders, Vater. Bitte, lass mich erklären.«

»Die Häuslers wollen auch eine Erklärung«, brachte sich ihr Bruder ungefragt ein.

»Verlass sofort dieses Haus«, zischte Kaspar und spuckte aus.

Sie starrte ihn entsetzt an. »Was?«

Mit einem abschätzigen Blick wandte er sich ab und verließ die Küche.

»Ach herrje, Agnes!«, rief Hans amüsiert. »Was soll denn nun bloß werden?«

Sie ignorierte den Spott und stürzte in den dunklen Flur. »Vater! Nun lass mich doch erklären! Ich wollte diesen Ring gar nicht, doch der Herr hat ihn mir aufgedrängt.«

Kaspar blieb stehen, aber er wandte sich nicht um. »Warum hat er das getan?«

»Weil ...«

»Du hast dich ihm angebiedert, nicht wahr?«

Agnes wusste darauf nichts zu sagen. Stimmte es, was der Vater ihr da unterstellte? Hatte sie sich Albrecht an den Hals geworfen, damit er ihr Geschenke machte? Nein, um Geschenke war es ihr nicht gegangen, nur um seine Aufmerksamkeit. Wer aus dem einfachen Volk wurde schon von einem so eleganten Mann beachtet? Es hatte ihr geschmeichelt, dass er nach ihr hatte schicken lassen.

»Pack deine Sachen.«

»Du willst mich vor die Tür setzen? Deine eigene Tochter?«

»Du hast in diesem Haus nichts mehr verloren. Die Häuslers werden die Verlobung nun auflösen. Ich kann es ihnen nicht verdenken. Wenn sie uns dennoch weiterhin gewogen sind, macht die Geschichte vielleicht in der Stadt nicht die Runde, aber man kann nie wissen. So oder so, es ist schlecht fürs Geschäft. Geh, und such dein Glück woanders. Gott weiß, ich habe alles probiert, doch so einem Weib wie dir ist nicht beizukommen.«

Er schlurfte davon, ein gebrochener Mann.

Agnes keuchte vor Bestürzung auf. Ihr eigener Vater hatte sie aus dem Haus geworfen! Für einen Moment wurde ihr so schwindelig, dass sie sich am Türrahmen festkrallen musste. Wo sollte sie nur hin? Draußen war es schon dunkel ... In Panik überlegte sie, ob eine kirchliche Einrichtung sie nehmen würde, wenigstens für ein paar Nächte, und entschied sich dann dagegen. Ihr Ruf war dahin, niemand aus der Nachbarschaft würde noch etwas mit ihr zu tun haben wollen. Sie wollte nur fort aus dieser Stadt, fort aus Augsburg.

Auf wackligen Knien erklomm sie die schmale Stiege, stolperte beinah bei jedem Schritt. Sie durchwühlte die Truhen, tränenblind, klapperte die Wandregale und Haken ab. Was ihr gehörte, warf sie in einen Sack. Viel war es nicht.

Unten im Flur kam sie ein letztes Mal an der Küche vorbei. Hans war nicht zu sehen. Sie nahm den Kessel von den Kohlen und griff nach dem Mantel.

Dann verließ sie das Haus durch die Eingangstür, wie eine Fremde.

KAPITEL 8

MÜNCHEN, FEBRUAR 1428

Bis nach München war es ein fünftägiger Ritt.

Das Pferd, das Agnes von Albrecht aus seinem Tross erhalten hatte, war zahm und hatte einen gleichmäßigen, sanften Gang. Dennoch war der Sitz im Sattel ungewohnt. Das Schaukeln erinnerte sie an einen Tag, als sie im Alter von vier Jahren einmal auf einem der beiden Esel gesessen hatte, die das Wasser vom Bach in die Baderstube brachten. Das Vergnügen hatte sich als äußerst kurzlebig herausgestellt: Kaum hatte das Tier erkannt, dass es sich nicht um die übliche Fracht handelte, hatte es gebockt. Agnes war mitten in einer Schlammpfütze gelandet. Ihr Bruder Hans hatte daneben gestanden und sich vor Lachen den Bauch gehalten. Er war es, der dem Drängen der weitaus jüngeren Schwester nachgegeben und ihr beim Klettern auf den Rücken geholfen hatte. »Geschieht dir ganz recht«, hatte er gerufen. »Immer möglichst hoch hinaus, doch der tiefe Fall lässt nicht lange auf sich warten.«

Sie ließ die düsteren Gedanken schnell hinter sich, denn sie hatte sich vorgenommen, das Beste aus der Situation zu machen. Als sie Albrecht noch am späten Abend von einem Stallburschen der Herberge in den Hof holen ließ, hatte er vor Überraschung die Augen weit aufgerissen. Sie hatte nichts zu sagen brauchen, er hatte auch so seine Arme weit für sie geöffnet, und sie war an seine Brust gestürzt und hatte sich von ihm auffangen lassen. Er hatte ihre Tränen weggeküsst und ihr ein Bett in der Kammer der Magd besorgt, die mit ihm aus München angereist war. Am nächsten Morgen waren sie in einem langen Tross aus Bediensteten und Packpferden aufgebrochen.

Vor dem Mittag hatten sie den Lech überquert und waren kurz darauf in eine Landschaft aus Nadelwäldern, Dörfern und Ackerflächen eingetaucht, auf denen noch der Schnee des Vortages gelegen hatte. Staunend hatte Agnes alles in sich aufgenommen. *Das also ist Bayern,* dachte sie immer wieder beglückt. Es gefiel ihr.

Der Tross bestand aus einem Dutzend Bediensteten und berittenen Begleitern. Albrecht und sein Freund Jan hatten Agnes' Pferd ganz vorn in ihre Mitte genommen. Sie waren angenehme Reisegefährten, die sich die Zeit mit lustigen Anekdoten aus der Vergangenheit vertrieben. Gelegentlich beantworteten sie Agnes' zahlreiche Fragen über München und das Leben bei Hof.

Am Abend hielten sie an einem Gasthaus, um Quartier zu beziehen. Agnes erhielt ihre eigene Kammer. Sie war schlicht, aber gemütlich eingerichtet. Dennoch wälzte sie sich für Stunden schlaflos im Bett. Nie zuvor hatte sie so viel Platz zur Verfügung gehabt, nie allein geschlafen. Ein Teil der Aufregung rührte jedoch auch daher, dass sie sich mittlerweile auf dieses Abenteuer freute. Sie hatte es sich selbst zunächst nicht eingestehen wollen, doch das Leben, von dem Albrecht ihr vorgeschwärmt hatte, klang wie ein wahr gewordener Traum. Sie würde neue Orte besuchen und interessante Leute treffen, köstliche Speisen essen und edle Stoffe tragen. Jedes Mädchen, das schon einmal so wie Agnes Hunger und Kälte erfahren hatte, hätte alles dafür gegeben, um diesen Wohlstand zu erleben.

Das jedoch war nicht der alleinige Grund, warum sie zu Albrechts Herberge geeilt war anstatt zu einem Nachbarn, einem Freund, einem Kloster oder einem Armenhospiz. Sie war sich sicher, sie tat es vor allem aus Liebe, so verrückt und unvernünftig es auch klingen mochte. Wäre Albrecht ein anderer gewesen, wäre er alt, gemein und hässlich gewesen, sie hätte sich nicht auf ihn eingelassen. Doch er war alles andere als das: Er war charmant und gutaussehend und großzügig, und er brachte ihr Herz mit seinen braunen Augen immer wieder aufs Neue zum Flattern.

Die Reise war wie im Nu vorbei. Als sie München erreichten, war es kurz vor der abendlichen Schließung der Stadttore.

Agnes sah sich aufmerksam um und nahm jedes noch so kleine Detail in sich auf. Die Straßen waren still. Die meisten Bürger hatten sich an den heimischen Herd zurückgezogen und genossen mit der Familie das

Abendmahl. »Sehr hübsch, dieses München. Es wirkt ... aufgeräumter als Augsburg.«

»Die Stadt ist durch den Fernhandel reich geworden«, sagte Albrecht. »Die Oberschicht unterhält Beziehungen von Amsterdam bis Venedig und von Hamburg bis Genua.«

Sie deutete auf die Gebäude vor ihnen. »Ist das der Grund, warum hier so viele Neubauten stehen?«

»Nicht ganz«, sagte Jan. »An der Stelle wurden die Häuser vor dreißig Jahren allesamt abgerissen, um Platz zu schaffen. Am Ende wurde er aber dann doch nicht benötigt.«

»Was wollte man denn hier anlegen? Vielleicht einen Marktplatz?«

»Man brauchte den Platz für Kriegsgerät, da ...«, setzte Jan an.

Albrecht deutete auf ein mehrstöckiges Torhaus, vor dem zwei durchfrorene Gardisten Wache schoben. »Schaut, da vorn ist schon die Alte Veste.«

»Jetzt lenk doch nicht ab«, sagte Jan irritiert. Er wandte sich im Sattel um, um Agnes die Zusammenhänge zu erklären. »Weißt du, als Albrechts Vater und sein Bruder Wilhelm an die Macht kamen, entbrannte in München ein Bürgerkrieg. Man ließ die Häuser abreißen, um die Alte Veste zu belagern.«

»Oh! Aber wieso? Sind die Münchener Herzöge beim Volk schlecht gelitten?«

»Ach, weißt du, ein Machtwechsel wie nach dem Tod von Albrechts Großvater bringt immer Unsicherheit ins Land.«

»Die Bürger befürchteten, dass mein Vater und mein Onkel zu viel Macht an sich reißen würden. Die Handwerkergilden wandten sich an unseren Vetter in Ingolstadt, Herzog Stephan, und suchten seine Unterstützung.«

Jan fuhr fort: »Der nutzte die Zwietracht für seine Zwecke aus, um die Münchener Verwandten vom Thron zu stürzen und München einzunehmen. Für kurze Zeit hatten die Handwerker auch die Oberhand. Deshalb musste Albrechts Vater damals aus der Stadt fliehen, ebenso wie ein Großteil der Oberschicht.«

»Aber sie haben sich am Ende alle wieder versöhnt?«, fragte Agnes.

Albrecht gab den Torwachen ein Zeichen, die eilig für sie aufsperrten. Zu Agnes sagte er: »Wir mussten die Stadt belagern, bis die Handwerker einknickten und uns wieder einließen. Aber es war ein langer und schmerzhafter Weg bis dahin.«

Jan lachte. »Du sagst *uns*, dabei bist du selbst noch ein Säugling gewesen!«

»Du weißt, die Familie geht über alles.«

»Ich bin froh, dass ihr euch durchsetzen konntet«, sagte Agnes.

»Ich auch«, stimmte Albrecht zu. »Doch seit jener Zeit herrscht zwischen München und Ingolstadt dicke Luft. So etwas darf niemals vergessen werden.«

Sie klapperten mit dem Gefolge durch das Torhaus in einen weitläufigen Innenhof, der zu so später Stunde verwaist dalag. Die Alte Veste füllte einen ganzen Häuserblock aus und war zu allen vier Seiten hoch bebaut.

Kaum hatten sie die Pferde angehalten, verdüsterte

sich Albrechts Gesichtsausdruck. Er legte den Kopf in den Nacken und schaute an den Fassaden hoch. Agnes folgte seinem Blick. Die unzähligen Fenster, die den Hof überblickten, größtenteils schwarz in der Abenddämmerung, wirkten auch auf sie beklemmend. Für einen Moment kam es ihr vor, als würden sie versuchen, wie dunkle Augen bis in die tiefsten Tiefen ihrer Seele zu schauen, fast wie ein Ring aus Richtern, die sie in einem geheimen Prozess aburteilten. Sie erschauderte unwillkürlich.

Hastig legte sie eine Hand an die Brust und rief: »Oh, Albrecht! Du hast mir nicht gesagt, dass es so groß ist!«

Ihre kindliche Ergriffenheit wischte den mürrischen Ausdruck in seiner Miene weg. Als sich ihre Blicke trafen, waren seine Augen wieder voller Wärme für sie.

Eine Handvoll Stallknechte eilte auf sie zu. Albrecht sprang aus dem Sattel und warf einem von ihnen die Zügel zu, um Agnes eigenhändig vom Pferd zu helfen. Nach den fünf Tagen auf der Straße waren sie gut aufeinander eingespielt. Sie hievte das rechte Bein über den Widerrist und glitt in seine wartenden Arme. Wie auch die Male zuvor hielt er sie länger fest, als es schicklich gewesen wäre. Sie nutzte diesen süßen Moment und betrachtete sein Gesicht. Ach, wie gern hätte sie ihn jetzt geküsst! Doch das war unmöglich. Nicht unter all diesen dunklen Fenstern mitten im Hof.

»Die Pferde werden versorgt«, sagte Jan. »Soll ich Agnes hinein begleiten?«

Albrecht seufzte auf und stopfte die verräterischen Hände in die Manteltaschen. »Ist zweifellos besser so.«

Eine Magd eilte aus dem Wohntrakt herbei. Beim

Laufen legte sie sich einen Wollschal über die schmächtigen Schultern. »Mei! Prinz Albrecht, welch Freude, dass Ihr wieder bei uns seid. Eure Frau Mutter wird sich so freuen, dass Ihr heil zurück seid.«

»Else, du kommst wie gerufen. Würdest du bitte mit dem Grafen von Sedlec eine freie Kammer aussuchen und sie für die junge Dame vorbereiten? Sie ist unser persönlicher Gast. Es soll ihr an nichts mangeln.«

Die Magd knickste. »Ja, Eure Hoheit. Ich werde ein bequemes Gemach auswählen.«

»Und schau bitte in der Kleiderkammer nach, ob du dort ein paar Gewänder von Amalie findest. Unser Gast ist mit wenig Gepäck angereist und will sich frischmachen.«

»Selbstverständlich, mein Herr.«

Er nahm Agnes an den Händen. »Meine jüngste Schwester ist den Klarissen beigetreten. Sie hat keine Verwendung mehr für die Kleider.«

»Wann werde ich dich wiedersehen?«

»Sobald ich kann. Morgen früh. Erst sind ein paar Dinge zu klären.«

Sie nickte, obgleich sie enttäuscht war. Ein kleiner Teil von ihr befürchtete, dass sie von dem riesigen Anwesen verschluckt werden würde.

»Ich lasse dir alles hochschicken, was du benötigst. Und wenn du etwas brauchst, wobei Else dir nicht helfen kann, wende dich an Jan.«

»Ist gut.« Sie zupfte sich die Reithandschuhe von den Fingern und reichte sie ihm. »Danke für die Leihgabe.«

»Verlass vorerst nicht deine Kammer.«

Sie schaute auf. »Wieso nicht?«

»Weil ich dich darum bitte.«

Sie wechselte einen Blick mit Jan, der ihr aufmunternd zunickte.

»In Ordnung«, stimmte sie zögerlich zu.

Else bibberte mit ihrem groben Schal in der Kälte. »Dürfte ich Euch nun hineinführen?«

Agnes folgte ihr zum Wohntrakt, die Schultern zurückgelegt wie ein Soldat, der tapfer ins Gefecht zog.

KAPITEL 9

Jan wollte sich den Frauen anschließen, doch Albrecht zog ihn am Ärmel zurück. »Du passt gut auf sie auf, verstanden?«

»Ich hüte sie wie meinen Augapfel. Und du machst es so, wie wir besprochen haben?«

»Mir bleibt nichts anderes übrig. Vater würde mir den Kopf abreißen, wenn er die Wahrheit erführe.«

»Du musst sofort mit ihm sprechen. Bevor jemand hier plaudert und ihn auf den falschen – will sagen: richtigen – Gedanken bringt.«

Albrecht lächelte bei dieser witzigen Formulierung. »Keine Sorge. Ich werde ihn noch heute Abend aufsuchen.« Er atmete tief durch.

Jan klopfte ihm aufmunternd auf die Schulter. »Gut so. Du schaffst das. Berichte mir morgen.«

Zwei Schritte auf einmal nehmend erklomm Albrecht die Treppe zu seinem Gemach. Sein Kammerdiener Josef begrüßte ihn im Vorraum. Der alte Mann hatte schon

Albrechts Großvater gedient und war ein treues und zuverlässiges Mitglied des herzoglichen Haushalts. Er sandte sogleich eine Magd aus, die das Feuer entfachen sollte, und schlurfte gebeugt durch den großzügigen Raum, um die Kerzen zu entzünden.

»Wollt Ihr Euch geschwind frischmachen, mein Herr? Die Familie sitzt beim Abendmahl.«

Albrecht graute es bei dem Gedanken, sie alle auf einen Schlag wiederzusehen – Vater, Mutter, den Onkel, die Schwestern. Er musste sie sich nach und nach vorknöpfen, nicht gleich alle zusammen. »Lass mir lieber etwas Kaltes aus der Küche kommen, Josef. Ich bin völlig erschlagen.«

Der Kammerdiener verschwand, um das Gewünschte in Auftrag zu geben. Er kam mit einer Schüssel warmem Wasser zurück. Während Albrecht auf das Abendessen wartete, entkleidete er sich bis aufs Leinenhemd und wusch sich den Pferdegestank vom Körper.

Er war froh, dass es einen Plan gab. Jan und er hatten abends im Wirtshaus, als Agnes längst zu Bett gegangen war, eine hitzige Diskussion darüber geführt, wie er sie am besten bei Hof unterbringen konnte, ohne dass sein Vater misstrauisch wurde. Es würde nur mit einer Lüge gehen, hatten sie erkannt. Dabei hasste er es, zu schwindeln. Es stand jedoch völlig außer Frage, Agnes offen als Albrechts Buhlschaft bei Hofe einzuführen. Das war sittenlos und wäre weder von Vater noch von Mutter geduldet worden, ganz gleich, wie oft er sich sonst außerhalb der Alten Veste in fremden Betten herumtrieb. Niemand setzte voraus, dass er sich bis zu seiner Hochzeitsnacht aufsparte. Im Gegenteil: Ein lotterhaftes Leben wurde von einem jungen, ungebundenen Edelmann beinahe erwartet. Doch es galt gleichermaßen, das Ansehen zu wahren. Eine Bürgerliche an den Hof zu bringen und mit ihr öffentlich eine Liebesbeziehung auszuleben, war unerhört und hätte einen Schatten auf das gesamte Herzogtum geworfen. Er musste seine Beziehung zu Agnes, zumindest vorerst, unter Verschluss halten.

Nach dem Essen machte er sich auf den Weg zu Vaters Gemächern. Vor der privatesten der Kammern, deren Doppeltüren von zwei Dienern flankiert wurden, verharrte er für einen Moment, um sein wild klopfendes Herz unter Kontrolle zu bringen. Die Diener hielten den Blick starr geradeaus gerichtet und gaben vor, sein Zögern nicht zu bemerken.

Willkommen im Vorhof zur Hölle. Unverhofft kroch Bitterkeit in ihm hoch. Dies war sein Vater, den er besuchte, und doch fühlte es sich an wie ein Vorsprechen beim Teufel persönlich. Um sich zu wappnen, tat er das, was ihm immer verlässlich Zuversicht schenkte: Er schlug ein Kreuz. Erst dann legte er beide Hände an die Knäufe, um die Türen selbst aufzudrücken.

Sein Vater saß, wie erwartet, grübelnd am Schachbrett. Im Schein des knisternden Kaminfeuers glänzte seine Glatze wie eine polierte Holzkugel. Geräuschvoll schloss Albrecht die Türen hinter sich und trat in den Lichtkreis. Ernst hob nicht den Kopf. Er war völlig von seinem Schachproblem eingenommen.

Drei Schritte vor dem Tisch blieb Albrecht stehen und deutete eine Verbeugung an. Vor Aufregung waren ihm die Handflächen feucht geworden. Er räusperte sich. »Lieber Vater …«

Bevor er fortfahren konnte, fuhr Ernsts Hand in einer gebieterischen Geste hoch. Er machte sich noch nicht einmal die Mühe, den Blick zu heben.

Albrecht brach getroffen ab. Wie ein gescholtener Zögling verknotete er die klammen Finger ineinander, während er dabei zuschaute, wie Ernst konzentriert an der Spitze des Kinnbärtchens entlang fuhr und über den nächsten Zug nachgrübelte. Der Herzog war eher kleinwüchsig und so schmächtig, dass gehässige Stimmen beizeiten munkelten, dass er gar nicht Albrechts leiblicher Vater sein konnte. Doch das war Unfug. Wer genauer hinsah, erkannte, dass beide Männer wache Augen hatten, ebenso wie die gleichen großen Hände und hohen Wangenknochen. Dennoch gab es kaum einen Tag in seinem Leben, an dem Albrecht sich nicht wünschte, dass die boshaften Unterstellungen wahr waren. Äußerlich mochte es Gemeinsamkeiten zwischen Vater und Sohn geben, innerlich waren sie zwei grundverschiedene Menschen.

Die Hand am Kinn fand endlich den Weg zu einer der Spielfiguren. Nachdenklich rieb Ernst Daumen und Zeigefinger aneinander, bevor er den Läufer aufnahm und drei Felder weiter setzte. Brummend betrachtete er das so veränderte Spielfeld.

Albrechts Füße begannen, ihm wehzutun. Er räusperte sich erneut.

Ernst schaute auf, missbilligend zogen sich die Augenbrauen zusammen. »Du stehst ja immer noch da.«

»Soll ich ein andermal wiederkommen, Vater? Ist es gerade ein unpassender Zeitpunkt?«

»Du sollst dich setzen, Sohn. Ich weiß nicht, warum du es nicht schon längst getan hast.«

Weil du die Hand gehoben hast, anstatt mich dazu aufzufordern, wollte Albrecht am liebsten erwidern. Doch dann dachte er, dass sein Vater ihn mit der Geste vielleicht nur zum Schweigen hatte bringen wollen, damit er seine Konzentration nicht brach. Dass es wohl nicht als Aufforderung gemeint gewesen war, wie ein Esel mitten im Raum stehenzubleiben.

Peinlich berührt bewegte er sich auf den Stuhl zu, der seinem Vater gegenüberstand. Ihm kam ein erschreckender Gedanke. Was, wenn es eine Prüfung gewesen war? Hatte ihn sein Vater dazu herausfordern wollen, trotz der abwehrenden Geste selbstbewusst Platz zu nehmen und sich wie zu Hause zu fühlen?

Du machst dir zu viele Sorgen, Albrecht! Diese Sichtweise nahm in seinem Kopf Jans Stimme an. Ein simples Missverständnis. Ernst hatte sich rein gar nichts dabei gedacht, und ganz gewiss hatte er sich nicht gleich für den ersten Moment ihres Wiedersehens nach drei Wochen der Trennung eine Prüfung für den Sohn aus dem Ärmel geschüttelt.

Er ließ sich auf die Sitzfläche sinken und betrachtete das Durcheinander auf dem Spielbrett. Andererseits – man konnte bei Vater nie sicher sein. Möglicherweise war es doch eine Prüfung gewesen, und er war soeben grandios durchgefallen. Während Ernst eifrig begann, die Spielfiguren an ihre Ausgangspositionen zurückzustellen, musterte Albrecht verstohlen sein Gesicht. Er würde ihn nie verstehen, diesen Mann. Der eigene Vater war ihm ein Buch mit sieben Siegeln.

»Spiel mit mir eine Runde«, sagte Ernst. Er winkte mit der linken Hand einem Diener, der Albrecht einen gefüllten Kelch brachte. »Dabei können wir uns über das Turnier unterhalten.«

»Gern«, antwortete Albrecht, obwohl er das Gegenteil meinte.

»Waren viele bekannte Gesichter da?«

»Die Fugger, natürlich. Goßenbrot. Von Hoy. Und unser Vetter Heinrich.«

»Ach! Wie geht es ihm?«

»Er hat mich vom Pferd gestoßen. Das hat ihm außerordentlich gut gefallen.«

Ernst lachte auf. »Sei nicht nachtragend. Du weißt, er ist uns teuer.«

»Ich weiß.«

Heinrich war schon in jungen Jahren an die Macht gekommen und hatte einen Vormund bis zu seiner Volljährigkeit benötigt. Ernst und sein Bruder Wilhelm hatten daher seit jeher ein väterliches Auge auf den Vetter aus Landshut, was ihre Beziehung zueinander bis ins Erwachsenenalter geprägt hatte.

Da Albrecht vor den weißen Spielfiguren saß, eröffnete er mit einem Bauern. Sein Vater zog direkt den seinen, und so lichteten sich mit der Zeit auf beiden Seiten die Reihen.

»Es tut mit leid, dass ich das Abendmahl mit der Familie verpasst habe«, sagte er.

»Es war nur eine kleine Runde. Deine Mutter hat sich früh zurückgezogen.«

»Ich werde gleich morgen meine Aufwartung machen.«

»Das wird sie freuen. Sie sorgt sich immer so, wenn du unterwegs bist.«

Albrecht zog einen Springer und bedrohte damit einen Läufer seines Vaters. Mit Befriedigung beobachtete er, wie Ernst seine Spielfigur hinter den Bauern zurück in Sicherheit brachte.

»Morgen früh gibt's eine Besprechung mit dem Hofrat. Ich möchte, dass du dabei bist.«

Albrechts Herz machte einen Satz. Er freute sich immer, wenn man ihn in die Staatsgeschäfte einband. »Gern.«

»Komm jedoch früher zu uns, gleich nach dem Frühstück. Dein Onkel und ich werden dich zuvor über die neusten Entwicklungen in Kenntnis setzen, damit du den Beratungen später folgen kannst.«

»Gewiss. Ich werde da sein.«

»Sei pünktlich.«

Albrecht verkniff sich eine Erwiderung und betrachtete das Spiel. Mittlerweile hatte sich das Brett bis auf einige wenige Figuren geleert. Er hasste Schach wie die Pest. Der Grund hierfür war simpel: Es war ihm unmöglich, zu gewinnen. Zumindest, wenn er gegen seinen Vater spielte. Doch dann bemerkte er, dass Ernst einen Fehler begangen hatte. Wenn Albrecht es geschickt anging, würde sein Vater in wenigen Zügen seine Dame verlieren. Sein Puls beschleunigte sich. Dies war *die* Gelegenheit, endlich einmal einen Gewinn einzustreichen! Er gönnte sich ein verstecktes Grinsen und wagte den nächsten Zug.

Ernst musterte ihn aus eisblauen Augen. »Das Mädchen, das heute Abend mit euch in den Hof geritten kam, stammt sie aus Augsburg?«

Er wurde auf einen Schlag blass. Wie zum Kuckuck hatte er das schon wieder so schnell erfahren? Vater musste seine Augen und Ohren überall haben!

Er hüstelte und stählte sich innerlich für die Lüge, die er sich auf der langen Reise zurechtgelegt hatte. »Jan hat sie aufgelesen. Er wollte sie unbedingt mit an den Hof bringen. Ich konnte es ihm unmöglich abschlagen.«

»Der Sedlec? Wo hat er sie kennengelernt?«

»Beim Turnier. Sie hat einen der Stände auf dem Jahrmarkt betreut.« *Biete Einzelheiten, aber nicht zu viele,* hatte Jan ihn beschworen.

Ernst gluckste amüsiert auf. »Sie ist eine Bürgerliche?«

»Sie ist die Tochter eines Bäckers.«

»So? Sie will sich wohl mit ihrem Liebreiz die Gunst der oberen Stände erschleichen.«

Die Unterstellung ärgerte Albrecht. »Wenn du damit andeuten willst, dass Agnes ein liederliches Weib ist, das für jeden die Beine breit macht, dann liegst du falsch. Sie ist eine sehr sittsame junge Dame.«

Sein Vater lehnte sich zurück und verschränkte die Arme. »So, so. Agnes.«

Hastig nahm Albrecht einen Schluck von seinem Wein. Das lief nicht gut. Ganz und gar nicht gut.

»Sie ist also die Buhlschaft vom Sedlec?«, bohrte Ernst nach.

»Natürlich. Du kennst ihn. Er lässt nichts anbrennen bei der Damenwelt.«

»So wie mein werter Sohn.«

Albrecht deutete auf das Spielbrett. »Wer war dran?«

»Du.«

»Ah ja.« Er entschied sich für einen Zug, der ihn Vaters Dame näher bringen würde. »Jetzt du.«

Ernst legte schnell nach, ohne richtig hinzusehen.

Hab ich dich, dachte Albrecht entzückt. Mit einer galanten Handbewegung schlug er die Dame. Er riskierte einen Blick, doch Ernsts Miene war unbewegt, die Augen fest auf die Figuren geheftet. »Was also hat er vor?«, fragte er.

»Weißt du, Jan hat sich unsterblich verliebt und will sie in seiner Nähe halten. Und das Mädchen ist ganz verrückt nach ihm. Also habe ich zugestimmt, dass sie vorerst eine der Gästekammern beziehen darf. Dann sehen wir weiter.«

»Ein böhmischer Edelmann und eine Bäckerstochter aus Augsburg? Nur in deinen Träumen, mein Sohn.«

»Ich weiß! Das habe ich ihm auch gesagt ... Aber du kennst ja seine Verrücktheiten. Manchmal gehen ihm die Pferde durch. Dann muss man ihn einfach machen lassen. Ich bin mir gewiss, die Zeit wird es regeln, und er schickt sie bald wieder zurück nach Augsburg.«

In Wahrheit hofften sie, dass die ganze Geschichte in wenigen Wochen in Vergessenheit geraten sein würde. Denn ein Herzog hatte genug andere Dinge im Kopf, um die er sich zu sorgen hatte. Da war die Liebesaffäre des Hofmeisters seines Sohnes mit einer Augsburger Bäckerstochter bestenfalls eine amüsante Klatschgeschichte, an der man sich schnell abgearbeitet hatte.

Ernst seufzte auf und bewegte einen Turm. »Tja, er

ist ein junger Mann. Da will man jedem Rock hinterherjagen. Wer kann es ihm verdenken? Ich jedenfalls werfe nicht den ersten Stein.«

Albrecht sah überrascht auf. Es geschah selten, dass sein Vater von seiner eigenen Liebschaft sprach. Die Dame seines Herzens hieß Anna Winzer und wohnte in einem Stadthaus in bester Lage in München. Sie und ihre drei gemeinsamen Kinder mit Ernst. Die Unterkunft wurde aus den herzoglichen Kassen bezahlt, die Affäre war stadtbekannt. Albrecht hatte seine Stiefgeschwister noch nie getroffen. Er verspürte allerdings auch nicht den Drang, diesen Umstand zu ändern.

Berauscht von seinem Gewinn der Dame plante er seinen nächsten Zug. Sein Gegner war geschwächt, und er rechnete sich aus, dass er seinen Vater in wenigen Zügen mattsetzen würde. So weit war er bisher noch nie in einem Spiel gekommen. Der Gewinn war zum Greifen nah.

»Albrecht, wenn wir uns morgen mit dem Hofrat treffen, werden wir auch die Verlobungssache besprechen. So wie die Dinge liegen, müssen wir noch einmal ganz von vorn anfangen und dir eine neue Braut suchen.«

»Ach, Vater, können wir es nicht ein wenig verschieben? Vielleicht bis in den Herbst?«

»Schmarrn! Du musst sofort eine Neue suchen. Du bist siebenundzwanzig Jahre alt. Es wird Zeit, dass du an die Zukunft dieses Landes denkst.«

Immer hältst du mir mein Alter vor, wenn es mir zum Nachteil gereicht, dachte Albrecht frustriert. *Geht es darum, mir mehr Verantwortung zu übertragen, vergisst du es schnell wieder.* »Den Bayern kann es doch gleich sein, ob hier noch eine weitere Herzogin einzieht.«

»Bist du wirklich so ein Tor?«, brauste Ernst auf. »Oder warum kannst du nicht eins und eins zusammenzählen? Hier geht es nicht um eine Gemahlin für dich, sondern um einen Erben für München! Du sollst Kinder in die Welt setzen, und zwar reichlich. Hochwohlgeborene, ehrwürdige und kräftige Knaben, die eines Tages dieses Land im Namen der Familie regieren werden.«

»Das hat doch Zeit, Vater. Schau dir deinen Bruder an. Wilhelm ist schon weit über fünfzig und immer noch ledig ...«

Ernst lief vor Zorn rot an. Eine Ader auf der Stirn begann, gefährlich zu pulsieren. Erbost schlug er mit der flachen Hand auf den Tisch. »Albrecht!«

Ein paar der Spielfiguren fielen um, purzelten zu Boden und rollten davon. Albrecht sah ihnen bedauernd hinterher. Hier ging sein Sieg ...

»Jetzt hör mir mal genau zu, mein werter Herr Sohn! Ich glaube, du verstehst nicht, in was für einer prekären Lage wir uns befinden. Wir stehen in Bayern jederzeit kurz davor, in einen erneuten Bruderkrieg auszubrechen. Unsere Vettern in Ingolstadt warten nur darauf, dass wir uns einen Fehler erlauben. Gleichzeitig hängt uns die Münchener Bürgerschaft im Nacken und versucht, mit Ludwig zu konspirieren. Man wird uns nicht weiter stützen wollen, wenn wir nicht beweisen können, dass unsere Regierung eine Zukunft hat. Ludwig ist ein gieriger Politiker, der nur allzu gern in die Alte Veste einziehen würde, genauso wie damals sein Vater, Herzog

Stephan. Deshalb ist es so wichtig, dass du uns jetzt nicht enttäuschst. Noch in diesem Jahr wird geheiratet.«

»Gewiss habe ich da auch ein Wörtchen mitzureden. Wir wollen doch, dass mir die Dame gefällt …«

»Mir ist es gleich, ob sie aus dem Mund stinkt oder in der Nase bohrt! Wir suchen dir eine Braut, bei der wir darauf vertrauen können, dass sie sich nicht heimlich davonmacht, um sich einem anderen an den Hals zu werfen. Eine Frau, die dir viele gesunde Bälger schenkt. Denn was dieses Land am dringendsten benötigt, ist ein Erbe.«

»Aber …«

»Wage keinen Widerspruch! Es ist mir völlig gleich, was du davon hältst. Wilhelm und ich, wir haben hart dafür gearbeitet und viel Blut vergießen müssen, damit du in diesen komfortablen Hallen ein Zuhause findest. Glaube ja nicht, dass du mit deinen ständigen Flausen alles kaputt machen kannst.«

Der Herzog schnaubte, dann wies er den Diener mit einem Schnipsen an, die Spielfiguren aufzuheben. »Noch eine Runde.«

KAPITEL 10

ALS ALBRECHT am nächsten Morgen erwachte, war er zunächst orientierungslos. »Josef?«

Der Kammerdiener zog die Vorhänge des Betts sanft zurück und schlurfte weiter zu den Fenstern, um die Holzläden zurückzuschlagen. Kurz darauf erfüllte fahles Wintermorgenlicht den Raum.

Albrecht blinzelte. »Wie spät ist es?« Sein Hand fuhr zur Stirn, hinter der es mörderisch pochte.

»Ihr habt die Morgenandacht verschlafen, mein Prinz. Und das Frühstück. Soll ich Euch etwas aus der Küche kommen lassen? Vielleicht einen Eierkuchen?«

Stöhnend drückte Albrecht sich aus den Kissen hoch. Beim Gedanken an Essen drehte sich ihm der Magen um. »Nur einen Schluck Wasser.«

Josef füllte einen Zinnbecher und reichte ihm diesen.

»Danke.«

Während er im Bett sitzend nippte, versuchte er, den Abend Revue passieren zu lassen. Er hatte einen schalen

Geschmack auf der Zunge hinterlassen, doch die Einzelheiten waren ihm für den Moment entfleucht. Er erinnerte sich, dass sein Vater sich wieder mal von seiner besten Seite gezeigt hatte. Er hatte Albrecht in gewohnter Manier zusammengestaucht und in seine Schranken gewiesen. Unmissverständlich hatte er deutlich gemacht, dass Albrecht sich zu verloben hatte, für Bayern und für die Familie. Mit wem, das war zweitrangig, solange es dem Land von politischem Nutzen war. Diese unangenehmen Aussichten legten einen dunklen Schatten auf seine Seele.

Er schreckte auf. *So ein Mist!* Siedend heiß fiel ihm ein, dass sein Vater ihn für früh morgens einbestellt hatte, damit er und Wilhelm ihn vor der Hofratssitzung auf den neuesten Stand bringen konnten. Wenn er Morgenmesse und Frühstück verschlafen hatte, dann war er zweifellos spät dran. Und die Herzöge verurteilten Unpünktlichkeit!

Fluchend stellte er den Becher ab und schoss aus dem Bett. Seine Knie waren weich wie Butter. »Josef, warum zum Teufel hast du mich nicht geweckt?«

»Ihr saht müde aus gestern Nacht. Und ich dachte mir, nach der langen Reise …«

»Ich will fortan jeden Morgen vor Sonnenaufgang geweckt werden, ist das klar? Ganz gleich, in welchem Zustand ich mich zu Bett begebe.«

»Selbstverständlich, mein Herr.«

»Hilf mir beim Ankleiden.«

Nach der Wäsche verließ Albrecht den Wohntrakt, um zum Zwingerstock zu eilen. Der Hof war wie üblich voller Menschen, die ihrem Tagewerk nachgingen:

Knechte entluden geräuschvoll ein Fuhrwerk mit Fässern, zwei Mägde stritten vor der Tür zur Backstube, ein Stallbursche schob pfeifend eine gefüllte Schubkarre zum Misthaufen.

Unterwegs stieß er auf Jan. Im Gegensatz zu ihm selbst sah er ausgeschlafen und erholt aus. »Albrecht, da bist du ja endlich! Wir haben dich alle beim Frühstück vermisst.« Sorgsam richtete er Albrecht den Kragen und schnippte ein paar Flusen weg.

»Alle?«

»Alle bis auf Agnes, natürlich. Ich habe ihr etwas zu essen hochgeschickt, wie abgesprochen.«

»Das ist gut …« Albrecht schielte zum Zwingerstock, wo Vater und Onkel wahrscheinlich schon ungeduldig ihre Kreise in der Sitzungskammer zogen.

»Wann hast du Zeit, bei ihr vorbeizuschauen? Ich glaube, es würde ihre Stimmung heben.«

»Richte ihr aus, ich komme heute Nachmittag vorbei. Zunächst muss ich ein paar Dinge erledigen.«

»Mache ich. Keine Sorge, ich habe alles im Griff.«

»Danke, du bist ein echter Freund. Wir reden später.«

Er tätschelte seinem Hofmeister den Oberarm und hastete weiter. Ihm war schwindelig vor Furcht. Es war genau das eingetroffen, was er tunlichst hatte vermeiden wollen. Sein Vater hatte gestern angedeutet, dass Albrecht sich zu dem Treffen verspäten würde, und nun ließ er die Herzöge tatsächlich warten. Das war unentschuldbar.

Er hastete die Stufen hoch und blieb im Vorraum stehen, um Atem zu schöpfen und die Haare zurückzustreichen. Durch seinen Lauf war ihm überall am Körper der Schweiß ausgebrochen. Die warme Ofenluft im Zwingerstock tat ihr Übriges. Er tupfte sich mit einem Tüchlein Stirn und Nacken ab, stopfte es sich wieder in den Ärmel und nickte dem Diener zu, der ihn ankündigen sollte.

Ernst und Wilhelm blickten überrascht auf, als er eintrat, doch nur der Onkel erhob sich von seinem Platz. Wie ein gemütliches Eichenfass umrundete er den Tisch und drückte den Neffen an seinen ausladenden Bauch, der unmissverständlich von der herzhaften bayerischen Küche kündete.

»Junge, wie schön, dass du wieder bei uns in München bist! Hattest du eine gute Kurzweil in Augsburg? Wie hast du beim Turnier abgeschnitten?«

Albrecht riskierte über Wilhelms Schulter einen Blick zu seinem Vater. Ernst hatte offenbar beschlossen, ihn an diesem Morgen zu ignorieren. Demonstrativ hielt er ein übergroßes Pergament an beiden Enden fest und entzifferte mit zusammengekniffenen Augen die Zeilen.

»Bitte verzeiht, dass ich mich verspätet habe, Onkel, Vater.«

Wilhelm strich sich über den weißen Vollbart, der sein gesamtes Gesicht großzügig umrahmte. »Du warst gewiss erschöpft von der langen Reise. Da kann einen schon mal der Schlaf der Gerechten überwältigen, nicht wahr, Bruder?«

Ernst schaute auf. Seine Miene war wie versteinert. »Wir haben keine Zeit für dieses Geplänkel. Nimm endlich Platz, wir haben eine Menge zu besprechen.«

Albrecht war froh, dass die Schelte so milde ausfiel. Insgeheim hatte er mit dem Schlimmsten gerechnet.

Fügsam wählte er den Stuhl gegenüber und ließ sich einen Becher Wasser kredenzen. Er hoffte, dass das dem schrecklichen Dröhnen in seinem Kopf beikommen würde. Während er schlürfte, wanderte sein Blick über die zahlreichen Dokumente, die über den gesamten Tisch verstreut lagen. »Was ist das alles?«

»Das, mein Sohn, ist der Verlobungsvertrag mit dem Hause Württemberg. Wir haben gerade die Vertragsstrafe überprüft, auf die wir uns damals mit Elisabeths Vater geeinigt haben. Du wirst erfreut sein zu hören, dass uns wegen des geplatzten Verlöbnisses zehntausend Gulden zustehen.«

»Zehntausend Gulden?«, stieß Albrecht aus. »Das ist ja ein kleines Vermögen!«

»Sie müssten es nicht zahlen, hätten sie sich an unsere Abmachungen gehalten«, sagte Ernst.

»Eigentlich kann der Graf ja nichts dazu ... Prinzessin Elisabeth ist durchgebrannt mit ihrer Jugendliebe. Es war außerhalb seiner Kontrolle.«

»Schmarrn! Sie ist seine Tochter. Sie hat ihrem Vater zu gehorchen. Wo kommen wir denn da hin, wenn die Jugend auf einmal für sich entscheidet, wen sie heiraten will?«

»Nun ja ... Sie hat ihr Herz sprechen lassen. Ist das so verwerflich?« Im selben Moment ging ihm auf, dass er vielleicht besser die Klappe halten sollte. Gehorsamkeit und Disziplin standen für den Herzog an oberster Stelle, und das galt im Besonderen für den fürstlichen Nachwuchs.

»Das Herz hat in solch einer Angelegenheit nichts zu suchen«, sagte Ernst. »Die Prinzessin hatte sich mit dir zu vermählen und damit eine unverbrüchliche Verbindung zwischen unseren Häusern zu knüpfen. Das ist Politik! Was weiß so ein dummes Mädchen schon von den Beschlüssen für unser Land? Sie hat alles ruiniert. Warum? Weil sie sich von der Liebe hat verführen lassen. Was für ein törichtes Ding!«

Albrecht wechselte einen Blick mit seinem Onkel.

»Vielleicht war es gut so, wie es gekommen ist, Ernst«, sagte jener. »Ich spüre, dass ihr beiden ständig aneinandergeraten wäret. Wir alle hätten wie auf einem Pulverfass gelebt.«

Albrecht senkte hastig den Kopf, um seine Heiterkeit zu verbergen. Das war eine überaus treffende Beobachtung.

Ernst ließ das Pergament sinken und sah seinen Bruder düster an. »Du kannst immer Vergnügen an einer Sache finden. Wir stecken in einer handfesten Krise.«

Wilhelm schob den mächtigen Bauch vor. »Nun mach mal halblang. Prinzessin Elisabeth hat uns zwar einen Strich durch die Rechnung gemacht, aber wir haben dabei sogar gewonnen. Die zehntausend Gulden kommen genau zur rechten Zeit. Du weißt, dass wir dringend aufrüsten müssen.«

»Wozu?«, fragte Albrecht. »Droht etwa ein erneuter Krieg mit Ingolstadt?«

Ernst schüttelte ungläubig den Kopf. »Lebst du eigentlich hinterm Mond, Sohn? Die Hussiten stehen an den Grenzen!«

Albrecht wusste natürlich, dass diese Ketzer zu einer

ernstzunehmenden Gefahr fürs Reich geworden waren. Dass die Lage jedoch so bedrohlich für München war, das war ihm neu. »Du meinst, wir könnten angegriffen werden?«

»Der zukünftige Mann deiner Schwester, der Pfalzgraf Johann, hat uns um Hilfe gebeten«, sagte Wilhelm. »Er braucht Geld und weitere Kämpfer, um sich gegen die einfallenden Böhmen zu verteidigen.«

»Die Oberpfalz wird immer wieder Opfer ihrer Raubzüge«, sagte Ernst. »Alles stecken sie in Brand. Wenn wir nicht helfen, stehen sie schon bald vor Straubing.«

Straubing – das war die vierte Residenzstadt in dem in vier Teile zersplitterten Bayern. Ernst und Wilhelm herrschten in München, Ludwig in Ingolstadt, Heinrich in Landshut. Nur Straubing, das beherrschte sich im Moment über die Landschaften selbst, denn die hiesige Linie der Wittelsbacher war drei Jahre zuvor ausgestorben. Der letzte verbliebene Herzog hatte seinen Lebensmittelpunkt in Holland gehabt und sich nicht sonderlich für die Belange Straubings eingesetzt. Seit Jahren stritten sich nun also die übrigen Herzöge um Land und Stadt, und ein jeder erhoffte sich vom König den erlösenden Schiedsspruch, der zu seinen Gunsten ausfallen möge. Bis hier eine Entscheidung gefällt war, hatten die Münchener beschlossen, Straubing zu unterstützen für den Fall, dass das Ländchen eines Tages ihnen zugesprochen würde.

»Mir war nicht bewusst, dass es so schlimm geworden ist«, sagte Albrecht. »Wenn man bedenkt, wie alles einmal angefangen hat ... Jan Hus hat eigentlich nur

Kirchenreformen eingefordert. Eine Rückkehr zur christlichen Urkirche …«

»Warum bin ich nicht überrascht, dass du diesen Hus verteidigst?«, unterbrach ihn Ernst. »Das ist das Werk unserer Schwester. Niemals hätte sie diesen Ketzer zu ihrem Beichtvater erwählen dürfen. Ich habe Albrecht als Jüngling an den falschen Hof geschickt, Wilhelm. Seine Moral ist verdorben.«

Albrechts Puls geriet bei diesen Worten in Wallung. Es stimmte, dass er damals im Haushalt seiner Tante Bekanntschaft mit dem reformatorisch denkenden Geistlichen gemacht hatte. Er hatte, genauso wie Königin Sophie, Hus als Person gemocht, auch wenn einige seiner Ansichten erschreckend radikal gewesen waren. Unter anderem hatte jener die Kirche als Gemeinschaft der von Gott zum Heil Vorherbestimmten angesehen und damit dem Papst seine Legitimation abgestritten. Mit seiner offenen Kritik an den Institutionen hatte sich Hus bald viele mächtige Feinde gemacht, geistliche wie weltliche. Er war zum Stellvertreter einer ganzen Generation böhmisch-tschechischer Magister an der hiesigen Universität geworden, die die Glaubensfragen auch auf gesellschaftliche Missstände ausweiteten und gegen das deutsche Patriziat in Böhmen wetterten.

Als Herzog Ernst davon erfahren hatte, dass Tante Sophie den Lehren des Reformators Sympathien entgegenbrachte, war er wutentbrannt den ganzen Weg von München nach Prag geritten, um seine Schwester zur Rede zu stellen. Der vierzehnjährige Albrecht, zerfressen von Heimweh, hatte sich gefreut, seinen Vater so unverhofft wiederzusehen. Doch zu seiner Enttäuschung hatte Ernst kein Auge für den Sprössling gehabt, sondern war auf direktem Weg in die Privatgemächer der Königin gestürmt und hatte ihr für ihre Unverfrorenheit eine kräftige Maulschelle verpasst. Sophie war erniedrigt in ihren Sessel gesackt und hatte bitterlich geweint. Der Anblick seiner schluchzenden Tante hatte sich für immer in Albrechts Gedächtnis eingebrannt.

Jetzt versteckte er die Hände unter der Tischplatte, um sie heimlich zu Fäusten zu ballen. »Nun, vielleicht wäre es klüger gewesen, Hus nicht unter Vorspiegelung falscher Tatsachen nach Konstanz zu locken. Hätte man ihn dort nicht hinterrücks festgesetzt und auf dem Scheiterhaufen verbrannt, wäre das Volk in Böhmen heute gewiss weniger aufgebracht.«

»Er hat die Lehrauthorität des Konzils in Frage gestellt. Wer soll sonst über Kirchenfragen entscheiden, wenn nicht das Konzil? Wie konnte er es wagen, sich so über die Kirche hinwegzusetzen?«

»Aber der König hatte ihm sicheres Geleit versprochen. Man hat Hus verraten.«

»Er hatte im Kerker Gelegenheit, seine Lehren zu widerrufen. Es hätte gar nicht so weit kommen müssen.«

»Stattdessen ereilte ihn vor den Toren der Stadt der Feuertod. Weil er zu seinen Prinzipien stand.«

»Es war sehr unklug von ihm, Albrecht.«

»Falsch, das war sehr unklug vom König.«

»Der König hatte damit nichts zu schaffen. Er war sehr empört, dass man sich über seine Anweisungen hinweggesetzt hat, denn er hat sich beim Konzil vehement für Hus' Freilassung eingesetzt.«

»Pah! Nur ein Vorwand. Am Ende hat Sigismund dennoch klein beigegeben, weil er das Konzil nicht im Ganzen scheitern lassen wollte.«

»Weil noch so viele andere Fragen zu klären sind. Wie zum Beispiel das Schisma, das unsere Kirche bedroht.«

Albrecht schnalzte mit der Zunge und überkreuzte die Arme. »Schmarrn.«

Ernst stutzte, dann fuhr er sanfter fort: »Sohn, willst du Hus hier wirklich verteidigen?«

Das Einlenken seines Vaters kam unerwartet. Albrecht warf seinem Onkel einen Blick zu. Natürlich wollte er die radikalen Lehren des hingerichteten Predigers nicht in Schutz nehmen. Er war überzeugter und gläubiger Katholik, und er war entschlossen, für die Belange der Kirche zu kämpfen, notfalls mit dem Schwert. Doch er hatte nicht vergessen, dass Hus ein freundlicher Mann gewesen war, der oft mit ihnen zu Abend gegessen hatte. Er hatte es verstanden, Witze zu reißen und den jungen Albrecht mit lehrreichen Geschichten zu unterhalten. Teufel nochmal, er hatte den Mann gerngehabt! Und dann war er aus Konstanz einfach nicht mehr zurückgekehrt.

»Ich will nur eins sagen, Vater. Bei Hus' Hinrichtung ist es nicht mit rechten Dingen zugegangen. Was geschehen ist, ist nicht zu entschuldigen. Es war ein Frevel. Und wie groß dieser Fehler war, das sehen wir jetzt. Wir müssen alle aufrüsten, weil Hussitenkämpfer unsere Grenzen bedrohen.«

Ernst lehnte sich mit einem matten Lächeln zurück. Albrechts Erwiderung schien ihn zu befriedigen.

Wilhelm pflichtete seinem Neffen bei. »Seit Hus den Märtyrertod gestorben ist, hat die Bewegung erst recht Aufwind erhalten. Die Hinrichtung war insofern ein Fehler, da sie Hus zu einem Nationalhelden gemacht hat.«

Es klopfte, und ein Diener steckte den Kopf durch die Tür. »Eure Hoheiten, die Küche schickt die Brotzeit für die Hofratssitzung.«

»Semmeln?« Wilhelm rieb sich frohlockend den Bauch. »Stell sie dort drüben ab.« Er wartete ab, bis die Diener verschwunden waren, dann sagte er: »Wir müssen hier abbrechen, Ernst. Der Hofrat wird sich gleich einfinden. Ist so weit alles besprochen?«

Ernst nahm das Pergament wieder auf, das die entscheidende Vertragsklausel zu Albrechts Verlobung enthielt. »Ich werde die Kanzlei anweisen, dass sie in unserem Namen das Geld aus Württemberg einfordern.«

»Gewiss«, pflichtete Wilhelm ihm bei.

»Außerdem werde ich persönlich Johann in die Oberpfalz schreiben und ihm unsere finanzielle Unterstützung zusagen.«

»Sag ihm, wie schicken zudem ein paar Ritter.«

»Wie viele?«

»Vielleicht ein Dutzend?«

»Abgemacht.«

Albrecht beobachtete den Austausch stumm. Gern wäre er ebenfalls nach seiner Meinung gefragt worden.

»Wir haben auch einen Auftrag für dich, Sohn«, sagte Ernst plötzlich.

Er richtete sich auf. »Sag, was ich tun kann.«

»Es ist Zeit, das Verlöbnis für deine Schwester zu planen. Beatrix braucht Geld für ihre Morgengabe. Ich möchte, dass du dir überlegst, wie wir weitere Steuern erheben können. Und wenn sich das bewährt, können wir die gleiche Methode für Elisabeth anwenden.«

Albrecht ließ sich enttäuscht zurückfallen. Neue Abgaben waren bei der Bürgerschaft nie ein beliebtes Thema. »Eine Sondersteuer?«

»Dir wird schon etwas einfallen. Du weißt, alle Fürstenhäuser halten es so.«

Er warf einen zweifelnden Blick zu Wilhelm, der ihm aufmunternd zunickte. »Mach dir ein paar Gedanken, und dann können wir deinen Vorschlag besprechen, bevor du ihn Ernst und dem Hofrat präsentierst.«

Besten Dank, dachte Albrecht. *Sie geben mir die schwierigste Aufgabe von allen. Und das, nachdem schon der König den Hussitenpfennig erhoben hat.* Als ob sie es darauf angelegt hätten, ihn beim Volk unbeliebt zu machen, noch bevor er den Thron bestiegen hatte.

Doch dann dachte er, dass er nicht ungerecht sein sollte. Es war eine glänzende Gelegenheit, den Herzögen zu beweisen, dass er selbst knifflige Aufgaben zu lösen vermochte. »Ich werde dir in einer Woche eine Lösung vorstellen, Wilhelm.«

»Klingt hervorragend, mein Junge. Was denkst du? Wenn wir mit den ganzen Beratungen für heute abgeschlossen haben, sollen wir dann eine Runde ausreiten? Vom vielen Sitzen bekomme ich

Rückenschmerzen, und Ernst ist im Sattel so ein Langweiler.«

Ernst verzog beleidigt das Gesicht. Der Anblick war so köstlich, dass Albrecht dem Angebot nicht widerstehen konnte. »Gern!«

Es war bereits später Nachmittag, als Onkel und Neffe die Isar überquerten und die dichten Wälder am jenseitigen Ufer ansteuerten, ein Gefolge aus Reitknechten, Höflingen und Dienern im Schlepptau. Die Wintersonne stand schon tief am Himmel. Es hatte Neuschnee gegeben, und auf den Isar-Auen lag eine pudrig weiße Schicht, die der Landschaft einen unbestreitbaren Zauber verlieh.

An den meisten Tagen genoss Albrecht die gemeinsame Zeit mit Wilhelm, doch heute plagte ihn das schlechte Gewissen. Die Besprechungen mit dem Hofrat hatten sich unerwartet in die Länge gezogen, und so waren sie später als gedacht aufgebrochen. Dabei hatte er Agnes versprochen, dass er sie besuchen käme, sobald er frei war. Er hatte nicht einmal Gelegenheit gehabt, ihr eine Nachricht zukommen zu lassen. Sofern Jan nicht Nachforschungen angestellt und sie vorgewarnt hatte, würde sie gerade vergeblich auf ihn warten, und das erfüllte ihn mit unendlichem Bedauern.

Wilhelm lenkte das Pferd an seine Seite. »So verdrießlich, Junge? Ich habe schon gehört, dass du gestern Abend mal wieder mit deinem Vater gestritten hast. Aber du kannst dir doch deswegen nicht die Laune verderben lassen. Vor allem nicht, wenn wir am Busen von Mutter Natur zuzeln dürfen.«

»Nein, das ist es nicht, Onkel. Das Gespräch mit Vater ist schon fast vergessen. Er ist halt, wie er ist.«

»Richtig so! Du weißt, er meint es nicht böse. Ihr sprecht nur manchmal grundverschiedene Sprachen. Du kannst froh sein, dass ich ab und zu dazwischen gehe und den Übersetzer spiele.«

»Das bin ich auch.«

Sie lenkten die Pferde zu einem Waldpfad, der von den Förstern genutzt wurde. Unter den Hufen der Tiere knackten die trockenen Nadeln der Kiefern.

»Was liegt dir sonst auf dem Herzen? Ist es die Sache mit dem Verlöbnis?«

Albrecht seufzte auf. »Ach, Onkel! Vater versteht mich einfach nicht. Ich will mich nicht mit einer völlig fremden Frau verloben.«

»Wieso glaubst du, dass Ernst das nicht versteht?«

»Weil er all meine Einwände nicht gelten lässt.«

»Das mag daran liegen, dass du nichts Vernünftiges vorzubringen hast. Du weißt selbst, wie wichtig dem Adel die Heiratspolitik ist. So schaffen wir Bündnisse, mehren den Reichtum, erweitern unsere Macht.«

»Alles auf meine Kosten.«

»Na, na, nun hör schon auf, Trübsal zu blasen. Es ist ja nicht so, als ob wir dich mit einem Schwein vermählen wollten. Dir wird die junge Dame schon gefallen. Wenigstens das kann ich dir garantieren: Ich werde nicht zulassen, dass dein Vater eine Braut für dich sucht, die so uralt ist wie du.«

»Ich bin nicht alt!«

»Ha! Du bist wie Ernst. Du bist immer gerade so alt, wie es dir passt. Du bist siebenundzwanzig, Junge. Du gehörst unter die Haube.«

»Ich bin ein Mann. Ich trage keine Hauben.«

»Du weißt, wie ich es meine.«

Albrecht deutete geradeaus. »Die Dämmerung schreitet schnell voran. Sollen wir bis zur Lichtung und zurück?«

»Warum nicht?«

Sie schlugen den besprochenen Weg ein, während es in Albrecht rumorte. Er war hin und hergerissen zwischen dem Wunsch, sich mit seinen Sorgen jemandem anzuvertrauen, und der Angst, zu viel preiszugeben. Grübelnd kaute er auf der Unterlippe herum, bis er zu dem Ergebnis kam, dass er seinem Onkel vertrauen konnte. »Wilhelm? Darf ich offen reden?«

»Jederzeit, Junge.«

»Ich befürchte, ich habe mich verliebt.«

Wilhelm lachte auf. »Nur natürlich. Ihr junges Volk verliert doch ständig euer Herz. Aber wie's scheint, bist du der einzige Mensch, der selbst in diesem Zustand unglücklich aussieht.«

»Du kannst dir sicher denken, dass es eine Liebe ist, der Vater nicht gewogen sein würde.«

Wilhelm pfiff amüsiert durch die Zähne. »Ah, daher weht der Wind. Dir widerstrebt die Ehe, weil du anderweitig gebunden bist.«

»Ja, so könnte man es ausdrücken.«

»Und wer ist die junge Dame, wenn ich fragen darf?«

»Das kann ich dir nicht verraten.«

»So, so.«

Sie erreichten die Lichtung und saßen für einen Moment ab, um die Gäule an einer Quelle trinken zu lassen. Albrecht strich über die Kruppe seines Wallachs und betrachtete das glänzende Fell. Er musste seine Worte mit Bedacht wählen. »Um ganz ehrlich zu sein, ich glaube nicht, dass ich einer Frau beiliegen kann, wenn mein Herz bereits vergeben ist.«

»Hat dir das deine Buhle eingeflüstert?«

»Nein.«

»Es ist töricht, so zu denken, Junge. Sieh dich um. Dein Vater hat mit deiner Mutter auch brav Kinder gezeugt. Dabei hat er sich genauso wenig aussuchen dürfen, wen er heiratet.«

Albrecht dachte darüber nach. »Denkst du, er ist glücklich mit meiner Mutter?«

»Zweifellos.«

»Aber wie kann das sein? Er betrügt sie mit dieser Anna Winzer. Sie ist es doch, die er wirklich liebt.«

»Wer sagt, dass man nicht zwei Frauen zur gleichen Zeit lieben kann?«

Albrecht schwieg.

Wilhelm legte einen Arm um ihn und zog ihn zu sich heran. »Ich verstehe, dass du verunsichert bist. Daher höre auf meinen Rat. Mach deinem Vater das Leben nicht so schwer und füge dich seinen Wünschen. Heirate die Kandidatin seiner Wahl. Was du außerhalb des Ehebettes treibst, sei dir überlassen. Doch es ist an der Zeit, kleine Erben in die Welt zu setzen, und dies ist der einzige Weg.«

Albrecht entwich ein Stöhnen. Der Gedanke behagte ihm ganz und gar nicht.

»Hier ist mein Versprechen an dich, Junge. Ich werde so gut wie möglich Einfluss nehmen und dafür sorgen, dass die Wahl auf eine ansehnliche Dame fällt.«

Albrecht ging zurück zu seinem Pferd und saß auf. »Was ich nicht verstehe, Onkel: Warum heiratest nicht du zuerst und sorgst für die ach so dringend benötigten Erben? Deine Nachkommen sind genauso erbberechtigt wie meine.«

Wilhelm brummte. Kopfschüttelnd kehrte er zu seinem Reittier zurück. »Ich überlasse das Heiraten lieber der jüngeren Generation. Ich bin mit dreiundfünfzig schon zu alt für diesen Schmarrn.«

Die Antwort machte Albrecht unvermutet zornig. »Du hast also Narrenfreiheit und kannst deinem Herzen folgen, und keiner nimmt daran Anstoß.«

Wilhelm nahm die Zügel auf. Das sonst so pausbäckige Gesicht verhärtete sich zu Stein. »Wenn du auf meine Kinder anspielst, Albrecht – Ich habe jede dieser Frauen von ganzem Herzen geliebt. Doch wenn es das Schicksal erforderlich gemacht hätte, hätte ich sie alle verstoßen und meine Pflicht als Landesvater erfüllt. Wie die Dinge jedoch nun einmal liegen, bist du als Erbe deines Vaters dem Knabenalter entwachsen und kannst diese überaus wichtige Rolle für Land und Familie selbst übernehmen. Nein, Junge, denke gar nicht erst daran, mir Vorwürfe zu machen oder mir ein schlechtes Gewissen einreden zu wollen. Ich habe für Bayern oft genug mein Leben aufs Spiel gesetzt. Jeder hier weiß, dass ich bereit bin, alles dafür zu tun, dass unsere Dynastie bestehen bleibt. Doch noch ist sie nicht in Gefahr, denn ich sehe vor mir einen gesunden, jungen

Mann. Ein Mann, der zwar störrisch wie ein Maultier sein kann und sich immer wieder zu viel herausnimmt, der aber gleichzeitig klug genug ist, zu erkennen, dass sein Eigensinn am Ende nur einem schädigen kann: sich selbst.«

Albrecht starrte ihn mit offenem Mund an. So hatte er seinen Onkel noch nie sprechen hören. In seinem Hals bildete sich ein dicker Kloß. »Es ... es tut mir leid, Wilhelm«, stammelte er. »Ich habe dich verletzt. Das wollte ich nicht.«

Sein Onkel schnalzte mit der Zunge und wendete sein Pferd. »Es ist spät. Wir sollten sehen, dass wir heimkommen, bevor es zu dunkel wird, um den Weg zu finden.«

KAPITEL 11

DER TAG ZOG sich endlos dahin, und Agnes kam vor Langeweile fast um.

Nach ihrer Ankunft am Abend zuvor hatte Else sie in den obersten Stock geführt. Die Kammer war klein, schlicht und überblickte den Innenhof. Zu ihrer Freude hatte man ihr ein Sitzbad in einem hölzernen Waschzuber bereitet und frische Leinenhemden für die Nacht ausgelegt. Nach einem Abendessen aus Weißbrot und gesalzenem Hering war sie erschöpft ins breite Bett gekrochen. Sie hatte bis weit nach Mitternacht wachgelegen und den vielen unbekannten Geräuschen gelauscht, die Teil eines so großen Hauses waren: dem Flüstern des Gesindes auf dem Flur, dem Knarzen im Gebälk, dem Pferdeschnauben im Hof.

Kurz nach Sonnenaufgang war Else mit dem Frühstück hereingekommen. Über den Arm hatte sie ein Kleid mit Schleppe und einen breiten Gürtel drapiert, dazu passende Schuhe. Sie legte die Kleidungsstücke sorgsam am Fußende des Bettes ab und entfachte das Feuer im Kamin. Agnes setzte sich schlaftrunken auf und starrte auf das leuchtend grüne Gewand.

Else warf einen Blick über die Schulter. »Ich glaube, mein Fräulein, die Farbe wird Euch ganz vorzüglich stehen. Wenn es nicht passt, kann ich noch mal zurückgehen und ein anderes holen. Wir haben einiges zur Auswahl. Soll ich Euch helfen, es anzulegen?«

Agnes betastete den weichen Stoff und rieb ihn zwischen Daumen und Zeigefinger. Er war kühl und schimmerte in den Farben des Regenbogens. Sie hatte noch nie zuvor etwas so Kostbares aus der Nähe betrachtet. »Was ist das?« Sogleich biss sie sich auf die Zunge. Sie hatte sich ihre Unwissenheit nicht anmerken lassen wollen.

»Das ist Samt, gnädiges Fräulein«, antwortete Else, ohne aus dem Takt zu kommen. »Der Herzog hat ihn selbst aus Venedig bestellt.«

Agnes wurde blass. »Aus Venedig?«

»Muss ein Vermögen gekostet haben. Ein Jammer, dass Prinzessin Amalie im Kloster auf solchen Luxus verzichten muss. Kommt, lasst es uns gleich probieren, sonst erfriert Ihr mir noch in Eurem dünnen Leinenhemd.«

Es war gut, dass die Magd ihre Hilfe angeboten hatte, denn ohne Unterstützung wäre Agnes mit dem sperrigen Gewand niemals fertiggeworden. Nachdem sie ein Leinenkleid in einem helleren Grün übergestreift hatte, stülpte ihr Else das aufwändig gearbeitete Obergewand über den Kopf und half ihr, es mit dem Schal unter den Brüsten festzumachen. Oberhalb des Gürtels öffnete sich das Oberkleid mit breiten Aufschlägen bis zu den Schultern, sodass das reich bestickte Untergewand voll zur Geltung kam. Diese Finesse betonte vorteilhaft die Taille und hob den Busen. Die Ärmel waren ungewohnt weit und geschlitzt. Auch hier schimmerte das eng anliegende Unterkleid durch.

Als sie fertig waren, schaute Agnes staunend an sich herunter. Kein Vergleich zu dem selbst genähten Kleid, das sie tagaus, tagein in Augsburg getragen hatte. Das Gewand saß beinah perfekt, spannte allenfalls ein wenig an den Brüsten. Albrecht würde Augen machen, wenn er sie so sah!

Else trat einen Schritt zurück, um ihr Werk zu begutachten. »Hinreißend! Es ist gar nicht schlimm, dass Ihr kein Geschmeide dazu tragt.« Sie machte sich daran, Agnes das Haar zu bürsten. »Welch warme Farbe – wie gesponnenes Gold! Ja, ja, kichert nur, ich weiß, wie albern das klingt. Ein Glück, dass wir es nicht allzu viel verdecken müssen.« Sie breitete die blonde Pracht wie einen Fächer über den Rücken aus.

Agnes senkte verlegen den Kopf. Doch das Lächeln fror ihr ein, als ihr Blick zu ihrem waidblauen Wollkleid weiterwanderte.

»Soll ich es waschen, mein Fräulein, oder lieber gleich verbrennen?«

Agnes wurde rot.

»Bitte, keine Scham. Sprecht ganz frei.«

»Wasch es.« Man konnte schließlich nie wissen.

»Wie Ihr wünscht.« Else knüllte das alte Kleid wie einen Lumpen zusammen und verschwand damit durch die Tür.

Agnes war wieder allein. Unschlüssig sah sie sich um. Was nun? In Augsburg hatte sie sich diese Frage nie stellen müssen. Da hatte es immer reichlich zu tun gegeben. Doch jetzt musste sie weder kochen noch waschen oder putzen. Sie hatte keine Kunden zu begrüßen oder ihrem Vater zur Hand zu gehen.

Sie nahm in der Nische am Fenster Platz, eifrig darauf bedacht, das Gewand nicht zu verknittern. Sie öffnete die Butzenscheiben und beobachtete für den Rest des Vormittags die Vorgänge draußen im Hof.

Albrecht hatte nicht übertrieben. Die Alte Veste brummte vor Geschäftigkeit. Knechte entluden Waren von einem Fuhrwerk, berittene Gäste auf edlen Pferden wurden in Empfang genommen und hineingeführt, Beamte und Schreiber, Dutzende von Dokumenten und Schriftrollen in den Armen, hasteten von einem Gebäudeflügel zum anderen. Was wohl heute hier für Bayern beschlossen würde?

Müßig begann sie, sich ganze Geschichten über die Personen unter ihrem Fenster auszudenken. Nach einiger Zeit glitt ihr Blick jedoch zum Himmel. Die fahle Wintersonne stand schon sehr hoch. Von Albrecht keine Spur. Hatte er nicht versprochen, er würde sie gleich am Morgen besuchen kommen? Sie stützte den Ellbogen auf die steinerne Bank und legte das Kinn auf die Faust. Was nur hatte ihn aufgehalten?

Um die Mittagszeit zog es sich zu, und es begann, kurz zu schneien. Else kehrte mit dem Mittagsmahl zurück. Sie stellte das volle Tablett ab und räumte das leere Geschirr des unangetasteten Frühstücks ab. »Brrr, frostig hier drin!«

Agnes schloss das Fenster.

»Müsst Ihr nicht irgendwo sein, gnädiges Fräulein? Ihr hockt da wie eine Prinzessin in einem verwunschenen Turm … Ich hoffe, man hat Euch nicht vergessen hier oben?«

»Gewiss nicht.«

»Soll ich den Grafen von Sedlec für Euch ausfindig machen?«

Agnes dachte kurz darüber nach, doch auch das schlug sie aus. »Mach dir keine Sorgen, Else. Es ist alles in Ordnung.«

»Wenn Ihr das so sagt …«

Die Magd entzündete ein paar Kerzen, die sie in der gesamten Kammer verteilte, und kümmerte sich um das ersterbende Feuer im Kamin, dann ließ sie Agnes allein.

Diese war froh, dass Else wieder verschwunden war. Ihr bemüht fürsorglicher Gesichtsausdruck trug nicht dazu bei, ihr die Sorgen zu vertreiben. Albrecht hatte versprochen, sie so schnell wie möglich aufzusuchen, und nun war es Nachmittag. Das konnte nur eins von zwei Dingen bedeuten: Entweder er wurde aufgehalten, oder sie war ihm gleichgültig und er hatte sie bereits wieder vergessen. Der Gedanke war kaum zu ertragen, doch mit Fortschreiten der Zeit ließ er sich nicht mehr beiseite schieben. Je länger sie wartete, desto mehr sorgte sie sich.

Ihr wurde schmerzlich bewusst, welch hohes Risiko sie eingegangen war. Sie hatte in Augsburg alles zurückgelassen, was ihr Halt gegeben hätte. Ihre Familie, ihre Nachbarn und Freunde, ihre Pfarrgemeinde. Gewiss, ihr Vater hatte sie vor die Tür gesetzt, aber in Augsburg hatte sie sich wenigstens ausgekannt. Sie wusste, an wen sie sich wenden konnte, hätte sie kein Obdach gefunden. Doch wie stand es mit München? Wie verfuhr man hier mit jungen Frauen, die auf der Straße gelandet waren? Gab es ebenfalls barmherzige Schwestern, die einen aufnahmen, oder musste man damit rechnen, die Nacht im Freien zu verbringen? Da draußen schneite es, und es war bitterkalt. Kein festes Dach über dem Kopf zu haben, bedeutete zweifellos den Tod. Abgesehen von den zahllosen weiteren Gefahren, die eine unbekannte Stadt bot. Sie wusste, viele Frauen endeten in zwielichtigen Spelunken und halb legalen Bordellen entlang der Stadtmauern. Sie mussten sich an Männer verkaufen, um über die Runden zu kommen, denn das war das Einzige, was sie für Geld, Obdach und Nahrung anzubieten hatten. So wie Agnes. Ihr Körper war ihre Währung – ihre goldenen Haare, die üppige Brust, die Grübchen in ihrem Lächeln.

Die dräuende Gefahr hätte ihr eigentlich den Appetit rauben sollen, doch der Duft, der aus dem Napf aufstieg, den Else für sie hereingetragen hatte, war zu verführerisch. Sie verließ ihren Fensterplatz und setzte sich an den Tisch. Als sie den Deckel hob, wurde sie sogleich von einer dichten Wolke aus Dampf umhüllt. Ihr Magen knurrte entzückt. Es war ein Eintopf aus Rüben und Kohl, eine üppige Mahlzeit angesichts der gerade angebrochenen Fastenzeit. Sie sog die feuchtwarme Luft ein und ließ sich das Gesicht von den Aromen streicheln. Für einen flüchtigen Moment gaukelte es ihr ein Gefühl von Heimat vor.

Kaum hatte sie die Mahlzeit beendet, als vor der Tür ein Rumpeln ertönte. Das musste Else sein, um das

Geschirr abzuräumen, dachte Agnes. Sie hatte mittlerweile gelernt, dass die Magd zwar aus Höflichkeit immer anklopfte, jedoch nie die Aufforderung, einzutreten, abwartete.

Doch die Tür öffnete sich nicht. Stattdessen pochte es erneut gegen das Holz, diesmal drängender.

Ach, sie dumme Gans! Das musste Albrecht sein! Sie sprang auf und stürzte zur Tür.

Albrecht war es allerdings nicht. Vor ihr stand eine junge Dame mit kegelförmiger Haube. Mehr schlecht als recht hielt sie einen Welpen in den Armen und kämpfte vergeblich dagegen an, dass er ihr das Gesicht abschleckte.

»O herrje, was für ein Einstand, nicht wahr?«, kicherte sie. »Konnte ja keiner ahnen, dass dieser kleine Kerl so gern meine Nase fressen möchte!«

Überrascht glotzte Agnes die Besucherin an. Hatte die Dame sich etwa an der Tür geirrt? Sie blickte nach links und rechts den leeren Flur hinunter, doch sie waren allein. »Kann ich Euch irgendwie behilflich sein?«

»Ah ja, danke!«, rief ihr Gegenüber und hielt ihr den strampelnden Hund hin. Agnes war so verdutzt, dass sie ihn entgegennahm. Sie bereute es sogleich, denn nun war sie es, die das Opfer der schleckenden Zunge wurde. Die kalte Hundenase kitzelte sie, und sie musste unweigerlich kichern.

Die Dame zog ein Tuch hervor und tupfte sich damit über Kinn und Nase. »Tut mir leid, dass ich Euch so überfalle. Meine Zofe hat mir berichtet, dass in der Alten Veste ein Gast zugegen sei – eine junge Frau in meinem Alter. Eine wahre Seltenheit also. Da wollte ich sogleich vorstellig werden und habe auch für diesen Zweck ein Geschenk mitgebracht.« Sie deutete mit dem Tuch in der Hand auf den Hund. »War vielleicht keine besonders wohl überlegte Idee, aber ...« Sie legte den Kopf schief. »Der kleine Kerl scheint Euch gleich ins Herz geschlossen zu haben. Ich würde ihm einen italienischen Namen geben, wenn Ihr mich fragt. Das hat hier bei Hof Tradition.«

Agnes verstand kein Wort. »Einen italienischen Namen?«

»Oder mögt Ihr keine Hunde? Wisst Ihr, ich dachte nur, er wäre ein guter Spielgefährte, und man sollte ja nie mit leeren Händen kommen ...«

Agnes setzte den Welpen auf den Boden. Er sprang einmal kurz an ihrem Rock hoch und machte sich dann schwanzwedelnd auf zu einer Erkundungsreise unter ihrem Bett. »He!«

»Ach, ich habe mich noch gar nicht vorgestellt, nicht wahr?«, fragte ihr ungebetener Gast und drückte sich an Agnes vorbei in die Kammer. Sie sah ihr verdattert hinterher. *Was zum ...?*

Kopfschüttelnd schloss sie die Tür. »Nein, das habt Ihr nicht.«

Die Dame schaute sich gründlich um und strich mit der Hand über die geöffneten Bettbehänge. »Ganz schön wenig Platz hier drin.«

»Für mich reicht's.«

Die grünen Augen der Fremden glitten zurück zu Agnes, die sich in ihrem feinen Kleid plötzlich schrecklich kostümiert vorkam. »Ach, jetzt habe ich mich immer noch nicht vorgestellt, nicht wahr? Ich bin wirklich zu unhöflich. Ich bin die Gräfin von Waldeck. Aber, bitte, nennt mich einfach Margarethe.«

»Margarethe«, wiederholte Agnes.

»Und Ihr seid?«

»Agnes.«

»Aha, und wie weiter?«

»Agnes ... aus Augsburg.«

»Kein Titel?«

Agnes rieb die Hände aneinander und kehrte zu ihrer Fensternische zurück. »Nein.«

»Wie interessant!« Die grünen Augen funkelten. »Was bringt dich an den Münchener Hof, Agnes?«

Sie errötete bis über beide Ohren. »Ich ... ich habe den Prinzen auf dem Fastnachtsturnier kennengelernt.«

Margarethe bedachte sie mit einem wissenden Blick. »So? Hast du das?«

»Er hat angeboten, mich nach München mitzunehmen.«

»Und du hast sogleich ...? Ach herrje! Du armes Ding!«

Agnes wusste nicht, was sie darauf erwidern sollte. Angesichts des einsamen Tages, den sie eingesperrt in dieser Kammer unter dem Dach verbracht hatte, musste sie der Gräfin sogar recht geben. Sie bemitleidete sich selbst.

Margarethe nahm auf dem Bett Platz und warf dem Hund ein paar Stücke Wurst zu, die sie aus der Rocktasche zauberte. »Er sollte Bello heißen«, sagte sie.

»Wer?«

»Der Hund. Das bedeutet *Schöner* auf Italienisch.«

Agnes zuckte mit den Schultern. »Klingt gut.«

Eine Weile ergötzten sie sich an der kindlichen Neugierde des Welpen, dann sagte Agnes: »Ihr denkt jetzt bestimmt Falsches von mir.«

»Das würde ich mir niemals anmaßen. Ich kenne Albrecht. Er ist ein ganz schöner Schwerenöter.«

Ist er das?, dachte Agnes. Auf einmal war sie voller Fragen, doch sie traute sich nicht, sie dieser fremden Dame zu stellen. Stattdessen sagte sie: »Er hat mich nicht gezwungen, mit ihm nach München zu gehen. Ich bin freiwillig mitgekommen.«

»Und wieso?« Margarethe legte den Kopf schief. »Ist das nicht sehr waghalsig?«

»Es fühlte sich in dem Moment richtig an.«

»Und jetzt nicht mehr?«

»Nun ... Er hat sich den ganzen Tag noch nicht blicken lassen. Vielleicht hat er mich schon vergessen ...«

Margarethe lachte auf. »Niemals! Albrecht würde niemals eine Frau vergessen. Besonders nicht eine, die so schön ist wie du.«

Agnes lächelte wider Willen. Der Zuspruch tat ihrem einsamen Herzen gut.

»Und wie soll es nun weitergehen, Agnes?«

»Ich weiß nicht. Er hat gesagt, ich darf die Kammer nicht verlassen.«

»Das hat er gesagt? Was für ein gefühlloser Tropf! Er kann dich doch nicht einfach so wegsperren.«

»Ich schätze, das liegt daran, dass ich aus einfachsten Verhältnissen stamme ...«

»Papperlapapp!«, rief Margarethe. »In diesem hübschen Kleid siehst du aus wie jede andere Dame bei Hof.«

»Nun, ich weiß nicht so recht …«

Agnes haderte mich sich. Zu gern hätte sie gewusst, wie gut Margarethe nicht nur die Herzogin, sondern auch Albrecht kannte. *Schwerenöter* hatte sie ihn genannt … Das nahm man sich nicht einfach heraus. Er war schließlich der Prinz von Bayern-München.

Es klopfte.

Margarethe sprang auf, bevor Agnes reagieren konnte. »Das wird er wohl endlich sein, der Schludrian. Lass mich nur machen, meine Liebe. Ich werde mit ihm sprechen. Er hört immer auf das, was ich sage.« Sie öffnete schwungvoll die Tür. »Nur herein mit dir!«

Es war in der Tat Albrecht. In den Armen hielt er einen quirligen Welpen.

KAPITEL 12

Noch am Abend machte sich Albrecht auf zu seiner Mutter, der Herzogin. Doch als er kurz davor war, ihre Wohnung zu betreten, versagten ihm die Füße für einen Moment ihren Dienst. Er blieb abrupt stehen. Die Pagen, die zu beiden Seiten der Doppeltüren wachten, wechselten einen Blick.

Richtig, dachte er. *Ihr habt allen Grund, irritiert zu sein.* Der Prinz des Hauses zögerte nie, hier einzutreten. Mutters Reich war auch sein Refugium.

Das lag alles an diesem vertrackten Lügengewirr, das sie sich zurechtgelegt hatten! Entgegen seinen Hoffnungen wusste sein Vater bereits, dass Agnes bei Hof war. Immerhin hielt er sie für Jans Buhle und nicht die seines Sohnes. Dennoch musste er einen Weg finden, Agnes auf längere Zeit bei Hof unterzubringen, ohne dass unangenehme Fragen gestellt wurden. Er konnte sie ja schließlich nicht für immer in einer Kammer einsperren. Da war ihm Margarethes Idee mehr als gelegen gekommen. Er hoffte, dass seine Mutter zustimmen würde. Eigentlich war sie ihm meist wohlgesinnt, andererseits war seine Bitte so frivol, ja geradezu unanständig, dass er sich nicht sicher sein konnte, wie sie reagieren würde.

Er zupfte sich die Kleidung zurecht und genehmigte sich ein Räuspern, um den Kloß aufzulösen, der sich in seiner Kehle festgesetzt hatte. Sogleich fühlte er sich etwas besser. Er zwinkerte dem Pagen zu seiner Linken zu, griff nach den Türklinken und ließ sich, wie gewohnt, selbst ein.

Vor seinen Augen bot sich das übliche Bild. Seine Mutter saß an ihrem bevorzugten Platz unterm Fenster, schwarzgewandet und mit einer matronenhaften Haube auf dem Kopf. Sie hatte ihr sanftes Gesicht für einen Blick nach draußen abgewandt und hing ihren Gedanken nach. Ihre Damen, sieben an der Zahl, hatten sich um sie herum gruppiert, um im trüben Abendlicht und dem Schein unzähliger Kerzen zu sticken. Albrechts Schwestern waren nirgendwo auszumachen.

Er eilte Elisabetta entgegen, wie stets froh, sie bei guter Gesundheit anzutreffen. »Liebste Mutter.«

Elisabetta schaute zur Tür. Ihr sorgenvolles Gesicht hellte sich auf. »Albrecht!«

Er küsste die dünne Haut ihrer Wangen, und sie zog ihn zu sich heran für einen Kuss auf die Stirn. Albrecht mochte zwar ein erwachsener Mann sein, doch in den Augen seiner Mutter war er immer noch ein Knabe mit aufgeschürften Knien.

»Es tut mir leid, dass ich es nicht geschafft habe, früher vorbeizuschauen.«

Sie winkte lächelnd ab. »Du warst drei Wochen fort, da gibt es gewiss so einiges, das aufzuholen ist.« Die Rs rollten angenehm über ihre Zunge und erinnerten an ihre italienische Abstammung. Sie hob Albrechts Kinn an, um das Gesicht zur kritischen Inspektion mal hierhin, mal dorthin zu wenden. »Keine Narben, keine blauen Flecken vom Turnier?«

Die Damen gluckten.

»Ich habe mich meisterlich geschlagen, Mutter. Nur Vetter Heinrich, der hat mich dann schließlich doch bezwingen können.«

»Heinrich!«, sagte sie amüsiert. »*Allora,* ein Rittersmann vom alten Schlag. Du musst dich beim nächsten Mal mehr anstrengen.«

»Natürlich.«

Sie ließ sein Kinn los und nahm die Stickarbeit zur Hand, die sie in ihrem Schoß abgelegt hatte, um aus dem Fenster zu schauen. Sie zeigte eine Gruppe von Figuren, deren Handlungen oder Bedeutungen sich ihm nicht erschlossen. Sie hätten eine Heiligengeschichte darstellen können oder eine höfische Minneszene, es war nicht zu erkennen. Handarbeit war nicht Mutters Stärke. »Was denkst du?«

Er zupfte sich am Kinn, zog die Mundwinkel nach unten und sagte: »Außerordentlich.«

Sie zog ihm den Rahmen spielerisch über den Scheitel und lehnte sich zurück. »Du Schönredner!«

Er nahm auf ihrem Fußschemel Platz. »Wo stecken meine Schwestern?«

»Elisabeth und Beatrix sind auf Krankenbesuch in der Stadt. Sie werden bald zurück sein.«

»Geht es ihnen gut?«

»Beatrix ist aufgeregt wegen der bevorstehenden Hochzeit.«

»Das kann ich verstehen.«

»Erzähl mir von Augsburg. Hast du viele Abenteuer erlebt?«

»Oh, es war eine Riesengaudi, Mutter. Ich bin so froh, dass ich mit Jan dorthin geritten bin. Es gab viel Unterhaltung dazu. Die Patrizier haben sich ins Zeug gelegt, damit es den Gästen gutgeht.«

»Das ist erfreulich. Sag, hast du mit deinem Vater über die Verlobungsgeschichte gesprochen?«

Er stöhnte auf. »Wir haben es kurz angerissen.«

»Es ist ein Jammer, dass es mit der Prinzessin nicht geklappt hat. Sie hätte gut zu dir gepasst.«

»Tja ... Nun will Vater offenbar, dass ich mich gleich neu verlobe.«

»Das wäre sinnvoll, *figlio mio*. Du bist immerhin schon siebenundzwanzig.«

Er unterdrückte eine Antwort, die ihm auf der Zunge lag und sagte: »Weshalb ich auch gekommen bin ... Wäre es vielleicht möglich, vertraulich zu sprechen?«

»Liegt dir etwas auf dem Herzen?«

»Ich erhoffe mir einen großen Gefallen von dir.«

»Hat es mit der Verlobung zu tun?«

»Nein, nein. Es ist etwas völlig anderes.«

Sie schaute in die Runde. »Meine Damen, bitte lasst uns für eine Weile allein.«

Ohne den leisesten Protest räumten die Damen die Stickarbeiten in die Körbe und verließen die Kammer.

Erst als sich die Türen hinter ihnen geschlossen

hatten, zogen sich die schmalen Augenbrauen der Herzogin zusammen. »Also, was ist, Albrecht? Worüber möchtest du mit mir sprechen? Du hast doch hoffentlich nichts Törichtes in Augsburg angestellt?«

»Das würde Vorsatz bedürfen, oder, Mutter?«

»Es ist auch möglich, versehentlich eine Dummheit zu begehen.«

»Dann könnte man es wohl für eine solche halten. Vater würde gewiss zustimmen, wenn er davon erführe.«

»Aha. Und was soll dein Herr Vater nicht wissen?«

»Also ...« Angestrengt suchte er nach Worten, die ihn nicht wie einen gefühlsduseligen Luftikus aussehen lassen würden, und scheiterte kläglich. Wahrscheinlich, weil die ganze Sache mit Agnes auf genau diesen Umstand hinauslief. Er war sprunghaft und viel zu leicht zu entflammen. »Ich habe in Augsburg jemanden kennengelernt.«

Die dünnen Lippen der Herzogin wurden noch schmaler. Sie kannte ihren Sohn gut und ahnte offenbar, wie die Geschichte weitergehen würde.

»Und, nun ja, diese Person ist jemand, die mir zwar äußerst wichtig ist. Aber ich befürchte, ihr könntet diese Verbindung nicht gutheißen.«

»Ihr?«

»Vater, Wilhelm, du.«

»Das klingt so, als stecktest du ganz tief in der Klemme. Obwohl ich mir kaum vorstellen kann, dass du dir in so kurzer Zeit ein so tiefes Loch gegraben hast, dass du ohne meine Hilfe nicht wieder herausfindest. Du warst doch nur eine Woche in Augsburg, wenn ich mich recht entsinne.«

Er senkte den Kopf.

Ihre kühle Hand legte sich besorgt auf seine Wange. »Was ist passiert, Albrecht? Du weißt, du kannst mir alles anvertrauen.«

»Ich befürchte, ich habe mich Hals über Kopf verliebt.«

Sie lächelte nachsichtig. »Es ist beruhigend, zu wissen, dass mein Sohn ein Herz hat. Wer ist die Glückliche?«

»Sie ist hier. Ich habe sie mitgebracht.«

»Ist sie eine Fuggerin?« Sie schloss grübelnd die Augen. »Ich kann mich nicht entsinnen, wer dort gerade im passenden Alter wäre …«

»Nein, Mutter, es ist schlimmer. Es ist sogar viel, viel schlimmer. Sie ist die Tochter eines Bäckers.«

Sie griff sich erschrocken an die Brust. »Und sie ist hier? Etwa in der Alten Veste?«

»Sie konnte nirgendwo anders hin. Ihr Vater hat sie rausgeworfen.«

»Albrecht! Willst du mir sagen, dass du der Grund bist, warum das arme Mädchen vor die Tür gesetzt wurde?«

»Nun …«

»Hast du … hast du …« Sie suchte nach angemessenen Worten. »Hast du sie etwa … entehrt?«

»Nein!«, rief er schnell. »Nein, Mutter. Nichts dergleichen. Ich habe sie geküsst, ja, das gebe ich gerne zu. Es war schön. Und ihr hat es auch gefallen. Wir ahnten ja nicht, dass es dazu führen würde, dass ihre Familie sie verstößt.«

»Also hast du sie mitgenommen.«

»Wo hätte sie sonst hin sollen? Sie brauchte eine Bleibe. Sollte ein Ehrenmann nicht so handeln, dass er einer Person in Not hilft?«

Sie schaute zum Fenster, die Miene starr.

»Sie ist eine ganz besondere Frau«, sagte Albrecht. »Sie setzt sich für die Armen ein. Sie ist fromm, mildtätig, klug ...« Er rutschte von seinem Schemel und griff nach ihrer Hand. »Mutter, Agnes ist der lebende Beweis, dass Adel auch in bürgerlichen Menschen zu finden ist.«

Sie lächelte matt, den Blick weiterhin abgewandt. »Du armes Lämmchen ...«

»Sie ist von rechter Gesinnung. Du würdest sie auf Anhieb gernhaben.«

Sie schüttelte den Kopf. »Albrecht, es tut mir leid, aber du musst sie zurück nach Augsburg schicken. Gib ihr eine Eskorte und eine gefüllte Börse, aber entferne sie so schnell wie möglich vom Hof.«

»Ich hatte gehofft, dass du etwas anderes sagen würdest.«

»Und was?«

»Wir hatten überlegt, ob du sie nicht in dein Gefolge aufnehmen könntest. Du brauchst dich um die Ausgaben nicht zu kümmern. Ich werde alles in die Wege leiten, es wird in den Haushaltsbüchern nicht auftauchen.«

»Warum sollte ich das tun?«

»Weil Vater sie sonst nach Hause schicken wird.«

»Was weiß er darüber?«

»Er glaubt, sie gehört zu Jan.«

»Du hast ihn angelogen.«

»Ja, und es ist mir weiß Gott nicht leichtgefallen. Du weißt, wie schlecht ich darin bin.«

»Albrecht ... Wann wirst du endlich erwachsen?«

»Tust du's, Mutter? Tust du's für mich?«

»Du weißt, dass eine neue Verlobung kommen muss.«

»Ich weiß, Mutter. Jeder hier sagt es mir täglich ein Dutzend Mal.«

»Wird diese Agnes einem Verlöbnis im Weg stehen?«

Das war eine berechtigte Frage. Agnes hatte keine Ahnung von diesen Plänen. Wie würde sie reagieren? Er befürchtete, nicht gut. Doch das war ein Problem, das es später zu klären galt. »Sie wird die Pläne unserer Familie nicht in Gefahr bringen.«

»Und ich gehe davon aus, dass dein Vater niemals erfahren soll, wie wichtig sie für dich ist.«

»Das wäre vorteilhaft.«

Ein Beben durchzuckte sie, so als fröstelte sie. »Ich weiß nicht. Ich fühle mich nicht wohl dabei.«

»Das kann ich verstehen. Glaube mir, ich würde nicht darum bitten, wenn ich einen anderen Ausweg sehen würde. Bitte, tu es für mich. Ich verspreche derweil, dass ich mich Vater gegenüber fügsam verhalten werde.«

»Du weichst der Verlobungsfrage nicht aus?«

»Du hast mein Wort.«

»*Prego*.« Sie seufzte auf. »Schick sie mir vorbei. Ich hoffe, die junge Dame hat sich höfische Umgangsformen angeeignet. Wenn sie sich nicht vor meinem kritischen Blick bewährt und den Anschein eines liederlichen Frauenzimmers gibt, werde ich sie persönlich des Hofes verweisen.«

»Das wird sie nicht.«

»Du wirst sie einkleiden. Sie darf nicht weiter auffallen. Dass sie eine Bürgerliche ist, lässt sich nicht lange verheimlichen. Aber wir werden es nicht an die große Glocke hängen.«

Er hätte sie küssen können vor Freude. »Danke, Mutter!«

»Doch lass dir gesagt sein, Albrecht. Das ist kein Freibrief für lasterhaftes Verhalten bei Hof. Ich wünsche, keine Gerüchte zu hören. Es wird schwierig sein, dich irgendwohin zu verloben, wenn man im ganzen Reich davon erfährt, dass du dein Liebchen hier bei Hof versteckst.«

»Selbstverständlich. Verlass dich auf mich.«

Als sie ihn wieder ansah, waren ihre Augen ungeahnt kalt. »Was du von mir verlangst, ist ein großes Wagnis. Wenn es schiefgeht, wirst du ganz allein dafür geradestehen. Ich werde meine Hände in Unschuld waschen.«

»Vater wird dich nicht belangen. Ich werde mich für alles verantwortlich zeigen.«

Sie lächelte bekümmert und strich ihm liebevoll unters Kinn. »*Bene*.«

KAPITEL 13

ES DAUERTE KNAPP VIER WOCHEN, bis Herzogin Elisabetta entschied, dass ihre neue Hofdame bereit war, sich den neugierigen Blicken des Hofes zu stellen. Margarethe hatte Albrecht zur Mittagszeit die freudige Kunde überbracht, und er hatte seitdem nichts anderes mehr zustande gebracht, als dem gemeinschaftlichen Abendmahl entgegenzufiebern. Tausende Fragen waren den ganzen Tag durch seinen Kopf geschwirrt. Welches Kleid sie wohl für den Anlass wählen würde? Würde sie die Spange im Haar tragen, die er ihr geschenkt hatte? Von welchen Speisen würde sie kosten?

An den meisten Abenden, wenn die herzogliche Familie mit den engsten Mitgliedern des Haushalts zum Essen zusammenkam, schwoll die Gesellschaft auf über einhundert Personen an. Auch heute erdröhnte die Halle der Alten Veste vor lauter Stimmengewirr, Gelächter und Musik.

Die Sitzordnung war streng geregelt. Ernst und

Wilhelm speisten am schmalen Ende der zu einem U aufgebockten Tische, an den Längsseiten saßen auf der einen Seite die Herren, auf der anderen die Damen. Albrechts Sitznachbar war an diesem Abend der Geheimschreiber Friedrich Aichstetter, ein Rechtsgelehrter, der sich dank seiner Findigkeit und Gerissenheit aus einer kleinen Beamtenrolle zu einem der wichtigsten Berater in Herzog Wilhelms Stab hochgearbeitet hatte. Ein ernsthafter, strebsamer Mann, der sein Leben dem Herzogtum gewidmet hatte. Wie zum Ausgleich hatte sich Albrechts Hofmeister Jan von Sedlec an die andere Seite gesellt, sodass Albrecht beim Essen je nach Gesprächspartner zwischen Politik und Unterhaltung hin und her schwenken konnte.

Doch die meiste Zeit wanderte sein Blick nach geradeaus, dorthin, wo seine Mutter mit ihren Damen saß. Es war ihm unmöglich, sich an Agnes sattzusehen. Ihr Gewand war violett und stammte aus dem Fundus seiner Schwester, doch Agnes füllte den seidigen Stoff um einiges besser aus, besonders an der Brust. Die Haare waren zu Locken gedreht und so kompliziert hochgesteckt, dass es sie Stunden gekostet haben musste. Zu seiner Freude hatte sie einen leichten Schleier darüber gelegt und mit einer Spange befestigt, die nur von ihm stammen konnte. Sittsam probierte sie von den Drosseln, die man soeben aufgetragen hatte. Den winzigen Knochen hielt sie zwischen den Fingern, während sie geziert das Fleisch abnagte.

Jan verpasste ihm einen Stoß mit dem Unterarm. »Hör auf, ständig rüber zu starren, du Narr.«

Gescholten befasste er sich wieder mit der Aufgabe,

die gebratene Gans mit seinem Speisemesser zu zerkleinern. »Sie sieht einfach wunderschön aus heute Abend«, raunte er.

»Ja, das tut sie. Deine Mutter hat sie also für würdig befunden?«

»Vorerst ist es ihr gestattet, bei Hofe zu bleiben.«

»Solange dein Vater keinen Verdacht schöpft.«

»Wir müssen alle vorsichtig sein.«

Dennoch konnte er dem Drang nicht widerstehen, abermals aufzuschauen und Agnes' Blick zu suchen. Er brannte darauf, zu erfahren, was in ihr vorging, und ob sie glücklich war. Wenn sie doch nur einmal in seine Richtung sehen würde! Zu seinem Bedauern schenkte sie ihm jedoch keine Beachtung. Falls sie nervös war wegen der starren Etikette bei Tisch, den vielen fremden Gesichtern oder der Scharade, die sie zu spielen hatte, dann war es ihr nicht anzumerken. In der Tat schien sie sich köstlich zu amüsieren. Als Margarethe ihr etwas hinter vorgehaltener Hand ins Ohr flüsterte, brachte das ihre herrlichen Grübchen zum Vorschein. Sie lachte kurz auf und hob den Kopf.

Endlich kreuzten sich für einen winzigen Augenblick ihre Blicke. Er war wie vom Blitz getroffen, so wie das erste Mal, als er sie auf dem Jahrmarkt entdeckt hatte. Er lächelte ihr warm zu, doch sogleich verblassten die Grübchen, ihr Blick wanderte weiter, an Aichstetter vorbei, zu den Herzögen, dann auf ihren Teller.

Schnell besann er sich. Sie hatte recht, er musste sich zusammenreißen. Schnell sprach er den Geheimschreiber an. »Gibt es Neuerungen wegen der Straubing-Sache, Friedrich?«

Aichstetter legte das Messer beiseite und wischte sich den fettigen Mund am Ärmel ab. »Euer Vater hat abermals an den König appelliert, zu einer Einigung zu kommen, denn Bayern kann es aus eigener Kraft nicht erreichen. Leider ist eine Entscheidung nun dringend vonnöten. Straubing hat mit einer Reihe von Problemen zu kämpfen, und es ist zweifelhaft, ob die Landstände auf Dauer allein mit der Situation fertigwerden, gleich, was dieser Erbhofmeister Hans von Degenberg immer wieder beteuert.«

»Ihr spielt auf die Hussiten an.«

»Dass sie es geschafft haben, auf ihren Raubzügen mehrfach bis in die Oberpfalz vorzudringen, ist ein ernstes Warnzeichen. Diese heidnischen Bauerntölpel sind in der Lage, jederzeit auch ins Straubinger Land einzufallen.«

»Straubing muss seine Ritterschaft mobilisieren.«

»Mit Verlaub, Ihr habt mit den Straubinger Rittern noch keine Bekanntschaft gemacht, mein Prinz. Der Adel ist verarmt. Immer häufiger richten sie nun die Waffen gegeneinander statt gegen Feinde von außen. Das niederbayerische Raubrittertum hat sich zu einem echten Problem entwickelt.«

»Es sind schlimme Zeiten.«

»Umso wichtiger, dass Straubing endlich München zugesprochen wird. Wenn man es mit Oberbayern vereinen würde, wäre es möglich, diese schwelende Ruine wieder in eine blühende Landschaft zu verwandeln. Ich persönlich hätte es ja gern gesehen, wenn Ihr Euch Eurer Base Jakobäa, der letzten Verbliebenen der Straubinger Linie, genähert hättet. Eine eheliche

Verbindung hätte unser Ansinnen auch beim König gestärkt. Doch das Gerücht hält sich hartnäckig, dass sie bereits vermählt sei mit einem englischen Prinzen ...«

Ein Glück, dachte Albrecht. Wieder eine Heiratskandidatin, die nicht weiter in Frage kam. »Ich habe keine Zweifel, Ihr tut alles, was in Eurer Macht steht.«

Schmatzend griff Aichinger zum Weinkelch. »Der König hat genug eigene Sorgen. Er kann nicht ständig zwischen den Teilherzogtümern vermitteln. Bis da eine Entscheidung fällt, wird es dauern. Euer Vater muss Euren Vettern noch einmal ins Gewissen reden. Solange sich Landshut und Ingolstadt querstellen, wird es zu keiner Einigung kommen.«

»Weil sie sich nicht einigen können, ob Straubing nach Anzahl der Köpfe oder nach Anzahl der Teilherzogtümer aufgeteilt wird?«

»Da in München zwei Herzöge residieren, fiele das Land zu jeweils einem Teil Eurem Vater und Eurem Onkel zu, was zwei ergibt, wohingegen Ludwig und Heinrich nur jeweils einen Teil erhalten würden. Es nimmt nicht wunder, dass das den anderen Herzögen schlecht zupasskäme.«

Albrecht brummte zustimmend.

Aichstetter stellte den Kelch ab und sah ihn eindringlich an. »Ihr müsst ebenfalls auf Wilhelm einreden, mein Prinz. Euer Onkel muss seinen guten Einfluss auf den König geltend machen. Sigismund hat unbedingt zu unseren Gunsten zu entscheiden. Bedenkt, was das auch für Eure Person bedeuten würde.«

»Ein größeres Erbe.«

»Werdet Ihr das Thema bei den Herzögen nochmals anreißen?«

»Ich werde sehen, was ich erreichen kann.«

Aichstetter lehnte sich zurück und rülpste vernehmlich. Mit dem Kinn deutete er auf den Tisch der Damen auf der anderen Seite der Halle. »Eine wahre Augenfreude heute Abend. Ich frage mich, wer diese bezaubernde Schönheit ist. Sie scheint zum Gefolge Eurer Frau Mutter zu gehören. Sie täte mir gut gefallen! Wisst Ihr Genaueres?«

»Sie ist ein Goldschatz, nicht wahr?«, stimmte Albrecht freimütig zu. Es schmeichelte ihm, dass Agnes auch schon anderen Herren im Saal aufgefallen war. Allerdings wollte er nicht weiter das Interesse nähren und winkte daher einen Diener heran. »Füll den Kelch des Geheimschreibers nach. Du siehst doch, dass er leer ist. Und dann erzählt mir von Eurer Gemahlin. Hat sie sich gut erholt nach der Niederkunft?«

Aichstetter lächelte dankbar. »Mein Prinz! Immer so aufmerksam. Wir können froh sein, dass München Euch hat.«

Albrecht beendete seine Mahlzeit frühzeitig und entschuldigte sich mit einer Ausrede. Im Vorsaal legte er sich auf die Lauer. Er wollte Agnes abpassen, bevor sie in die Räume seiner Mutter verschwand und er sie erst am nächsten Tag wiedersehen würde.

Bis auf die Dienerschaft war er allein. Während er ungeduldig seine Kreise zog, schallten gedämpft

Gelächter und Stimmengewirr an sein Ohr. Etwa eine halbe Stunde später löste sich die Tafel offiziell auf. Jedes Mal, wenn sich die Türen öffneten und der Lärm der Halle in den Vorraum flutete, kam sein Herz aus dem Takt. Jedes Mal wurde er aufs Neue enttäuscht.

Höflich nickte er den Abendgästen zu, die zu ihren Gemächern, Stadthäusern oder Aufgaben zurückkehrten, wechselte mal hier ein Wort, mal da. Dann endlich erschienen die Damen der Herzogin, angeführt von seiner Mutter. Schnatternd hielten sie direkt auf die Treppe zu, die zu den Wohnräumen der Familie führte.

Schnell baute er sich auf, um zu signalisieren, dass Agnes einen Vorwand finden sollte, um nicht ebenfalls an ihm grußlos vorbeizuschreiten. Sie hätte es offenbar getan, wäre sie nicht bei Margarethe eingehakt gewesen, die ihn bemerkte und sofort freudestrahlend auf ihn zusteuerte.

»Albrecht, mein Lieber! Hat es dir heute auch so gut geschmeckt?«

Er verbeugte sich höflich und versuchte, seine volle Aufmerksamkeit Margarethe zu widmen und nicht Agnes, doch es fiel ihm unendlich schwer. Der Duft nach Sommerwiesen, der sie umgab, brachte ihn beinah um den Verstand. »Es war köstlich. Eigentlich wollte ich mich nur erkunden, wie euer Nachmittag verlaufen ist?«

Agnes schlug die Wimpern nieder und öffnete den Mund, um zu antworten, doch Margarethe kam ihr zuvor. »Oh, Albrecht, mach dir keine Sorgen. Es hat alles wunderbar geklappt. Deine Mutter hat sie über die letzten Tage mehrfach ausgefragt über ihre Familie und ihr Leben in Augsburg. Doch sie hatte immer die passende Erwiderung parat. Ist es nicht so?«

Agnes nickte. Er entdeckte leichten Ärger in ihren Augen. Gewiss hätte sie ihm das gern selbst mitgeteilt.

»Wir haben viel geübt, damit heute alles reibungslos läuft bei Tisch. Und, was denkt der Herr, wie haben wir uns geschlagen?«

»Ihr wart die schönsten Damen des Abends.«

Margarethe lächelte erfreut. »Du Schönschwätzer! Immer ein Kompliment auf den Lippen.«

Er stöhnte innerlich auf. Das erinnerte ihn daran, dass er die Sache mit Margarethe bald zu klären hatte. Was letzten Sommer geschehen war, war kurz und stürmisch gewesen, doch sein Interesse war schon lange wieder abgekühlt. Ob es bei ihr genauso aussah, war nicht zu sagen. Wenn sie sich bei ihren Eltern verplappert haben sollte, was bei Margarethe nicht unwahrscheinlich war, dann gab es von der Waldecker Seite aus gewisse Erwartungen, dass sich daraus mehr entwickelte, und das wäre vielleicht sogar von den Herzögen gebilligt worden, aber ...

»Du musst uns schnellstmöglich einen Schneider vorbeischicken«, sagte Margarethe. »Damit er Maß nimmt. Agnes braucht mehr Gewänder. Sie kann unmöglich weiter die Kleider deiner Schwester tragen. Und sie braucht mehr Schmuck!«

»Nichts leichter als das. Jan wird sich um alles kümmern.«

»Ihr beide seid wirklich wie Brüder. Wie er für dich eintritt ...«

»Nun, er ist mein Hofmeister. Wo steckt er überhaupt?«

Margarethe reckte den Hals und schaute sich um. Die Vorhalle hatte sich gefüllt. In Grüppchen standen die Gäste zusammen und plauderten. Albrecht nutzte diesen Moment ihrer Unaufmerksamkeit, um einen Blick mit Agnes auszutauschen. Wortlos mahnte sie ihn zur Geduld.

»Ach, da kommt er ja!« Margarethe winkte aufgeregt. »Hierher, Graf von Sedlec. Wir haben gerade über dich gesprochen!«

Jan bahnte sich einen Weg zu ihnen und verneigte sich formvollendet. »Meine Damen, so viel Schönheit an einem Abend vereint. Ich muss befürchten, mein Augenlicht zu verlieren, so sehr werde ich geblendet.«

Margarethe lachte auf. »Jan, du bist ja auch so ein Süßschwätzer!«

»Aber es ist wahr!«

»Das musst du von Albrecht abgeschaut haben. Der wirft mit Komplimenten nur so um sich.«

Ungeduldig warf Albrecht ihm einen eindringlichen Blick zu. Jan nickte. Zum Glück verstanden sie sich auch ohne Worte.

»Margarethe, hattest du nicht angekündigt, mir etwas auf der Flöte vorspielen zu wollen, um mich nach meiner Meinung zu fragen?«

»Oh ja, richtig. Ein kleines Stück, das ich selbst komponiert habe. Würdest du mir ganz ehrlich sagen, ob es gut genug ist für einen größeren Zuhörerkreis?«

»Das werden wir gleich herausfinden.«

»Ihr entschuldigt? Die Angelegenheit duldet keinen

Aufschub. Albrecht, wirst du Agnes zu ihrer Kammer geleiten?«

»Keine Sorge, sie ist in guten Händen bei mir.«

Als sie verschwunden waren, atmete er erleichtert auf. »Ich dachte nicht, dass wir uns noch einmal allein unterhalten könnten.«

»Sie ist eine Seele von einem Menschen, aber ich muss lernen, sie auf Abstand zu halten.«

»Sollen wir ein paar Schritte gehen?« Er bot ihr den Arm.

Sie hakte sich bei ihm ein. »Gern.«

Gemeinsam schlugen sie den Weg zu Agnes' Kammer ein. Er konnte kaum fassen, dass sie endlich Zeit für sich allein hatten, auch wenn *allein* das falsche Wort war, denn jederzeit konnte ihnen jemand auf der Treppe entgegenkommen.

»Wo sind die beiden Hunde?«

»Bello und Mio? Die Zofe hat sich für die Dauer des Essens ihrer angenommen.«

»Fallen sie dir sehr zur Last? Ich befürchte, ich hätte mein Geschenk vielleicht besser überdenken sollen. Aber ich hatte ein schlechtes Gewissen, weil ich dich den ganzen Tag alleingelassen habe, und ...«

Sie lachte auf. »Die beiden mischen unsere kleine Damenrunde kräftig auf, so viel ist gewiss. Doch es tut den älteren Herrschaften ganz gut, dass wieder ein wenig Leben eingekehrt ist. Erst gestern hat die Gräfin von ...«

Er blieb stehen und fasste sie an den Händen. »Agnes, ich muss dir ein Kompliment aussprechen.«

»Ja?«

»Du fügst dich spielend leicht in diese Welt ein.«

Sie lächelte beschämt. »Margarethe hat mir alles so gut wie möglich erklärt. Auch wenn ich mir oft genug unsicher bin, ob ich nicht gerade in ein großes Fettnäpfchen trete.«

»Und meine Mutter? Hat sie unangenehme Fragen gestellt?«

»Deine Mutter ist eine wunderbare Frau. So elegant! Sie wollte alles über mich wissen. Über die Bäckerei meines Vaters. Meine Aufgaben dort. Ich habe mir so einiges ausdenken müssen, aber ich glaube nicht, dass ihr das aufgefallen ist.«

»Ihr Wissensschatz, was Bäckereien angeht, ist begrenzt.«

Sie gluckste. »Sie hat mich auch gefragt, ob ich traurig bin, dass ich fortmusste, da mein Vater mich aus dem Haus geworfen hat.«

»Was hast du ihr gesagt?«

»Die Wahrheit. Dass ich traurig bin.«

»Oh! So bist du nicht gern hier bei mir?«

»Das habe ich nicht gesagt. Aber natürlich vermisse ich meine Familie und Freunde.« Sie zog ihn weiter. »Jedenfalls hat sie mir deutlich zu verstehen gegeben, dass ich mich nicht hervortun soll. Sie will keinen Skandal.«

»Richtig. Wir müssen vorsichtig sein. Deine wahre Herkunft hat sich bereits beim Gesinde herumgesprochen, aber noch ist es ein hässliches Gerücht, das vielleicht nur die Runde macht, weil du sie alle mit deiner Schönheit ausstichst. Offiziell bist du eine Bäckerstochter und für Jan nach München gekommen. Wenn wir uns öffentlich zeigen, können wir also nicht mehr als Freundschaft andeuten.«

Sie verließen das Treppenhaus und bogen ab in den Flur, der zu den Gästekammern führte.

»Margarethe weiß, dass ich nicht wegen Jan hier bin.«

»Sie wird den Mund halten. Ich kenne sie seit vielen Jahren. Um ehrlich zu sein, ich muss dir etwas gestehen …«

»Ihr wart einmal ein Paar.«

»Du weißt davon?« Er fuhr sich durch die Haare. »O Gott! Natürlich weißt du davon.«

»Margarethe hat nichts ausgeplaudert, aber ich habe Augen im Kopf. Wie sie über dich redet, und wie sie dich ansieht …«

Er stöhnte auf. »Ich sehe sie überhaupt nicht an. Für mich ist das schon lange vorbei.«

»Ich weiß.«

»Du musst dir deswegen keine Sorgen machen.«

»Tue ich nicht.«

Er atmete auf. Agnes schien nicht einen Hauch von Eifersucht zu empfinden. Nicht, dass sie Margarethe als Konkurrenz hätte betrachten müssen. Er war völlig hin und weg von Agnes und hatte keine Augen mehr für andere Frauen. Und das wiederum stellte ein neues Problem dar, denn sein Vater wünschte eine baldige Verlobung. Doch er hatte nicht die Kraft, auch dieses unangenehme Thema noch heute anzuschneiden. »Mein Herz gehört nur dir allein.«

Sie blieb stehen und sah ihn mit großen blauen

Vergissmeinnichtaugen an. »So wie auch meins nur dir gehört.«

Die Schmetterlinge, die schon den ganzen Abend in seinem Bauch ausgeharrt hatten, hoben ab und begaben sich alle gleichzeitig auf die Reise. Sie flatterten bis zu den Spitzen seiner Zehen und Finger und richteten auf ihrem Weg dorthin die feinen Härchen auf seinen Armen und Beinen auf. Der Wunsch, diese wunderschöne Frau zu berühren, wurde übermächtig. Aus dem Augenwinkel versuchte er, seine Umgebung einzuschätzen. Sie befanden sich in einem selten benutzten Flur. Eine einsame Kerze flackerte in einer Wandhalterung. Ohne den Blick abzuwenden, befeuchtete er die Fingerspitzen und löschte das Licht. Das Letzte, was er sah, waren ihre Grübchen.

»Wir müssen Mittel und Wege finden, wie wir uns weiterhin treffen können, ohne dass es dem Hof auffällt.«

Sie tat einen Schritt zurück und lehnte sich an die Wand. »Ja.«

Er nahm ihr Gesicht in beide Hände. »Nicht auszudenken«, raunte er, »würde dein Ruf beschädigt werden.«

»Oder der deine.«

Es war ihr zweiter Kuss, und genauso wie beim ersten Mal auf den Lechwiesen zeigte sie keine Scheu. Sie spielte mit ihm und lud ihn ungeniert ein, sie zu erkunden. Es war nicht wie mit einem dieser Mädchen, deren Zuwendung man kaufen konnte, doch die Zurückhaltung einer Dame bei Hofe schien ihr ebenfalls fremd. Was sie ihm gab, war echt, und es war voller Gefühl.

»Albrecht«, stieß sie zwischen zwei Küssen hervor. »Was geschieht nur?«

Ihre Worte brachen den Zauber und holten ihn ins Hier und Jetzt zurück.

Widerwillig löste er sich von ihr. Das Herz raste ihm in der Brust, er brauchte einen Moment, um wieder zu Atem zu kommen. »Agnes, ich möchte, dass du etwas Wichtiges weißt.«

»Und das wäre?«

»Der Herzog und ich ... Mein Vater ... Unser Verhältnis ist getrübt.«

»Wieso?«

»Was ich auch anfasse, nie genügt es seinen hohen Ansprüchen.«

»Das kann ich mir kaum vorstellen, Albrecht. Warum sollte er das denken?«

»Ich weiß auch nicht.« Er schnalzte mit der Zunge. »Ach, wem mache ich hier was vor? Natürlich weiß ich es.«

Alles hatte angefangen mit der Schlacht von Alling. Albrecht war damals gerade erst aus Prag zurück gewesen, wo er seine Jugendzeit verbracht hatte, da zog sein Vetter Ludwig gegen die Münchener ins Feld.

»Es war bei einem Krieg gegen die Ingolstädter. Ich war ein Draufgänger, gerade alt genug, eine Rüstung zu tragen. Tollkühn habe ich mich mitten in die Schlacht gestürzt, Ruhm und Ehre wollte ich mir erstreiten. Doch vor allem sehnte ich mich danach, die Achtung meines Vaters zu erlangen.«

»Du hast dein Leben für ihn riskiert. Das war sehr mutig von dir.«

»Nein, du verstehst nicht, es war purer Leichtsinn ... Ich wollte Ludwigs Banner erobern, damit die Schlacht zu unseren Gunsten ausgeht. Doch stattdessen habe ich mich vom Feld getrennt und mitten unter den Feind begeben. Es war töricht.« Er stockte. Es fiel ihm schwer, weiterzusprechen, so sehr schämte er sich.

»Was ist dann passiert?«

»Mein Pferd ... Es wurde verwundet. Es stürzte unter mir zusammen und riss mich zu Boden. Wie ein Käfer lag ich in Rüstung auf dem Rücken, den Fuß im Steigbügel verheddert, das Visier verrutscht. Da eilte ein Ingolstädter Ritter herbei, um mich gefangenzunehmen. Im letzten Moment kam mir mein Vater zu Hilfe. Er riss den Ritter von mir weg, unter eigener Lebensgefahr, schlug auf ihn ein und rief: *Willst wohl einen Fürsten fangen!*«

»Er hat dich gerettet. Der eigene Vater. Er muss dich sehr lieben.«

»Es war meine größte Schmach, Agnes. Ich habe unnötig mein Leben riskiert. Ich, der Erbe von München. Damit habe ich das ganze Haus in Gefahr gebracht.«

»Nun«, sagte sie. »Ich schätze, damals wusstest du es einfach nicht besser. Du warst noch sehr jung.«

»Tja, vielleicht hast du recht. Dennoch, seit jenem Tag habe ich meine Männlichkeit bei ihm eingebüßt. Er vertraut mir nichts mehr an, und er behandelt mich wie ein Kind.« Die Wahrheit war so bitter, dass sich in seinem Hals ein dicker Kloß bildete.

Sie legte die Hand an seine Wange. Sie war kühl und sanft. »In meinen Augen bist du kein Kind, Albrecht. Du bist ein Mann. Ein starker noch dazu. Wärest du ein Schwächling, ich hätte dich keines zweiten Blickes gewürdigt. Doch du bist auf dem Jahrmarkt für diesen jungen Dieb eingetreten, und du hast dich für mich eingesetzt. Du bist ein Kämpfer.«

Er schluckte den dicken Brocken herunter.

»Albrecht, ich habe gerade gelogen. Ich bin gar nicht traurig. Ich bin glücklich, dass ich bei dir bin. Mein Platz ist hier, an deiner Seite.«

Er seufzte auf. Ihre Worte schenkten ihm ungeahnten Trost. Er musste lernen, die Scham abzustreifen und sich von diesen unschönen Gefühlen zu befreien, die sich immer wieder auf seine Seele legten.

Er umschloss ihre Hände und sagte eindringlich: »Bitte hüte dich vor meinem Vater. Versprich es mir. Er hat genaue Pläne für Land und Familie. Eine Baderstochter wird da keinen Platz haben.«

Sie nickte ernst. »Ich verstehe. Wir werden vorsichtig sein.«

Sie küssten sich erneut, und diesmal wagte er es, ihre Brust zu umfassen. Entzückt stellte er fest, dass sie größer als seine Hand war, beinah mütterlich. Er wanderte mit den Lippen weiter zu ihrem Hals und atmete ihren frischen Duft nach Blumen ein.

Sie genoss die Liebkosung mehr, als es schicklich gewesen wäre, wenn man so etwas behaupten konnte, denn nichts an dieser Zweisamkeit war schicklich. An die Wand gelehnt vergrub sie ihre Finger in seinem Nacken, so als wollte sie ihm den Weg weisen. Folgsam küsste er den Ansatz ihrer Brüste, während sich eine Hand auf einen Erkundungsgang unter ihre Röcke begab.

Sie drückte ihn von sich weg. »Ich glaube, es ist besser, ich gehe jetzt.«

Er schnappte nach Luft, überrascht von dem Feuer, das sich zwischen ihnen aufgetan hatte. Es hätte ihn nicht gewundert, hätte ihre heimliche Zweisamkeit die Kerze in der Wandhalterung erneut in Brand gesteckt.

»Wann sehen wir uns wieder?«, fragte sie. »Morgen früh bei der Andacht?«

»Morgen in der Burgkapelle.« Er küsste ihre Handknöchel, ein Pfand für das nächste Stelldichein.

Sie verschwand hinter einer Biegung, doch er sah ihr noch lange hinterher.

KAPITEL 14

MÜNCHEN, AUGUST 1428

Nördlich von München gab es eine Wiese, die im Sommer mit Wildblumen bunt betupft war. Sie lag mitten im Schwemmgebiet der Isar und wurde von zahlreichen Bächen umspült.

Albrecht hatte diesen verträumten Ort bei seinem letzten Ausflug zu Pferde entdeckt und sofort gewusst, dass Agnes ihn lieben würde. Deshalb war er heute mit einer Gruppe junger Gefolgsleute dorthin zurückgekehrt. Es war die einzige Möglichkeit, wie sie die starren Regeln des Hofes für ein paar Stunden hinter sich lassen konnten, auch wenn es bedeutete, dass sie dabei von einem Dutzend Bediensteter und Höflingen begleitet wurden.

Er setzte sich in den Schatten einer Eiche und lehnte sich an den Stamm. Die Pferde grasten im Schatten der Bäume, nicht weit davon entfernt lieferten sich seine

Ritter lautstark Wettkämpfe. Er hatte ihnen die Erlaubnis dazu gegeben und sich dann entschuldigen lassen, denn er selbst wollte diesen entrückten Sonntag nutzen, um neue Lieder zu dichten. Es war sein bevorzugter Zeitvertreib, weil er damit seine Mutter beglücken konnte, die nichts mehr erfreute, als ihren Hofdamen das Gesangstalent ihres Sohnes vorzuführen.

Während sich Worte von Hingabe und Schönheit in seinem Kopf zu Versen formten, betrachtete er das liebliche Bild, das sich ihm bot. Unbeachtet von den kämpfenden Herren saß Agnes inmitten der Wildblumen auf einer Decke, neben ihr der schlafende Jan. Der Hund Mio träumte zu seinen Füßen, zuckte mit den Beinen und knurrte. Geschickt knüpfte sie einen Kranz aus Gänseblümchen. Schuhe und Strümpfe hatte sie ausgezogen, das offene Haar glänzte in der Sonne wie gesponnenes Gold. Beinah war es Albrecht, als könnte er die weichen Strähnen zwischen seinen Fingern fühlen.

Sie hob den Kopf, so als hätte sie gespürt, dass er sie beobachtete. Sie tauschten ein vertrautes Lächeln aus, dann widmete sie sich wieder ihrer Handarbeit. Albrecht stützte das Kinn auf und schaute ihr dabei zu.

In diesem Moment kam Bello auf sie zugestürmt, in der Schnauze einen Ball. Mio, der seinen Hundebruder witterte, richtete sich schlaftrunken auf und streckte sich. Bevor er nach Bellos Ball schnappen konnte, entwand Agnes dem Hund das Spielgerät und schleuderte es weit fort. Die Köter stürzten zum Fluss, dass die Schlappohren nur so flogen. Sie lachte über ihren Enthusiasmus und auch darüber, dass Jan sich von dem Wirbel um ihn herum nicht hatte wecken lassen.

Als sie bemerkte, dass Albrecht sie immer noch betrachtete, legte sie den Finger an die Lippen und setzte den Kranz neckisch auf Jans Kopf. Ohne die Augen zu öffnen, wackelte jener irritiert mit der Nase und wedelte mit der Hand, so als verscheuchte er eine lästige Fliege. Doch aus den Träumen riss es ihn nicht.

Schmunzelnd nahm sie die Blumen wieder auf und arbeitete weiter. Jan fiel zurück in seinen Schlaf.

»Ist der Kranz für ihn?«, fragte Albrecht.

»Für Afra. Sie hat heute Geburtstag.«

Vor wenigen Wochen hatte Albrecht Jan angewiesen, für Agnes ein junges Mädchen aus der Stadt kommen zu lassen, damit diese ihr bei der Garderobe, den Haaren und anderen Verrichtungen zur Hand ging. Die siebzehnjährige Kürschnertochter hatte sich mit Begeisterung auf die Aufgabe gestürzt. Sie schlief am Fußende von Agnes' Bett, die nicht nur deshalb, sondern auch wegen Albrechts vielen großzügigen Zuwendungen in eine größere und stattlichere Kammer umgezogen war.

»Du kennst den Geburtstag deiner Zofe?«

»Aber natürlich«, fragte sie zurück. »Warum denn nicht?«

»Ich mag es nicht, dass du so eng mit dem Gesinde bist.«

Sie verzog den Mund. »Mit wem soll ich denn sonst Freundschaft knüpfen, Albrecht? Ich weiß, die Damen deiner Mutter tuscheln hinter meinem Rücken über mich. Sie wissen, dass ich eigentlich nicht dazu gehöre. Und deine Schwestern ... Ich weiß, du liebst sie, aber sie durchbohren mich mit ihren Blicken, besonders Beatrix. Und das Gesinde ... Die halten mich alle für einen

Emporkömmling. Afra sagt, in der Küche zerreißen sie sich das Maul über mich und Jan. Weißt du, wie sie mich nennen?«

Er senkte den Blick. Er konnte sich schon denken, was man bei Hof über Agnes flüsterte. Niemand hätte es je gewagt, ihm die Namen, mit denen man sie bedachte, ins Gesicht zu sagen. Schließlich nahm alle Welt an, sie wäre die Bettgenossin seines Hofmeisters. Aber er konnte es in den Augen der Höflinge lesen.

»Ich bin froh, dass ich Margarethe habe«, schloss sie. »Sie ist die Einzige, die mich nicht verurteilt, weil ich bürgerlich bin und mir anmaße, wie eine Adlige unter Adligen zu leben.« Achselzuckend widmete sie sich wieder ihren Gänseblümchen.

Betroffen betrachtete er sie, wie sie da inmitten der Wildblumen saß, ein Bild von äußerster Eleganz. Wie konnte Gott so grausam sein, diese Frau für ihn so unerreichbar zu machen? Seit Monaten verbrachten sie jeden freien Moment miteinander, und sie verspürten eine immer tiefer gehende Verbundenheit. Agnes war die einzige Person, der er alles anvertrauen konnte, was sein Herz belastete. Noch nicht einmal Jan hatte bei ihm diesen Stellenwert erreicht.

Vom Ufer her ertönte lautes Gebell.

Agnes legte den Kranz weg und kam hoch. »So ein Unglück. Ich habe den Ball zu weit geworfen.«

Sie rannte los, ihre Röcke wippten. Verträumt sah er ihren nackten Fußsohlen hinterher. Sie sahen so zierlich aus, so verletzlich ... Was auch immer für Verse er in seinem Kopf gereimt hatte an diesem Nachmittag, sie waren auf einmal wie weggewischt.

Agnes blieb am Ufer stehen und stemmte die Fäuste an die Hüften. »Ach herrje!«

»Was ist los?«, rief er.

»Der Ball ist im Bach gelandet. Er hat sich auf der anderen Seite in der Krone einer umgestürzten Buche verhakt.«

Die Hunde glotzten sie pikiert an und leckten die Lefzen.

»Na los, worauf wartet ihr, ihr Köter?«, sagte sie. »Der Ball ist gleich dort drüben.«

Bello beschnupperte den feuchten Grund am Flussufer, dann warf er seiner Herrin einen zweiten vorwurfsvollen Blick zu, der zu sagen schien: *Das kann nicht dein Ernst sein.*

Sie lachte auf. »Du faules Biest! Komm, es ist nicht weit.«

Doch Bello befand anders. Er begnügte sich damit, aus der Entfernung zu bellen. Mio schloss sich ihm an.

»Na, dann mache ich es eben selbst, ihr wasserscheuen Angsthasen.« Kopfschüttelnd raffte sie die Röcke und stieg dem Ball hinterher. Der Bach hatte sich an dieser Stelle gut drei Fuß in den Untergrund gefressen. Sie musste sich an Wurzeln und Zweigen der Böschung festhalten, um nach unten zu gelangen.

Albrecht schaute besorgt zu. »Warte! Ich glaube nicht, dass du …«

Sie tat so, als hörte sie ihn nicht. Ihre Füße fanden Grund, und sie tastete sich vorsichtig durch das rauschende Wasser voran. Er erhaschte hinter den Büschen noch ihren blonden Schopf, dann ging sie mit einem Aufschrei zu Boden.

»Agnes!«

Er reckte den Hals. Sie war nicht mehr zu sehen. Besorgt sprang er auf und rannte los.

Was er vom Ufer aus erblickte, erfüllte ihn mit Grauen. Reglos lag Agnes im seichten Wasser, die Augen waren aufgerissen, die Lippen blau. Der Anblick war so gespenstisch, dass sich die Härchen in seinem Nacken aufstellten.

Er zögerte nicht. Er rutschte den Abhang hinunter und hastete mit großen Sprüngen hinterher. Die Flusskiesel waren glitschig. Er verlor die Balance und landete unsanft auf dem Rücken. Ein scharfer Schmerz schoss von den Ellbogen in seine Schultern, und er stöhnte auf. Sein suchender Blick flog über das Flussbett. Agnes hatte sich immer noch nicht geregt. Das klare Wasser umspülte sie und breitete die blonden Haare wie einen Fächer um sie herum aus. Was, wenn sie sich den Kopf angeschlagen hatte?

Er ignorierte den Schmerz und kroch auf Händen und Knien zu ihr. Am Ufer überschlugen sich die Hunde fast vor Gebell.

»Agnes! Kannst du mich hören?«

Zu seiner Erleichterung hob sie den Kopf. »Albrecht?« Stöhnend richtete sie sich auf.

Er robbte sich zu ihr. »Gleich habe ich dich.«

Er streckte den Arm nach ihr aus, als plötzlich die Kiesel unter ihm wegbrachen. Kopf und Schultern prallten auf dem steinernen Bachbett auf. Ein Dröhnen hallte ihm durch den Schädel, Wasser drang in seine Ohren und rauschte ihm in die Nase. Für einen Moment war er davon überzeugt, er würde ertrinken. In Panik schlug er um sich. Dann gewann die Vernunft die Oberhand. *Der Bach ist nicht tief, du Dämel,* sagte er sich. Er rollte sich herum und stemmte sich hoch. Als er einen erneuten Atemzug wagte, war es wieder Luft, die in seine Nase strömte. Sein Herzschlag beruhigte sich.

Beschämt über seine kindische Angst zog er sich in eine sitzende Position und wischte sich das Wasser aus den Augen.

Agnes kicherte. »Schau dich an, du Held!« Sie saß nur drei Schritte entfernt und zeigte ungeniert mit dem Finger auf ihn.

Er bedachte sie mit einem grantigen Blick, obwohl er ihr insgeheim zustimmte. Ihr unfreiwilliges Bad war der Stoff für eine Komödie. Nur mühsam unterdrückte er ein Grinsen. »Du musst gerade reden. Du sitzt da wie eine Ente im Schilf.« Er nahm eine Handvoll Wasser und spritzte es in ihre Richtung.

»He! Was fällt dir ein? Na warte!«

Kurz darauf waren sie in eine Wasserschlacht von gewaltigen Ausmaßen verwickelt. Bello und Mio, die den Lederball längst vergessen hatten, wandten sich desinteressiert ab, um auf der Wiese den Schmetterlingen nachzujagen.

Als ihnen die Puste ausging, kam Agnes wankend hoch. Sie klaubte den verirrten Ball aus den Zweigen und kletterte auf Händen und Füßen an Land, diesmal jedoch am gegenüberliegenden Ufer. Sie kämpfte sich durch das Gestrüpp und war bald aus seinem Blickfeld verschwunden. *Wie eine Nymphe,* dachte Albrecht. Er kam hoch und folgte ihr grinsend.

In einer vom Dickicht umrahmten Lichtung entledigten

sie sich kichernd wie zwei Lausbuben ihrer nassen Oberbekleidung und hängten sie zum Trocknen an einem Ast auf.

Agnes war als Erste fertig. Als Albrecht sich zu ihr umdrehte, stockte ihm der Atem. Sie sah hinreißend aus. Das Untergewand klebte an all den richtigen Stellen und offenbarte mehr von ihren prallen Rundungen, als es verhüllte. Er ahnte, ihm stand das Begehren ins Gesicht geschrieben.

Sie lachte über seine Reaktion und zog ihn mit sich zu Boden. Auf dem moosigen Grund streckte er sich aus, und sie setzte sich rittlings auf ihn. Feine Wassertröpfchen fielen in den weiten Ausschnitt seines Hemdes.

»Ich muss mir den Kopf stärker angeschlagen haben, als ich gedacht habe«, murmelte er fasziniert. »Ich glaube, ich bin im Paradies ...«

Sie küssten sich lange und ausgiebig, bis Agnes' blaue Lippen wieder rosa waren. Es war ihm unbegreiflich, dass er in der Vergangenheit dem Küssen nie viel Wert beigemessen hatte. Das hier ... war anders. Er hätte sie den ganzen Tag küssen mögen.

Sie rollte sich von ihm herunter und legte den Kopf auf seine Brust. Gemeinsam betrachteten sie die Wolken. Er war so glücklich, dass er hätte platzen mögen. Gern wollte er dafür sorgen, dass auch sie so glücklich war.

»Verrate mir, was würdest du dir gerne wünschen, Agnes? Bitte, ich will es dir erfüllen. Vielleicht eine silberne Bürste für dein Haar? Ich kenne da jemanden, der fertigt ganz wunderbare Stücke an.«

»Ich wünschte, die Zeit könnte stillstehen.«

»Mmh ... Das wird schwierig.«

»Ich weiß.«

»Aber für dich will ich es versuchen.«

»Vielen Dank, der Herr!« Sie kicherte. »Aber bemühe dich nicht. Ich werde mich einfach für immer an diesen Tag erinnern. Das hier kann mir keiner nehmen.« Sie fuhr mit den Fingerspitzen über seine Brust. »Und du, was wünschst du dir?«

Er dachte darüber nach, dann sagte er: »Ich wünschte, ich wäre kein Prinz.«

Sie richtete sich auf und runzelte die Stirn. »Wirklich?«

»Wirklich.«

Sie verzog schmollend den Mund. »Du solltest dir lieber wünschen, dass ich eine Prinzessin wäre.«

»Niemals.«

»Wieso nicht?«

»Es wäre besser, ich wäre kein Prinz. Ich will kein Herzog werden. Lieber wäre ich ein Stellmacher oder ein Färber oder ein Harnischmacher.«

»Red keinen Unsinn. Warum solltest du dir so etwas wünschen?«

»Die Verantwortung. Die Erwartungen. Der ständige Kampf. Ich bin nicht dafür geschaffen.«

Sie schnalzte mit der Zunge. »So ein Schmarrn, Albrecht. Als ob ein Färber keine Verantwortung trägt ... Davon abgesehen, du wirst einmal ein ganz hervorragender Herzog. Du bist klug und gelehrt und fromm und mitfühlend ...«

»Nicht so sehr, wie es vonnöten wäre. Da kannst du gern meinen Vater fragen.«

Sie bettete den Kopf zurück auf seine Brust. »Lieber nicht. Ich bin ja nicht lebensmüde.«

Er gluckste.

»Nun verhält es sich allerdings so, mein lieber Albrecht, dass du da nicht mehr rauskommst. Du bist als Prinz geboren, also wirst du eines Tages ein Herzog sein.«

Er seufzte auf. »Ich glaube nicht, dass ich das kann.«

»Oh doch, du kannst.« Sie stützte das Kinn auf die Faust und strich mit dem Finger sanft über seine Lippen. »Weil *ich* dafür sorgen werde.«

KAPITEL 15

MÜNCHEN, MÄRZ 1429

DER WINTER SCHLUG in Bayern mit voller Macht und einer nie gekannten Härte zu. Mehr als einmal trieben Eisschollen auf der Isar, das Vieh verendete in den Ställen, Siechtum brach aus und holte vor allem die Alten und die ganz Jungen.

In den Kirchen stifteten die Bürger Berge von Kerzen, um den Herrgott um ein Ende der Eiszeit anzuflehen. Zunächst schienen sie damit Erfolg zu haben, zumindest in den niederen Lagen schmolz seit Anfang März der Schnee. Doch bald stellte sich heraus: Es war ein göttlicher Streich. Der Regen, der folgte, ließ die ohnehin geschwollenen Flüsse über die Ufer treten.

Albrecht bekam von all dem nicht viel mit. Seine Welt drehte sich nur noch um Agnes. Nie zuvor hatte er einen so entrückten Winter erlebt. Als es angefangen hatte zu schneien, waren sie zusammen die Hänge hinunter gerodelt. Auf Ausflügen in die weißen Wälder hatte er ihr beigebracht, wie man einen Zelter unter Kontrolle hielt. Bei Einbruch der frühen Dämmerung hatten sie sich heimlich in einer Vorratskammer getroffen, um miteinander zu reden und sich zu küssen, stets ein Ohr auf die Geräusche auf dem Flur gerichtet. Es war eine einzige süße Qual. Die versteckten Treffen trugen nicht dazu bei, seinen Hunger nach ihr zu stillen, sondern fachten ihn nur immer weiter an.

Vorerst hatte all dies allerdings ein Ende. Zu Albrechts Verdruss war Agnes mit der Herzogin und seiner Schwester Elisabeth zur Kur auf deren Landgut in Odelzhausen gereist, und er hatte keinen guten Vorwand gefunden, warum er sie hätte begleiten sollen. Er hatte sich daher an diesem Sonntag ein gemütliches Plätzchen in einer Fensternische gesucht und den Ellbogen auf das Knie gestützt. Das Fenster war trotz des Regens geöffnet, um leichter das Treiben im Hof zu beobachten. Vor den Stallungen trippelten zwei Knechte von einem Fuß auf den anderen und rieben sich fröstelnd über die Oberarme. Das Vordach bot ihnen zwar Schutz, doch ihre Mienen waren mürrisch. Er konnte sie gut verstehen. Er wäre ebenfalls gern woanders gewesen. Dann jedoch dachte er, dass es vielleicht ganz vorteilhaft war, dass sie für eine Weile getrennt waren. So musste er weniger Sorge vor Entdeckung haben.

Eigentlich hatte er seinen Eltern schon vor einem Jahr versprochen, sich auf Brautschau zu begeben, aber er tat nichts dergleichen. Gelegentlich kam es vor, dass ein Ratsmitglied sich hervortun wollte, indem er den Herzögen eine, seiner Ansicht nach, würdige Kandidatin für den Prinzen vorschlug, doch Albrecht fand stets einen triftigen Grund, die Dame zurückzuweisen. Seit Weihnachten war die Heiratsfrage ohnehin immer weiter in den Hintergrund gedrängt worden, denn es gab vielversprechende Entwicklungen im Fall der Straubinger Teilung. König Sigismund hatte zu Ostern an den Hof in Pressburg geladen, um ein für alle Mal zu klären, welchen Anteil die bayrischen Herzöge jeweils am Straubinger Land erhalten würden. In einer Woche würde Albrecht gemeinsam mit Vater und Onkel dorthin reisen, um den Schiedsspruch entgegenzunehmen. Vorerst war die Gefahr einer erneuten Verlobung also abgewendet, und er würde einen Teufel tun, das Thema bei einer der Hofratssitzungen anzuschneiden.

Eine hoch geschätzte Besucherin weilte dieser Tage bei Hof, Albrechts sechsundzwanzigjährige Schwester Beatrix. Seit einem Jahr war sie nun mit Johann von der Oberpfalz verheiratet und residierte in Neumarkt. Für beide war es die zweite Ehe. Der Pfalzgraf hatte keine Einwände, dass seine junge Gattin alle paar Monate nach München zurückkehrte, um die Eltern zu besuchen.

Es war ein ruhiger Sonntagnachmittag, und die Familie hatte sich in einer privaten Kammer zusammengefunden, um sich gemeinsam die Zeit zu vertreiben. Während Vater und Tochter Schach spielten, stöberte Wilhelm in einem dicken Buch, das so groß und schwer war, dass er es vor sich auf ein Pult gelegt hatte.

»Vater, wie kannst du, ohne mit der Wimper zu zucken, meinen Läufer schlagen?«, rief Beatrix mit gespielter Entrüstung.

»Du hast ihn mir regelrecht angeboten, liebe Tochter.«

»Ach! Gegen dich kann man einfach nicht gewinnen. Vielleicht sollte es besser Albrecht einmal versuchen.«

»Albrecht? Der hat noch nie gegen mich gewonnen.«

Wilhelm schnaubte amüsiert. »Jetzt lasst doch den armen Jungen in Ruhe. Er sieht heute schon grimmig genug aus. Da muss er nicht noch im Schach gegen seinen Vater verlieren.«

Beatrix gluckste. »Der ist doch immer miesepetrig.«

»Hätten wir heute Sonnenschein, wären wir wohl draußen in Feld und Flur. Oder was denkst du, Albrecht?«, fragte Wilhelm.

»Das wäre eine passable Möglichkeit gewesen, den Tag des Herrn zu genießen.«

»Vielleicht wäre dann ja auch dieser Hofmeister mitgekommen«, sagte Beatrix. »Wie hieß er noch gleich? Silletz?«

Widerwillig löste Albrecht sich von seinem Ausblick, um sich seiner Schwester zuzuwenden. Sie trug, wie meist, Schwarz, eine ungewöhnliche Wahl für eine Frau, die sich eigentlich in der Blüte ihres Lebens befand. Die Farbe stand ihr nicht, ließ ihr Gesicht hager und hart erscheinen. Im Gegensatz zu Albrecht und Elisabeth schlug Beatrix äußerlich eher der bayrischen Seite nach. Sie war deutlich blasser, und ihr fehlte die sonnige Disposition, die ihren zwei Jahre älteren Bruder für das andere Geschlecht so unwiderstehlich machte. Nicht zum ersten Mal fragte er sich, was geschehen war, dass aus dem lebenslustigen Mädchen eine so verhärmte Frau geworden war. Vielleicht war es ihr Unvermögen, ein

Kind zu gebären. Ihre erste Ehe war fruchtlos geblieben, und nun hielt ganz Bayern den Atem an, dass ihre zweite Ehe mit dem Pfalzgrafen endlich den ersehnten Nachwuchs hervorbringen würde. Sein brüderlicher Instinkt sagte ihm allerdings, dass das Volk Gefahr lief, an der Erwartung zu ersticken. Johanns Familienplanung war schon lange abgeschlossen, und Beatrix fehlte die Sinnlichkeit, um ihren Gatten davon zu überzeugen, ihr mehr als geschwisterliche Gefühle entgegenzubringen. Albrecht ahnte, dass hier die Wurzel allen Übels lag. Wäre Beatrix erst einmal eine Mutter, würde sie auch ihre Biestigkeit ablegen und zu ihrem unbeschwerteren Selbst zurückkehren.

»Sedlec«, korrigierte er sie mit unterdrücktem Missmut. »Jan Graf von Sedlec. Du kennst ihn. Er sitzt seit zehn Jahren beim Abendessen neben mir.«

»Ach ja ... Jetzt weiß ich's wieder! Ansehnlicher Mann.«

»Du bist dran, Tochter«, sagte Ernst.

Sie bewegte nach kurzer Überlegung einen Bauern. »Finde ich sehr großzügig, Albrecht, dass du ihn für dieses hohe Amt gewählt hast.«

»Er ist mein bester Freund.«

»Natürlich ist er das.«

Ihr zynischer Tonfall hing bedrohlich im Raum. Albrecht nahm die Füße von der Fensterbank und wandte sich ihr vollständig zu. »Hast du etwas dazu zu sagen, Schwester?«

»Wo denkst du hin? Obwohl ... Ich finde es ein wenig ungewöhnlich, dass du einem Böhmen so entgegenkommst.«

»Herrgott noch mal! Warum reiten immer alle darauf herum? Er ist kein Hussit, wenn du das andeuten willst!«, brauste er auf.

Beatrix gab sich unschuldig. »Sah es so aus, als würde ich so etwas tun? Nichts läge mir ferner.«

Wilhelm schaute stirnrunzelnd von seinem Buch auf. »Nicht so empfindlich sein, Junge. Der Sedlec ist uns allen teuer. Fast wie ein Sohn.«

»Genug davon«, beschied Ernst. »Albrecht, willst du nicht lieber die Läden schließen? Es regnet rein. Du bist dran, Beatrix.«

Mit einem kalten Lächeln widmete sie ihre Aufmerksamkeit wieder dem Spielbrett, und Albrecht wandte sich ab, um aus dem Fenster zu schauen, wo der Regen wie bittere Tränen zu Boden fiel.

»Übrigens«, sagte sie grübelnd. »Ich bin letztens auf eine äußerst pikante Geschichte gestoßen.«

Wilhelm klappte mit lautem Knall das Buch zu. »Mir steht immer der Sinn nach einer pikanten Geschichte. Erzähl, Beatrix!«

»Zuerst wird zu Ende gespielt«, grummelte Ernst.

Sie vollführte ein paar Züge auf dem Brett. »Da, da und da. Und Schach, und matt. Siehst du, du hast mich geschlagen.«

Ihr Vater richtete sich zufrieden auf. »Mehr Wein!«

Ein Diener trat mit einem Krug heran und füllte nach.

»Auch für meine Tochter.«

Beatrix nippte geräuschvoll und stellte den Becher ab, bevor sie mit ihrer Erzählung loslegte. »Ihr erinnert euch doch noch, dass mein erster Mann, Gott hab ihn selig, zwei Brüder hatte. Der Ältere, Friedrich, ist der Erbe des Grafen von Cilli.«

»Ich erinnere mich«, sagte Ernst. »Faszinierender Mann. Ich hatte auf deiner ersten Hochzeitsfeier das Vergnügen, länger mit ihm zu plaudern.«

»Dann weißt du sicher noch, dass er zu diesem Zeitpunkt verwitwet war.«

»Er hatte es erwähnt.«

»Nun ... Wie es scheint, konnte er sich bald darauf trösten, und zwar mit einer hübschen jungen Dame namens Veronika von Deschenitz. Eine feurige Schönheit aus dem Süden. Sie war Hofdame seiner verstorbenen Gattin.«

Wilhelm schnaubte amüsiert.

»Manche behaupten sogar, mein Schwager hätte für diese Liebschaft seine Gemahlin aus dem Weg räumen lassen. Ich halte das für eine sehr gewagte Unterstellung. Lüstling, ja, Mörder, nein. Jedenfalls, mein Schwager Friedrich wagte es schließlich, mit dieser Veronika von Deschenitz den Bund der Ehe einzugehen, und das ohne Zustimmung des Vaters oder des Königs! Das hat seinen Vater erzürnt, denn die Dame stand weit unter ihm, und Friedrich ist ja der Erbe des Grafentitels.«

Albrecht, den Blick blind auf die gelangweilten Stallburschen geheftet, erbleichte.

Beatrix erzählte weiter. »Unser König Sigismund jedenfalls rief Friedrich unter einem Vorwand zu sich nach Ungarn. Die Königin ist ja Friedrichs Schwester, sie sind daher verschwägert. Der liebestolle Grafensohn reiste ohne Argwohn für einen Familienbesuch dorthin.

Noch am Abend wurde er aus der Halle heraus verhaftet und eingesperrt.«

»Nicht gerade die feine Art«, sagte Wilhelm.

»Vorgeblich geschah es zu seinem eigenen Schutz, denn der Vorwurf des Mordes an der ersten Gattin stand weiterhin im Raum. Ein Verwandter der Toten, so wurde behauptet, hätte Friedrich zum Zweikampf auf Leben und Tod herausfordern wollen. Der König gaukelte ihm vor, ihm mit der Verhaftung das Leben zu schützen.«

»Gaukelte ihm vor?«, fragte Wilhelm.

»In Wahrheit lieferte er Friedrich an seinen Vater aus.« Sie grinste. »Jener sperrte ihn also ein. Er zwang seinen Sohn, als Strafe für seine unstandesgemäße Ehe alle Burgen und Ländereien abzugeben. Oh, er war wirklich sehr zornig! Er ließ sogar die Burg Friedrichstein schleifen, wo Friedrich mit seiner bürgerlichen Geliebten so gern gewohnt hat.«

Albrecht schluckte trocken, froh, dass er dem Raum den Rücken zugekehrt hatte, sodass seine Gefühle nicht von seiner Miene abzulesen waren.

»Veronika nahm man ebenfalls fest, um ihr den Prozess zu machen«, fuhr Beatrix fort. »Stellt euch vor, sie versuchten, sie als Hexe zu verunglimpfen und ihr einen Giftanschlag gegen den Schwiegervater anzuhängen. Jedoch – man konnte es ihr nicht nachweisen.«

»Und wie weiter?«, fragte Ernst.

»Man brachte Veronika auf die Burg Osterwitz. Der Plan war, sie von der Welt abzuschneiden und sie langsam auszuhungern.« Sie seufzte theatralisch auf. »Das arme Ding! Friedrich konnte ihr nicht zu Hilfe eilen. Er war weiterhin auf der väterlichen Burg Obercilli gefangen.«

Albrecht sah im Augenwinkel, wie Ernst den Platz verließ, um zur Anrichte zu gehen, wo man für den Nachmittag ein paar Häppchen zurechtgelegt hatte. Stumm betrachtete der Herzog mit hinter dem Rücken verschränkten Händen die Auslage.

Beatrix rief: »Doch, Vater, stell dir vor – Friedrich blieb trotz des Drucks standhaft. Da wurde sein alter Herr ungeduldig. Aus Angst, das Volk könnte die bezaubernde Veronika befreien oder jemand Hohes könnte politisch eingreifen, stahl sich eines Nachts ein Ritter in ihre Gemächer, wo sie gerade ein Bad nahm.« Mit den Fingern machte sie trapsende Geräusche auf der Tischplatte. »Auf Zehenspitzen schlich er sich von hinten an sie heran, packte sie an ihrem weißen Alabasterhals und drückte ihren Kopf so lange unter Wasser, bis ihr das Herz stehenblieb!«

Albrecht fuhr herum. Beatrix hatte die Hände wie Krallen von sich gestreckt, so als wollte sie eigenhändig die schöne Veronika zur Strecke bringen. Ihr Gesicht war eine Maske des Hasses. Er wusste, dass seine Schwester wegen ihrer Ehe verbittert war, doch so hatte er sie bisher nicht gekannt. Mit aller Macht unterdrückte er den Drang, sich zu bekreuzigen.

»Ein bitter-feuchtes Ende für die Geliebte«, sagte Wilhelm. »Was für eine Geschichte, Beatrix.«

»Und sie ist wirklich wahr?«, fragte Ernst.

»Meine Schwägerin hat es mir genau so berichtet, Vater.«

»So, so.« Er ließ sich eine Scheibe Wurst schmecken

und betrachtete dabei die Holzvertäfelung, dann schob er ein Stück Semmel hinterher. »Und was geschah als Nächstes?«, fragte er mit vollem Mund.

Sie wischte sich einen unsichtbaren Krümel von der Brust. »Nun, Friedrich und der Graf von Cilli haben sich ausgesprochen, und der Sohn hat eingesehen, dass diese Veronika zu viel Macht über ihn ausgeübt hat. Vielleicht hatte der Vater ja recht gehabt, und sie hatte ihn mit einem Liebeszauber verhext? Am Ende haben sich die beiden die Hand gereicht, und König Sigismund hat Friedrich sogar für seine Verdienste für die Krone das Schloss Krupa geschenkt.«

Herzog Ernst, der zu seinem Platz zurückgekehrt war, strich sich über den spitzen Bart und lachte auf. »Wirklich? Der König hat sogar ein Schloss beigesteuert?«

»Oh ja, Vater. Ist das nicht erstaunlich?«

Wilhelm murmelte mit einem amüsierten Grunzen: »Donnerwetter!«

Albrecht stand abrupt auf. Die Herzöge sahen ihn fragend an.

»Ich muss mal austreten.«

»Schließ die Läden, Junge. Dein Vater hat recht, es regnet rein.«

»Natürlich.« Er klappte die Fensterläden zu und verließ die Kammer. Kaum war er durch die Tür, stieß er auf Jan.

»Warum so betrübt, mein Prinz?«, fragte jener mit gespielter Förmlichkeit.

Er packte Jan schroff am Ellbogen und zog ihn so forsch mit sich, dass Jan überrascht mit taumelte.

»Komm mit. Wenn ich noch eine Sekunde länger dort verweile, platze ich.«

Sie gingen ein paar Schritte, bis Albrecht sicher sein konnte, dass sie außer Hörweite waren. Erst dann erlaubte er es sich, tief durchzuatmen, bis sich sein Herzschlag wieder beruhigt hatte.

»Deine Schwester mal wieder?«

»Sie ist voller Gift. Ich weiß nicht, was in sie gefahren ist.«

»Wohin flüchten wir?«

»In meine Kammer. Dort können wir ungestört reden. Sie werden mich erst zum Abendessen vermissen.«

Sie erklommen die Stufen und durchschritten eine Abfolge von Räumen, bis sie Albrechts Schlafkammer erreicht hatten. Josef sorgte sogleich dafür, dass es den Herren bequem gemacht wurde, und ließ Kerzen und Feuerholz kommen, denn die Luft in den steinernen Hallen der Alten Veste war angesichts des andauernden Regens klamm und feucht.

Seufzend nahmen sie auf zwei gepolsterten Stühlen Platz, und Albrecht holte ein Wurfzabelbrett hervor. »Magst du eine Partie?«

Jan grinste. »Jederzeit.«

Während Albrecht die Spielsteine aufstellte, sagte Jan nachdenklich: »Vielleicht ist Beatrix nicht gerade glücklich in ihrer Ehe?«

»Kann ich mir nicht vorstellen. Johann ist einer der besten Männer, die ich kenne. Er trägt meine Schwester auf Händen.«

»Er ist ein älterer Mann, der schon einen ganzen

Stall voller Kinder gezeugt und diesen Teil seines Lebens für sich längst abgeschlossen hat. Ich befürchte, nach der ersten Ehe hat sie etwas anderes für sich erwartet. Vielleicht wurmt es sie, dass sie keine Mitsprache hatte bei der Entscheidung.«

»Wer hat das schon«, brummte Albrecht. Er tat einen Wurf und versetzte seine Steine. Während Jan an der Reihe war, griff er in seine Brusttasche und zog einen flachen Gegenstand hervor. Das Päckchen in den Händen zu halten, war wie Balsam. Er küsste den weichen Stoff und sog den feinen Duft ein. Sogleich fühlte er sich etwas besser, und weniger zornig.

»Was ist das?«

»Ein Geschenk. Sie hat es mir vor der Abreise zugesteckt.«

»Oh.«

Er hielt Jan das Päckchen hin, der es wie ein rohes Ei entgegennahm und auf dem Schoß abgelegte. Behutsam schlug er die Ecken auseinander. Im Inneren befand sich eine goldblonde Haarlocke, die mit einer blauen Schleife zusammengehalten war. »Keine Notiz?«

»Sie kann nicht schreiben.«

»Natürlich. Hatte ich nicht bedacht.«

Albrecht nahm Jan die Locke ab. Versonnen drehte er sie zwischen Daumen und Zeigefinger. Das feine Haar glänzte und schimmerte.

»Jetzt wisch dir schon dieses idiotische Grinsen aus dem Gesicht«, lachte Jan. »Da wird man ja neidisch.«

Mit einem Seufzen legte Albrecht das Liebespfand zurück und verstaute alles wieder in seiner Tasche.

»Was für ein Teufelsweib«, sagte Jan.

Josef kam herein und kredenzte den Herren eine irdene Karaffe mit Wein, bevor er sich diskret zurückzog.

Jan nahm einen kräftigen Zug und lehnte sich zurück. »So lässt es sich aushalten, Albrecht. Probier mal!«

Albrecht nippte pflichtschuldig an seinem Becher.

»Nicht gut?«, fragte Jan besorgt.

»Doch, der Wein ist gut. Aber weißt du, sie fehlt mir so sehr! Warum nur musste Mutter darauf bestehen, dass sie mit nach Odelzhausen reist? Vielleicht ist sie erst zu Pfingsten wieder zurück.«

»Das ist doch gar nicht so lange hin. Keinen Grund, ständig so bedrückt dreinzuschauen. Außerdem sind wir selbst bald unterwegs. Bin gespannt, was am Königshof alles gemunkelt wird über die Vorgänge im Reich. Ich jedenfalls freue mich auf die Reise nach Pressburg.«

»Vater sagt, Sigismund hat bereits angedeutet, dass ein erneuter Kreuzzug angedacht ist. Vielleicht schon im nächsten Jahr.«

»Ein Kreuzzug? Wieder gegen die Hussiten?«

Albrecht nickte und ließ die Würfel rollen.

Jan lachte höhnisch auf. »Der fünfte Kreuzzug! Na, die Zuversicht würde ich gerne teilen. Glauben die, dass die Böhmen beim fünften Mal endlich einen Fehler machen? Da kennen sie meine Landsleute aber schlecht.«

Albrecht betrachtete seinen Freund nachdenklich. Manchmal entfiel ihm einfach, dass Jan eigentlich aus Böhmen stammte. »Vermisst du die alte Heimat? Deine Ländereien?«

Jan dachte darüber nach, dann schüttelte er den

Kopf. »Um ehrlich zu sein, eigentlich nicht. Mein Landbesitz drüben wird gut verwaltet. Doch mich schmerzt es, zu hören, dass mein Land wegen ein paar Wirrköpfen in Flammen aufgeht.«

»Die Leute wollen sich ihre eigene Identität erkämpfen«, gab Albrecht zu bedenken. »Eine tschechische Identität.«

»Ich weiß. Das Volk wird selbstbewusster. Sie ziehen in die Städte, besuchen die Universität, übernehmen wichtige Ämter. Es ist nur konsequent, dass sie verlangen, über die Belange ihres Landes mitentscheiden zu dürfen.«

»Es war unklug von König Wenzel, dass er das damals mit Verboten verhindern wollte«, sagte Albrecht.

»Und jetzt, wo er tot ist, muss Sigismund die Sache ausbaden und die deutschen Siedler schützen.«

Seufzend nahm Albrecht einen Stein vom Brett und reichte Jan die Würfel. Das Gespräch hatte nicht gerade dazu beigetragen, seine Stimmung zu heben. Er ahnte, dass ein Aufruf zum Kreuzzug bedeuten würde, dass er selbst für München in die Schlacht ziehen musste. Das würde eine erneute Trennung von Agnes mit sich bringen, nicht zu vergessen die Lebensgefahr, in die er sich begeben würde.

Jan legte den Kopf schief. »Komm, Albrecht. Das alles hier bringt doch nichts. Lass uns lieber in die Stadt schleichen und kräftig einen trinken gehen.«

»Besser nicht.«

»Wieso nicht? Du sagst selbst, du wirst bis zum Abendessen nicht vermisst werden. Oder fürchtest du dich vor dem Regen? Ich weiß zwar, dass du empfindsam bist, aber doch nicht so sehr!«

»Ich muss etwas mit dir besprechen, was für keine anderen Ohren bestimmt ist.«

»Was kann das sein?«

Nachdenklich betrachtete Albrecht seinen besten Freund. Er konnte sich gut daran erinnern, wie er Jan das erste Mal gesehen hatte, am Hof seiner Tante in Prag. Jan war der Sohn eines böhmischen Adligen, der irgendein niederes Hofamt ausgeführt hatte. Der zerzauste, zwei Jahre jüngere Knabe hatte den Prinzen tagelang hartnäckig geärgert und Albrecht dicke Käfer ins Bett gelegt. Angesichts des Mangels an weiteren geeigneten Spielkameraden hatten die beiden jedoch trotz dieses wackligen Anfangs zunächst Frieden, dann Freundschaft geschlossen. Zu zweit hatten sie die langweiligen Stunden beim Magister durchgestanden und sich wegen ihrer Faulheit die Ohren langziehen lassen. Sie waren in der Schwertkunst unterrichtet worden und hatten sich mit ihren Holzschwertern gegenseitig die Köpfe eingeschlagen. Bei den langatmigen Banketten hatten sie sich über die aufgeplusterten Gesandten aus aller Welt lustig gemacht und den Damen die schnappenden Schoßhunde unter die Röcke geschoben. Abends hatten sie oft gemeinsam zu Füßen von Tante Sophie gesessen und ihr beim Geschichtenerzählen zugehört. Die große Dame hatte den Knaben dabei liebevoll über die Scheitel gestrichen, als seien sie beide die Kinder, die sie niemals selbst würde haben können. Jan hatte Albrecht zu allerlei Unsinn angestachelt, denn er war schon immer der mit den verrücktesten Ideen gewesen. So hatte er Albrecht zum Leidwesen der Mägde mit einer Engelsgeduld im Weitspucken ausgebildet und ihm auch gezeigt, wie man mit einer Schleuder getrocknete Pferdeäpfel in gefährliche Wurfgeschosse verwandelte. Einmal hatten sie beide aus einem der oberen Fenster in den Hof gepinkelt und einen Gesandten aus Österreich getroffen, was ihnen eine gehörige Tracht Prügel eingebracht hatte. Als sie älter wurden, hatten sie sich regelmäßig nachts aus der Burg in die Stadt geschlichen und so lange vor den Freudenhäusern herumgelungert, bis sie irgendwann alt und mutig genug gewesen waren, hineinzugehen. Im Gegenzug hatte Albrecht Jan perfektes Deutsch beigebracht, ihm einen höfischen Kleidungssinn vermittelt und ihm gezeigt, wie man ein Mädchen so galant um den Finger wickelte, dass es sich beinah alles gefallen ließ. Kurzum, sie waren ein untrennbares Gespann geworden. Nach dieser unbeschwerten Zeit in Prag war es daher keine Überraschung gewesen, als Albrecht seinen Vater fragte, ob Jan ihn als sein Hofmeister nach München begleiten dürfte.

»Weißt du, Jan, ich habe nachgedacht.«

Jan rollte mit den Augen. »Oje! Bist du dir da sicher, Albrecht? Strengt das nicht furchtbar das Hirn an?«

»Sehr witzig. Nun sei mal für einen Moment ernst.«

»Etwa wie dein Vater?«

Albrecht schnaubte. »Nein, du sollst nur einfach die Klappe halten und mir zuhören, in Ordnung?«

»Das wird mir schwerfallen.«

»Ich weiß, aber sei einfach mal sanft zu mir. Dieses Gespräch ist heikel genug, so, wie es ist.«

»Verstanden. Schieß los.«

»Ich wünsche, dass du dich vermählst.«

Jan setzte sich kerzengerade auf. »Du machst Witze!«

»Es war mir nie ernster.«

Jans Mund klappte auf und zu, plötzlich wirkte sein Schopf noch wirrer als sonst. »Ich soll mich an eine einzige Frau binden? Bis dass der Tod mich scheidet? Sei ehrlich, sprichst du im Wahn?«

»Du machst es mir nicht gerade leicht.«

»Ich will nur sichergehen, dass ich dich richtig verstanden habe.«

»Ich habe darüber nachgedacht, und es gibt keinen anderen Weg.«

»Aha. Und gibt es auch eine glückliche Kandidatin für dieses Vorhaben?«

»Die Gräfin von Waldeck.«

Jan glotzte ihn verdattert an. »Du ziehst mich auf, oder? Die sittsame junge Dame, die immer bei deiner Mutter sitzt und stickt?«

»Genau die.«

»Weiß Margarethe von deinem Ansinnen?«

»Noch nicht, obwohl ich Grund zur Hoffnung habe, dass sie der Idee gegenüber nicht völlig abgeneigt wäre. Sie hat eine Schwäche für dich, ganz eindeutig, auch wenn ich mir das nicht so recht erklären kann, denn eigentlich ist ihr Geschmack unfehlbar ...«

Jan verzog das Gesicht.

»Das ist das Eine«, fuhr er fort. »Aber ich muss natürlich auch mit ihren Eltern sprechen, allerdings ...«

»Warum?«

»Weil sie ihre Zustimmung geben müssen.«

»Nein, warum soll ich sie heiraten?«

»Sie ist von gutem bayerischen Adel.«

»Das weiß ich. Sie hat mir erzählt, ihr Vater habe sich in den Bayrischen Kriegen verdient gemacht.«

»Es würde dein Ansehen bei Hof steigern, Jan. Als Böhme ...«

»Albrecht! Du weißt ganz genau, ich bin kein gottverdammter Hussit!«

»Aber ja doch. *Ich* weiß das! Aber gerade eben hat auch Beatrix schon wieder etwas zum Besten gegeben, das mich um dich und deinen Ruf fürchten lässt.«

»Aha. Du brauchst also eine Legitimation, die vergessen macht, dass dein Hofmarschall nicht von hier stammt.«

»Falsch, du bist derjenige, der diese Legitimation braucht. Damit endlich das Gerede bei Hof aufhört. Ich schlage diese Verbindung für dich vor, nicht für mich.«

»Das hat also nichts damit zu tun, dass Margarethe und du einmal ...«

»Das ist schon lange her, Jan. Es ist vorbei.«

»Du tust das also nicht, weil du befürchtest, dass Agnes Wind davon bekommt?«

»Sie weiß es bereits. Wir haben schon vor Monaten darüber gesprochen, und es bekümmert sie nicht.«

»Es bekümmert sie nicht?«

»Sie weiß, dass das, was wir haben, etwas Besonderes ist.«

Jan nippte nachdenklich an seinem Wein.

»Also, wirst du es tun? Ich gebe euch sechshundert Gulden obendrauf. Als Hochzeitsgeschenk.«

»Ich glaube nicht, dass das so funktionieren wird,

wie du dir das vorstellst, Albrecht. Nur, weil du der Prinz bist, reicht es nicht aus, einfach nur mit den Fingern zu schnippen.«

»Du meinst, die Waldecks könnten dich ablehnen. Keine Sorge, ich werde ein gutes Wort für dich einlegen. Außerdem räume ich dir einen lukrativen Posten ein. Das wird deine Chancen erhöhen.«

Jan strahlte. »Oha! Jetzt wird es interessant! Hast du an etwas Bestimmtes gedacht?«

»Ich benötige einen neuen Pfleger in Pfaffenhofen.«

»Pfaffenhofen ...«, stieß Jan enttäuscht aus. »Das ist weit weg von München.«

»Du bekommst Erlaubnis, uns jederzeit zu besuchen. Lindert das den Schmerz?«

Sein Freund betrachtete stumm das Spielbrett. Das war ungewöhnlich, sein Mundwerk blieb für gewöhnlich ständig in Bewegung. Als Albrecht bereits begann, sich Sorgen zu machen, sagte er: »Ich befürchte, du hast recht, *bratře*. Irgendwann musste so ein Augenblick ja kommen.«

Albrecht atmete auf. »Ich versichere dir, du wirst es nicht bereuen. Margarethe ist eine wunderbare Frau. Sehr fürsorglich, wenn es drauf ankommt, und aufgeschlossen, wenn du verstehst, was ich meine ...«

»Schweig! Ich will nichts davon hören!«

Albrecht hob begütigend die Hände. »Schon gut, schon gut. Ich werde für immer schweigen.« Er griff zum Becher. »Also? Auf die hoffentlich bevorstehende Verlobung?«

Jan lächelte zerknirscht und nickte. »Auf die Verlobung.«

KAPITEL 16

MÜNCHEN, AUGUST 1429

DIE HOCHZEIT von Jan und Margarethe war ein denkwürdiges Ereignis. Als die Brautleute unter lautem Jubel die Burgkapelle verließen, dachte Agnes: *Sie sind so ein hübsches Paar! Wie die beiden strahlen!*

Seit der Graf von Sedlec um die Hand seiner Braut angehalten hatte, war er wie ausgewechselt. Es war mehr als offensichtlich, dass er sich Hals über Kopf in Margarethe verliebt hatte und sie sich in ihn. Das war ungewöhnlich und erfreulich, raunte man sich bei Hof zu. Zwei so junge, hübsche Menschen, die einander wohlgesinnt waren ... Jeder war sich sicher, den beiden Jungvermählten stand eine große gemeinsame Zukunft bevor. Fast ganz Bayern hatte längst vergessen, dass Jan ein Böhme war.

Heute sollte das freudige Ereignis mit reichlich Wein begossen werden, doch schon am folgenden Tag würde das frisch getraute Paar nach Pfaffenhofen umziehen, wo Jan seine Arbeit als Albrechts Pfleger aufnehmen würde. Margarethe würde ihm indes ein Heim bereiten, die Gäste bewirten und ihn zu offiziellen Empfängen begleiten. Und bald würde sich gewiss der erste Nachwuchs ankündigen und sie würden eine kleine Familie sein ...

Agnes seufzte auf. So sehr sie sich auch für ihre Freundin freute, noch lieber wäre es ihr gewesen, hätten sie die Rollen tauschen können. Zu wissen, dass ihr, der Baderstochter, eine so gewöhnliche Zukunft mit Albrecht auf ewig verwehrt war, grub ein tiefes Loch in ihre Magengegend. Sie musste lernen, sich damit abzufinden, dass sie niemals gemeinsam würden leben können. Schlimmer noch, eines Tages würde sie nur eine Zweitfrau sein, eine heimliche Geliebte neben der hochadligen Gattin, die ... Es fiel ihr schwer, diesen schmerzhaften Gedanken zu Ende zu denken, also tat sie das, was sie in solchen Fällen immer tat: Sie schob ihn schnell beiseite.

Die letzten Wochen waren für Agnes ereignisarm gewesen. Seit dem Pressburger Schiedsspruch, der zu aller Erleichterung günstig für München ausgefallen war, war Albrecht von seiner Regierungstätigkeit sehr eingenommen und hatte nur selten Zeit für sie. Doch wenn er seinen Aufgaben für einige Momente entkommen konnte, war ihre Zweisamkeit die reinste Magie. Im Sommer hatte Jan Agnes zu einem Reitausflug in das herzogliche Forstgebiet eingeladen und sie zu einem unscheinbaren Hochsitz geführt. Mit einem Funkeln in den Augen hatte er ihr bedeutet, die Leiter zu erklimmen und zu warten. Er selbst war zu den Pferden zurückgegangen, die sie einige Schritt entfernt angebunden hatten.

Oben angekommen, hatte Agnes erstaunt festgestellt, dass der Holzraum mit den erlesensten Teppichen und Kissen ausgestattet war, wie ein kleiner Palast in den Wolken. Sogar ein Korb mit Speisen und Wein stand für sie bereit. Sie hatte sich ausgestreckt und von den Trauben genascht, bis Albrechts Kopf in der Luke auftauchte.

Seitdem trafen sie sich dort häufiger, immer unter Vorwand und heimlich. Und während die eilig zusammengetrommelte Jagdgesellschaft vergeblich auf den Schuss des Prinzen wartete, holte jener lieber in aller Heimlichkeit für Agnes die Sterne vom Himmel. Auch wenn er sich ehrenvoll zurückhielt und nie über das hinausging, was er mit seinem Gewissen vereinbaren konnte. Sein Beichtvater Johannes Rothuet, so erzählte er ihr einmal, war ein besonders gottesstrenger Mann, und er war müde von den ständigen Sühneleistungen.

Es waren diese gestohlenen Momente, für die sie seitdem lebte. Die Sicherheit, die er ihr gab, das Lachen, das sie ihm entlockte.

Mit einem Schmunzeln schloss sich Agnes der Festgesellschaft an, die dem Brautpaar in die große Halle folgte. Die Dienerschaft hatte lange Bänke und Tafeln aufgebockt, die geschmückt waren mit Sommerblumen und kostbarem Tafelsilber. Während des Banketts machte sich ein kleines Heer von Narren,

Artisten und Schaustellern daran, für höfische Kurzweil zu sorgen.

Selbst als die Kerzen entzündet, die Tische beiseite geräumt und das Brautpaar für den feierlichen Einzug ins Brautgemach die Halle verlassen hatte, nahmen Musik und Unterhaltung kein Ende. Agnes gesellte sich zu dem Zuschauerkreis, der sich um einen bärenstarken Kerl mit nacktem Oberkörper gebildet hatte.

Der glatzköpfige Mann trug einen langen, zu zwei dünnen Zöpfen geflochtenen Bart, der sich unterm Kinn zu einem Ganzen vereinte. Brust und Arme waren mit Öl eingerieben, sodass die Muskeln im Schein der unzähligen Kerzen eindrucksvoll glänzten. Vor ihm wartete eine Bank mit drei Kindern, die mit großen Augen zu ihm aufschauten. Er griff in ein Säckchen, das an seinem Gürtel baumelte, und rieb sich die Handflächen mit einem weißen Pulver ein. Grunzend inspizierte er die Zuschauermenge. Erst als er sicher war, dass er ihre volle Aufmerksamkeit genoss, spannte er die Muskeln an und riss die Bank mit einem Ruck in die Höhe. Die Kleinen klammernd sich jauchzend fest, das Publikum raunte.

Agnes hielt die Luft an und knetete bang die Hände. Welch wagemutige Darbietung! Was, wenn eines der Kinder den Halt verlor und herunterfiel?

Doch sie brauchte sich nicht zu sorgen. Einen Herzschlag später stand die Bank wieder fest auf dem Boden. Die Kleinen sprangen herunter und eilten zurück in die Arme ihrer Mütter. Die Menge brach in Jubel aus.

Agnes klatschte ebenfalls Beifall und rief nach einer Zugabe. Unvermittelt kniff ihr jemand von hinten ans Gesäß. Sie quiekte entrüstet auf und wollte herumfahren, da wisperte eine Stimme in ihr Ohr: »Komm mir nicht auf unkeusche Gedanken, meine Rose.«

»Albrecht, du Schelm! Wo hast du gesteckt? Du hast die Akrobaten mit den Schnüren und Ringen verpasst.«

»Ich habe mich ein wenig mit dem Kapellmeister verplaudert.« Er streichelte weiter ihr Hinterteil, dank der Zuschauer um sie herum vor neugierigen Blicken verborgen.

»Ich glaube, deine Hand hat sich verirrt.«

Besagte Hand drückte ein letztes Mal kräftig zu, bevor Albrecht sich an ihre Seite gesellte. Züchtig verschränkte er die Arme vor dem Körper, so als wären sie Fremde. »Erstaunlich wagemutig, der Kerl«, sagte er, ohne sie anzusehen.

»Ich finde vor allem die Mütter wagemutig, die ihrem Nachwuchs erlaubt haben, bei solch einer Mutprobe mitzumachen. Ein Glück, dass nichts passiert ist.«

Der Muskelprotz reckte die Fäuste in die Höhe, und Beifall brauste ein weiteres Mal auf. Ein Küchenbursche eilte herbei und brachte ihm einen Krug mit schäumendem Bier. Er leerte ihn in einem Zug, gefolgt von einem kräftigen Rülpser. Die gutbetuchte Menge prustete los angesichts des ungehobelten Benehmens.

»Ach, Albrecht, was für eine wunderschöne Hochzeit«, sagte Agnes. »Du hast keine Kosten und Mühen gescheut. Das werden Jan und Margarethe dir nie vergessen.«

»Für die Ausschmückung der Burgkapelle kannst du dich bei meiner Mutter bedanken. Ich glaube, sie hat dafür alle Blumen Münchens aufgekauft.«

»Margarethe sah so bezaubernd aus, als sie mit Jan vor dem Altar kniete. Ich muss zugeben, sie hat mich ein wenig neidisch gemacht.«

»Und mich hat Jan neidisch gemacht. Hast du seinen neuen Mantel gesehen?«

»Ja, sehr geschmackvoll. Und die Brosche, die du für ihn beim Goldschmied ausgesucht hast. Sie passte ausgezeichnet dazu. Der Gesichtsausdruck, als er vor Margarethe stand und ihre Hand nahm ...«

Er legte den Kopf schief, den Blick voller Wärme für sie. »Weißt du, was ich denke?«

»Dass das hier unsere Hochzeit sein sollte«, hauchte sie.

»Und unsere Hochzeitsnacht noch dazu.«

Für einen Moment versank sie in seinen sanften, braunen Augen und fand ihr eigenes Begehren in ihnen widergespiegelt. Das Ausmaß ihres Verlangens, das sie für ihn empfand, überraschte sie immer wieder aufs Neue. Doch dies war nicht der richtige Ort für ihre Sehnsüchte. Sie wandte sich eilig ab. »Also, was wollen wir unternehmen? Die Schausteller machen jetzt erst einmal eine Pause.«

»Vielleicht einen Becher Wein?«, fragte er. »Oder einen Happen zu essen?«

»Ein Wein wäre schön.«

»Wein soll es sein!« Er hakte sich bei ihr unter, um sie wegzuführen. Sein Gang schwankte deutlich.

»Du hast zu viel getrunken, Albrecht.«

Er gluckste auf. »Wer hat das heute Abend nicht? Vielleicht du? Ja, du wirkst mir zweifellos zu nüchtern.« Er winkte einen Diener mit einem Tablett herbei. »Das müssen wir unbedingt in Ordnung bringen.«

»Ich werde gewiss nicht so viel trinken, dass ich am Ende so wie du durch die Halle torkle wie ein Seemann auf hoher See.«

»Aber ein Mann heiratet eben nur einmal im Leben. Zumindest hoffe ich das.« Er stutzte. »Oh nein! Was rede ich da? Das bringt Unglück.« Hastig schlug er ein Kreuz, doch er tat es in der falschen Reihenfolge, ob absichtlich oder unabsichtlich, war nicht zu sagen. Verwirrt murmelte er: »Herrje, ich werde morgen eine Kerze entzünden, nur um sicherzugehen. Gott sei mein Zeuge.« Der feierliche Schwur endete in einem heftigen Schluckauf. Er schlug die Hand vor den Mund und grinste dümmlich.

Sie schmunzelte. »Also wirklich, Albrecht, du bist unverbesserlich!«

Sie bahnten sich einen Weg durch die Menge, bis sie das andere Ende der Halle erreichten. Nach einer kurzen Suche fanden sie eine ruhige Ecke unweit des Eingangs.

Er deutete auf den Becher in ihrer Hand. »Nun trink schon!«

Sie kostete. Es war ein erlesener Tropfen, das konnte selbst sie in ihrer Unwissenheit erkennen.

Er beobachtete sie aufmerksam. Als sie den Becher absetzte, blieb sein Blick an ihren Lippen hängen. »Warte, du hast da was«, flüsterte er. Er beugte sich zu ihr herunter. Schnell leckte sie sich den Tropfen von der Unterlippe, bevor Albrecht ihn weg küssen konnte.

Er richtete sich stirnrunzelnd wieder auf. »Jetzt bist du mir zuvorgekommen … Wie bedauerlich …«

Ja, zu schade, stimmte sie in Gedanken zu, sagte aber: »Denk noch nicht mal dran, Albrecht.«

»Du ahnst ja gar nicht, wie du mich um den Verstand bringst heute Nacht. Jetzt, wo das Brautpaar für die Nacht ins Brautgemach verschwunden ist, bist du zweifellos die schönste Frau der Halle.«

Sie sah an sich herunter. Kein Wunder, dass er das sagte! Für die Hochzeit hatte er ihr ein neues Gewand spendiert. Der Schneider hatte wochenlang daran gearbeitet und kostbare Seide aus Venedig und Perlen aus Spanien verarbeitet. Es hatte ein kleines Vermögen gekostet. »Das macht das Kleid.«

»Aber nein, meine Rose. Das Kleid verhüllt nur deine wahre Schönheit. Oh, warum nur schlafen wir immer getrennt? Ich weiß! Komm heute Nacht mit in mein Gemach. Wir schleichen uns am Gesinde vorbei die Hintertreppe hoch.«

»Nur in deinen Träumen!«

»Ich werde noch verrückt, wenn ich ohne dich zu Bett gehen muss.«

»Dann hätten wir nicht in der Alten Veste feiern sollen. Hier sind viel zu viele neugierige Augen.«

»Du hast recht. Das nächste Mal, wenn Jan heiratet, werden wir die Feier woanders ausrichten.« Er stockte. »Jetzt sage ich schon wieder so etwas Unheilvolles. Natürlich wird Jan kein zweites Mal heiraten. Kein Mann sollte das müssen.« Er winkte einen Diener herbei, der gefüllte Weinbecher auf einem Tablett herumtrug. »Mehr Wein!« Er leerte den halben Becher in einem Rutsch. »Schon besser.«

»Albrecht, du stehst ein wenig zu nah.«

Er grinste verwegen. »Unsinn. Hier ist kaum Platz zum Stehen. Schau dich um. Wir sind alle so dicht aufeinander.«

Damit hatte er nicht unrecht. Sie durften dennoch nicht leichtsinnig werden. Sie rückte ein Stück ab.

»Ach, Agnes! Nun hab dich doch nicht so.«

Er hob die Hand, um ihr Gesicht zu streicheln. Schnell entzog sie ihm mit einer Kopfbewegung das Kinn. »Das solltest du besser lassen.«

»Was denn?«

»Du bist mächtig angesäuselt. Du würdest das morgen alles bitter bereuen. Bitte, tritt wieder etwas zurück.«

»Aber ich will nicht!«

»Albrecht, sei vernünftig!«

»Du klingst wie meine Amme.«

»Vielleicht, weil du dich wie ein ungezogener Bengel aufführst.«

Sein angesäuseltes Lächeln fror ein.

Sie biss sich auf die Zunge ob ihrer unbedachten Schelte. Er hasste es, wenn man ihn unreif nannte.

Beleidigt zuckte er mit den Schultern und nahm Abstand von ihr. »Na schön.«

Sogleich bereute sie ihren harschen Tonfall. Eine Weile betrachteten sie stumm die versammelte Hochzeitsgesellschaft, dann seufzte sie auf. »So viele Leute. Wer ist das alles? Die meisten habe ich noch nie zuvor gesehen.«

Diskret deutete er auf einen fettleibigen Gast mit einer ebenso wohlgenährten Dame an seiner Seite. »Das da vorn ist Bürgermeister Ligsalz.«

»Ja, den kenne ich. Er ist manchmal zum Abendessen geladen.«

»Das daneben ist seine Gattin. Sie unterhält sich mit der Gattin vom Eßwurm. Ein bedeutender Patrizier hier in München. Er sitzt im Rat der Stadt und handelt mit Tuchen und Salz. Und das da hinten sind noch mehr Ratsherren. Pütrich und Schrenk.« Er schaute sich weiter um. »Und da hinten steht Weißenfeld. Mit seiner blutjungen Geliebten. Seine Gemahlin liegt seit Wochen siech im Bett.«

Sie betrachtete die Herrschaften, die Albrecht für sie hervorgehoben hatte. *Was für eine verrückte Welt,* dachte sie bei sich. Noch vor wenigen Jahren hätte sie sich nicht vorstellen können, auch nur im selben Raum zu sein mit so wohlhabenden und bedeutenden Bürgern. Und nun waren sie alle Gäste auf derselben Hochzeit. Sie wusste, welch große Sünde es war, doch der Gedanke ließ sie einen Hauch von Stolz empfinden.

In diesem Moment drehten sich die Gattinnen von Ligsalz und Eßwurm um. Sie warfen Agnes einen abschätzigen Blick zu. Erschrocken hielt sie die Luft an.

Albrecht grinste. »Oha! Sie haben dich erspäht.«

»Aber warum gucken sie denn so?«, fragte sie erschüttert. »So als ob sie mich aufspießen wollten. Hab ich ihnen etwas getan?«

»Hast du nicht bemerkt, dass ihre Gatten dich schon den ganzen Tag anhimmeln?«

»Nein. Tun sie das etwa?«

Sein Mund näherte sich ihrem Ohr. »Oh ja«, flüsterte er. »Sie alle würden dich nur zu gern haben. Sie begehren dich.«

»Albrecht, hör bitte auf, zu grapschen!«

»Warum sollte ich? Ich bin doch der Glückspilz hier im Raum. Denn du bist mein.«

In einem kläglichen Versuch, ihm das Hinterteil zu entziehen, drehte sie sich weg. »Du bist unmöglich heute Abend. Ich erkenne dich gar nicht wieder. Der Wein hat deine Zunge gelöst.«

Er rückte auf, den Blick scheinbar unbeteiligt geradeaus gerichtet.

Sie stöhnte auf. »Albrecht, bei allem, was dir heilig ist. Bitte hör auf. Morgen werden sie alle tratschen.«

»Vielleicht wäre das gar nicht so verkehrt.«

»Du bist zweifellos betrunken.«

»Trunken von dir.«

Während sie noch überlegte, wie sie ihn wieder zur Besinnung bringen konnte, bemerkte sie, wie man sie aus der Ferne aus eisblauen Augen beobachtete. Es war Albrechts Vater, Herzog Ernst, die blanke Stirn tief zerfurcht.

Sie erbleichte und tat einen hastigen Schritt zur Seite. »Herr Jesus!«

»Nun hab dich doch nicht so, Agnes. Ein Küsschen auf die Wange wird schon nicht weh tun. Das ist schließlich eine Hochzeit …«

»Dein Vater«, zischte sie aufgebracht. »Er sieht zu uns herüber.«

Als hätte sie ein Zauberwort verwendet, nahm er sofort Haltung an. »Gottverflucht!«, raunte er durch zusammengebissene Zähne. Er faltete seine wandernden Hände vor den Schoß. »Das wird einen Riesenärger geben.« Er setzte ein gequältes Lächeln auf und nickte seinem Vater zu. Der Herzog schüttelte leicht den Kopf, dann widmete er sich wieder seinem Gespräch mit dem Geheimschreiber Aichinger.

»Meinst du, er hat etwas gesehen?«, fragte Albrecht, den Blick starr geradeaus gerichtet.

Sie lugte zu den Ratsherren und ihren Gattinnen. Sie alle hatten eifrig mitverfolgt, wie Herzog und Sohn sich über die Halle hinweg wortlos ausgetauscht hatten. Nun steckten sie tuschelnd die Köpfe zusammen. Einige der Damen bedachten Agnes mit hämischen Blicken, bevor sie ihr demonstrativ die Schulter zudrehten.

»Ich befürchte, sie alle haben es gesehen, Albrecht.«

Er war auf einen Schlag nüchtern. »Wir haben doch nichts Verfängliches getan, oder? Vater würde mir den Kopf abreißen.«

Sie schnaubte. Da hatte er die Quittung für seinen Leichtsinn! Morgen würden es die Spatzen von den Dächern pfeifen. Sie brauchte dringend frische Luft. Sie drückte ihm den Wein in die Hand. »Halte das für mich.«

»Wo willst du hin?«

»Ich muss austreten.«

»Bist du mir böse?«

»Ob ich dir böse bin? Das war reichlich töricht von dir.«

»Jetzt mach doch nicht so eine große Sache daraus. Mein Vater hat es bis morgen längst wieder vergessen.«

Sie ließ ihn stehen und flüchtete hinaus.

Eigentlich wollte sie zunächst den Abort aufsuchen, doch dann steuerte sie auf den Ausgang zu und fand sich kurz darauf im Hof wieder. Trotz der späten Stunde war der von Fackeln erleuchtete Platz belebt mit Gästen und Dienstboten. Am Himmel stand ein fetter Vollmond. In einer unbeachteten Ecke lehnte sie sich mit der Schulter an eine Wand, verschränkte die Arme hinterm Rücken und betrachtete den Sternenhimmel.

Der Anblick der funkelnden Himmelskörper half ihr, den Ärger auf Albrecht ein wenig verrauchen zu lassen. Sie wollte ihm nicht böse sein. Es war eine schwierige Situation, für sie beide. Sie war gewiss nicht unschuldig, dass es so gekommen war. Eine offene Tändelei war gewagt, aber gerade das Verbotene machte es so reizvoll. Nein, sie konnte ihm keinen Vorwurf machen, war es doch vor allem seine unbedarfte, beinah naive Art, die sie so an ihm liebte.

Versonnen betrachtete sie das nächtliche Firmament. So viele Sterne! Warum Gott sie wohl dort oben angebracht hatte? Und waren es dieselben, die man auch in Augsburg zu sehen bekam? Ob ihr Vater ab und zu die Zeit fand, ebenfalls in den Himmel zu schauen? Und wenn ja, dachte er dann manchmal an sie?

Sie wünschte es sich sehr. Denn obwohl er streng zu ihr gewesen war, so hatte er doch immer das Beste für sie im Sinn gehabt. Die Umstände waren für niemanden einfach gewesen, ein verwitweter Mann ohne Weib im Haus, das sich um die Kinder kümmerte. Er hatte für Agnes das getan, was er für richtig erachtet hatte, hatte ihr sogar ein wenig seines Handwerks beigebracht, was bei Töchtern nicht selbstverständlich war. Er hatte ihr gezeigt, wie man Zähne zog und schröpfte, wie Tinkturen Wunden heilten und welche Kräuter Fieber linderten. Dass sie sich dennoch so über seine Wünsche hinweggesetzt hatte, wird ihn mehr als enttäuscht haben. Sie fragte sich, ob er ihr immer noch gram war.

Als sie an die Vergangenheit zurückdachte, die sie weit hinter sich gelassen hatte, wurde ihr bewusst, wie sehr sich ihr Leben seit ihrem Auszug aus Augsburg verändert hatte. Es war eingetroffen, was sie damals auf den Lechwiesen nicht für möglich gehalten hatte: Sie war die Bettgespielin des Prinzen von Bayern-München geworden. Eine Frau, die für seidene Gewänder und Geschmeide ihre Ehrbarkeit aufgegeben hatte. Wie eine Hure. Ja, das war sie, dachte sie in einem Anflug von Bitterkeit. Eine Hure, mit der Albrecht sich nach Herzenslust vergnügte, die er jedoch nie zur Gemahlin nehmen würde. Für alle Zeit würde sie ein Leben im Dunkeln fristen, vor neugierigen Augen verborgen und, wenn der Zeitpunkt gekommen war, auch versteckt vor der adligen Gattin.

Noch hatte sich Albrecht erfolgreich vor einer Eheschließung drücken können. Er hatte Kandidatinnen offen abgelehnt, Entscheidungen hinausgezögert und Ablenkungen gefunden, sodass das Thema beim Hofrat wochenlang nicht angesprochen worden war. Sie wusste, er tat es für sie, weil allein schon der Gedanke, dass er jemand anderen heiraten könnte, sie zu tief verletzte. So würde es jedoch nicht bleiben können. Eines Tages ...

Ein Griff schloss sich von hinten um ihr Handgelenk und drückte zu. Sie schrie erschrocken auf. Ihre erste Reaktion war, sich mit einem Ruck zu befreien, doch die Hand, die sie umschlossen hielt, krallte sich nur noch fester in ihre Haut. Sie fuhr herum. Es war Albrechts

Vater. Voller Grauen starrte sie in seine eisblauen Augen, die sie regelrecht zu durchbohren versuchten. In einem entfernten Winkel ihres Gehirns registrierte sie, dass er einen ganzen halben Kopf kleiner war als sie. Es nahm dennoch nichts von seiner furchteinflößenden Wirkung.

»Hab ich's mir doch gedacht!«, schnaubte er.

Sie zwang sich, ruhig zu bleiben. Mit aller Kraft, die sie in sich sammeln konnte, sagte sie: »Mein Herzog, Ihr tut mir weh. Habt Ihr bitte die Güte, mich loszulassen?«

Er drückte noch energischer zu, und ihr entwich ein Wimmern.

»Du bist es also, die Albrecht so den Kopf verdreht hat.«

»Ich weiß nicht, wovon Ihr sprecht.«

»Sag, du Hure, seit wann geht das schon so mit euch beiden?«

»Ich bin keine Hure«, schnappte sie empört zurück, obwohl sie soeben noch das Gegenteil gedacht hatte.

»Lüg mich nicht an! Bist du nicht dieses Badermädchen, das mein Sohn damals aus Augsburg mitgebracht hat? Ja, schau ruhig erstaunt. Natürlich weiß ich längst, was deine wahre Abstammung ist.«

Sie wusste nichts darauf zu sagen. Aus dem Augenwinkel inspizierte sie den Hof, doch ihr Zusammentreffen war unbemerkt geblieben. Für einen Moment erwog sie, nach Hilfe zu rufen, aber sie ahnte, dass das alles nur noch schlimmer gemacht hätte.

»Wie lautet dein Name, Weib?«

»Agnes.«

»Agnes, ach ja. Ich erinnere mich. Ich hatte schon damals eine Ahnung, dass du nicht die Buhle vom Sedlec bist, doch ich Narr habe Albrecht machen lassen. Er hat wohl geglaubt, er könne mich für dumm verkaufen.«

»Albrecht will Euch nicht für dumm verkaufen.«

»Und das weißt du besser als ich? Sein eigener Vater!«

»Glaubt mir, er will Euch ein guter Sohn sein.«

Ernst lachte höhnisch auf. »Eine seltsame Art hat er, mir das zu zeigen.«

Sie drehte ihren Arm in einem Versuch, sich aus dem ehernen Griff zu winden, doch vergeblich. »Au, mein Herzog, ich bitte Euch! Ihr tut mir weh.«

»Nicht weh genug, wie's mir scheint.«

Mit einem Ruck zog er sie zu sich heran, und sie stöhnte gequält auf. »Nun hör mir mal genau zu, du liederliches Weib. Noch heute Nacht wirst du von hier verschwinden. Du wirst deine Sachen packen und dort vorn aus dem Tor spazieren. Ich will dich hier nie wieder sehen.«

Die Forderung war so abstrus, dass ihr ein galliges Lachen entwich. »Das werde ich nicht tun. Selbst wenn Ihr mir das Handgelenk brecht.«

»Mein Sohn wird nicht weiter seine Zeit mit Euch verschwenden. Ich verbiete es.«

»Ihr könnt es ihm nicht verbieten. Er ist kein kleines Kind mehr.«

»Dann soll er sich nicht wie eins benehmen!«

»Vielleicht solltet Ihr ihn nicht wie eins behandeln!«

Der Herzog lief tiefrot an. Eine Ader auf der blanken Stirn begann, gefährlich zu pochen. *Oh weh!* Sie biss sich auf die Zunge.

»Du wagst es?«, zischte er. »Du wagst es, mir, dem

Herzog, Widerworte zu geben? Was glaubst du dummes Mädchen eigentlich, wer du bist?« Er drehte die Hand, sodass ihr nichts anderes übrig blieb, als sich mit zu drehen.

»Ich bin die Frau, die er liebt«, keuchte sie.

»Ha! Liebe! Mein Sohn weiß doch gar nicht, was das bedeutet. Er ist und bleibt ein unreifer Bengel, der nicht in der Lage ist, Gut von Böse zu unterscheiden.«

»Ich glaube, da unterschätzt Ihr Albrecht.«

»Ach ja? Ich vermute eher, Albrecht ist derjenige, der sich selbst überschätzt. Wie er gerade mit dir vor dem gesamten Hof und der Stadt angebandelt hat. Er kann gar nicht absehen, welche Wellen so eine Indiskretion schlagen wird. Er sägt an den Beinen des eigenen Throns!«

Sie wusste nichts darauf zu erwidern.

»Wie viel?« Abschätzig ließ er den Blick an ihr rauf und runter gleiten. »Wie viel muss ich zahlen, damit du meinen Sohn aus deinen Fängen befreist?«

»Ich bin nicht käuflich.«

Er lachte spöttisch auf. »Gewiss. Die Juwelen, mit denen du dich behangen hast, entstammen zweifellos deiner eigenen Schatulle.«

»Ich liebe Euren Sohn! Es ist mir gleich, ob er mir Geschmeide schenkt oder mich in Seidengewänder kleidet. Ich würde ihn auch nehmen, wenn er nur ein Tagelöhner wäre.«

»Ha, ein Tagelöhner! Was bist du nur für eine Gossenhure.«

Die erneute Schmähung verwandelte ihre Furcht in kochenden Zorn. Gewiss, sie war nur die Tochter eines

Baders, doch sie war nicht gewillt, sich weiter beleidigen zu lassen. »Euer Sohn und ich gehören zusammen. Es ist gleich, wer ich bin oder woher ich komme. Er weiß das, und ich weiß das.«

»Mein Sohn ist ein Schürzenjäger und ein Luftikus. Er war schon in mehr Betten zu Gast, als es Kiesel am Ufer der Isar gibt. Bald wird er das Interesse an dir verloren haben, und dann wird er dich vor die Tür setzen. Dann wirst du dir jemand anderes suchen müssen, für den du die Beine breitmachen kannst.«

»Das wird er nicht. Er liebt mich!«

»Ach ja? Lass dir gesagt sein, du bist nicht die Erste und du wirst auch nicht die letzte Gespielin sein. Am Ende hat er immer die Lust verloren und seine Frauen verstoßen. Glaub mir, mein Angebot ist großzügig. Beweis deine Klugheit und lass dich jetzt abfinden. Ziehe in eine andere Stadt. Warte nicht auf den Moment, wo er dich mittellos auf die Straße wirft.«

Sie starrte ihn erschrocken an. Sprach der Herzog die Wahrheit? War sie nicht die Erste, für die Albrecht so empfand? Wie viele andere zuvor hatte es bereits am Münchener Hof gegeben? Frauen, die er hierher eingeladen hatte, um sich mit ihnen eine Weile zu vergnügen? Was, wenn sein Vater recht hatte, und er nicht reif genug war, um sich für immer an jemanden zu binden?

Dann besann sie sich auf die gemeinsame Zeit. Nein, dachte sie. Der Herzog wollte ihr etwas vorgaukeln. Das war nicht Albrecht. Seine Gefühle für sie waren echt, so wie die ihren. Er liebte sie von ganzem Herzen, mehr als er jemals eine Frau geliebt hatte. Sie würde nicht zulassen, dass sein Vater Zweifel in ihr säte, damit sie von sich aus das Weite suchte.

Sie nahm all ihren Mut zusammen und antwortete mit klarer Stimme: »Ich werde niemals von Albrechts Seite weichen. Niemals, Eure Hoheit. Lieber würde ich sterben, als ihn auf Euer Geheiß zu verlassen.«

Die Lippen des Herzog verzogen sich zu einem teuflischen Lächeln. »Lieber würdest du sterben? Pass auf, was du dir wünschst, Weib. Es könnte eines Tages in Erfüllung gehen.«

Zu ihrer Überraschung lösten sich plötzlich die Finger um ihr Handgelenk. Keinen Augenblick zu früh! Im schwachen Schein der Fackeln begutachtete sie die schmerzende Stelle. Ein dunkler Ring zeichnete sich deutlich ab, doch als sie die Hand zur Faust ballte, stellte sie erleichtert fest, dass alles noch so funktionierte, wie es sollte. Sie atmete auf. Zum Glück war nicht mehr passiert. Wer hätte gedacht, dass einem so kleinen Mann so viel Kraft innewohnte?

Als sie aufschaute, war der Herzog fort.

KAPITEL 17

PFAFFENHOFEN, MAI 1430

»DAS HÄTTEST du wirklich erleben sollen, meine Rose. Stell dir vor: König Sigismund blickt mit einem diebischen Grinsen in die Runde, das kann er außerordentlich gut, und sagt« – zur Verdeutlichung verstellte Albrecht die Stimme zu einem tiefen Bariton – »*Die Herzöge Ernst und Wilhelm erhalten beide jeweils einen Teil des Straubinger Landes.* Vetter Ludwig war so erbost, dass er knallrot angelaufen ist.«

»Das Gesicht hätte ich gern gesehen«, gluckste Agnes, obwohl sie den Ingolstädter Herzog noch nie getroffen hatte. Doch die Art und Weise, wie Albrecht voller Inbrunst von den Geschehnissen damals in Pressburg berichtete, amüsierte sie königlich. »Hier entlang?«

»Ja. Das sieht richtig aus.«

Vorsichtig lenkte sie den Zelter, ein weiteres großzügiges Geschenk Albrechts, einen steilen Abhang hinunter. Jener fiel mit seinem schwarzen Wallach hinter ihr ein. Sie hatten sich vom Gefolge abgesondert, um ein wenig Zeit zu zweit zu haben.

Nach jenem erschreckenden Aufeinandertreffen mit Herzog Ernst auf Jans und Margarethes Hochzeit hatte Albrecht schnell gehandelt. Jan hatte sich sofort dazu bereit erklärt, Agnes mit nach Pfaffenhofen zu nehmen und sie in einer stattlichen Kammer in seinem Stadthaus am Markt unterzubringen.

Albrecht war in München zurückgeblieben und hatte versucht, den Schaden möglichst zu begrenzen. In den folgenden Wochen hatte er den reuigen Sünder gespielt, der sich auf Geheiß seines Vaters seiner Buhle entledigt hatte, um sich wieder ernsthafteren Aufgaben zu stellen. Dennoch: Wann auch immer er die Gelegenheit dazu bekam, entfloh er nach Pfaffenhofen.

So wie heute. Gleich am nächsten Morgen waren sie alle für einen Ausritt aufgebrochen: Jan, Margarethe, Agnes und sechs von Jans engsten Vertrauten, die ihm seit seiner Ankunft im Jahr zuvor bei seinen Pfaffenhofener Verwaltungsaufgaben beiseitestanden. Wie üblich hatte es einen unerwarteten Grund gegeben, dass sich die Reitergruppe auftrennte, und wie immer nahm niemand Anstoß daran, dass Albrecht allein mit Agnes in eine andere Richtung verschwand als der Rest. Er hatte mit Jan vereinbart, sich in zwei Stunden wieder an der Wegkreuzung unweit des Stadttores zu treffen.

»Ach, das hättest du sehen sollen«, führte er mit seinem Bericht über den Pressburger Schiedsspruch gut gelaunt fort. »Es war köstlich! Doch auch Vetter Heinrich war nicht erfreut und hat sich furchtbar aufgeplustert. Da ist der König einmal um den Tisch herum und hat den Arm um meinen Onkel gelegt und gesagt: *Und wo wir schon mal dabei sind, Wilhelm: München soll auch die Residenzstadt erhalten. Straubing wird bei Euch in guten Händen sein, da bin ich mir gewiss.*«

»Liegt Straubing nicht näher an Landshut als an München?«

»Näher an Landshut und sogar an Ingolstadt. Der König hat es dennoch so beschieden.«

Er führte sein Ross durch den Bach und wartete am gegenüberliegenden Ufer auf sie. Mit der freien Hand wedelte er die unzähligen Fliegen fort, die über ihn herfielen. Agnes trieb die Fersen in die Flanken ihrer Stute und schloss zu ihm auf.

»Meinst du, es wird heute noch regnen?«, fragte sie.

Er schaute zum Himmel. Dunkle Wolken türmten sich am Horizont auf, und die Luft war so feucht und schwer, dass man sie hätte schneiden können.

»Das zieht bestimmt vorbei. Ich kann mir nicht vorstellen, dass der Sommer wieder so regnerisch wird wie letztes Jahr.« Er nickte ihr zu. »Bereit?«

Gemeinsam erkletterten sie die Böschung, bis sie einen Waldweg erreicht hatten. Die Pferde schnauften und stapften auf dem feuchten Untergrund.

»Da muss dein Vater doch jetzt sehr glücklich sein, dass alles zu seiner Zufriedenheit verlaufen ist«, sagte sie.

»Er ist völlig aus dem Häuschen. Man erkennt ihn nicht mehr wieder.«

»Du kannst wirklich stolz auf dich sein. Ich bin mir gewiss, dein Mitwirken war nicht unerheblich.«

»Ich glaube auch«, erwiderte er, der Ton seiner Stimme plötzlich nachdenklich.

Für eine Weile ritten sie gemächlich nebeneinander her. Es war still um sie herum, so als hätten die Vögel aufgehört, für sie zu singen. Agnes blinzelte zum dunkelblauen Himmel. Ob es wohl gewittern würde? Und tatsächlich – kurze Zeit später ertönte in der Ferne ein lautes Grollen.

»Meinst du nicht, wir sollten umkehren, Albrecht? Es sieht so aus, als käme gleich was runter.«

»Schmarrn. Und selbst wenn, dann suchen wir irgendwo Schutz, bis es wieder vorbei ist. Ist bestimmt nicht mehr als ein kleiner Guss.« Er deutete voraus. »Sollen wir hier entlang?«

»Was immer du sagst. Ich kenne mich hier nicht aus.«

»Ich auch nicht. Folge mir einfach.«

Sie ritten den Weg hinunter, bis sich die Bäume lichteten und weitere Ackerflächen den Blick bis zum Horizont freigaben.

Immer wieder linste Agnes heimlich zu Albrecht. Er sah unbeschwert aus an diesem Tag, strahlte regelrecht. Dabei wusste sie, dass es in München ganz anders aussah. Meist schwieg er sich darüber aus, was genau geschah, wenn er bei Hofe war, aber Jan hatte mehrfach angedeutet, dass das Verhältnis zwischen Albrecht und dem Herzog seit jenem Abend im Hof der Veste tiefgreifend gestört war. Man munkelte, der Prinz ließe sich oftmals entschuldigen und ritt lieber mit Getreuen übers Land als an den Hofratssitzungen teilzunehmen. Wenn man sich überhaupt austauschte, dann war es oft schriftlich. Nüchtern formulierte Berichte des Herzogs, die Albrecht an seine Pflichten und Aufgaben erinnerten, und höfliche Antworten zurück, die jegliche Wärme vermissen ließen.

Sie wusste, Albrecht hätte seinem Vater gern öffentlich die Stirn geboten. Die Jahre der Schmähungen und der Missachtung hatten tiefe Spuren hinterlassen. Agnes tat alles, was in ihrer Macht stand, um ihn davon abzuhalten. Ein paar Mal hatten sie deswegen gestritten, um sich sogleich voller Reue zu versöhnen. Albrecht konnte stur sein, wenn er sich ungerecht behandelt fühlte. Und dass man ihn von der Dame seines Herzens abschnitt, stellte für ihn die größte Ungerechtigkeit dar. Am Ende hatte er zähneknirschend eingewilligt, den Schein der Fügsamkeit zu wahren. Er sah ein, dass er nichts gewonnen hatte, wenn das angespannte Verhältnis zu seinem Vater einen Schatten auf die Beziehung zu der Frau warf, die er so innig liebte.

»Albrecht«, sagte sie. »Kannst du mir in wenigen Worten erklären, warum die Herzöge in Bayern sich immer so gegeneinander stellen?«

»Hm, es ist ein wenig verworren, doch ich will es gern versuchen. Mal sehen ... Bayern war einmal ein einziges Herzogtum, das ein Vater eines Tages unter seinen Söhnen aufteilte. Und so haben wir heute vier Teilherzogtümer – Straubing, Landshut, Ingolstadt und München.«

»Aber warum gab es eines Tages Krieg? Ihr seid doch eine Familie.«

»Nun, die Wurzel allen Übels liegt wohl darin, dass Landshut besser als die anderen bei dieser Teilung abgeschnitten hat. Herzog Heinrichs Vater Friedrich von Landshut zeigte sich deshalb großzügig. Er wollte für Ausgleich sorgen und gewisse Teile abtreten. Leider starb er, bevor er das Werk vollenden konnte.«

»Und darüber entbrannte ein Streit?«

»Genau. Der wahre Ärger begann also 1393, als Friedrich das Zeitliche segnete. Sein Sohn Heinrich war gerade erst sieben Jahre alt und benötigte als Minderjähriger eine Vormundschaft. Mein Großvater bot sich an, doch die Ingolstädter waren damit ganz und gar nicht einverstanden.«

»Natürlich nicht. Den Münchenern hätte das mehr Macht über Landshut gegeben.«

»Eben.« Er lächelte, zweifellos erfreut darüber, dass sie die Zusammenhänge so scharf erfasste. »Die Folge waren sechs Wochen Krieg, wobei München die Oberhand behielt. Dann starb mein Großvater, und Ludwig aus Ingolstadt nutzte die Unsicherheit hier in Oberbayern, um meinem Vater und dem Onkel die Mitregentschaft abzusprechen. Er wiegelte die Münchener Bürgerschaft gegen sie auf, und den Rest kennst du bereits. Du hast ja gesehen, dass man viele Gebäude für eine Belagerung der Veste bereits abgerissen hatte. Seitdem herrscht böses Blut zwischen Ingolstadt und München, wohingegen wir mit Landshut immer gut gefahren sind.«

»Aber das sind nicht die Bayrischen Kriege, bei denen du mitgekämpft hast, oder? Als du bei Alling vom Pferd gestürzt bist?«

»Nein, das war später, ab 1417. Da war ich gerade aus Prag zurück. Der Auslöser war rundweg lächerlich –

keiner hätte zu diesem Zeitpunkt ahnen können, dass daraus ein Krieg entbrennen würde. Es geschah beim Konzil in Konstanz. Eine Liga hatte sich gegen Ludwig gebildet – München, Landshut und unter anderem der Burggraf Friedrich von Nürnberg. Es wurde hitzig gestritten, Ludwig fühlte sich in die Ecke gedrängt. Da behauptete er unvermittelt vor allen Augen und dem König, Heinrich stamme vom Hofkoch ab.«

Agnes kicherte. »So etwas Albernes hat er behauptet?«

»Es war ein großer Affront. Heinrich konnte das nicht auf sich sitzenlassen. Mit bloßen Händen wollte er sich auf den Vetter stürzen, doch die anderen hielten ihn zurück. Als sie ihn in den Flur hinausschoben, rief er über die Schulter: *Wenn du den Kampf suchst, dann wart's nur ab! Ich werde dir einen Kampf geben, den wirst du dein Lebtag nicht vergessen. Dir werd' ich's zeigen!*«

»Eine ganz schön garstige Drohung!«

»Du hast das Ende noch nicht gehört ... Heinrich eilte zurück zur Herberge, trommelte fünfzehn seiner Bewaffneten zusammen und lauerte Ludwig auf. Als jener eintraf, nur von zwei Edelknaben begleitet, stürzte sich Heinrich von hinten auf ihn. Ludwig vollbrachte es zwar trotz des Hinterhalts, dem Vetter das Heft aus der Hand zu schlagen, doch dann fiel das Landshuter Gefolge über ihn her. Blutüberströmt rutschte er aus dem Sattel und schlug auf dem Pflaster auf, wo man ihn halbtot zurückließ.«

Agnes war entsetzt. »Heinrich hat auf seinen Vetter Ludwig einen Mordanschlag verübt? Derselbe Heinrich, der dich in Augsburg aus dem Sattel gehoben hat? Nur, weil man seine Abstammung in Frage gestellt hat?«

»Damit ist nicht zu spaßen, Agnes. Legitimität ist für den Adel wichtig, und Ludwig hatte Heinrich diesbezüglich herausgefordert. Natürlich sollte man sich deswegen nicht gleich zum Mörder machen ... Nun, Heinrich flüchtete also prompt aus der Stadt, denn er wusste, er hatte den Konzilfrieden verletzt. Ernst, Wilhelm und Burggraf Friedrich verteidigten ihn im Folgenden, Ludwig erholte sich schnell, Heinrich zahlte dem König eine Strafe, und so war die Sache zunächst bereinigt.«

»Lass mich raten: Ludwig ließ es nicht damit auf sich beruhen.«

»Richtig. Als Antwort auf die Konstanzer Liga trat Ludwig seinem eigenen Bund bei. Nachdem er schon ein wenig mit den Säbeln gerasselt hatte, griff er bei Nacht und Nebel die Burggrafenfeste in Nürnberg an. Die Tat wurde allerorts missbilligt, und immer mehr Städte und Adlige schlossen sich unserer Liga an. In den nächsten zwei Jahren brannte ganz Bayern. Bei Alling wurde er schließlich entscheidend geschlagen und ging am Ende als Verlierer aus der Sache heraus.«

»Und deshalb steht ihr immer noch nicht auf gutem Fuß mit ihm.«

»Ach, weißt du ...«, seufzte er auf. »Ludwig ist ein sonderlicher Mensch. Seine Schwester Isabeau ist die Königin von Frankreich. Er bildet sich ganz schön was darauf ein. Empfindet sich als halber Franzose. Es ist schwierig, ihn gern zu haben.«

In diesem Moment öffneten sich am Himmel die Schleusen. Agnes quiekte auf und zog den Kopf ein. »Ich habe doch gesagt, dass es gleich regnen wird. Mein schönes Kleid!«

Er griff in ihre Zügel und lenkte den Zelter unter eine Eiche. Obwohl der Baum eine ausladende, stark belaubte Krone hatte, konnten die Blätter die fetten Regentropfen nicht aufhalten. Am Boden bildeten sich die ersten Pfützen.

Es grollte erneut. Albrechts Wallach schnaubte nervös und flatterte mit den Ohren. »Eichen sollst du weichen, Buchen sollst du suchen. Hier können wir nicht bleiben.«

Agnes blinzelte durch den Regenschleier. »Ist das da vorn ein Gebäude?«

»Wo?«

»Hinter dem Acker.«

»Sieht aus wie eine Scheune. Was, wenn sie versperrt ist?«

Ein Blitz zuckte durch die grauen Wolken, es donnerte. Um sie herum bogen sich die Bäume im Wind. Agnes' Zelter trippelte auf der Stelle, ihr rutschten die Zügel aus den feuchten Händen. Schnell nahm sie sie wieder auf.

»Komm, lass es uns probieren«, entschied er.

Agnes' Pferd am Zaumzeug führend trabte er mit ihr quer über den Acker zu dem großen Holzgebäude, das dort einsam am Horizont stand. Der Regen klatschte Agnes ungehindert ins Gesicht, die Luft war so schwer von Wasser, dass es eine Qual wurde, zu atmen. Was für ein Sommergewitter!

Das doppelflügelige Tor zur Scheune stand einen Spaltbreit offen.

»Ein Glück!«, brüllte Albrecht über das Heulen des Sturms hinweg. Er glitt aus dem Sattel und drückte einen Flügel ganz auf. Feiner Staub schlug ihm in einer gelben Wolke entgegen. Er nieste und wischte sich lachend über die Nase. »Es ist trocken.«

Eilig lenkte er die beiden Pferde ins Innere und machte sie an einem Holzbalken fest. Agnes schaute sich im Halbdunkel um. Die Scheune war riesig und bestand aus einer vorderen Diele mit Ackergerät und einem hinteren Teil, wo in mehreren Verschlägen Heu und Stroh gelagert wurden.

Albrecht half ihr aus dem Sattel. Sie waren beide bis auf die Haut durchnässt. Während er sie sachte an den Hüften hielt, strich sie ihm ein paar feuchte Strähnen aus der Stirn.

»Es regnet bestimmt nicht«, wiederholte sie milde scheltend seine Worte.

»Man sollte die Hoffnung nie aufgeben«, grinste er.

Er machte sich an den Sätteln zu schaffen und überreichte ihr die zwei Wolldecken, die sie immer bei sich führten. »Es scheint sich richtig einzuregnen. Mach es dir da drüben gemütlich, ich kümmere mich um die Pferde.«

Mit den Decken im Arm stapfte sie los. Schnell fand sie einen trockenen Verschlag, der mit Heu gefüllt war. Eine Öffnung oben in der Wand ließ trübes Licht ein, sodass sie nicht völlig im Dunkeln waren. Sie breitete das Tuch aus und warf einen Blick über die Schulter. Albrecht war von hier aus nicht zu sehen, aber sie hörte, wie er leise vor sich hin pfiff und beruhigend auf die Tiere einsprach. Er hatte den Pferden die Sättel abgenommen und war im Begriff, sie trocken zu reiben.

Sie löste die Schleifen und schälte sich aus ihrem durchnässten Gewand. Erleichtert seufzte sie auf. Der teure Samtstoff hatte wie Blei an ihren Schultern gezerrt. Vorsichtig legte sie das Kleid über einen der Holzbalken, die den Verschlag umfassten, und löste das Band unterm Kinn, um die Haube abzunehmen. Albrecht ließ sich Zeit. Sie hörte es scheppern, offenbar hatte er einen Eimer aufgetrieben, mit dem er die Pferde tränkte.

Draußen rauschte der Regen und trommelte aufs Dach. Der Rest der Scheune lag in tiefen Schatten da. Tauben gurrten leise im Gebälk und flatterten mit den Flügeln, eine Feder schwebte zu Boden. Eine unerklärliche Hitze stieg in Agnes auf, als sie diese Feder mit der hohlen Hand auffing, und sie musste schmunzeln. Ein bisschen schien es, als wären sie an diesem Tag die einzigen Menschen auf der Welt.

Sie streckte sich auf die Decke aus und wartete.

Wenig später kam Albrecht um die Ecke. Er wischte sich die Hände an den Hosenbeinen ab. »So, die Pferde sind zufrieden und versorgt. Ich schätze, in einer halben Stunde ist alles vorbei und dann ...« Er brach ab.

Sie hielt ihm auffordernd die Hand hin. »Komm her zu mir, Liebster.«

Trotz des trüben Lichts war klar zu erkennen, dass er heftig schluckte. Seit über zwei Jahren waren sie nun ein Paar, doch sie hatten nie wahre Zweisamkeit erfahren dürfen. Die Angst vor Entdeckung war ihr verlässlicher Begleiter. Und Albrecht hatte mehr als einmal angeführt, er sorge sich angesichts ihrer Jugend und Unschuld um sein Seelenheil. Doch nun, so wusste Agnes, war der Augenblick gekommen. Ohne den Blick von ihm zu lösen, schob sie mit den Daumen den Saum des Leinenhemdchens über die Knie.

Draußen grollte es erneut.

»Agnes …«

Er wankte wie eine Pappel im Wind, verwirrt über das allzu großzügige Angebot, das sie ihm machte. Sie verhielt sich nicht wie eine keusche Jungfer von neunzehn Jahren, die es zu erobern galt. Vielleicht, weil sie sich nicht wie eine keusche Jungfer fühlte. Sie war mit vollem Bewusstsein und aus eigenem Antrieb dem Prinzen nach München gefolgt. Niemand hatte sie gezwungen, sie hätte genauso gut in Augsburg bleiben können. Möglich, dass sie sich selbst eingeredet hatte, dass es sich anders verhielt, aber eigentlich hatte sie nur ihrer Sehnsucht nachgegeben. Tief im Herzen war ihr immer klar gewesen, zu was sie das machte und was es für sie bedeutete.

Bewegungslos krallte er sich an einem der Holzbalken fest. Ein Sturm an Gefühlen fegte über sein Gesicht. Sie ahnte, was ihm durch den Kopf ging. Was sie bisher gehabt hatten, war ein Spiel gewesen, eine Liebelei, eine Unartigkeit, ein Trotz gegenüber gesellschaftlichen Konventionen. Gestohlene Küsse, sehnsüchtige Blicke, ein heimliches Berühren ihrer Körper in einer dunklen Nische, während über ihnen das Gesinde treppauf, treppab stieg.

Nun zwang sie ihn zu einer Entscheidung. Würde er diesen letzten Schritt gehen und sich damit gegen all das stellen, was man ihm seit seiner Geburt eingebläut hatte? Würde er sich zu der Frau bekennen, die sein Vater mehr als alles auf der Welt verachtete? Würde er sie schützen und bewahren und dafür sorgen, dass ihr kein Unrecht geschah?

Als sie das Zögern in seinen Augen sah, ergriff sie eine plötzliche Angst. Sie hatte alles für ihn riskiert, ohne ihn würde ihr nichts bleiben.

»Was ist?«, flüsterte sie. »Willst du mich nicht?«

Mit einem Stöhnen fuhr er sich durch die Haare. »Oh, Agnes …«

Das Herz raste in ihrer Brust, das rauschende Blut raubte ihr den Atem. Sie war zu weit gegangen. Nun war der Tag gekommen, da er sie ablegte wie ein unliebsames Kleidungsstück.

»Gott ist mein Zeuge«, stieß er aus. »Mehr als alles andere.«

Sie lachte auf. »Oh, Albrecht, du Narr! Dann komm endlich her und beweise es mir.«

KAPITEL 18

TAUS, AUGUST 1431

Im Februar 1431 rief der Papst auf dem Reichstag in Nürnberg alle Katholiken dazu auf, dem ketzerischen Treiben der Hussiten in Böhmen ein Ende zu bereiten. Da Agnes weiterhin bemüht war, zwischen Vater und Sohn zu vermitteln, legte sie Albrecht nahe, die Herzöge aufzusuchen, um ihnen anzubieten, das Kontingent für München in den Krieg zu führen.

Im Mai zog er nach Straubing, wo er sich mit den übrigen bayrischen Heeren und der örtlichen Ritterschaft zusammenschloss, dann ging es gemeinsam weiter in die Oberpfalz. Sein Schwager, der Pfalzgraf Johann, auch genannt *die Hussitengeißel*, hatte sie bereits sehnsüchtig erwartet. Seit Jahren litt sein Volk unter räuberischen Hussitengruppen, die aus dem benachbarten Böhmen ins Land einfielen.

Auf einem Feld vor der Stadt Weiden richtete sich das Kreuzfahrerheer ein. Es war das größte militärische Aufgebot seit Jahren, angeführt vom ehrwürdigen päpstlichen Legaten Kardinal Giuliano Cesarini, der seinerseits mit eintausend Gardisten angereist war.

Was Albrechts Auge erblickte, erfüllte ihn mit Ehrfurcht und Stolz. Um die fünfzigtausend kampfbereite Männer hatten sich versammelt, eine stattliche Zahl. Schon allein aufgrund dieser Stärke zweifelte niemand daran, dass sie ruhmreich aus der Kampagne hervorgehen würden.

Ihr erklärter Gegner hieß Andreas Prokop. Obwohl er der Sohn einer deutschen Patrizierin aus Prag war, hatte sich der Prediger in den letzten Jahren als einer der gefährlichsten Heerführer der Hussiten hervorgetan. Bereits zweimal hatte er ein Kreuzfahrerheer geschlagen. Diesmal jedoch, da waren sich alle einig, würde ihm das nicht so leicht gelingen.

Als der Tag des Aufbruchs kam, schlug das Heer den Weg nach Osten ein. Eine alte Passstraße durchschnitt die dichten Wälder und führte sie bis vor die Tore von Tachau. Für Jahrzehnte hatte die Handelsstadt dank ihrer Lage an der Goldenen Straße zwischen Nürnberg und Pilsen floriert, doch nun befand sie sich in feindlichen Händen. Ein Umstand, der besonders Cesarini zu schaffen machte. Als man ihm mitteilte, dass man die deutschen Patrizier aus der Stadt gejagt hatte, lief er puterrot an und ordnete umgehend eine Belagerung an.

Albrecht, der sich mit den Hauptleuten um den Kardinal gescharrt hatte, um auf Befehle zu warten, sah aus dem Augenwinkel, wie sein Schwager Johann die Augen verdrehte.

Die Befehlshaber hetzten davon und gaben die Anordnungen weiter. Doch kaum war das Lager aufgebaut, die Büchsen in Position gebracht, hieß es, die Zelte sollten wieder abgebrochen werden. Cesarini hatte erfahren, dass Prokop begonnen hatte, seine Männer vor Karlstein zusammenzuziehen.

Kopfschüttelnd wies Albrecht seine Leute an, alles wieder einzupacken, dann suchte er Johann in dessen Zelt auf. Ihm war nicht entgangen, wie wenig Sympathien jener dem Kardinal entgegenbrachte.

Die Knechte waren gerade im Begriff, Truhen und Teppiche des Pfalzgrafen nach draußen zu schaffen.

»All den Ärger hätten wir uns wahrlich sparen können, Johann«, sagte er beim Eintreten.

Sein Schwager lachte bitter auf. »Was für ein Tor! Beinah hätte er Tachau dem Erdboden gleichgemacht. Du hast es nicht von mir: Dieser Kardinal ist eher darauf bedacht, den eigenen Ruhm zu mehren, als das obere Ziel zu verfolgen, Böhmen von der Ketzerei zu befreien. Ich befürchte, das wird nicht die einzige Entscheidung sein, die er aus Eitelkeit fällt. Bleibe stets auf der Hut.«

»Das werde ich. Danke für den Ratschlag.«

Der Pfalzgraf musterte Albrecht von der Seite. »Es freut mich, dich hier mit uns im Feld zu sehen. Es ist die gerechte Sache. Doch ich muss gestehen, mich wundert es, dass sie niemand anderen geschickt haben.«

»Ich habe mich freiwillig gemeldet. Ich dachte mir, Vater würde es zu schätzen wissen, wenn ich Einsatz zeige.« Als Johann nichts darauf erwiderte, fügte er hinzu: »Du musst wissen, in München herrscht mal wieder kräftig Schlechtwetter.«

»Und deine Mutter?«

»Was ist mit ihr?«

»Beatrix sagte, es ginge ihr nicht gut.«

Albrecht runzelte die Stirn. »Was meinst du damit?«

»Meine liebe Gattin hat mich darum gebeten, vorerst in München bleiben zu dürfen, und zwar für den gesamten Sommer und Herbst und vielleicht sogar darüber hinaus. Sie befürchtet, dass es bald zu Ende gehen wird. Ich dachte, das wüsstest du?«

Ihm war es, als zöge man den Boden unter seinen Füßen weg. »Meine Mutter ist krank?«

Johann stockte, als ihm aufging, dass Albrecht nicht eingeweiht gewesen war. Er zwang sich zu einem Lächeln und klopfte dem Jüngeren auf die Schulter. »Keine Sorge. Es ist bestimmt nur eine Magenverstimmung oder so was. Du kennst deine Schwester, immer dieser Hang zum Dramatischen.«

Doch Albrecht war nicht beruhigt. Er fühlte sich hintergangen. Wenn Beatrix praktisch nach München übergesiedelt war, warum hatte ihm zu Hause niemand etwas gesagt?

Sie zogen weiter, einer grauen, gefräßigen Schlange gleich, die den Bauern das Korn von den Feldern stahl und die Scheunen leerte. Auch Albrecht hatte Mühe, seine Leute von Plünderungen abzuhalten. Mehrfach musste er drakonische Strafen verhängen.

Schließlich erreichten sie Taus, eine befestigte Handelsstadt mit einer dicken Mauer, Toren und Türmen. Abermals orderte der Kardinal die Belagerung an.

Albrecht ließ absatteln und die Trosswagen entladen. Nachdem er sichergestellt hatte, dass alles zu seiner Zufriedenheit ausgeführt wurde, erklomm er mit Jan eine Anhöhe. Vor ihnen breitete sich bis zum Flussufer ein ungeordneter Teppich aus Zelten aus. Auf dem Wehrgang der Stadt sahen sie die Helme und Spieße der Belagerten im gleißenden Licht der Sonne aufblitzen.

Jan deutete auf eine zweite Anhöhe. »Schau, die Kanonen werden bereits aufgestellt. Endlich kann dieser eitle Kardinal angehen, was ihm schon die ganze Zeit so unter den Nägeln brennt.«

»Mir wäre das Schlachtfeld lieber«, murmelte Albrecht geistesabwesend. Ihm gingen Johanns Worte über den Gesundheitszustand seiner Mutter nicht mehr aus dem Kopf.

»Ich verstehe nicht, was er mit der Vernichtung der Städte auf Dauer erreichen will«, sagte Jan. »Gewiss, die Bürger von Taus haben die deutschen Patrizier wie Tiere abgeschlachtet, und dafür müssen sie büßen. Aber es wird die Glut des Hussitentums nicht ersticken, wenn wir wie die Barbaren alle böhmischen Städte dem Erdboden gleichmachen. Prokop ist es, dem wir uns stellen müssen, und zwar bald.«

»Vielleicht ist die Belagerung als Provokation gedacht, um Prokops Truppen hierher zu locken?«

»Meinst du?«, fragte Jan zweifelnd.

Albrecht war ebenfalls nicht überzeugt. »Sollte

Prokop tatsächlich hier auftauchen, bauen wir unser Lager gerade völlig falsch auf. Dann müssten wir uns besser sichern und dem Feind ein geeignetes Schlachtfeld zur Verfügung stellen, damit er nicht über uns herfällt«, sagte er.

»Du meinst, Wagenburgen nach Art der Hussiten.«

»Ja, die Wagen außen in einem Kreis, aneinandergekettet, darauf Männer mit Schusswaffen und Hellebarden hinter aufgebauten Verschanzungen. In der Mitte unser Proviant, Munition und was auch immer wir sonst schützen wollen.«

»Vielleicht ist diese geradezu bahnbrechende Idee für den Kardinal zu ketzerisch.«

»Es lässt sich bestimmt nicht mit seinem Stolz vereinbaren«, stimmte Albrecht zu.

Sie sahen noch eine Weile dem Geschehen zu, bis das erste Artilleriegeschütz mit einem ohrenbetäubenden Knall abgefeuert wurde. Die Kugel sauste los und schlug wenige hundert Schritte entfernt einen so tiefen Krater, dass fette Erdklumpen zu allen Seiten spritzten.

Jan pfiff durch die Zähne. »Mann, Mann. Ganz schön eindrucksvoll.«

Es bellte ein weiteres Mal. Eine zweite Kugel durchschlug in der Vorstadt ein Haus aus Lehm und Stroh. Das Gebäude stürzte krachend ein, eine Staubwolke stieg auf, empörtes Hühnergegacker hob an. Die Männer an den Kanonen brachen in Jubel aus und machten sich sogleich daran, die nächste Kugel zu laden.

Fasziniert beobachteten die beiden Freunde, wie die Geschütze Stück für Stück die Wohnhäuser in Schutt und Asche legten. Nicht ein einziges war aus Stein. Die

Kugeln schnitten durch die Gebäude wie Messer durch Butter. Erst als eines der Geschosse die Stadtmauer traf und daran abprallte, war zu erahnen, wie viel Arbeit noch vor ihnen lag.

Jan überkreuzte die Arme. »Die Mauer ist stärker als gedacht. Ich glaube, es bleibt Zeit für einen kleinen Umtrunk. Was denkst du?«

Sie kehrten zu den Zelten zurück und ließen ein Fass Wein öffnen. Die Luft war lau und angenehm. Auf Scherenstühlen machten sie es sich gemütlich. Am Horizont färbte sich der Himmel rosa.

Jan streckte die Beine aus und verschränkte die Hände hinter dem Kopf. »Ach! So lässt es sich aushalten. Gar nicht so schlecht, der Krieg, wenn du mich fragst.«

Albrecht nippte an seinem Krug. Der Wein war zwar nicht kühl, aber dennoch bekömmlich. »Mich wundert, dass du noch nicht bei den bunt bemalten Wagen vorbeigeschaut hast.«

»Wo denkst du hin? Ich bin ein glücklich verheirateter Mann. Und bald auch ein Vater.«

Albrecht verschluckte sich so heftig, dass der Wein in seinem Mund im hohen Bogen im Gras landete. »Ist das wahr?«

Jan klopfte ihm grinsend den Rücken. »Natürlich ist es das.« Er hob den Krug. »Auf die Zukunft?«

»Auf die Zukunft!«

Sie stießen miteinander an und ließen sich den guten Tropfen über die Zungen rollen. Um sie herum entzündeten Mägde die ersten Kochfeuer, es duftete herrlich nach frischem Brot und gebratenem Speck. Ein paar Ritter frönten lautstark dem Würfelspiel.

Jan plauderte ausgelassen über seine Pläne für Pfaffenhofen und seine kleine Familie, doch Albrechts Gedanken schweiften immer wieder ab. Seine Mutter war so krank, dass Beatrix das Ende kommen sah. Warum hatten sie ihm nichts gesagt?

Jan brach stirnrunzelnd ab. »Albrecht? Was ist los? Du bist gar nicht bei mir. Freust du dich denn nicht für mich?«

»Natürlich. Das sind wunderbare Neuigkeiten.«

»Was ist es dann?«

»Lieber nicht. Ich will den schönen Moment nicht verderben.«

Jan schnalzte mit der Zunge. »Na, komm schon. Du weißt, du kannst mir alles anvertrauen. Also, was verheimlichst du mir?«

Albrecht rang mit sich, dann knickte er ein. Die Belastung war zu groß, und er sehnte sich danach, den Schmerz und die Sorge mit jemandem zu teilen. »Johann behauptet, meine Mutter sei krank.«

»Wie krank?«

»Ich weiß es nicht. Aber es scheint etwas Ernstes zu sein. Beatrix jedenfalls sorgt sich. Johann hält sie für allzu dramatisch, aber ich weiß, da ist mehr.«

»Das wäre schlimm. Du hängst so an ihr.«

»Ich weiß. Es wäre ein schwerer Schlag.«

»Vor allem, weil sie sich immer gewünscht hat, einen Enkel im Arm zu wiegen.«

Albrecht zuckte gescholten zusammen. Der Gedanke war ihm ebenfalls gekommen.

Jan lehnte sich nach vorn und legte eine Hand auf

sein Knie. »Ich will ehrlich mit dir sein, *bratře*. Ich finde, dazu sind Freunde da, oder nicht?«

Er nickte bedrückt.

»Vielleicht wäre es besser, du würdest nun endlich deine Sturheit ablegen und dir eine Braut suchen.«

»Es gibt keine Braut für mich.«

Jan seufzte auf. »Albrecht, schau mich an. Nein, wirklich. Schau mich bitte an. Ich hätte mir nichts Schlimmeres vorstellen können als die Ehe. Mich für immer binden? Niemals! Aber jetzt bin ich ein glücklicher Mann.«

Albrecht dachte darüber nach. »Weißt du, was?«, sagte er schließlich. »Ich könnte mir die Ehe durchaus vorstellen. Aber es müsste mit der Frau sein, die ich liebe. Doch das wird mir niemals gestattet werden.«

»Zu Recht. Deine Kinder müssen hochadlig geboren sein. Eine Verbindung zu einer Baderstochter würde ihren Stand nach unten drücken. Sie würden niemals Herzöge werden.«

»Eine unsinnige Regel. Es ist nicht gerecht.«

Jan schüttelte den Kopf. »Findest du nicht, dass langsam Schluss sein sollte mit all der Jammerei? Eigentlich ist es doch alles ganz einfach: Füge dich endlich den Wünschen deiner Familie und halte dir Agnes nebenher. Sie ist uns ein angenehmer Gast, und Margarethe liebt sie wie eine Schwester. Meinetwegen kann sie in unserem Haus leben, bis sie alt und grau ist. Oder bis du sie ablegst.«

Albrecht schoss so unvermittelt hoch, dass Jan vor Schreck zurückwich. »Bis ich sie *ablege*? Ich glaube du verstehst nicht! Agnes ist mein Leben!«

»Dein Leben?« Jan entwich ein Glucksen. »Mir scheint's, den Hang zur Dramatik hat nicht nur deine Schwester geerbt.«

»Denkst du das?«

»Ja, genau das denke ich. Es wird Zeit, erwachsen zu werden, mein Prinz. Hör auf, dir ständig Sonderrechte auszuhandeln, und triff endlich die richtige Entscheidung für dich und dein Land.«

Albrecht ballte die Fäuste. »Ich kann nicht, Jan, und das weißt du.«

»Dann ist das reichlich kindisch.«

»Du findest das kindisch?«, fragte er frostig zurück.

»Durchaus.« Unerschrocken erwiderte er Albrechts Blick, während er sich in aller Ruhe einen weiteren Schluck genehmigte.

Albrecht war fassungslos. Wie konnte er es wagen? Sein bester Freund! Er hatte auf Unterstützung und einen Ratschlag gehofft, doch stattdessen fiel er ihm nun in den Rücken. Er schnaubte. »Ich befürchte, dann haben wir uns nichts mehr zu sagen.«

Er fuhr herum und stapfte davon, Jans Rufe ignorierend. Er konnte kaum fassen, was gerade geschehen war. Sein bester Freund hatte ihn kindisch genannt! Jan sah in ihm nicht mehr als einen verzogenen Prinzen, der nicht willig war, sich den Realitäten des Lebens zu stellen! Was wusste er schon von dem Druck, unter dem er tagtäglich stand, von dem Gefühl, nie genug zu sein?

Der Abendhimmel hatte sich blutrot gefärbt. Blind vor Zorn wanderte er herum, schlug wahllos mal diese, mal jene Richtung ein. Schließlich blieb er stehen, direkt neben einem Barbier, vor dem sich eine lange Schlange gebildet hatte.

Etwas war anders. Eine Unruhe schlich sich durch das Lager. Er konnte es deutlich spüren. Die Pferde auf den Koppeln wieherten leise, es klang nervös. Die Vögel hatten aufgehört zu zwitschern. Er schaute in die gelangweilten Gesichter der Soldaten. Sie ließen die Krüge kreisen, schaufelten Eintopf in sich hinein.

Plötzlich durchschnitt ein ohrenbetäubendes Dröhnen die Stille. Die Männer wechselten erschrockene Blicke. Das Warnhorn. Der Kunde des Barbiers sprang halb geschoren auf und eilte davon, die Warteschlange löste sich auf, Fleischspieße wurde achtlos in die Kochfeuer geworfen. Von überall her gingen Männerstimmen durcheinander, jemand trat fluchend gegen einen Eimer, ein Schwein quiekte schrill auf.

Albrecht rannte los.

Die Scherenstühle vor seinem Zelt waren verwaist. Jan war fort, die Krüge lagen achtlos auf der Seite. Er hatte keine Zeit, sich weiter darüber Gedanken zu machen. Er rief einen Knappen herbei und ließ sich einrüsten. Er legte den Schwertgurt an und setzte den Helm auf. Ein zweites Warnsignal schmetterte durchs Lager. »Beeilung, Bursche!«

Ein Münchener Ritter stürmte herein, Otto, wenn er sich recht entsann.

»Was ist da los?«, fragte Albrecht.

»Prokop ist eingefallen. Sie zünden unsere Proviantwagen an.«

Er ging zum Zelteingang und schaute hinaus. Rauch vernebelte den roten Himmel.

»Wie lautet der Befehl?«, fragte Otto.

»Alle Mann zu den Waffen.«

Er trat vors Zelt und überwachte seine Leute, die sich für den Einsatz rüsteten. Kettenhemden und Panzerteile wurden angelegt, Schwerter und Spieße auf ihre Schärfe geprüft. In den Augen der Ritter standen Entschlossenheit und Kampfeslust. Dies war die Schlacht, auf die sie so lange gewartet hatten.

Ein gewaltiges Streitross bahnte sich einen Weg durch die Menge und steuerte direkt auf Albrecht zu. Es war Johann.

»Cesarini befielt eine gerade Formation vom Waldrand bis zu dem Graben dort vorn, um die Hussiten in ihrem Vordringen aufzuhalten. Von dort können wir sie dann zurückschlagen.« Er blickte zu dem Hang, den sich die Angreifer mit Streitkolben, Äxten und Schwertern nach oben kämpften. Ein paar hatten Schilde dabei, darauf eine Gans mit einem Kelch – das tschechische Wort für Gans war *husa*. »Hier, ungefähr auf halber Strecke. Schau, meine Leute haben sich bereits in Position gebracht. Schicke deine auch dorthin.«

»Und die Wagen?«

»Sie sollen unter Geleitschutz hinter die Front gebracht werden. Leider stehen die Zugpferde auf der anderen Seite.«

Albrecht ließ sich in den Sattel wuchten. Er öffnete das Visier und inspizierte die Umgebung. Von ihrem Standpunkt aus hatten sie gute Sicht. Nach und nach formierte sich quer durch das Lager eine Mauer aus Schilden, die die einfallenden Hussiten vorerst aufhielt. Es war blutiges Tagewerk.

Einer der Hauptleute, Friedrich von Hohenzollern, der Markgraf von Brandenburg, eilte herbei. Ein verschreckter Knappe bemühte sich, ihm noch im Laufen die Beinschienen anzulegen. »Verdammte Mistkerle, schlachten uns einfach so ab. Warum erfahren wir nicht davon, dass sie direkt vor unserer Haustür stehen?« Er blinzelte zum Horizont und glitt mit der Zunge über die Zahnreihen. »Welch Unglück! Seht Ihr? Die Stadttore öffnen sich. Jetzt kommt auch noch die Bürgerwehr dazu. Cesarini muss sofort davon erfahren.« Klappernd stürmte er zum Zelt des Kardinals.

»Wir sollten sie mit Armbrüsten und Büchsen beschießen und aufreiben«, sagte Otto.

»So ein Schmarrn! Unsere eigenen Leute kämpfen noch da unten«, schnappte Albrecht zurück.

»Psst«, sagte Johann. »Kannst du das hören?«

Er nahm den Helm ab.

»Sie singen etwas. Meine Ohren sind alt. Sag, kannst du sie verstehen?«

»*Ktož jsú boží bojovníci.*«

»*Die ihr Gottes Streiter seid*«, übersetzte Johann grimmig.

Die ersten Wagen hatten die Frontlinie durchbrochen und waren bei ihnen im oberen Teil des Lagers eingetroffen. Die Männer, die sie eigenhändig den Hügel hochgezogen hatten, brachen erschöpft zusammen. Reitknechte machten sich daran, die verschreckten Zugpferde einzuschirren.

Friedrich kam vom Zelt des Kardinals zurück. Sein Knappe nestelte immer noch an den Beinschienen herum. »Was singen sie?«

»Es ist ein Schlachtengesang, der den Hussiten Mut zusprechen soll«, erklärte Albrecht. »*Christus als der Opferwerte bürgt hundertfach Segen, wer für ihn stirbt, dem gewährt er das ewige Leben. Selig ist jeder, der fällt für die Wahrheit.*«

»Es klingt wie der Gesang des Teufels! Da kann einem ja angst und bange werden.«

Albrecht, der am Prager Hof groß geworden war und nicht selten auf Böhmisch träumte, unterdrückte eine Erwiderung.

»Was befielt der Kardinal?«, fragte Johann.

»Rückzug. Also werden wir das gleich in Angriff nehmen. Sobald der Knabe es vollbracht hat, meine Beinschiene anzulegen! Du Tölpel hast wahrlich zwei linke Hände. Ich sollte sie dir abhacken.«

Der Knappe schaute mit feuchten Augen auf. »B-bitte verzeiht. Ich fürchte mich so!«

Albrecht wechselte einen zweifelnden Blick mit seinem Schwager. Jener sprach offen aus, was sie beide dachten: »Rückzug, Friedrich? Wir können sie doch gut auf dieser Linie dort unten halten. Und bald auch bestimmt zurückschlagen. Wäre das nicht verfrüht?«

»Der Kardinal sagte Rückzug. Also werden wir jetzt das Lager abbrechen, die letzten Wagen heranholen und dann nach Westen ziehen.«

»Aber wir sind zahlenmäßig überlegen und haben den Geländevorteil. Unsere Ritter sind weitaus besser gerüstet. Wenn wir fliehen, werden sie uns in den Rücken fallen.«

»Der Kardinal wird seine Gründe haben. Es ist Gott, der durch ihn spricht.« Er schaute an sich hinab und stellte fest, dass die Beinschienen endlich saßen. Mit einem zufriedenen Knurren pflanzte er sich den Helm auf den Kopf und stapfte davon, den Knappen im Schlepptau.

Albrecht blickte ihm kopfschüttelnd hinterher. »Johann, das ist Wahnsinn. Die Männer brauchen den Kampf, sie haben so lange darauf gewartet. Ich weiß, sie werden ihn gewinnen. Warum sollten wir uns jetzt zurückziehen?«

»Vielleicht ist das Latein des Markgrafen ein wenig eingerostet, und der Kardinal befiehlt in Wahrheit den Angriff?«

»Sehr witzig. Doch schau, auch dort gibt man den Befehl zum Rückzug. Wir müssen die Zelte abbrechen.«

Mittlerweile waren weitere Wagen eingetroffen und mit frischen Pferden des Weges geschickt. Albrecht wies die Knechte an, alles für den Aufbruch vorzubereiten. Er schaute hinüber zum Zelt des Kardinals, doch dort tat sich immer noch nichts. Die letzten Kämpfer aus dem unteren Teil des Lagers hatten sich hinter die Frontlinie flüchten können. Alles, was sich nun dahinter befand, war für das deutsche Heer verloren, darunter die kostbare Artillerie. *Jetzt hätten wir sie mit Armbrüsten unter Beschuss nehmen können,* dachte Albrecht frustriert. *Nun verlieren wir auch noch die Büchsen.*

»Sollen wir los?«, fragte Johann.

»Wir bilden die Nachhut. Lass die Frauen und die Wagen zuerst abziehen. Wir werden versuchen, den Feind so lange wie möglich aufzuhalten.« Er blickte zur Wagenkolonne, die mit quälender Langsamkeit über einen schmalen Waldweg in Richtung Westen verschwand.

Als er zurückschaute, heftete sich sein Blick zufällig an einem Ritter mit Lanze fest, der in einen zähen Zweikampf verwickelt war. Sein Gegner, ein Hussit, hielt einen dieser teuflischen Spieße umklammert, Voulge genannt, mit deren Widerhaken man voll gerüstete Reiter vom Pferd ziehen konnte. Der Ritter kassierte mit genau diesem Gerät gerade einen kräftigen Stoß gegen den Schild. Er wankte für einen Moment im Sattel, dann korrigierte er den Sitz, bevor er einen erneuten Angriff wagte.

Albrecht lief es eiskalt den Rücken hinunter. Er kannte das Wappen. »Jan!«

Natürlich hörte sein Freund ihn nicht. Um sie herum war Panik ausgebrochen. Pferde wieherten, Wagen klapperten und polterten, Flammen loderten, Männer brüllten, Frauen schrien um ihr Leben. Er fand sich in einem Strom aus Fußvolk wieder, das Hals über Kopf in die Wälder flüchtete, die Rücken beladen mit dem Notwendigsten. Seine Augen suchten die Menge ab nach einer helfenden Hand, um Jan aus der misslichen Lage zu befreien. Doch Johann war auf und davon, um seine Ritterschaft anzuheizen.

Er schaute zurück. Jan war zu einem erneuten Angriff übergegangen. Er hatte gewendet und trieb dem Pferd die Sporen in die Flanken. Das war Wahnsinn! Albrecht rief abermals seinen Namen, aber natürlich nutzte es ihm nichts. Ihm blieb nur eins übrig. Er musste seinem Freund beistehen. Mit einem Gebet auf den Lippen zog er sein Schwert und ritt an.

Jans Lanze verfehlte den Ketzer haarscharf, ergebnislos stürmte er vorbei. Sein Gegner nutzte die sich dadurch ergebende Chance. Blitzschnell drehte er sich um die eigene Achse und angelte mit der Voulge nach der Panzerrüstung. Die Klinge verhakte sich. Der Hussit zog mit einem kräftigen Ruck, und Jan verlor den Halt. Er rutschte aus dem Sattel und schlug krachend auf.

Albrecht beschleunigte das Tempo, fest entschlossen, den Kerl niederzureiten. Es gelang ihm beinah. Mit dem Steigbügel streifte er die Schulter, der Mann stürzte, die Voulge glitt ihm aus der Hand. Schnell rappelte er sich wieder auf. Erst jetzt bemerkte Albrecht, wie jämmerlich geschützt sein Gegner war. Er trug lediglich ein mit Wolle gestopftes Wams und eine lederne Gugel. Ein ärmlicher Bauernjunge, ging ihm auf, keine zwölf Jahre alt. Zitternd klaubte er die Waffe auf, um sich Albrecht zu stellen.

Jener befahl sich, nicht zu zögern und nichts zu fühlen. Sein Gegner mochte noch ein Kind sein, aber er war ein gefährlicher Ketzer. Mit Gebrüll stürmte er los, wich der Voulge aus und stach zu. Seine Klinge glitt mühelos durch das Wams und zwischen die Rippen. Mit einem Röcheln brach der Knabe zusammen.

Albrecht rutschte aus dem Sattel und eilte zu Jan, der ausgestreckt im Gras lag. Vorsichtig zog er den Helm ab. Das Gesicht seines Freundes war aschfahl, die Lider geschlossen. Unter der Schenkelplatte sprudelte ein steter Strom Blut hervor. Er musste schon zuvor verletzt worden sein. »Wir müssen dich hier rausschaffen.«

Er wartete nicht auf eine Erwiderung, sondern hielt den erstbesten Trosswagen an. Mit Hilfe des Wagenlenkers hievte er den leblosen Jan auf die Ladefläche. Die Peitsche knallte, der Wagen rollte an.

Wie betäubt ließ sich Albrecht von einem eilig herbei gewinkten Knappen aufs Pferd helfen. Er konnte das Gefühl nicht abschütteln, wie schlaff Jans Kopf in seinem Schoß geruht hatte. Jetzt lag alles in Gottes Hand.

Blind vor Tränen schloss er sich seinen Männern an und machte sich daran, die Nachhut zu verteidigen.

KAPITEL 19

Albrecht gehörte zu den Letzten, die vor den Hussitenkämpfern in die Wälder flüchteten. Dort irrten sie einige Tage herum, hungrig und bis auf die Knochen erschöpft, bis sich der Wald endlich lichtete. Sie hatten die Oberpfalz erreicht.

Einen Tag später stießen sie auf eine Ansammlung von Karren, die so in Grüppchen zusammengestellt waren, dass sie einer wehrhaften hussitischen Wagenburg ähnelten.

Er fragte sich durch und machte in dem Durcheinander schließlich seinen Schwager aus. Johann stürzte erleichtert auf ihn zu »Albrecht! Der liebe Herrgott im Himmel sei gepriesen!«

»Hast du meinen Hofmeister gesehen?«

»Nein, wie sieht er aus?«

»Er ist verwundet. Er müsste in einem der Karren liegen.«

Johann kratzte sich den zerzausten Schopf. »Herrje ...

Keine Ahnung. Es sind nicht alle Karren zurückgekommen, weißt du …«

Albrecht ließ den Blick über das Lager gleiten. So hätten sie sich in Böhmen aufstellen sollen!

»Was ist mit dem Kardinal?«

»Wir konnten ihn im letzten Moment retten. Seine Kardinalsgewänder haben es allerdings nicht geschafft. Hast du Hunger? Möchtest du vielleicht etwas essen?«

»Später, Johann.« Er drückte einem Pferdeknecht sein Reittier in die Hand und begab sich mit steifen Beinen auf die bange Suche.

Doch es war nicht so einfach wie erhofft. Verschwitzt und völlig erledigt schleppte er sich durchs Lager. Die Tage der Flucht hatten ihren Tribut gefordert, und die Augustsonne stand hoch am Himmel. Ein Wagen sah aus wie der nächste. Die meisten konnte er erst ausschließen, nachdem er einen Blick ins Innere geworfen hatte. Für einen Moment gönnte er sich eine Pause im spärlichen Schatten eines Baumes, dann setzte er seine Suche fort. Mit letzter Kraft kletterte er auf die Aufbauten, schaute unter Planen, befragte die Trossknechte. Niemand hatte etwas von einem Verwundeten gehört, auf den Jans Beschreibung passte. Albrechts Zuversicht schwand und machte einer zermürbenden Hoffnungslosigkeit Platz.

Jan hatte es nicht geschafft, dachte er hohl. Er steckte irgendwo im Wald fest, vom Wagenlenker aufgegeben, verblutet, von Hussiten erschlagen.

Der Gedanke war so unerträglich, dass ihn Schwindel befiel. Erschöpft sackte er in die Hocke und legte die Stirn gegen die aufgerichteten Unterarme.

Ein Mann eilte auf ihn zu. »Herr, da seid Ihr ja endlich. Wir stehen dort drüben. Bitte kommt schnell!«

Albrecht schaute auf. Es war der Wagenlenker, der Jan aufgenommen hatte. Im Eilschritt folgte er dem Mann zu einem der Wagen. Er kletterte auf eine Radspeiche und schlug die Plane nach oben. Ihm stockte der Atem. In der brütenden Sommerhitze hatte sich der Gestank von Blut und menschlichen Ausscheidungen gesammelt. Dutzende Fliegen fühlten sich durch den unangekündigten Besuch gestört und schwirrten empört auf. Der Wagenlenker wich würgend zurück.

Albrecht unterdrückte mit aller Macht den Brechreiz. Jan lag genau so, wie sie ihn vor Tagen in den Wagen verfrachtet hatten. Mittlerweile hatte sich unter ihm eine deutliche Lache aus Blut gebildet. Er stöhnte und zuckte im Schlaf.

Albrecht stieg wieder hinunter und stützte die Hände auf die Knie. Dankbar füllte er seine Lungen mit der klaren Luft.

»Es geht ihm sehr schlecht, Herr«, sagte der Wagenlenker.

»Wieso hast du ihn nicht ins Lazarettzelt gebracht?«

»Ich hatte Angst, ihn zu bewegen. Er blutet so stark.«

Albrecht schloss die Augen und konzentrierte sich auf seine Atmung. Er war kurz davor, die Beherrschung zu verlieren. »Und warum hast du ihn dann nicht aus der Rüstung befreit? Er liegt in seiner eigenen Scheiße!«

»Die Blutung, Herr. Ich hatte Angst, die Wunde würde wieder aufbrechen. Aber ich habe ihm Wasser gegeben!«, fügte er eilig hinzu.

Durch einen roten Nebel nahm Albrecht wahr, dass ihm die Geduld entglitt wie Sand in einem Stundenglas. »Und wo ist der Wundarzt?«, fragte er. »Hat ihn sich denn niemand angesehen?«

»Nun ja ... Ich ...«

Außer sich vor Zorn holte Albrecht aus und boxte dem Mann in den Magen. Der Knecht stolperte und stürzte zu Boden. Eine Frau schrie auf. Der Gewaltausbruch lockte im Nu zahlreiche Zuschauer an.

Wutentbrannt starrte er auf die wimmernde Gestalt zu seinen Füßen. Nur zu gern hätte er nachgetreten. »Auf mit dir, na los! Du suchst jetzt sofort jemanden, der sich mit so etwas auskennt!«

Der Mann rappelte sich auf und rannte humpelnd los.

Albrecht schloss für einen wohltuenden Moment die Augen. Dann hatte er sich wieder so weit gefasst, dass er klar denken konnte. Er zeigte auf ein paar Schaulustige. »Du, du und du, ihr helft mir, den Verwundeten vom Karren zu heben. Wir legen ihn dort in den Schatten.«

Er bedeutete ein paar Weibern, das Segeltuch zu lösen und die Plane hochzuschlagen, um den Wagen auszulüften. Noch bevor sie dies erledigt hatten, kletterte er wieder in die stinkende Hölle und hockte sich neben Jans Kopf. Sein Freund war totenbleich.

Albrecht legte ihm die Hand an die Stirn und zog sie erschrocken zurück. Sie glühte. War es die Hochsommerhitze oder das Wundfieber? Es war schwer zu sagen. Er hoffte auf Ersteres. »Herr Jesus.«

Zwei der Helfer waren ihm ins Innere gefolgt. Sie alle kämpften mit der Übelkeit, doch sie packten tapfer mit an und halfen Albrecht, den Patienten von der Ladefläche zu heben. Sie hatten ihre liebe Mühe, denn Jan war noch zum Kampf gerüstet. Mit großem Ächzen legten sie den Verwundeten im Schatten einer Fichte ab.

Ratlos starrten sie den bewusstlosen Ritter im Gras an. Das Blut auf Jans Rüstung war zu einem Rostbraun getrocknet, doch nun, da sie ihn bewegt hatten, sprudelte Neues nach.

Albrecht ließ sich auf die Knie fallen. Nach und nach begann er, die Rüstungsteile abzunehmen. Er hatte wenig Übung darin und war froh, als ein Knappe dazu kam und ihm zur Hand ging.

Wie vermutet, hatte Jan sich von oben bis unten beschmutzt. Deshalb schickten sie die Frauen fort und schnitten ihn aus der Kleidung. Ein Helfer brachte Wasser und Lappen, und sie machten sich daran, den Verwundeten zu waschen und zu kühlen.

Es fühlte sich wie eine halbe Ewigkeit an, bis endlich der Feldscher erschien, ein behäbiger Mann mit deutlicher Fahne. Als er die Wunde inspizierte, ging er nicht gerade zimperlich vor. Wäre Jan nicht ohnehin bewusstlos gewesen, die Untersuchung hätte ihn zweifellos ins Reich der Träume geschickt.

»Eine tiefe Wunde«, sagte er mit einem Nicken. »Da hilft nur die Amputation.«

Albrecht brauste auf. »Nichts da! Gibt es keine andere Möglichkeit?«

»Das Bein muss ab, sonst wird es brandig. Er fiebert jetzt schon. Dazu der Blutverlust.«

»Das lasse ich nicht zu. Eine Amputation würde ihn umbringen.«

Der Feldscher kam wieder auf die Füße und zuckte mit den Schultern. »Das ist alles, was ich hier tun kann.«

»Was ist mit Nähen?«, fragte der Knappe. »Man hat mir davon erzählt. Es verschließt die Wunde, bis der Patient sich selbst heilen kann.«

»Das benötigt eine Menge Zeit. Da drüben liegen dreißig weitere Verwundete. Und der Ausgang für all die Mühe ist ungewiss.«

Albrecht war mit einem Satz bei ihm und hielt ihm die Faust vor die Nase. »Und bei einer Amputation wäre mir der Ausgang zu gewiss! Dieser Mann würde zweifellos sterben.«

Der Feldscher blickte hilfesuchend in die Runde, doch keiner ergriff das Wort für ihn. Mit einem Seufzen gab er nach. Er deutete auf einen Knaben von vielleicht zehn Jahren. »Hol meine Instrumente.«

Der Junge eilte davon, und der Arzt machte sich ans Werk. Er reinigte die Wunde mit Wasser, dann ließ er sich Wein besorgen und spülte damit nach, bevor er sich selbst einen ordentlichen Schluck genehmigte. Nachdem ihm das Gewünschte gebracht worden war, machte er sich auf, mit Federkiel und Schafdarm die Wunde an Jans Bein zu nähen.

Um nicht tatenlos zusehen zu müssen, reinigte Albrecht derweil den Wagen. Er besorgte Decken, Lumpen und Essig und schrubbte, bis ihm die Knöchel bluteten. Die Beschäftigung tat ihm so gut, dass er für einen Moment den Schwindel und die Erschöpfung vergaß.

Anschließend legten sie Jan nackt, wie er war, in den

Wagen zurück. Die Naht hielt, nur wenig Blut sickerte nach.

Der Wundarzt gab ihnen eine übel riechende, grüne Salbe. »Ich glaube nicht, dass er es schaffen wird. Doch wenn Ihr weiter um ihn kämpfen wollt, nutzt dieses Mittel und umwickelt die Wunde mit Stoffbinden. Haltet ihn kühl und betet für seine Genesung.«

Albrecht entließ den Arzt und gesellte sich zu seinem Freund. Er legte einen feuchten Lappen auf die heiße Stirn und begann zu beten.

Die nächsten Tage zogen sich dahin. Zunächst sah es so aus, als würden Albrechts schlimmste Befürchtungen wahr werden. Das Fieber wütete so unbarmherzig, dass Jan in wirren Träumen den Kopf hin und her warf. Dann wiederum schlief er so tief und fest, dass sich seine Brust kaum noch hob und senkte. Immer wieder wachte Albrecht des Nachts auf und hielt erschrocken das Ohr an seine Nase, um sich zu versichern, dass sein Freund nicht von ihm gegangen war.

Jedes Mal, wenn er den Verband wechselte, erwartete er insgeheim, die unheilvollen Zeichen des Wundbrands zu enthüllen. Doch nichts dergleichen traf ein. Die Wunde verheilte sauber.

Nach fünf Tagen flaute das Fieber ab, und Jan schlug zum ersten Mal die Augen auf. Am darauffolgenden Tag war sein Blick klar, und er sprach Albrecht mit Namen an. Drei Tage später zogen sie ihn in eine aufrechte Position und fütterten ihn mit Suppe.

»Danke, dass du mich da rausgeholt hast«, war das Erste, was er an jenem Tag sagte.

Albrecht war so ergriffen, Jans Stimme zu hören, klar und kräftig, dass ihm die Tränen kamen. Er nahm Suppennapf und Löffel in eine Hand, um sich verstohlen mit dem Ärmel über die Augen zu wischen. »Keine Ursache. Du hättest für mich das Gleiche getan.«

Jan brummte nachdenklich. »Vielleicht.«

»Ich hab's nicht vergessen. Wir sind eigentlich zerstritten.«

»Du bist ein Sturkopf, Albrecht. Schon immer gewesen.«

Er ließ den Kopf sinken. »Ich weiß.«

Jan versuchte, mit beiden Händen das steife Bein zu bewegen. Er zog scharf die Luft zwischen die Zähne und verzog das Gesicht. »Ich hätte dich vielleicht nicht als Kind bezeichnen sollen.«

»Du weißt halt, wie du mich am besten treffen kannst.«

»Es tut mir leid, wenn ich ein wenig harsch war.«

»Nein, es war richtig, dass du es mir gesagt hast.« Er ergriff Jans Hand und sah ihm in die Augen. »*V nouzi poznáš přítele.*« *In der Not erkennt man seine Freunde.*

»Nicht nur in der Not, Albrecht. Freunde für immer.«

KAPITEL 20

MÜNCHEN, SEPTEMBER 1431

ALBRECHT VERHARRTE AUF DER SCHWELLE, verstört über die Dunkelheit im Gemach der Herzogin. Eine Mischung aus Gerüchen schlug ihm entgegen, Weihrauch, Zimt und Rosenblüten. Darunter hatte sich ein Aroma gemischt, welches ihm zwar ebenfalls bekannt vorkam, das sich ihm aber erst verspätet offenbarte: der Gestank des schleichenden Todes.

Jemand hatte die Fensterläden halb geschlossen, wie man es meist in Krankenstuben tat. Ein gutes Dutzend Kerzen kämpfte gegen die Finsternis an, doch sie vermochten nicht, die Schatten aus den Ecken zu vertreiben.

In der Mitte stand ein großes beschirmtes Bett. Zwei junge Nonnen knieten am Fußende und beteten still. Sie schauten auf, als sie Albrechts Eintreten bemerkten, die Gesichter fahle Monde unter schwarzen Schleiern.

Lautlos kamen sie auf die Beine und eilten an ihm vorbei, die Hände in die weiten Ärmel ihrer Kutten geschoben.

Es verwunderte ihn nicht, dass sie den Blick abgewendet hatten. Die Wochen im Feld hatten sichtbare Spuren hinterlassen. Seine Wangenknochen standen wie Zacken hervor, die nackenlangen Haare waren verlaust, die Kleidung stank nach Pferd und dem Dreck der Straße. Doch all das war nichts im Vergleich zu dem Bild, das sich ihm in dieser düsteren Kammer bot. Seine geliebte Mutter, die Herzogin, war zusammengeschrumpft wie ein kleines Mädchen, das von den Bergen an Decken und Kissen beinah verschluckt wurde. Der Anblick schnürte ihm die Kehle zu.

Mit schweren Schritten schleppte er sich zu ihr hinüber. Draußen öffneten sich die Schleusen und ein Sturzregen setzte ein. Heftige Böen trieben die klatschenden Tropfen gegen die Scheiben.

Sie war wach. Ihr Gesicht hellte sich auf, als sie ihn erkannte. »*Mio caro figlio ...*«

Er ergriff ihre kühlen Finger und drückte einen Kuss auf die Knöchel. Ihre Haut war dünn wie Pergament. »Ich bin so schnell gekommen, wie ich konnte.«

»Bitte nimm Platz und leiste mir Gesellschaft.«

Vorsichtig ließ er sich auf der Bettkante nieder. Sie wirkte so zart, dass er Angst hatte, er könne sie versehentlich zerbrechen. »Warum hast du mir nicht vorher gesagt, dass es dir so schlecht geht?«

»Was hätte das gebracht? Du hattest in Böhmen eine wichtige Aufgabe zu erledigen.«

Er musste sich anstrengen, um sie zu verstehen. Das

Trommeln des Regens gegen die Scheiben war so laut, dass er ihr Flüstern kaum verstand.

»Seit wann hütest du das Bett?«

»Ich habe gute und schlechte Tage. Heute ist ein eher schlechter.«

»Hast du Schmerzen?«

»Sie mischen mir etwas in den Wein. Es hilft. Meistens.«

Er schlug den Blick nieder. Unzählige weitere Fragen drängten sich in ihm auf. Fragen, deren Antworten er nicht hören wollte.

»Mein lieber Albrecht. Mir ist bewusst, es ist schwer für dich, damit umzugehen, doch das ist der Lauf der Welt. Menschen sterben. Gott hat bestimmt, dass es nun für mich so weit sein wird. Du solltest dich für mich freuen, denn bald bin ich in Seinem Himmelreich.«

Ihr Gleichmut stand im scharfen Kontrast zu den Vorwürfen, die er sich seit der Nachricht von ihrer Krankheit gemacht hatte. »Ich bedaure, dass ich dir solchen Kummer bereitet habe, Mutter. Ich weiß, mein Zerwürfnis mit Vater lastet dir auf der Seele.«

»Du musst dich mit ihm aussprechen, Albrecht.«

»Hat er dir erzählt, worüber wir uns gestritten haben?«

»Es ist wegen dieses Augsburger Badermädchens.«

»Agnes Bernauer.«

»Ich hätte nie gestatten dürfen, dass du sie an den Hof bringst. Ich hätte sie von dir fernhalten sollen. Ich trage eine Mitschuld. Schon immer habe ich dir zu viel durchgehen lassen. Ich habe geglaubt, ich würde dir damit Gutes tun, vor allem, weil dein Vater immer so streng mit dir war. Doch stattdessen habe ich alles nur noch schlimmer gemacht.«

»Das ist nicht wahr«, erwiderte er kläglich.

»Oh doch. Ich war immer der Ansicht, dass du den Ernst des Lebens früh genug erfahren würdest, wenn du eines Tages Herzog bist. Ich wollte dich schützen. Aber jetzt erkenne ich, dass ich dir damit die Möglichkeit genommen habe, auf eigenen Beinen zu stehen.«

»Du hast mir gar nichts genommen. Ich bin dreißig Jahre alt. Natürlich stehe ich auf eigenen Beinen.«

Sie verzog die dünnen Lippen, so als hätte er etwas äußerst Törichtes gesagt. »Ach, Albrecht. Du lebst in den Tag hinein, ohne über ein Morgen nachzudenken.«

Ihre sanft gesprochenen Worte schürten in ihm einen ungeahnten Zorn. »Du glaubst, dass ich wie ein Blatt bin, das sich vom Strom mitreißen lässt. Doch das stimmt nicht. Ich weiß ganz genau, was ich will.«

»Aber was du begehrst, ist falsch. Du hast an die Familie zu denken.«

Er brauste auf. »Ich denke jeden Tag an diese gottverdammte Familie!«

Ein Hustenanfall setzte ein, schüttelte ihren ausgezehrten Körper durch.

Er starrte sie betroffen an, beschämt über seinen unziemlichen Gefühlsausbruch. »Kann ich etwas tun?«

»Reich mir etwas Wein«, japste sie.

Er kam ihrer Bitte nach und half ihr, sich zum Trinken aufzurichten. Sie nippte, und er ließ sie behutsam zurück in die Kissen gleiten.

»Albrecht, ich verlange nicht von dir, dass du das Mädchen verstößt. Doch du musst eine andere heiraten und mit ihr Kinder zeugen. Eine Frau, die die Rolle einer Herzogin erfüllen kann.«

»Agnes kann diese Rolle erfüllen. Sie ist klüger und mitfühlender als die meisten.«

»Sie ist nicht von Stand.«

»Darum schere ich mich nicht. Was wichtig ist, ist das, was im Herzen ist.«

»Du magst das so sehen, doch dein Vater wird dir widersprechen.«

»Ja, das sieht ihm ähnlich«, sagte er verdrossen. »Dabei war er einst in der gleichen Situation. Auch du bist eine Bürgerliche, Mutter. Eine Mailänder Visconti! Oder hast du das etwa vergessen?«

»Eine Bürgerliche mit einer Mitgift von hunderttausend Gulden. Kann deine Agnes das auch von sich behaupten?«

Er sprang auf. »Herrgott noch mal! Man misst mit zweierlei Maß!« Er begann, kopflos durch die Kammer zu irren.

»Albrecht, ich bin froh, dass du ein so großes Herz hast«, sagte sie versöhnlich. »Es würde mich betrüben, wenn du nicht in der Lage wärest, zu lieben. Doch nun musst du die Vernunft sprechen lassen.«

»Mutter!«, rief er verzweifelt. Er kehrte zum Bett zurück und sank auf die Knie, griff nach ihrer knochigen Hand. »Bitte, du musst mir helfen. Sprich mit Vater. Zeige ihm auf, was für eine Person Agnes ist. Du hast sie selbst kennengelernt. Ist sie nicht ganz wunderbar?«

»Sie ist bezaubernd.«

»Dann hilf mir! Rede mit Vater!«

»Nein.«

Er stöhnte auf. »Aber warum denn nicht?«

Sie entzog ihm die Hand und strich über seine stoppeligen Wangen. »Ich merke, ich begehe schon wieder den gleichen Fehler. Nein, ich muss lernen, hart zu bleiben. Hör mir aufmerksam zu, Albrecht. Ich werde nicht mit deinem Vater sprechen, du wirst es selbst mit ihm austragen. Doch lass dir eins gesagt sein: Ich werde nicht mehr lange hier auf Erden wandeln. Und was ich mir am allerwenigsten für meine letzten Wochen wünsche, ist ein Heim im Unfrieden. Du wirst dich mit deinem Vater versöhnen und dich entschuldigen. Und dann wirst du heiraten, und zwar eine Dame von Stand. Du wirst dich endlich in die Rolle einfügen, die Gott für dich beschieden hat. Und du wirst mir, deiner Mutter, Ehre machen.«

Die Schärfe in ihrer Stimme sandte ihm einen eiskalten Schauer über den Rücken. So hatte sie noch nie geklungen, wenn sie zu ihm gesprochen hatte. So unnahbar und kalt und fremd.

Er erhob sich und schaute auf sie hinab. Seine Entscheidung war gefällt.

»Du hast recht, Mutter«, sagte er tonlos. »Ich muss es selbst mit ihm austragen. Sorge dich nicht länger. Ich werde alles regeln.«

»Albrecht ...«

»Es ist spät. Versuch, ein wenig Schlaf zu finden.«

Er schickte die Nonnen wieder hinein und begab sich in die Kammer, wo die Familie nach dem Abendessen oft privat zusammenkam. Der Raum lag verlassen da, in der Feuerstelle glühten die letzten Scheite. Er blieb orientierungslos stehen. Der Schwindel, der ihn plötzlich erfasste, drohte, ihn von den Füßen zu reißen. Er bekam kaum mit, dass sich hinter ihm eine Magd auf den Boden kniete, um den Kamin frisch anzuheizen.

Sein Blick fiel auf ein schlankes Glasgefäß mit farbenprächtiger Emaille. Er griff danach, drehte und wendete die Flasche in den Händen, ohne sie richtig zu sehen. Das Geschenk eines venezianischen Patriziers, erinnerte er sich. Unbezahlbar in seinem Wert. Mit einem unartikulierten Laut schleuderte er sie gegen die nächstbeste Wand. Sie zerbarst in tausend Teile. Die Magd schrie entsetzt auf.

»Raus!«

Sie sprang auf und ergriff die Flucht.

Er durchquerte den Raum, um sein Werk zu begutachten. Mit der Stiefelspitze schob er die Scherben auseinander. Er hatte ganze Arbeit geleistet. Das Gefäß war nicht zu richten. Zu seiner Enttäuschung fühlte er sich keinen Deut besser.

Draußen rauschte weiter der Regen. Er ließ sich in einen Sessel fallen und schloss für einen Moment die brennenden Augen.

»Junge, Junge! Tut gut, dich in einem Stück wiederzusehen!«

Albrecht schreckte auf. Die Stimme gehörte Wilhelm. Der Onkel lehnte mit verschränkten Armen im Türrahmen.

Stöhnend richtete er sich auf und rieb sich mit

Daumen und Zeigefinger über die Augen. »Entschuldige. Ich bin wohl für einen Augenblick weg gedöst.«

»War bestimmt ein langer Ritt nach Hause. Seid ihr in den Regen gekommen?«

Albrecht schüttelte den Kopf. Gern hätte er sich von seinem Onkel umarmen lassen, doch ihm fehlte die Kraft. Halbherzig stemmte er sich hoch und ließ sich sogleich mit einem matten Lächeln zurückfallen.

Wilhelm winkte ab. »Ich verstehe schon. Wein?«

»Gern.«

Sein Onkel füllte zwei Becher. »Du warst bestimmt als Allererstes bei deiner Mutter.«

»Sie sieht schlimm aus.«

»Es geht stetig bergab. Wir alle beten, dass sie das Weihnachtsfest noch erleben wird. Tat ihr gewiss gut, dich zu sehen.«

»Hm«, machte Albrecht und nahm den gefüllten Becher entgegen.

»Auf deine heile Rückkehr.«

Sie stießen an. Der Wein war samtig und weich auf seiner Zunge.

Wilhelm ließ sich in einen der Sessel sinken und betrachtete ihn neugierig, während er sich über den langen weißen Bart strich. »Du siehst grauenvoll aus. War wohl ein Höllenritt, dieser Kreuzzug.«

»Unser Lager wurde überrannt. Jan wäre fast draufgegangen.«

Wilhelm richtete sich erschrocken auf. »Geht es ihm gut?«

»Er hat viel Blut verloren, aber wir konnten ihn retten. Er ist auf dem Weg nach Pfaffenhofen zu seiner

Gattin.« Albrecht hatte ihn gleich von Neumarkt aus allein weiter geschickt, um so schnell wie möglich zu seiner Mutter zu eilen.

»Ein Glück! Ich hab den Burschen immer gern gemocht. Wäre schade um ihn.«

»Die ganze Kampagne war zum Scheitern verurteilt. Es war töricht, den Kardinal zum Heerführer zu bestimmen. Er hatte keine militärische Erfahrung und hat lieber mit Gott geredet, als auf seine Berater zu hören. König Sigismund hätte selbst antreten sollen. Die Hussiten hatten viel zu leichtes Spiel mit uns.«

Wilhelm seufzte auf. »Es wird nie ein Ende nehmen mit diesen Ketzern. Nur die Diplomatie kann jetzt noch die entscheidende Wendung bringen.«

Nachdenklich drehte Albrecht seinen Becher, den Blick auf die knackenden Scheite im Kamin gerichtet.

»Ich habe Ernst von vornherein gesagt, dass es keine gute Idee ist, dich zu schicken.«

Albrecht runzelte die Stirn. »Ich dachte, ihr wäret beide dafür gewesen?«

»Nein, nein. Ich war entschieden dagegen. Schließlich bist du der Erbe! Doch dein Vater meinte, es wäre der einzige Weg, dir endlich die Flausen auszutreiben.«

»Hat er das so gesagt?«

»Das waren seine Worte.«

Albrecht entwich ein abschätziges Geräusch. »Das ist ihm fürwahr geglückt.«

Sein Onkel grunzte amüsiert auf. »Ich versichere dir, dass dies vorerst dein letzter Kriegszug sein wird. Es sei denn, wir sind gezwungen, München zu verteidigen.«

»Wie tröstlich.«

»Wir alle wissen, dass du dich nun wichtigeren Aufgaben zuwenden musst. Da ist immer noch die Frage um die Zukunft unseres Hauses.«

Albrecht stieß ein höhnisches Lachen aus.

»Nun ziehe mal nicht so ein Gesicht, Junge. Wir haben alle lang genug zugesehen, wie du eine Kandidatin nach der nächsten ablehnst. Doch damit ist jetzt Schluss. Uns läuft die Zeit davon.«

»So? Tut sie das?«

»Seien wir doch mal ehrlich. Du bist nun schon dreißig. Hättest du vor drei Jahren diese Württembergerin geheiratet, wie es geplant war, hätten wir längst einen Erben in der Wiege.«

»Was du nicht sagst.«

»Ich habe mich still verhalten und dabei zugesehen, wie du dich drückst, habe immer wieder deine Ausflüchte vor dem Rat unterstützt. Glaub ja nicht, dass ich nicht mitbekommen habe, wie du die Dienerschaft bestochen hast, um Briefe und Bildnisse verschwinden zu lassen. Doch genug ist genug. Nach drei Jahren musst auch du tun, was für die Familie wichtig ist.«

»Wer sagt, dass ich derjenige bin, der heiraten muss, Onkel? So wie ich das sehe, bist du doch der ewige Junggeselle in diesem Haus. Wie lange drückst *du* dich schon vor der Verantwortung? Seit dreißig Jahren, wenn ich mich recht entsinne.«

»Das eine hat mit dem anderen nichts zu tun.«

Albrecht fuhr auf. »Doch, Wilhelm, das hat es! Du bist genauso befähigt, für einen Erben zu sorgen wie ich. Und du hattest viel länger Zeit dazu. Wer also ist es, der sich hier vor der Verantwortung drückt?«

»Junge, so meinte ich das nicht …«

»Komm mir nicht mit *Junge*! Du weißt ganz genau, dass es eigentlich deine Aufgabe ist, für Nachkommen zu sorgen. Du bist der Ältere und hättest reichlich Gelegenheit dazu gehabt. Weiß Gott, dass du dazu in der Lage bist, weiß jeder hier in Bayern. Halb München ist mit deinen Bastarden bevölkert. Du machst uns mit deiner Schürzenjägerei zum Gespött vom Lech bis zum Inn!«

»Du vergisst dich, Neffe!«

»Im Gegenteil. Ich habe noch nie klarer gedacht.«

»Und deshalb stößt du mir nun so vor den Kopf?« Wilhelm knallte den leeren Becher auf den Tisch und stand auf. »Gewiss bist du müde von den Strapazen der letzten Wochen. Wir sollten weiterreden, wenn du dich ausgeschlafen hast.« Er machte sich auf zur Tür.

»Einen Augenblick noch.«

Wilhelm blieb im Türrahmen stehen, doch er wandte sich nicht um.

»Du hast mir selbst gesagt, wie wichtig dem Adel die Heiratspolitik ist. *Wir heiraten für neue Bündnisse, um unseren Reichtum zu mehren und um die Macht zu erweitern.* Das waren deine Worte. Es ist daher auch *deine* Aufgabe, dafür zu sorgen, dass unsere alltäglichen Kämpfe nicht umsonst waren. Deine, nicht nur meine. Auch *du* musst dafür sorgen, dass die Zukunft für unser Haus gesichert ist.«

Wilhelm fuhr herum. »Das ist doch die Höhe, Albrecht! Was erlaubst du dir eigentlich?«

»Ich sage dir nur, wie die Dinge stehen. Du bist derjenige, der eine Frau nehmen wird, nicht ich. Und wenn du dich weiter dagegen sträubst, werde ich einen Weg finden, dich dazu zu zwingen.«

»Du junger Spund willst mir drohen?«

»Ich bin mir gewiss, dass Vater mir zustimmen wird. Zwei Bräutigame sind immer besser als einer.«

»Weißt du eigentlich, was du deiner Mutter mit dieser Widerspenstigkeit antust?«

»Lass meine Mutter aus dem Spiel.«

»Sie zerbricht an diesem Streit ...«

»Sie zerbricht an der Vorstellung, dass sie als Mutter versagt hat. Doch das ist nicht wahr. Ich bin genau der Mann, der ich immer sein sollte. Nun bist du am Zug.«

»Ich bin viel zu alt ...«

»Welch Glück, dass du nicht derjenige bist, der das Kind austrägt. Aber seien wir mal ehrlich: So, wie du dem Gesinde nachstellst, brauchen wir uns beim Rest keine Sorgen zu machen.«

Wilhelm klappte vor Entrüstung der Mund auf. »Was fällt dir ein ...?«

»Ich wünsche dir bei der Brautschau viel Erfolg. Ich an deiner Stelle würde im herzoglichen Archiv beginnen. Dort findest du hinter ein paar Kisten verborgen eine sehenswerte Galerie von gebärfreudigen Schönheiten.«

Wilhelm stürmte erbost davon.

Albrecht leerte in Ruhe seinen Becher und schleppte sich zu Bett. Er schlief zwei Tage und Nächte durch.

Als er spät am Morgen des dritten Tages erwachte, knurrte ihm vernehmlich der Magen. Blind fischte er nach dem Glöckchen, um nach Josef zu läuten. Er frühstückte ausgiebig und gönnte sich ein warmes Bad. Als er aus der Wanne stieg, wartete bereits ein Bader auf ihn, der ihm die verlausten Haare kürzte.

»Wo halten sich die Herzöge wohl momentan auf?«, fragte er Josef, der ihm beim Ankleiden behilflich war.

»Es ist kurz vor dem Mittagsmahl«, grübelte der Alte. »Wenn nicht gerade der Hofrat einberufen ist, werden sie sich wohl gleich zu einer Mahlzeit einfinden.«

»Dann sollte ich mich beeilen.«

Er verließ den Wohntrakt und hastete zum Zwingerstock. Vor der Beratungskammer erfuhr er von einem Schreiber, dass die Herzöge allein tagten. Albrecht ließ sich formell ankündigen und trat ein.

Sein Vater saß wie üblich am Tisch, vor ihm ein unordentlicher Stapel Urkunden und Dokumente. Wilhelm blickte aus dem Fenster, die Hände hinterm Rücken verschränkt. Er wandte sich nicht um, als Albrecht eintrat, und auch Ernst schaute nicht auf.

Das ist also die Begrüßung, die ich erhalte, wenn ich die Münchener Ritterschaft ohne nennenswerte Verluste von einem desaströsen Feldzug heimführe, schoss es Albrecht voller Bitterkeit durch den Kopf. Doch er hatte sich geschworen, sich seinen Verdruss nicht anmerken zu lassen. Er verneigte sich formvollendet und begrüßte die Herzöge höflich.

Ernst nahm ein Pergament zur Hand, um darin zu lesen. »Nimm Platz.«

»Danke, ich stehe lieber.«

Der stechende Blick seines Vaters schoss von dem

Schriftstück zu ihm. Die hohe Stirn runzelte sich. »Du siehst grauenvoll aus.«

»Ein bisschen.«

»Was ist mit deinen Haaren passiert?«

»Voller Läuse. Keine Sorge. Sie werden nachwachsen.« Sein Blick glitt zum Onkel. Wilhelm ignorierte ihn weiterhin.

Ernst warf das Schriftstück von sich. »Nun ... Wein?«

»Nicht für mich.«

»Ich auch nicht«, brummte Wilhelm.

Ernst faltete die Hände auf dem Tisch. »Dann kommen wir gleich zur Sache. Wie wir gehört haben, war der Kreuzzug ein einziges Fiasko.«

Albrecht erstattete ihm gewissenhaft Bericht. Am Ende schloss er: »Wir waren führerlos, Vater. Kardinal Cesarini und Friedrich von Brandenburg haben es versäumt, ihre Strategien miteinander abzusprechen. Schon zuvor hatten sich Gerüchte über die Ketzer im Lager verbreitet, sodass bei den Männern die Furcht umging. Als die Hussiten schließlich über uns herfielen, hatten sie leichtes Spiel. Überall brach das Chaos aus. Zu unserer Blamage ist sogar die päpstliche Bulle in die Hände des Feindes gefallen.«

»Das entspricht dem, was Johann uns geschrieben hat.«

Albrecht trippelte ungeduldig auf der Stelle. War er wirklich hier, um mit seinem Vater über den verpatzten Kreuzzug zu sprechen? Wenn ja, was glaubte er, aus dem Sohn herauskitzeln zu können, das er nicht ohnehin schon aus anderen Quellen erfahren hatte?

Ernst wandte sich an seinen Bruder. »Was also

werden wir nun tun, Wilhelm? Die Gefahr der Hussiten wird auf lange Zeit nicht gebannt sein, wenn ihnen selbst mit Kreuzzügen nicht beizukommen ist.«

»König Sigismund wird sich mit ihnen abermals an einen Tisch setzen müssen. Die Hussiten sind keineswegs eine geschlossene Gruppe. Das Ziel muss sein, die Gemäßigten unter ihnen auf unsere Seite zu ziehen und den Radikalen damit den Wind aus den Segeln zu nehmen.«

»Wirst du dem König schreiben?«

»Gewiss.«

Der Herzog wandte sich Albrecht zu. »Wie ich gehört habe, hat es den Sedlec schwer erwischt.«

»Er wäre um ein Haar gefallen.«

»Er erholt sich hoffentlich wieder?«

»Ich habe ihn bester Dinge in Neumarkt des Weges geschickt. Wir wissen allerdings noch nicht, ob er wieder wird reiten können. Sein Bein ist steif.«

»Wir können ihm einen Heilkundigen schicken.«

»Ich werde es ihm vorschlagen, danke.«

»Wo ist er jetzt?«

»Bei seiner Gattin in Pfaffenhofen. Sie ist im Sommer niedergekommen. Ein kräftiger Knabe.« Die von Margarethe verfasste Nachricht hatte sie bei einem kurzen Halt in Neumarkt erreicht.

»Wie erfreulich! Welchen Namen haben sie ihm gegeben?«

»Johann.«

»Das ist seltsam.« Nachdenklich zupfte Ernst an seinem Kinnbärtchen. »Gibt es einen Johann auf der Seite der Waldecks?«

»Es ist die deutsche Entsprechung für Jan.«

»Ach ja, richtig.« Der Herzog ließ für einen Moment den Blick über die leere Sitzungskammer streifen, deren Wände die idealisierten Bildnisse ihrer Ahnen zierten. »Eine neue Generation wächst heran. Ich kann mich noch gut erinnern, wie der Sedlec als Bub zu uns nach München kam. Nichts als Unfug hatte er im Kopf.«

In Albrecht stieg giftige Eifersucht auf. Er konnte sich nicht entsinnen, dass sein Vater jemals so wohlwollend über sein jüngeres Ich gesprochen hatte. Und wenn, dann hatte er das gleiche Benehmen anders bewertet. »Er ist erwachsen geworden. Ich schätze, wir alle sind es.« Mit den Augen forderte er den Herzog heraus, den Köder zu schlucken. *Na los, sag es,* dachte er erbost. *Sag, dass ich mir an Jan mit seiner kleinen Familie ein Beispiel zu nehmen habe!*

Zu seiner Enttäuschung tat sein Vater nichts dergleichen. »Deine Mutter hast du bereits besucht, nicht wahr?«

»Ich bin sofort bei meiner Ankunft zu ihr gegangen. Sie sieht sehr schlecht aus.«

»Sie stirbt, mein Sohn.« Ernst seufzte auf und senkte den Blick.

Albrecht starrte ihn verdutzt an. Da war ein Glänzen in diesen stechenden Augen gewesen, er hatte es genau gesehen! Ein Glänzen wie von Tränen. Sein Vater war tatsächlich betrübt. *Er liebt sie über alles, Anna Winzer hin oder her.* »Was fehlt ihr, Vater?«

»Es ist schwer zu sagen. Natürlich haben wir nach den besten Ärzten geschickt, doch ihre Mittel können den Schmerz nicht nehmen. An manchen Tagen steht sie gar nicht mehr auf.«

»Ich werde heute Nachmittag in der Burgkapelle für sie beten.«

»Das wird sie sehr freuen.«

Verlegen schwiegen sie sich an, jeder für sich in seiner Trauer und Hilflosigkeit. Ernst war der Erste, der die Stille brach. Räuspernd rückte er den Stuhl zurecht und machte sich daran, die Stapel auf dem Tisch zu ordnen. »Nun, gibt es sonst noch was zu bereden?«

»Nur, falls Wilhelm etwas ansprechen möchte?«

Sein Onkel zuckte mit den Schultern.

»Reitest du bald nach Pfaffenhofen, Albrecht?«, fragte Ernst.

»Sobald ich entlassen bin. Oder gibt es noch Aufgaben, die mich erwarten?«

Da war es wieder. Würde sein Vater darauf eingehen?

Doch nichts geschah. Weder äußerte er sich zu der Geliebten, die sein Sohn als offenes Geheimnis in Pfaffenhofen versteckte, noch machte er Andeutungen, die Albrecht auf seine Rolle als Erben des Hauses hinwiesen. Vielleicht war der Herzog in seiner Trauer so abgelenkt, dass er nicht versucht war, das leidige Thema ein weiteres Mal durchzukauen.

»Bevor du abreist, möchte ich, dass du dich mit deiner Erbmasse bekanntmachst. Deine Mutter wird dir einige Ländereien bei Ingolstadt vermachen. Insbesondere Vohburg dürfte von Interesse sein. Daran angebunden ist der Grafentitel.«

»Ich werde mir alle Unterlagen dazu aus der Kanzlei kommen lassen.«

KAPITEL 21

PFAFFENHOFEN, SEPTEMBER 1431

KAUM MACHTE die Nachricht die Runde, dass Albrecht in den Hof des Pflegerhauses geritten war, feuerte Agnes eine Reihe von Befehlen ab. Sie bestellte gewürzten Wein und Naschwerk in ihr Gemach, ließ die schweren Sessel vor dem Kamin zurechtrücken, vertraute die Hunde einer Magd an und rief nach Afra, die ihr die Schleifen an ihrem Rücken zu öffnen hatte. Amüsiert ging ihr auf, wie souverän sie mittlerweile einen ganzen Haushalt befehligte, beinah wie eine echte Herzogin.

Als alles gerichtet war, schickte sie die Zofe hinaus und ließ auch das Untergewand von den Schultern gleiten. Es bot einige Vorteile, keine adlige Gemahlin zu sein, dachte sie vergnügt. Von jenen wurde erwartet, dass sie ihren aus dem Krieg heimkehrenden Gatten für einen züchtigen Kuss auf die Stirn im Hof begrüßten, nicht in sündiger Nacktheit in der Zurückgezogenheit ihres

Gemachs. Sie hüllte sich in einen Hausmantel aus feinster Wolle und schaute sich ein letztes Mal um. Alles war zu ihrer Zufriedenheit bereitet. Albrecht würde sich wie zu Hause fühlen.

Vor Aufregung wurden ihr die Knie weich. Sie ließ sich auf einen der Stühle sinken, die Ohren gespitzt für das Knarzen der Holztreppe. Mit klopfendem Herzen starrte sie auf die Klinke. *Nun mach schon,* rief sie ihr in Gedanken zu. *Öffne dich!*

Auf dem Flur polterte es vernehmlich. Schritte näherten sich, sie klangen schleppend. Dann endlich schwang die Tür auf. Agnes hielt es nicht mehr auf dem Sitz. Sie sprang auf – und taumelte erschrocken zurück.

Im Türrahmen stand ein fremder Mann.

Aber nein, erkannte sie. Es war Albrecht, wenn auch beinah bis zur Unkenntlichkeit verändert. Die Haare waren kurzgeschoren, die Wangenknochen traten scharf hervor, die Haut auf seiner Stirn hatte eine gelbliche Färbung. Die größte Veränderung jedoch war in seinen Augen. Eine Traurigkeit wohnte in ihnen. Eine Traurigkeit, die sie zutiefst verunsicherte.

Er schloss die Tür und wandte sich mit unbewegter Miene zu ihr um. Schweigend schauten sie einander an, dann besann sie sich. Sie löste den Gürtel, die Aufschläge des Mantels fielen auseinander und enthüllten ihre Blöße. Etwas flackerte hinter seinen Augen auf, dennoch verharrte er am Fleck. Sie ließ sich nicht davon beirren. Sie überwand die Distanz und schmiegte sich an ihn. Seine Arme falteten sich um sie, warme Hände glitten unter ihren Mantel, strichen über ihren Rücken, folgten dem Schwung ihres Gesäßes. Sie küssten sich.

Doch etwas stimmte nicht. Obwohl er sie so berührte wie immer, waren seine Bewegungen hölzern. Es schien, als wäre er da und gleichzeitig unendlich fern.

»Alles in Ordnung?«, wagte sie zu fragen.

Zu ihrem Entsetzen brach er in Tränen aus. »Es war schrecklich, Agnes, so schrecklich! Wir mussten kämpfen gegen einfache Leute. Keine Ritter. Zerlumpte Bauern waren es, Greise, Frauen. Sie trugen Pflugscharen, Sensen, angespitzte Stöcke. Ich musste so viele von ihnen erschlagen. Überall war Blut, und diese Schreie, die Schreie!«

»Tschhh ... Alles wird gut«, murmelte sie. »Jetzt ist es ja vorbei.«

»Einfache Leute, Agnes, und sie kämpften für ihren Glauben. Sie mögen falsch damit liegen, es ist Ketzerei, was sie tun, aber für sie gab es einen Grund, für den es sich zu sterben lohnt. Ich hingegen ... Ich wollte einfach nur, dass mein Vater mich endlich für voll nimmt. Wie ein rotznäsiger Lausebengel. Ich schäme mich so.«

Sie strich ihm tröstend über den kurzen Schopf. »Du bist kein Bengel, Albrecht. Du hast alles gegeben, nicht für deinen Vater, sondern für dein Volk.«

Er löste sich von ihr und wischte mit dem Handrücken den Rotz von der Nase. »Das Schlimmste weißt du noch nicht.«

»Du hast dich mit Jan gestritten.«

Das hatte sie bereits von ihm selbst erfahren. Zwei Wochen zuvor war ihr Gastgeber schwer verwundet in Pfaffenhofen eingetroffen. Agnes war zu Tode erschrocken gewesen, weil sie sofort an Albrecht gedacht hatte, doch Jan hatte sie beruhigt und ihr erklärt, dass jenem nichts Schlimmes zugestoßen sei. Sie hätte sich nicht ausmalen wollen, was passiert wäre, wäre er nicht aus Böhmen heimgekehrt.

Wie anders hingegen war es da Jan widerfahren! Zwei Knechte mussten ihn vom Wagen heben und in das prächtige Haus am Marktplatz tragen. Margarethe war außer sich gewesen, doch da die Frohnatur ihres Gatten nicht gelitten hatte, fasste sie sich schnell wieder. Als schließlich die Amme mit dem Neugeborenen auf dem Arm erschienen war, hatten Jans Augen aufgeleuchtet. Eilig hatte Agnes sich zurückgezogen, damit die junge Familie in ihrem Glück ungestört war.

Am Abend hatte er nach ihr schicken lassen. Er lag auf seinem gemachten Bett und blickte ihr mit dem typischen Lausbubenlächeln entgegen, die Haare von den Kissen verwirbelt. Bis auf ein Hosenbein war er voll bekleidet, die Wunde am Oberschenkel war mit einer Binde dick umwickelt. »Komm herein und lass die Tür offen.«

»Wie geht es dir?« Sie knetete die Hände. Der Anblick seiner unbedeckten Wade machte sie befangen.

»Beinah ganz der Alte. Das habe ich Albrecht zu verdanken. Wie ich gehört habe, hat er den Feldscher zusammengeschlagen, als er die Säge holen wollte.«

Sie schlug erschrocken die Hand vor den Mund.

»Nun, so wurde es mir zumindest zugetragen. Agnes, ich hatte gehofft, dass du dir die Verletzung einmal anschaust.«

»Oh. Aber warum ich?«

Er schmunzelte. »Ach herrje, du wirst ja weiß wie Kreide.«

»Was glaubst du, was ich da ausrichten kann?«

»Ich möchte von dir wissen, ob ich eines Tages wieder reiten werde.«

Sie ließ sich auf einen Stuhl sinken. »Dazu muss ich den Schnitt nicht untersuchen. Er verheilt doch gut, oder nicht?«

»Es ist nicht brandig.«

»War die Wunde denn sehr tief?«

Er nickte.

»Beuge das Knie.«

Er biss die Zähne zusammen und hob leicht das Bein, doch so recht krümmen wollte es sich nicht.

»Nun, um ganz ehrlich zu sein, Jan, es ist schwer zu sagen. Bedenke, ich bin kein Bader. Ich glaube, selbst der würde hier keine Vorhersage treffen wollen. Solche Dinge brauchen Zeit.«

»Ich bin zu jung, um ein Krüppel zu sein.«

»Es tut mir leid. Ich wünschte, ich könnte mit einer erfreulicheren Nachricht aufwarten.«

»Ich hatte gehofft, dass du vielleicht einen passenden Zauberspruch kennst?«

»Ich bin keine Zauberin«, erwiderte sie scharf. »Und auch mein Vater hat nicht an so etwas geglaubt. Wir kommen aus einem christlichen Haus.«

»Zu schade. Das war meine Hoffnung.«

»Alles, was wir tun können, ist beten. Margarethe soll eine Messe stiften.«

»Eine vortreffliche Idee«, stimmte er zu.

»Wie ist es passiert?«

»Die Hussiten hatten mich umzingelt. Ich konnte mich zwar aus der Umklammerung lösen, aber dann hat mich doch noch einer von ihnen aus dem Sattel gezogen. Zum Glück war Albrecht im letzten Moment da. Er hat mich gerettet, dabei hatten wir uns schlimm gestritten an jenem Tag. Ich war mir nicht sicher, ob er mir noch einmal verzeihen würde. Dabei ist er mir wie ein Bruder. Ich würde alles für ihn tun.«

Sie ahnte Fürchterliches. »Ging es bei diesem Streit um mich?«

»Es tut mir leid. Ich hatte nur sein Wohl im Sinn.«

»Ich verstehe.« Sie stand auf und begab sich zur Tür. »Ich bin mir gewiss, er hat dir längst verziehen.«

»Verzeihst du mir auch?«

»Aber gewiss.«

Jetzt sah sie, dass sie mit ihrer Vermutung recht gehabt hatte. »Jan wird immer an deiner Seite stehen, egal, was passiert, Albrecht. Er hat es mir selbst gesagt.«

Er atmete tief durch, dann ging plötzlich ein Ruck durch ihn. Er drehte sie um und öffnete die Hose. Sie hielt sich am Bettpfosten fest und ließ ihn gewähren. Der ungelenke Akt war schnell vorbei.

Nachdem er von ihr abgelassen hatte, kroch sie ins Bett und streckte sich in den Kissen aus. Er gesellte sich zu ihr. Mit den Fingerspitzen strich er ihr über die Schulterblätter, die Wirbelsäule hinunter, zur Kurve ihres Gesäßes. Sie lag da, verwirrt über seinen Leichtsinn, dass er sich nicht, wie üblich, im letzten Moment zurückgezogen hatte.

»Ich habe dich vermisst«, sagte sie.

»Meine Mutter liegt im Sterben«, platzte es aus ihm heraus, und er begann erneut zu schluchzen.

»Oh, Albrecht!« Sie hatte nichts davon gewusst. Sie

rollte sich auf den Rücken, drückte sein Ohr auf ihre Brust und strich ihm über den Kopf. Er weinte hemmungslos wie ein kleiner Junge.

»Sie stirbt. Und ich Tor habe mich mit ihr gestritten.«

»Bestimmt nicht. Du würdest nicht mit ihr streiten.«

»Ich war starrköpfig. Das hat sie nicht verdient.«

»Es war nur eine Meinungsverschiedenheit. Da bin ich mir sicher.«

»Und kaum hatte ich die Krankenstube verlassen, habe ich mich mit Onkel Wilhelm gezankt.«

Ein Schaudern durchrieselte ihren Körper. Sie konnte sich zusammenreimen, worum es in diesem Streit gegangen war. Und nun ging ihr auch auf, warum er mit seiner Mutter aneinandergeraten war. Genauso wie mit Jan. In allen Fällen war sie der Grund für das Zerwürfnis. In ihrem Magen bildete sich ein dicker Knoten. Sie zog sich die Decke bis unters Kinn. So blieben sie liegen, bis sein Schluchzen verebbte, weil er eingeschlafen war.

Als sie mitten in der Nacht erwachte, hantierte er an der Kommode mit dem Waschgeschirr. Er goss Wasser in eine Schale und rieb sich mit einem Tuch ab. Sie konnte keine neuen Narben ausmachen, auch keine gelben Schatten vergangener Prellungen. Aber er war so abgemagert, dass seine Rippen deutlich hervorstanden.

Sie drückte sich hoch und lehnte sich ans Kopfende. Als er bemerkte, dass sie ihn beobachtete, drehte er sich zu ihr um. Mit zwei Bechern Wein kam er zu ihr zurück. Er reichte ihr einen davon und kuschelte sich zu ihr unter die Decke.

»Ich konnte nicht mehr schlafen«, sagte er. »Ein Alptraum. Immer der gleiche verdammte Alptraum.«

»Willst du mir davon erzählen?«

»Besser nicht.«

Sie wusste, dass es nicht lohnte, ihn zu drängen. Da war zwar immer noch eine Traurigkeit in ihm, doch insgesamt wirkte er gefasster. »Es tut mir leid mit deiner Mutter. Was fehlt ihr?«

»Sie hat Schmerzen, ist bis auf die Knochen abgemagert und sehr schwach. Wir alle befürchten, dass sie das Weihnachtsfest nicht mehr erleben wird.«

»Du solltest bei ihr sein in dieser schweren Zeit.«

»Ich weiß«, sagte er und blickte zum Kamin. Er musste das Feuer angefacht haben, als sie geschlafen hatte, denn die Scheite knackten munter vor sich hin. »Doch sie will keinen Unfrieden im Haus. Deshalb ... ist es besser, wenn ich mich so wenig wie möglich in München blicken lasse. Mein Vater und ich ...«

»Du machst dir Vorwürfe, doch das solltest du nicht.«

»Hat Jan dir erzählt, was in Böhmen passiert ist?«

»Er hat gesagt, du hättest ihm das Leben gerettet. Du hast den Feldscher verprügelt, weil er ihm das Bein abnehmen wollte.«

Er seufzte auf. »All das wäre nicht geschehen, wäre ich nicht so ein unvernünftiger Narr gewesen. Wenn er sich nicht mehr erholt, ist es allein meine Schuld.«

»Gräm dich nicht. Jan haut so schnell nichts um.«

»Ich ...«, er brach ab, atmete tief durch. »Er hat mich ein Kind geschimpft, das sich vor der Verantwortung drückt. Mein Stolz war verletzt. Und auch Mutter hält mich für unreif. Sie glaubt, ich kann keine Entscheidungen treffen.«

»Deine Mutter liebt dich über alles.«

»Sie hat das Gleiche gesagt wie Jan. Beide werfen sie mir vor, dass ich in den Tag hinein lebe und mich scheue, meinen Mann zu stehen.«

»Nun ...«, setzte sie an in dem Versuch, die Vorwürfe zu entkräften, dann ging ihr auf, dass sie alle recht hatten. Albrecht druckste seit Jahren herum. Er musste sich den Dingen stellen und endlich heiraten.

Der Gedanke machte sie hundeelend. Die Zeit war nun endgültig abgelaufen. Sie konnte nicht verantworten, dass er sich für sie mit der ganzen Familie und seinem besten Freund überwarf.

Mit schwerem Herzen beschied sie in diesem Moment, dass sie ihm nicht länger im Weg stehen würde. Ihre Augen füllten sich mit Tränen, als sie seufzend ausstieß: »Ich glaube, sie haben recht. Du solltest endlich heiraten.«

Er küsste ihre Handknöchel. »Ich weiß, meine Rose. Das werde ich. Sobald die Trauerzeit vorbei ist.«

KAPITEL 22

PFAFFENHOFEN, FEBRUAR 1432

DIE NACHT WAR SCHNEEREICH, als der Bote aus München eintraf und das gesamte Pflegerhaus aus dem Schlaf riss.

Nachdem man den Hausherrn geweckt hatte, ließ dieser Albrecht holen. Er stürzte schlaftrunken nach unten, Agnes blieb auf dem Absatz der Treppe zurück. Er überflog die Nachricht und sah seine schlimmsten Befürchtungen bestätigt.

Kopflos schritt er eine ganze Weile in der Stube auf und ab, unfähig, einen klaren Gedanken zu fassen. »Ich muss sofort aufbrechen«, sagte er schließlich.

»Was, etwa sofort?«, fragte Jan.

Agnes rieb sich über die Oberarme. »Albrecht, sei vernünftig. Der Schnee steht kniehoch. Dein Pferd wird nur in den nächsten Graben stürzen.«

»Es ist auch alles mächtig vereist, mein Herr«, stimmte der Bote zu.

»Warte wenigstens, bis die Sonne aufgeht«, sagte Jan. »Ich würde dich ja begleiten, aber dann müssten wir einen Karren anspannen ...«

»Schon gut. Das würde alles zu lange dauern.«

»Komm zu Bett«, sagte Agnes. »Deine Mutter wird vom Himmel aus sehen, dass es nicht anders ging.«

Albrecht gab sich geschlagen und legte sich wieder hin, doch zur Ruhe kam er nicht. Er hüllte sich in einen Mantel und flüchtete in die kleine Kammer, die Jan zu einer Hauskapelle umgewandelt hatte. Dort zündete er eine Kerze an und betete bis zum Morgengrauen.

Als er wieder hervorkam, war im Hof alles vorbereitet. Jan hatte ein Gefolge zusammengestellt und die Sättel der Packtiere mit dem Nötigsten beladen lassen.

Agnes' Wangen waren vor Kälte gerötet. Sie eilte mit ausgestreckten Händen auf ihn zu. »Albrecht, da bist du ja! Reise mit Bedacht. Die Herzogin ist bereits bei unserem Herrn. Du tust ihr keinen Gefallen, wenn du unterwegs einen Beinbruch erleidest.«

Die Berührung ihrer eisigen Finger war tröstlich. »Du willst mich nicht begleiten?«

»Ich glaube nicht, dass ich willkommen wäre. Es ist besser, du gehst allein.«

Er brummte missmutig. Er hatte es satt, dass er gerade in seinen schwersten Stunden solche Kompromisse eingehen musste.

»Nichts da«, beschied er. »Ich wünsche dich an meiner Seite. Mehr noch, ich brauche dich an meiner Seite.« Er suchte die Zofe in der Menge und fand sie im Gespräch mit der Köchin, die neugierig den Herd verlassen hatte, um nachzuschauen, was die ganze

Aufregung im Hof sollte. »Afra, du packst für das Fräulein. Ihr kommt beide mit nach München.«

Afra strahlte. Albrecht wusste, dies würde ihr Gelegenheit geben, ihre Eltern zu besuchen. Sie knickste und eilte davon. »Sehr gern!«

»Ich glaube, das ist keine gute Idee …«, sagte Agnes.

Er schnaubte. »Ich werde dich bei der Trauerfeier nicht in die vorderste Reihe stellen, Agnes. Aber ich lasse mir nicht verbieten, dich mitzubringen, wenn ich deine Unterstützung am meisten benötige.«

Die Reise nach München war beschwerlich. Der Schnee lag stellenweise so hoch, dass die Straße kaum auszumachen war. Nur wenige Reisende waren bei solch widrigen Verhältnissen unterwegs – wer konnte, widmete sich den häuslichen Aufgaben vor dem Herd. Immerhin hatte sich der Himmel aufgeklart, sodass sie nicht gegen ein Schneegestöber ankämpfen mussten.

In der Alten Veste sah es aus wie an einem gewöhnlichen Tag. Albrecht empfand die belanglose Geschäftigkeit zu gleichen Teilen beruhigend wie verstörend. Seine Mutter war von ihnen gegangen, und dennoch ging das Leben so weiter wie bisher. Er stieg ab und überreichte das Pferd dem Stallknecht. Er wollte sich soeben Agnes zuwenden, da wurde er im Augenwinkel einer vertrauten Figur gewahr. Sie hielt direkt auf ihn zu.

Instinktiv trat er einen Schritt beiseite und vergrößerte den Abstand zu Agnes. Beim Näherkommen erkannte er, dass es seine Schwester Beatrix war. Sie war von Kopf bis Fuß in Schwarz gehüllt, wie üblich, doch diesmal war es durchaus angemessen. Von ihrer Haube flatterte ein dunkler Schleier, der ihr Gesicht verhüllte.

Sie schwebte ihm entgegen. »Albrecht, o welch Freude in dieser schweren Zeit! Wie lieb, dass du gekommen bist.«

Er hielt sie auf Armeslänge, um durch den Stoff zwei Küsse auf die Wangen zu setzen, und sie ergriff mit leichtem Druck seine Oberarme.

»Mein tiefstes Beileid«, sagte er ungelenk. Es war nicht abzuschätzen, welche Gemütslage der Schleier verbarg. Er nahm an, dass sie genauso durcheinander war wie er.

»Sie verschied friedlich und still. Ist einfach eingeschlafen. Ich war bei ihr, doch ich muss zu meiner Schande gestehen, dass ich in jenem Moment weg gedöst war.«

»Sie wird gewusst haben, dass du in Gedanken bei ihr warst.«

Sie nickte.

»Ist dein Gatte nicht hier?«

»Johann konnte die Oberpfalz nicht verlassen. Du weißt schon. Die Hussiten.«

Er nickte verständnisvoll. »Und Vater?«

»Hat sich einen Krug Wein bringen lassen und in seiner Kammer eingeschlossen. Er wird wieder herauskommen, wenn er dazu bereit ist. Onkel Wilhelm hat derweil ein Auge auf ihn.« Ihr Blick glitt an ihrem Bruder vorbei zu der Frau, die mit stoischem Gesichtsausdruck auf dem Pferd wartete. »Du bist nicht allein gereist, wie ich sehe.«

»Fräulein Bernauer. Eine ehemalige Hofdame unserer Mutter. Sie möchte der Herzogin die letzte Ehre erweisen.«

Seine Schwester ließ die Hände sinken. »Bernauer?«

Ihm fiel ein, dass Beatrix damals, als er Agnes nach München gebracht hatte, zwar bei Hof residiert hatte, doch da hatte sie inmitten der Hochzeitsvorbereitungen gesteckt und den Vorgängen um sich herum wenig Beachtung geschenkt. Er plante dennoch nicht, sein Glück unnötig herauszufordern. »Wo ist Mutter nun?«

»Sie haben sie in die Burgkapelle gebracht. Die Nonnen haben sie hübsch hergerichtet. Es sieht aus, als schlummerte sie friedlich.«

»Ich werde mich direkt dorthin begeben. Du solltest ins Haus gehen und dich aufwärmen. Es ist klirrend kalt hier draußen.«

Beatrix nickte und warf einen letzten Blick auf Agnes. Wegen des Schleiers war ihr Gesichtsausdruck nicht zu deuten, doch er vermeinte, ein leichtes Kopfschütteln zu erkennen. Sie wandte sich ab und rauschte ohne ein weiteres Wort zum Wohntrakt.

Albrecht hielt Agnes den Steigbügel.

»Willst du gleich hinüber gehen?«, fragte sie.

»Ja.«

»Gut. Ich werde derweil schauen, dass alles Gepäck sicher in deinem Gemach ankommt und dass sie mir eine Gästekammer zuweisen.«

»Nein, bleib bei mir.«

»Besser nicht, Albrecht.«

»Komm mit hinein. Ich bitte dich. Du kannst dich im

Hintergrund halten, aber lass mich das jetzt nicht allein durchstehen.«

Sie musterte ihn zweifelnd, dann sagte sie: »Nun gut. Ich komme mit.«

Sie ließ sich Bellos Leine reichen und zu dritt machten sie sich auf zur Burgkapelle.

Das Gotteshaus war voller Menschen. Mehrere Hofbeamte und Mitglieder des Haushalts hatten sich eingefunden, um für die Seele der Verstorbenen zu beten und ihre Aufwartung zu machen. Albrecht entdeckte unter den Trauernden den Geheimschreiber Aichstetter, eine Handvoll Hofdamen, eine Kammerzofe und eine Frau aus der Stadt, die seiner Mutter von Zeit zu Zeit duftende Salben verkauft hatte. Sie alle machten ihm schweigend Platz. Kurz vor der Schranke löste sich Agnes von seinem Arm und bedeutete ihm, dass er den letzten Abschnitt ohne sie zurückzulegen hatte.

Die Herzogin lag mit gefalteten Händen vor dem Altar, die Wangen eingefallen, der Gesichtsausdruck entrückt. Die Nonnen hatten ihr das spärliche Haar gekämmt und in der Mitte streng gescheitelt. Sie trug ein schlichtes, ungefärbtes Gewand, das von Demut zeugte. Zwischen ihren Fingern war die Paternosterschnur, die sie jeden Tag bei sich getragen hatte und die nun in ihm eine Flut von Kindheitserinnerungen wachrief.

Bestickte Kissen lagen auf dem eisigen Steinfußboden aus, doch Albrecht kniete sich daneben. Er wollte spüren, wie sich der Schmerz langsam durch seinen Körper fraß. Während er in stiller Einkehr verharrte, löste sich die Welt um ihn herum in nichts auf. Er hörte weder das Murmeln der Trauergemeinde, noch roch er den Weihrauch, der aus einem Gefäß neben ihm aufstieg. Auch sah er nicht das magische Farbspiel, das die Fenster auf den Fußboden malten. Er war mit seinem Seelenschmerz allein.

Immer wieder musste er an das Gespräch zurückdenken, als er vom Kreuzzug heimgekehrt war. Seine Mutter hatte von ihm verlangt, dass er ihr Ehre mache. Und das war es, was ihm am meisten zu schaffen machte. Denn er hatte in jenem Moment, als sie dies von ihm gefordert hatte, gewusst, dass er sie enttäuschen würde. Er würde sich niemals überwinden können, Agnes für eine andere Frau abzulegen oder beiseitezustellen. Nicht für Mutter, nicht für seinen Vater und nicht für Bayern. Im Gegenteil. Je älter er wurde, desto weniger war er bereit, sein persönliches Glück für das Wohl des Landes und der Familie zu opfern.

Ihm war bewusst, wie falsch das war. Es war unsittlich, unchristlich, beschämend eigennützig. Doch er war nicht in der Lage, sich zu fügen. Selbst die Aussicht, seine Mutter gehen lassen zu müssen, ohne mit ihr im Reinen zu sein, hatte ihn nicht davon abgehalten, an seinen eigensinnigen Wünschen festzuhalten.

Schuldbewusst senkte er den Kopf. Da gab es nichts zu beschönigen. Er war ihr in den letzten Jahren ein miserabler Sohn gewesen. Sie hatte seine Starrköpfigkeit nicht verdient.

Jemand berührte sacht seine Schulter, und er fuhr zusammen. Es war Agnes.

»Mittagszeit, Albrecht. Sie sind alle gegangen. Wir sollten uns drinnen ein wenig aufwärmen. Deine Knie müssen stocksteif sein.«

Er ließ die gefalteten Hände sinken. Zu seiner Verwunderung waren sie nass. Hatte er etwa geweint? Betreten wischte er sich die Finger an der Hose ab.

Mit einem Stöhnen kam er hoch. Die Beine waren tatsächlich steif gefroren. Er kreiste die Füße und versuchte, das Blut wieder bis in die Zehen zirkulieren zu lassen. Bello, der an einer Säule herumgestöbert hatte, hob den Kopf. Er hielt Albrechts Verrenkungen für ein Spiel. Schwanzwedelnd fegte er auf ihn zu und schnüffelte an seinen Schuhen.

Diese offene Unschuld berührte ihn. Der Hund kannte keinen Kummer, keine Sorgen. Steif ging er in die Hocke, um das Tier hinter den Ohren zu kraulen. Bello ließ es sich gefallen und leckte ihm im Gegenzug die salzigen Krusten von den Fingern. Nicht zum ersten Mal fragte Albrecht sich, ob Gott Schoßtiere eigens in die Welt gesetzt hatte, um dem Menschen Freude in der Not zu schenken.

Ein wenig versöhnter mit seinem Schicksal hakte er Agnes bei sich ein und strebte mit ihr dem Ausgang zu. Seine Knie protestierten, jeder Schritt war eine Qual. Er musste sich regelrecht auf sie stützen.

Sie hatten kaum die Hälfte der Strecke zurückgelegt, da schwang quietschend eine Tür auf. Es war sein Vater. Den Blick nach unten geheftet, hastete Ernst dem Altar entgegen. Erst als er beinah gegen sie prallte, schaute er auf. Alle drei blieben sie stehen und taxierten einander. In den eisblauen Augen loderte etwas auf, das Albrecht bis ins Mark erschütterte. Denn zunächst war es nur ein neutrales Wiedererkennen. Dann Erleichterung. Und dann ... so etwas wie Liebe.

So etwas war ihm gänzlich unbekannt. Nicht bei seinem Vater. Befremdet und verwirrt brach er den Blickkontakt.

Der Herzog öffnete den Mund, da wanderten seine Augen weiter zu Agnes. Sofort bildete sich auf der Stirn eine tiefe, senkrechte Falte.

»Vater, ich bin so schnell gekommen, wie ich konnte«, stieß Albrecht hervor. Er verfluchte sich im selben Moment, denn es klang wie eine Entschuldigung.

Ernst ignorierte ihn. »Was macht sie hier?«

Der schwere Geruch von Alkohol schlug ihnen entgegen. Die Fahne drehte Albrecht beinah den Magen um. Er hob an, etwas zu erwidern, da kam Agnes ihm zuvor. Sie knickste und senkte artig den Kopf. »Mein aufrichtiges Beileid, Eure Hoheit. Die Herzogin war eine außergewöhnliche Frau. Voller Güte und Barmherzigkeit.«

Die Falte des Herzogs grub sich tiefer in die Stirn. Die Gesichtsfarbe wechselte von Blässe zu Rot. »Du wagst es, deine Buhlschaft an diesen heiligen Ort mitzuschleppen, Albrecht? In einer Zeit der Trauer?«

»Sie war eine Dame der Herzogin. Sie ...«

»So ein Schmarrn! Sie ist eine liederliche Baderhure! Eine Dirne! Ihre Anwesenheit an diesem Tag ist die größte Beleidigung für unsere Familie!«

Bei allem Verständnis für die Trauer seines Vaters, die Schmähung war ein Schlag ins Gesicht. Albrecht ballte die Fäuste. »Wage es nicht!«

»Ah, du machst dich bereit, hm? Willst du mich etwa hauen? Den eigenen Vater? Das würde dir ähnlich sehen!«

Albrecht sah rot. Er baute sich bedrohlich auf und

schaute auf diesen kleinen, kahlköpfigen Mann, der der größte Quell seines Kummers war.

Agnes legte eine Hand an seinen Oberarm. »Albrecht, bitte, komm.« Sie machte Anstalten, ihn weiterzuziehen, aber er blieb wie angewurzelt stehen.

»Ich würde mir nie anmaßen, dir Schaden zuzufügen«, schnaubte er. »Doch ich erwarte gleichermaßen Respekt von dir.«

»Respekt? Wer lässt es denn an Respekt mangeln? Wer ist der Sohn, wer der Vater?«

Albrecht spürte Agnes' sanften Zug an seinem Arm und musste ihr recht geben. Das führte zu nichts. Vater und er, sie beide waren nicht sie selbst. Aus ihnen sprachen Gram, Trauer und Verbitterung. Widerwillig fügte er sich.

»Wir sollten ein andermal weiterreden, Vater. Dies ist weder die richtige Zeit noch der rechte Ort. Wilhelm sollte ebenfalls dabei sein. Wenn es die Erbfrage ist, die dich so sehr beschäftigt, dass du in Anwesenheit meiner toten Mutter ausfällig wirst, dann ist er davon genauso betroffen wie du und ich.«

»Betroffen?«

»Ich sollte besser sagen: Er ist Teil der Lösung. Ich wünsche einen Guten Tag.« Er wandte sich ab und ließ sich von Agnes wegziehen.

»Ich will dieses unsägliche Weibsbild hier nicht noch einmal sehen!«, rief sein Vater ihm hinterher. Als ihm offenbar aufging, dass sein Sohn nichts darauf erwidern würde, brüllte er: »Albrecht!«

Sie drehten sich nicht um. Einzig Bello schenkte dem Herzog ein wenig Beachtung. Neugierig schnüffelte er an

Ernsts Beinkleidern. Verärgert holte dieser aus und trat dem Tier in die Seite. »Du verfluchter Kläffer!«

Das schmerzerfüllte Jaulen ließ Agnes erschrocken herumfahren. »Bello!« Mit eingekniffenem Schwanz floh der Hund in ihre wartenden Arme. Sie las ihn auf und streichelte ihm über die Schlappohren, die Augen dunkel vor Zorn. Albrecht hielt ihr die Tür auf. Wortlos und mit hoch erhobenem Kopf schritt sie hindurch.

Albrecht blickte zurück. Ein Teil von ihm hoffte auf eine Entschuldigung. Doch der Herzog wütete weiter, den Zeigefinger bedrohlich nach oben gereckt.

»Ein Esel bist du, Albrecht! Ein störrisches Maultier! Ein abtrünniger Sohn! Ein Taugenichts. Unfähig! Auf immer unfähig!«

Resigniert wandte er sich ab und flüchtete ins Freie. Draußen atmete er tief durch. Die kalte Luft war wie eine Erlösung. Hinter ihm fiel die Tür krachend ins Schloss.

Das letzte, was er hörte, war eine verzweifelte Klage. »O, Herrgott im Himmel, warum nur hast du mich mit diesem Sohn geschlagen?«

KAPITEL 23

BLUTENBURG, JANUAR 1433

Es war ein schweres Jahr. Albrecht hielt sich, wann auch immer die Zeit es erlaubte, bei Agnes in Pfaffenhofen auf, aber natürlich war dies keine Lösung auf Dauer. Die Herzöge trugen ihm weiterhin wichtige Aufgaben an, die er nicht vernachlässigen durfte, ganz gleich wie das Verhältnis zu Vater und Onkel war. Der Kummer um den Verlust seiner Mutter hatte ihm ebenfalls zugesetzt, und nicht selten erwachte Agnes des Nachts und fand ihn statt neben sich im Bett schlaflos auf einem der Stühle sitzend, den Blick auf die erkaltende Glut gerichtet.

Nach seiner Ankündigung nach seiner Rückkehr vom Kreuzzug hatte sie erwartet, dass er ab dem Herbst ernstlich auf Brautschau gehen würde. Soweit sie das jedoch abschätzen konnte, gab es bei Hof diesbezüglich keine konkreten Vorbereitungen. Das verwunderte sie, denn damals hatte er äußerst entschlossen gewirkt. Sie getraute sich aber auch nicht, ihn darauf anzusprechen. Der Tag, ab dem sie ihn würde teilen müssen, würde schon früh genug kommen, sagte sie sich.

Um die Weihnachtszeit lichtete sich Albrechts Gemüt, und er fand zu seiner alten Frohnatur zurück. Sie verbrachten besinnliche Feiertage in Jans Pflegerhaus, aßen Lebkuchen und knackten Nüsse, erfreuten sich an den Fortschritten des kleinen Johann und staunten, als Margarethes Bauch erneut die Anzeichen einer Schwangerschaft zeigte.

Früh morgens am Tag vor dem Fest der Heiligen Drei Könige rüttelte Albrecht sie plötzlich wach. Verschlafen öffnete sie die Augen. Er war bereits fertig angezogen.

»Guten Morgen, mein Herz.« Über die Schulter rief er: »Afra?«

»Ja, mein Herr?«

»Besorge für dich und die Herrin warme Reitkleidung, und dann packst du eine leichte Truhe mit Wechselkleidung für vier Tage.«

»Ja, sogleich.« Sie eilte davon.

»Wohin reisen wir, Albrecht?«

Er rieb sich grinsend die Hände. »Das wirst du noch früh genug erfahren.«

Sie ritten den ganzen Tag mit kleinem Gefolge durch die verschneite Landschaft und übernachteten in einem Gutshaus. Immer wieder fragte Agnes ihn nach dem Ziel, doch Albrecht schwieg sich aus. Am Morgen ging es gleich nach Sonnenaufgang weiter. Abermals schlugen sie den Weg Richtung Süden ein.

»Reiten wir etwa nach München?«, fragte Agnes. Sie konnte sich das zwar nicht so recht vorstellen angesichts des sonnigen Gemüts, das Albrecht seit einigen Tagen an den Tag legte, aber vielleicht hatte es Entwicklungen in der Alten Veste gegeben, von denen er ihr nichts erzählt hatte.

»Nicht ganz«, war seine rätselhafte Antwort.

Sie durchquerten einen verschlafenen Ort, wo die Bauern in ihren Verrichtungen innehielten, um für den Prinzen und sein Gefolge die Mützen vom Kopf zu ziehen. Unvermittelt griff Albrecht in ihre Zügel.

Agnes runzelte die Stirn. »Was tust du da?«

»Siehst du dieses Gehöft dort?« Er deutete auf ein großes Anwesen mit Stallungen und einer Scheune. Es sah verlassen aus, denn kein Rauch stieg aus der Esse. »Das alles und die Felder dahinter. Präge dir gut ein, was du siehst.«

»Ja, aber wieso?«

Statt zu antworten, zog er einen Seidenschal hervor.

»Was ist das?«

»Die letzten Schritte musst du blind zurücklegen.« In seinen Augen blitzte der Schalk.

Ihr Herz begann, schneller zu schlagen. »Eine Überraschung?«

»Du wirst es gleich erfahren.«

Bereitwillig ließ sie sich die Augen verbinden. Sie bemerkte, wie ihr die Zügel abgenommen und das Pferd weiter geführt wurde. Eine ganze Zeit lang hörte sie Vogelgezwitscher wie in einem Wald. Wasser rauschte rechter Hand, Hufe pochten auf Holzbohlen. *Eine Brücke,* dachte sie. *Oder ein Steg.* Kurz darauf klapperten Hufeisen auf Steinpflaster, das Schnauben der Reittiere hallte in einem Echo zu ihr zurück, so als durchritten sie ein Gebäude oder einen Tunnel.

»Wo sind wir?«, rief sie lachend. »Bitte, Albrecht! Ich bin schon ganz durchgeschaukelt!«

»Einen Moment noch, meine Rose.«

Er führte sie etwas weiter, über Eis und Pfützen, dann hielten sie an. Um sie herum vernahm sie die trappelnden Schritte von Holzschuhen, aufgeregtes Geflüster.

»Sie ist wirklich sehr hübsch«, raunte eine Frau.

»Albrecht, wer ist das alles? Was geschieht hier?«

»Warte!« Dem Knarzen der Gurte nach zu urteilen, stieg er ab.

»Darf ich jetzt gucken?«

»Lass mich dich erst aus dem Sattel heben.«

Sie löste den Fuß aus dem Steigbügel und glitt in seine Arme. Er drehte sie so, dass sie mit dem Rücken zu ihm stand, und machte sich am Schal zu schaffen.

Sie gluckste. »Jetzt willst du mich wohl auch noch schwindelig machen.«

»Wo denkst du hin?« Seine Stimme überschlug sich beinah vor Aufregung.

»Was kann das für eine Überraschung sein, Albrecht? Du hast mir doch schon diese Rubinkette geschenkt, die ich im Übrigen sehr liebe. Ist es etwa ein schöner Aussichtspunkt?«

Fluchend fingerte er an dem Knoten herum. Offenbar hatte er ihn zu fest zugezogen, und nun ließ er sich nicht mehr lösen. »Afra, komm her und hilf mir. Ihr Frauen habt ein besseres Händchen dafür.«

Eine zweite Person machte sich an Agnes zu schaffen. Schließlich rutschte der Schal herunter und wurde ihr von den Schultern gezogen. Sie öffnete die Augen – und schlug die Hand vor den Mund. »Aber Albrecht!«

»Gefällt es dir?«

»Ja, natürlich! Was ist das?« Sie schaute sich neugierig um. Er hatte sie in einen vollständig ummauerten Hof geführt. Dahinter schloss sich ein Wirtschaftshof mit Stallungen an, den sie soeben durchquert hatten. Doch was ihren Blick vor allem anzog, war der dreigeschossige Bau vor ihr. Er hatte unzählige Fenster und ein spitzes rotes Dach. Vor dem Portal hatte sich das gesamte Haus- und Hofgesinde eingefunden, um sie in Empfang zu nehmen.

»Es ist dein neues Zuhause«, sagte Albrecht. »Ein eigenes Schloss, so, wie ich es dir damals auf den Lechwiesen versprochen habe.«

»Das alles willst du mir schenken? Bist du verrückt geworden?«

»Nun gut, laut den Urkunden ist es meins. Aber du darfst hier wohnen. Ist das nicht wunderbar?«

»Das ganze Haus? Für mich?«

Er lachte über ihre aufrichtige Freude. »Schön, dass es dir gefällt, denn ehrlich gesagt, meine erste Reaktion war eine andere. Die Blutenburg ist ganz schön in die Jahre gekommen. Ich werde einiges investieren müssen, um alles wieder auf Vordermann zu bringen.« Er deutete auf das windschiefe Torhaus hinter ihnen. »Als wir vorhin da durch sind, habe ich insgeheim ein Dankgebet gesprochen, weil es nicht über uns zusammengebrochen ist.«

Sie kicherte. Das Bauwerk saß tatsächlich ziemlich schief auf den Fundamenten.

»Blutenburg heißt das hier?«

»Ja, es ist auch gar nicht weit weg von München. Sollen wir nicht mal hineingehen?«

»Oh ja, bitte!«

Anstatt sich von ihm führen zu lassen, war sie es, die ihn an der Hand zur offenen Eingangstür zog. Er stolperte grinsend hinterher.

Der Kastellan und seine Frau begrüßten sie oben auf den Eingangsstufen mit einem Knicks. Agnes nickte ihnen kurz zu und stürmte gleich weiter. Im Eingangsbereich blieb sie stehen und sah sich staunend um. Alles war für ihren Besuch bis ins kleinste Detail vorbereitet. Sie legte den Kopf in den Nacken und drehte sich einmal um die eigene Achse. Es war kaum zu fassen. Ein richtiges Schloss!

»Schau, wie gemütlich die Halle ist.« Er schob sie weiter in den nächsten Raum. Die Decke war mit dunklem Holz vertäfelt, an den Wänden hingen fadenscheinige Wandteppiche mit Jagdszenen. Über der Feuerstelle, in der es warm knisterte, prangte ein riesiges Hirschgeweih. Die spärlichen Möbel wirkten abgewohnt, aber es war mehr, als Agnes sich jemals für sich erträumt hatte.

»Ein Jagdschloss«, erklärte er. »Ich habe gerade erst alle Verkaufsunterlagen erhalten.«

Sie war sprachlos.

»Ich weiß, es ist nicht auf dem neuesten Stand«, sagte er. »Es muss einiges getan werden, und vor dem nächsten Winter müssen wir das Dach reparieren und einige Holzläden ersetzen, aber …«

»Es ist wunderschön, Albrecht.«

»Ich dachte mir, du willst bestimmt selbst aussuchen, welche Stoffe und Möbel du …«

»Bitte, sprich nicht weiter! Ich liebe es!« Sie fiel ihm um den Hals und küsste ihn auf den Mund. »Ich kann nicht fassen, dass du mir so ein Geschenk machst!«

Er löste sich von ihr und deutete zum Kamin. »Lass uns auf die Gelegenheit anstoßen.«

Zwei mit Fellen bedeckte Stühle standen bereit, daneben ein Tisch mit einem Krug Wein und Gläsern. Er führte sie dorthin und war ihr behilflich, Platz zu nehmen.

Während sie den edlen Tropfen genossen, entging Agnes nicht, dass er nicht so wie sie ins Feuer schaute, sondern versonnen ihr Gesicht betrachtete. Das tat er oft. Beinahe so, als konnte er sich nicht an ihr sattsehen.

»So kann man die dunklen Winterabende verbringen.« Sie wandte den Kopf und lächelte, doch dann sah sie, dass seine Heiterkeit verschwunden war. Er stützte die Ellbogen auf die Knie und spielte mit dem Siegelring an seinem Zeigefinger. »Agnes, ich muss mit dir reden.«

Ihr Lächeln fror ein. Der Augenblick, den sie am meisten gefürchtet hatte, war gekommen. »Das habe ich mir gedacht.«

»Was hast du dir gedacht?«

»Dass es einen Grund für all dies geben muss.«

»Nun ja …«

»Sprich nur.«

»Also ... weißt du noch, was ich dir über die Münchener erzählt habe? Dass die Herzöge zu Beginn ihrer Regierung wenig Liebe von den Bürgern erfahren haben?«

»Ja, du hast gesagt, sie mussten aus der Stadt fliehen. Deshalb wurdest du in Wolfratshausen geboren und nicht in München.«

Ein Lächeln huschte über seine Züge, so als freute er sich, dass sie die Zusammenhänge verstanden hatte. »Am Ende konnten sich die Herzöge mit den Münchenern einigen. Mein Vater hat gelernt, dass man nicht auf alle Waren Steuern erheben kann, und die Bürger haben begriffen, dass man die Landesherrn nicht einfach aus der Stadt jagen sollte.« Er lächelte matt. »Und meine Geburt hat die Bürger ebenfalls mit ihrem Schicksal versöhnt. Ihnen dämmerte, dass es jetzt eine planbare Zukunft gab.«

Er machte eine Pause, um Agnes die Möglichkeit zu geben, Fragen zu stellen. Doch sie hatte keine Fragen. Vielmehr begann ihr Herz, sich in dunkler Vorahnung zusammenzuziehen. Sie sah ihn unverwandt an und bedeutete ihm wortlos, weiterzusprechen.

»Nun ja ... Die Regentschaft ist also etwas, das mein Vater und mein Onkel nicht für gegeben hinnehmen. Sie wissen, dass man es ihnen schnell wieder wegnehmen kann. Gott weiß, unser Vetter Ludwig wartet in Ingolstadt nur auf eine Gelegenheit, das Land gegen uns aufzuwiegeln.«

Er räusperte sich und holte einmal tief Luft. »Die Sache ist die: München braucht wieder einen Erben. Wir müssen deutlich machen, dass unsere Herrschaft von Dauer ist, und da ist mir die Idee gekommen, dass ...«

Sie schnitt ihn ab. »Mit mir kann es nicht sein.«

Er ließ den Kopf hängen und betrachtete die Dielen zwischen seinen Schuhen. »Nein. Mit einer Baderstochter kann es nicht sein.«

Ihr Blick glitt zurück zum Kamin. In ihrem Hals bildete sich ein dicker Knoten. »So musste es eines Tages kommen.«

»Ich will keine andere Frau, Agnes.«

»Ich weiß. Deshalb schaffst du mich fort.«

»Was?«, rief er, und es klang aufrichtig überrascht. »Aber nein!« Er rutschte von seinem Stuhl und fiel auf die Knie. Mit seinen warmen Händen umfasste er die ihren. »Ich werde dich niemals gehen lassen, Agnes. Du bist das Beste, das mir je passiert ist.«

Sie schwieg. Es gab nichts mehr zu sagen. Er hatte ihr dieses Schloss gekauft, damit er schnell bei ihr sein konnte, wenn er wieder nach München zog. Aber wohnen würde er in der Alten Veste, mit seiner frisch angetrauten Gattin.

Er führte ihre Hände an seine Lippen und küsste sie. »Heirate mich.«

»Bitte was?« Sie musste sich verhört haben.

»Heirate mich«, wiederholte er.

»Aber wir können nicht ...«

»Heirate mich!«

»Das werden sie nicht erlauben ...«

»Mein Onkel kann genauso gut wie ich eine adlige Braut nehmen und für den Erben sorgen. Ich habe mir alles genau überlegt.«

»Sie werden mich dafür hassen.«

»Es wird gehen. Ich verspreche es. Erinnerst du dich

an das Gehöft, an dem wir gerade vorbeigekommen sind? Ich habe es gekauft. Der Ort ist Untermenzing. Es ist meine Brautgabe an dich.«

»Meine was?«

»Sollte ich vor dir sterben, wird dies dein Auskommen sein. Die Familie wird es nicht anrühren können. Wir suchen dir gute Pächter, dann brauchst du dich nie wieder um Geld zu sorgen.«

Sie dachte darüber nach. Er musste seit Wochen an diesem Plan gefeilt haben. »Aber wann? Und wie?«

»Ich habe Rothuet herbestellt. Du erinnerst dich? Mein Beichtvater. Er wird uns trauen. Gleich hier und jetzt. Bitte, bitte, sag ja!«

»Hier und jetzt?«

»Warum nicht? Die Packwagen aus Pfaffenhofen sind schon unterwegs. Wir können gleich hier einziehen.«

Sie gluckste. »Albrecht, du bist von Sinnen!«

»Du willst Kinder, oder nicht?«

»Ja, aber ...«

»Sie sollen meinen Namen haben, Agnes. Wahrscheinlich werden sie keine Titel erben, aber sie sollen ein gutes Leben haben.«

»Aber die Herzöge ... dein Vater ...«

Er zog einen Schmollmund. »So viele Bedenken! Willst du mich nun etwa nicht mehr? Nun, ich muss dir leider sagen, es ist reichlich spät, mich noch zu verschmähen.«

Sie lachte auf.

»Also ein Ja?«, drängte er.

»Ja! Beim Herrgott, ja!«

KAPITEL 24

PFAFFENHOFEN, APRIL 1433

ALBRECHT KAM mit seinem Gefolge in den Hof des Pflegerhauses geritten, als Margarethe gerade aus der Tür trat, unterm Arm einen Korb mit Rüben.

»Albrecht!«, rief sie überrascht. »Ja, mei ... Wenn mich jemand gewarnt hätte, dass du kommst, dann hätte ich alles entsprechend vorbereitet. Womit gebührt uns die Ehre?«

Er stieg ab und kam ihr entgegen, um ihr brüderlich zwei Küsse auf die Wangen zu drücken. Sie war regelrecht aufgeblüht, die zweite Schwangerschaft stand ihr noch besser als die erste. »Gut schaust du aus. Ist Jan hier?«

»Vielen Dank für das galante Kompliment. Er ist heute unterwegs für einen nachbarschaftlichen Besuch, aber er wollte vor dem Abendessen wieder zurück sein. Bleibst du so lange?«

»Wenn es genehm ist …?«

»Selbstverständlich.« Sie schaute an ihm vorbei. »Und Agnes hast du ja ebenfalls mitgebracht! Du Schuft! Muss man dir denn alles aus der Nase ziehen?« Sie ließ ihn stehen und stürzte sich auf ihre Freundin. »Ei, und was für eine hübsche Haube! Wo hast du die her? Aus München? Sind das echte Steine?«

»Margarethe! Was macht der kleine Johann?«

Die Frauen umarmten sich herzlich. »Er schläft, aber du wirst ihn kaum wiedererkennen. Er wächst so schnell.«

»Schläft er denn mittlerweile nachts durch?«

Margarethe geleitete Agnes zum Haus. »Wäre das nicht herrlich? Doch zum Glück gibt es ja die Amme …«

In ihrer Wiedersehensfreude hatten die beiden Frauen Albrecht völlig vergessen. Er schaute ihnen hinterher, als sie Arm in Arm durch die Tür verschwanden. Es war beruhigend zu wissen, dass Agnes eine Freundin in Margarethe hatte. Wenigstens ein Ort in Bayern, wo Standesgrenzen keine Rolle spielten.

Schmunzelnd folgte er ihnen hinein.

Im unteren Stockwerk des Hauses gab es straßenseitig eine große Stube mit einem Ofen, der jedoch an diesem Tag nicht zum Einsatz kam. Margarethe hatte den Raum wohnlich eingerichtet mit zahllosen reich bestickten Kissen, Wandteppichen und Möbeln. Die Wände waren kostspielig mit Nussholz vertäfelt, über der Tür hing ein vergoldetes Kreuz mit Christusfigur.

Die Frauen begaben sich zu einer Sitzgruppe, doch Albrecht hielt auf das geöffnete Fenster zu, das den geschäftigen Hauptplatz überblickte. Ein wenig beneidete er Jan um das traute Heim, das er sich seit Übernahme des herzoglichen Pflegeramtes geschaffen hatte.

»Wollt ihr euch vielleicht frischmachen?«, fragte Margarethe.

»Eine Schale Wasser zum Händewaschen würde uns reichen«, sagte Agnes.

Ihre Gastgeberin ließ das Gewünschte sowie Wein und Knabbereien kommen und wies die Amme an, ihr Johann zu bringen, sobald dieser seinen Mittagsschlaf beendet hatte. Dann nahm sie mit einem vergnügten Händeklatschen Platz. »Albrecht, ich weiß, wir sind nur zwei Schnatterweiber. Bitte geselle dich dennoch zu uns.«

»Schon zur Stelle.« Er löste sich von dem Ausblick und wählte den Sessel neben Agnes.

Margarethes fragte: »Nun, was bringt euch beide hierher?«

Albrecht schaute zu Agnes, die ihm auffordernd zunickte.

Er zögerte. Das Verlangen, den wahren Grund ihres Kommens zu offenbaren, war übermächtig. Doch im letzten Moment entschied er sich dagegen. Es war besser, Jans Rückkehr abzuwarten. »Ich bin hier, um Geschäftliches zu besprechen. Und Agnes wollte die Gelegenheit nutzen, um euch für ein paar Tage zu besuchen. Ich hoffe, das ist in Ordnung?«

»Natürlich ist das in Ordnung. Es ist nur ... unangekündigt. Aber ich schätze, ein Albrecht von Bayern-München muss seinen Besuch nicht anmelden. Schließlich ist Pfaffenhofen seine Stadt.«

Er lachte. »Es tut mir leid. Es ist alles so schnell gekommen.«

Margarethe krauste die Nase und legte den Kopf schief. Sie hatte ein unheimliches Gespür für Geheimnisse. »Was ist so schnell gekommen?«

Er räusperte sich. »Ähem ... Wann sagtest du, wird Jan hier sein?«

»Spätestens zum Abendmahl ... Albrecht, ist etwas passiert?«

Es war Agnes, die antwortete – mit einer Gegenfrage. »Verrate mir, liebe Margarethe, wo hast du das Tuch für dieses Gewand her?«

Glücklicherweise war Margarethe zu gut erzogen, um die Frage zu ignorieren. Kurze Zeit später waren die Frauen in ein angeregtes Gespräch über Brüsseler Spitze, feine englische Wolle und Damast aus dem Morgenland verwickelt.

Albrecht lehnte sich zurück, nippte an seinem Wein und lauschte ihrer weiblichen Fachsimpelei. Die Bodenständigkeit der Situation durchflutete ihn mit einer wohligen Wärme.

Kurz vor Sonnenuntergang steckte Jan seinen verwirbelten Schopf durch die Tür.

»Da ist er ja!«, sagte Margarethe. »Schau mal, Jan, wer hier ist.«

Jans Blick wanderte über die Gäste, dann verfinsterte sich plötzlich seine Miene.

»Ich bin gekommen, um mit dir zu reden, *bratře*«, sagte Albrecht.

Sein Freund schlüpfte durch die Tür und schloss sie fest hinter sich. Er lehnte sich gegen das massive Holz und verschränkte die Arme vor der Brust. »Das sehe ich.«

»Hör mich erst an, bevor du deine Schlüsse ziehst ...«

»Albrecht, bitte, sag, dass ich falschliege. Bitte sag, dass du hierher gereist bist, weil du mit mir über die Einnahmen aus Pfaffenhofen sprechen willst. Oder über deine Erbschaft in Vohburg. Oder meinetwegen über die vermaledeiten Hussiten.«

Albrecht presste die Lippen aufeinander und wandte den Blick ab.

Margarethe stemmte die Fäuste in die Hüften. »Was ist hier los?«

»Wo steckt Herzog Ernst?«, fragte Jan.

»Er ist mit Wilhelm in Straubing. Die Landstände begehren auf und müssen ein wenig zurechtgestutzt werden. Sie sind kurz vor Ostern aufgebrochen. Wir erwarten sie erst im Mai zurück.«

Jan nickte stumm. Er schritt zum Fenster, das den Platz überblickte. Albrecht bemerkte mit Erleichterung, dass er auf dem Weg dorthin das Bein nicht mehr nachzog.

Er ließ Jan in Ruhe nachdenken. Es überraschte ihn nicht, dass sein bester Freund sofort durchschaut hatte, welcher Anlass ihm diesen unangekündigten Besuch eingebracht hatte.

Die Amme klopfte an und trat ein, einen verschlafenen Knaben auf dem Arm.

Agnes sprang auf und eilte ihr entgegen. »Oh mei, schau mal, wie groß er geworden ist!«

»Und schreien kann er, Agnes«, sagte Jan. »Wie ein Löwe. Ihr werdet es bald erleben.«

Die Frauen scharten sich um den kleinen Johann, um ihn zu herzen und zu küssen. Albrecht nutzte den Moment der Ablenkung und ging zum Fenster, um sich zu seinem Freund zu gesellen. Beide schauten sie auf den Platz, der sich in der Abenddämmerung in Windeseile leerte.

»Du bist von Tollheit besessen«, zischte Jan.

»Was geschehen ist, ist geschehen.«

»Ist das der Grund, warum du es getan hast? Weil es nicht mehr aufzulösen ist?«

»Es gibt uns Sicherheit. Und ich liebe sie von ganzem Herzen. Du weißt das.«

»Du bist ein gottverdammter Narr!«

»Du hast Entschlossenheit gefordert, Jan, damals im Lager, als du mich für mein Zaudern gescholten hast und wir uns deshalb in die Haare geraten sind. Nun, hier hast du also deine Entschlossenheit. Ich habe mich dazu entschlossen, für immer mit Agnes zusammenzubleiben. Bis dass der Tod uns scheidet.«

Margarethe, die von dem gezischten Austausch am Fenster nichts mitbekommen hatte, rief vom anderen Ende der Stube: »Albrecht, du gefühlloser Tropf! Willst du nicht auch mal schauen? Agnes ist schon bis über beide Ohren verliebt.«

Er wartete auf eine Erwiderung von Jan, doch dessen Gesicht blieb unbewegt. Wortlos verfolgten seine Augen draußen den schleppenden Gang einer Magd zum Brunnen.

Als nichts weiter kam, wandte Albrecht sich enttäuscht ab. Mit einem aufgesetzten Lächeln ging er zu den Frauen hinüber. »Da ist also der kleine Johann.

Endlich ausgeschlafen! Gewiss erkennst du mich nicht mehr.«

Das Kind glotzte ihn aus großen Augen an. Je älter es wurde, desto unverkennbarer wurde die Ähnlichkeit zu Jan. Er kitzelte den Kleinen am Bauch und entlockte ihm ein Gurren. »Bis auf die Glatze ist er dir wie aus dem Gesicht geschnitten, *bratře*.« Er senkte bedauernd die Stimme. »Der arme Kerl.«

Margarethe schlug ihm gegen den Oberarm. »Na warte!«

Jan seufzte auf. Er rieb sich über die Nasenwurzel und kam mit einem matten Lächeln zu ihnen herüber. »Da ihm jetzt schon die Herzen der Damen nur so zufliegen, mache ich mir da keine Sorgen. Unser Johann wird die Welt im Sturm erobern.« Er drückte seine Gattin an sich und gab ihr einen Kuss auf die Schläfe.

Das Kind begann zu greinen.

»Er hat Hunger, Gräfin«, erklärte die Amme.

Margarethe schickte sie hinaus, und alle nahmen wieder Platz. Eine Magd ging herum, um die Lichter zu entzünden. Aus der Küche wallten Essensdüfte zu ihnen herüber.

Jan goss allen ein. Er schwenkte den Wein in seinem Pokal und kostete nachdenklich. »Wie ist die Stimmung in München?«

»Ich vermeide die Veste, soweit es möglich ist. Mein Vater ist nicht besonders gut auf mich zu sprechen.«

»Nichts Neues.«

»Nein, in der Tat. Und wie geht es deinem Bein? Das Hinken ist kaum noch auszumachen.«

»Viel besser. Ich kann wieder auf ein Pferd steigen.«

»Das sind ja tolle Neuigkeiten! Meinst du, es ist wieder kräftig genug, damit du die lange Strecke bis München schaffst?«

»Ich denke schon«, antwortete Jan zögerlich.

Albrecht grinste erleichtert. »Ein Glück.«

Margarethe schnalzte mit der Zunge. »Wieso habe ich das Gefühl, ihr beiden redet völlig an mir vorbei? Eine Reise nach München? Jan, Albrecht, was zum Kuckuck wird hier gespielt?«

»Unser gemeinsamer Freund hat mal wieder etwas sehr Törichtes getan«, sagte Jan, doch es klang nicht mehr ganz so erbost wie noch wenige Augenblicke zuvor am Fenster.

Albrecht ergriff Agnes' Hand. »Nichts Törichtes, sei versichert, liebe Margarethe.«

»Ich verstehe immer noch nicht ...« Ihr Blick wanderte zu den ineinander verflochtenen Fingern. »O mein Gott!«, quiekte sie, als sie die Ringe dort bemerkte.

Jan schüttelte den Kopf, doch der sanfte Gesichtsausdruck verriet keine gänzliche Missbilligung. »Er ist ein wahrer Holzkopf.«

»Ihr habt euch vermählt?«, rief Margarethe. »Aber wann? Und wie? Und warum?«

»Das war ganz einfach, weißt du. Ich habe Agnes gefragt, ob sie meine Gattin sein möchte vor Gott und der Welt, und ...«, er unterdrückte vergeblich ein seliges Grinsen, »sie hat Ja gesagt.«

»Bitte behaupte jetzt nicht, dass du dir das gut überlegt hast, Albrecht«, murmelte Jan. »Lass mich wenigstens in dem irrigen Glauben, dass es in der Hitze des Augenblicks geschehen ist.«

Agnes' Lächeln erlosch.

»Gewiss habe ich mir das überlegt, Jan. Agnes ist die einzige Frau, mit der ich mein Leben teilen will. Und von dir, mein Freund, hätte ich mehr Unterstützung und Freude angesichts dieses Ereignisses erwartet.«

»Du hast meine Unterstützung«, erwiderte Jan missmutig.

Margarethe beugte sich nach vorn, um die Ringe an Agnes' Finger zu begutachten. »Sehr elegant. Doch gleich zwei?«

»Den einen trage ich ja schon lange. Den hat Albrecht mir damals in Augsburg gekauft.«

»Bezaubernd!«

»Wie ist es geschehen?«, fragte Jan. »Gewiss nicht in der Münchener Burgkapelle vor dem versammelten Hofstaat?«

»Wir haben uns gegenseitig den Schwur geleistet. Auf der Blutenburg. Das ist alles.«

»Gab es Zeugen?«

»Rothuet. Ich habe ihn für den Anlass zu mir bestellt.«

»Es war sehr schön«, bestätigte Agnes.

Margarethe strahlte. »Wie herrlich!«

»Du hast es also tatsächlich in allen Einzelheiten geplant«, sagte Jan nachdenklich. »So habt ihr den Segen der Kirche?«

»Zumindest den Segen eines Kirchen*mannes*. Das ist mehr, als es braucht, Jan. Das weißt du. Das Einverständnis zweier mündiger Menschen, die einander die Treue schwören.«

»Die Kirche sieht es anders. Eine heimliche

Eheschließung ist eine Sünde. Du hast das Sakrament mit Füßen getreten.«

»Nun, deshalb war Johannes ja anwesend.«

Jan schwieg. Agnes schlug betreten die Augen nieder. Die Stille, die folgte, war bleischwer.

Als nichts weiter kam, sagte Albrecht eingeschnappt: »Ich hätte mir ein wenig Frohsinn von dir gewünscht. Möglicherweise sogar Glückwünsche. Aber das war offenbar zu viel verlangt.«

»Glück könnt ihr in der Tat gut gebrauchen.«

»Also, mein lieber Gatte, jetzt mach mal halblang«, sagte Margarethe. »Die beiden lieben sich. Was ist denn schon dabei? Ich für meinen Teil finde es furchtbar romantisch. Schau sie dir an! Siehst du nicht den Glanz in ihren Augen, wenn sie sich unbeobachtet glauben und Blicke tauschen? Hörst du nicht, wie sie die Gedanken des anderen ergänzen? Spürst du nicht, wie ein Herz für das andere schlägt? Sei aufrichtig zu dir selbst, Jan, und sage mir: Gibt es ein Paar auf der Welt, das mehr füreinander geschaffen wäre?«

Jan leerte den Pokal in einem Zug und stellte ihn geräuschvoll an seinen Platz zurück. »Nein, Margarethe, ich bin nicht in der Lage, die Romantik an der Situation zu erkennen. Ganz und gar nicht. Albrecht ist ein wahrer Esel. Jetzt ist zusammen, was nicht zusammen gehört. Glaub mir, das wird niemals gut enden.«

Die Magd kam in die Kammer. »Die Tafel ist bereitet, mein Herr.«

Er stand abrupt auf, und sie folgten ihm und begaben sich zu Tisch. Über Hirschbraten, Rotweinsauce und Semmelknödel beruhigte sich Jans Gemütslage allmählich. Nachdem alle die ersten Bissen gekostet und höflich die Künste der Köchin gelobt hatten, ergriff er unvermittelt Agnes' Hand und drückte sie. »Es tut mir leid, dass ich nicht spontan in Freudentränen ausgebrochen bin. Bitte, seid versichert, ich freue mich für euch. Ihr seid ein wunderbares Paar.«

Sie erwiderte den Druck und seufzte auf. »Ich weiß, ich komme aus einfachsten Verhältnissen ...«

»Das hat in diesem Haus noch nie eine Rolle gespielt, meine Liebe«, sagte Margarethe, »und das wird es auch in Zukunft nicht.«

»Wie kam es zu dem Entschluss, zu heiraten?«, fragte Jan. »Ich dachte, dass es eigentlich irrelevant wäre, schließlich ...« Er brach ab, als ihm aufging, was er soeben ausplaudern wollte.

Agnes entzog ihm beschämt die Hand.

Margarethe zischte: »Also wirklich, Jan!«

Albrecht lachte auf. »Du alte Schnattergans! Brauchst nicht gleich so rot zu werden. Ja, jetzt hast du dich einmal verplaudert, nicht wahr? Nun, weißt du, der Grund ist folgender: Wir wünschen uns Kinder.«

Margarethe raunte: »Bitte, tut's nicht. Ihr werdet es bereuen, glaubt mir.«

Agnes gluckste. Die neckische Warnung half, die Peinlichkeit, die sich bei Tisch aufgetan hatte, abzudämpfen.

»Verzeiht«, murmelte Jan. »Das war reichlich indiskret von mir.«

»Schon vergessen«, sagte Agnes.

Margarethe bediente sich an der Fleischplatte. »Und

dann habt ihr euch feierlich geschworen, füreinander da zu sein? Für immer?«

»Albrecht hatte die Idee.«

»Es erschien mir die sicherste Lösung. Ich bin die elendigen Gespräche ums Erbe leid. Außerdem gehen uns die Verbündeten zu Hause aus. Oder zumindest die, die uns ein wenig wohlgesinnt sind. Ihr beide seid nach Pfaffenhofen gezogen, meine Mutter ist beim Herrgott, und jetzt wird zudem auch noch mein Onkel abreisen.«

»Wilhelm verlässt München? Aber wieso?«, fragte Jan.

»Sigismund hat ihn zum Protektor des Konzils zu Basel ernannt. Er selbst wird derweil gen Italien ziehen, um sich zum Kaiser krönen zu lassen. Papst Martin erhofft sich, endlich die Kirche an Haupt und Gliedern zu reformieren. Außerdem soll die Hussitenfrage erörtert werden.«

Jan pfiff durch die Zähne. »Ein ehrenwerter Posten für deinen Onkel. Viel Verantwortung.«

»Manche im Reich handeln ihn als den nächsten König. Ich hege allerdings Zweifel, dass er die Krone annehmen würde.«

»Er würde die Sympathien der Kurfürsten schnell auf sich ziehen, so umgänglich, wie er ist.«

»Er ist nicht mehr der Jüngste.«

»Das stimmt allerdings.«

Albrecht angelte sich mit der Messerspitze eine neue Bratenscheibe von der Platte. »Mir kommt es gleich doppelt schlecht zupass. Ich brauche Wilhelm jetzt dringender denn je, oder vielmehr, Bayern braucht ihn.«

»Du willst, dass er sich ebenfalls vermählt«, tippte Jan.

»Ich stehe in Briefkontakt mit einer entfernten Verwandten in Kleve. Sie ist die Tante eines jungen Mädchens, das in Frage käme.«

Margarethe runzelte die Stirn. »Jung? Wie jung?«

»Sechzehn.«

»Sechzehn?«, sagte Jan. »Das wird deinen Onkel gewiss freuen.« Er schaute in die Runde. »Ich sage ja nur!«

»Agnes, wo werdet ihr denn leben?«, fragte Margarethe. »Weiter auf der Blutenburg?«

»Ich denke schon«, sagte Agnes.

»Vorerst ja«, sagte Albrecht. »Keinesfalls in München. Wenn die Bürgerschaft Wind von der Sache kriegt, könnte es unangenehm werden.«

»Ist denn Agnes durch diese Heirat eine zukünftige Herzogin?«, fragte Margarethe.

»Natürlich ist sie das«, sagte Jan, aber dann stutzte er. »Oder etwa nicht?«

»Von Rechtswegen schon. Doch ob das die Bürgerschaft ebenfalls so sehen wird?«

»Oh, Albrecht, du dummer Junge!«, rief Jan kopfschüttelnd. »Du stellst mit deinem Handeln die ganze Welt auf den Kopf. Was soll denn nun bloß werden?«

»Die Zeit wird es regeln. Die Leute werden sich daran gewöhnen.«

»Wollen wir es hoffen!«

Albrecht kaute und spülte den Bissen mit Wein herunter. »Damit sich die Wogen schnell glätten, wirst du uns helfen müssen, Jan.«

»Wie sollte ich euch da unterstützen? Glaubst du etwa, ich wäre in der Lage, den Zorn deines Vaters zu besänftigen? Er hat mich zwar ganz gern, aber das bringe auch ich nicht zustande.«

»Du musst bekräftigen, dass die Ehe rechtmäßig ist, und für uns bezeugen, dass wir den Schwur geleistet haben.«

»Ich war doch gar nicht dabei!«

»Dann beschwören wir es eben noch einmal. Hier bei Tisch.«

Jan winkte ab. »Danke, nicht nötig.« Die Wange auf die Faust gestützt, ließ er den Blick von Agnes zu Albrecht und zurück gleiten. »Ihr seid verrückt, alle beide.«

»Mein Vater wird fuchsteufelswild sein, wenn er aus Straubing heimkehrt. Ich brauche dich mehr denn je, mein Freund in der Not.«

»Ich bin für dich da, Albrecht. Wie immer. Auch wenn mir nicht wohl dabei ist. Du weißt ganz genau, was passieren wird, wenn Ernst davon erfährt. Der Herzog wird dir deinen sturen Dickschädel abreißen. Nein, mehr noch, er wird uns beiden den Kopf abreißen.« Er hob den leeren Becher. »Darauf mehr Wein!«

»Es ist der letzte Gefallen, den ich von dir erbitte, Jan. Du hast mein Wort.«

Es war weit nach Mitternacht, und der Pfaffenhofener Haushalt hatte sich längst schlafen gelegt, als Albrecht in die Stube zurückkehrte und sich einen Sessel bis unters Fenster schob. Er wollte einen besseren Blick auf den Vollmond haben, der leuchtend rund am Himmel stand.

Kaum hatte er Platz genommen, knarzten hinter ihm leise die Bodendielen. Er warf einen Blick über die Schulter. Es war Jan.

»He da! Kannst du etwa auch nicht schlafen?«, fragte er gähnend.

»Ich habe nach einiger Zeit aufgegeben.«

»Darf ich mich dazu gesellen?«

»Es ist dein Haus.«

Jan lachte. »Ach ja! Das stimmt natürlich.« Er rückte sich einen Sessel zurecht und ließ sich darauf fallen. »Ist es wegen Ernst? Sorgst du dich wegen des großen Donnerwetters?«

»Das wird eines der schwersten Gespräche meines Lebens.«

»Du solltest es dir nicht so zu Herzen nehmen. Natürlich wird der Herzog seinen Zorn an dir auslassen, aber er kann nichts mehr ausrichten. Die Sache ist geschehen. Und du bist kein kleiner Rotzlöffel mehr, dem man mit der Gerte eins überziehen kann. Er wird mit dir gemeinsam einen Ausgleich suchen müssen.«

»Ja, das klingt ganz nach Vater. Er liebt nichts mehr als Kompromisse.«

Jan schmunzelte. »Jetzt ist dein Onkel also in Zugzwang. Er wird die Situation retten und schnell dieses Mädchen zur Frau nehmen. Wie heißt sie überhaupt?«

»Margarethe.«

»Ha! Ein guter Name.«

»Fürwahr.«

Schweigend betrachteten sie die silbrige Scheibe am sternenklaren Nachthimmel.

»Früher war dies unser ständiger Begleiter«, sagte Albrecht nach einer Weile.

»Was war?«

»Der Mond. Wir waren jede Nacht unterwegs und haben die Straßen unsicher gemacht. Weißt du noch damals, in Prag? Hinter der Brücke rechts in Richtung Stadtmauer?«

»Es scheint mir eine Ewigkeit her.«

Albrecht seufzte. »Diese Zeiten sind vorbei.«

»Was hält uns ab?«

»Das Alter.«

Jan grinste. »Welches Alter? Nur weil du Großväterchen schon die ersten grauen Haare bekommst?«

»He!«

Jans Zähne blitzten im Mondlicht weiß auf. »Ich ziehe dich doch nur auf.« Er schnipste mit den Fingern. »Weißt du was? Wir haben schon lange nicht mehr gereimt. Ob wir es noch können? Lass mal sehen. Ich fang an. *Ein Prinz, der liebt' 'ne Badershur' …*«

Albrecht fuhr zu ihm herum, aber Jans verschmitzter Ausdruck war zu ansteckend. Er forderte ihn mit einer Geste auf, fortzufahren. »Na los!«

»*Doch leider war er äußerst stur …*«

»Moment, ich hab's gleich! Ah, ja! – *Der Herzog konnt' es kaum ertragen …*«

»*Da vergaß der Prinz, ihn lieb zu fragen …*«

»*Ob er's Dirn' wohl darf begatten –*«

»*Der Herzog tat's ihm nicht gestatten!*«

»*Den Prinzerl hat es nicht getroffen ...*«

»*Erst als die Dirn' ist ...*« Albrecht brach stirnrunzelnd ab.

»Na los! Du musst den Reim zu Ende bringen. Was reimt sich auf getroffen? *Gebrochen, gestochen, abgesoffen ...*«

»Nein!«

»Vielleicht *eingetroffen*?«

»Ich bin zu müde, Jan. Vielleicht ein andermal.«

Sein Freund seufzte auf. »Na gut. Ich gebe zu, wir sind ein wenig eingerostet. Was denkst du? Sollen wir uns etwas warme Milch kommen lassen? Die Köchin schläft vor dem Herd, es würde keine Umstände machen.«

»Nein, aber lieben Dank.«

Schweigend saßen sie beieinander, jeder seinen eigenen Gedanken nachhängend.

Jan war, wie üblich, der Erste, der die Stille brach. »Du wirst deine Regierungstätigkeit vielleicht aufgeben müssen. Hast du das bedacht?«

»Ja, habe ich. Wäre sowieso fürs Beste.«

»Warum sagst du das?«

»Ich wäre kein guter Herzog.«

»So ein Schmarrn!«

Albrecht ließ die Entrüstung an sich abperlen. »Ein paar Jahre werde ich wahrscheinlich mithelfen müssen, wenn die Herzöge gebrechlich werden oder hinscheiden und Wilhelms Söhne noch nicht mündig sind. Doch damit kann ich leben.«

»Du musst mit deinem Vater reden, Albrecht. Dein ganzes Leben hat man dich auf diese Aufgabe vorbereitet. Bayern wartet auf dich. Ich kann mir nicht vorstellen, dass du das, ohne mit der Wimper zu zucken, aufgeben willst.«

Albrecht schwieg. Jan stand auf, um aus einer Truhe zwei Decken zu holen. Er legte eine davon seinem Freund über die Beine und kuschelte sich selbst in die andere ein.

»Jan?«

»Ja?«

»Ich habe dich angeschwindelt. Es ist nicht Vater, der mich um den Schlaf bringt. Gewiss, die Aussicht, ihm gegenüberzustehen, ihm Rede und Antwort zu stehen, ist nicht gerade erbaulich. Doch er macht mir keine Angst mehr.«

Jan reckte sich gähnend. »Was ist es dann?«

»Es ist das Kind.«

»Welches Kind? Hat Johann dich etwa geweckt?«

»Nein, das Kind in Böhmen. Weißt du noch?«

»Du meinst das, das mich angegriffen hatte? Dieser Bauernlümmel?«

»Ich habe es getötet. Mit eigener Hand. Ein unschuldiges Kind.«

»Du machst dir deswegen Vorwürfe?«

»Natürlich tue ich das! Es war ein *Kind!*« Ohne dass er es wollte, brach seine Stimme beim letzten Wort. »Ein Kind.«

»Er hatte mich vom Pferd gezogen und war drauf und dran, mich niederzumachen. Du hattest keine Wahl.«

»Es war ein Kind ...« Er biss sich auf die Lippe. Er wollte nicht schluchzen. Nicht vor Jan.

»Er war jung, das ist richtig. Doch er hat mündige Entscheidungen getroffen und ist gegen uns gezogen. Glaube mir, er wusste genau, worauf er sich einließ.«

Albrecht schüttelte den Kopf.

»In Ordnung«, räumte Jan ein. »Ich will es nicht so abtun, als wäre da nichts gewesen. Aber du musst dich von dieser Schuld lösen. Es war Krieg. Und der Knabe hatte eine Wahl. Er hat sich gegen uns entschieden.«

»Er war halb verhungert. Weil die Erwachsenen nur Tod und Verderben hinterlassen.«

»Ja, so ist der Krieg.«

In Albrecht wurde die Erinnerung an den Traum lebendig. Die Nackenhaare stellten sich ihm auf. »Er kommt des Nachts, Jan. Immer öfter. Eine Zeit lang dachte ich, ich hätte ihn abgeschüttelt, weißt du? Doch jetzt ist er wieder da. Fast jede Nacht. Und grausiger als jemals zuvor. Ich wache auf, schweißgebadet, das Herz rast mir in der Brust. Es ist jedes Mal so, als ob sich eiskalte Finger um meine Kehle legten und zudrückten ...«

»Albrecht, hör auf damit. Du bist kein Kindsmörder.«

»Und dennoch war der Junge am Ende tot.«

KAPITEL 25

MÜNCHEN, MAI 1433

Seit zwei Stunden starrte Albrecht die verschlossenen Türen der Sitzungskammer an. Dahinter war es verdächtig still. Die Herzöge ließen sie absichtlich warten. Nicht einmal eine Sitzbank hatte man ihnen angeboten.

Jan kicherte unvermittelt los.

Albrecht schaute ihn fragend an.

»Weißt du noch, als wir damals dem Aichstetter Daumen, Zeige- und Mittelfinger angeschwärzt haben? Er war vom vielen Wein über den Akten weggenickt, und wir haben seine Schwurhand genommen ...«

Albrecht schnaubte. »Es will mir nicht in den Kopf, wie du jetzt an so etwas denken kannst!«

»Aber er konnte tagelang nicht mehr schwören und ...«

»Das war ein Dumme-Jungen-Streich, als wir

achtzehn waren. Und Aichstetter hat es gar nicht gut aufgefasst.«

»Eben drum. Dein Vater nämlich auch nicht. Damals haben wir ebenfalls vor der Beratungskammer gewartet, so wie heute, und sind nervös auf und abgeschritten in Erwartung seines Zorns und seiner Strafe. Das Gefühl war beinah dasselbe.«

»Für dich vielleicht, Jan. Für mich steht weitaus mehr auf dem Spiel als das Verbot, an der nächsten Jagd teilzunehmen.«

Jan gluckste vergnügt.

Albrecht fuhr herum. »Und hör verflucht nochmal auf, mit den Fingern zu knacken! Du treibst mich noch in den Wahnsinn damit!«

Jans Grinsen fror ein. Er verschränkte die Arme hinterm Körper und nahm Haltung an. »Wo steckt eigentlich Rothuet? Hätte der nicht auch hier antanzen sollen? Schließlich war er es, der euch den Schwur abgenommen hat.«

»Er ist beschäftigt mit der Reform einiger Klöster nach Indersdorfer Vorbild.«

»Gedenkt er etwa, die Armut zurück hinter Klostermauern zu bringen?«

»Wir arbeiten gemeinsam daran. Die Forderungen der Hussiten haben mich zum Nachdenken gebracht. Die Kirche hat in der Tat zu viel Geld. Außerdem beabsichtigen wir, die Klöster zu Zentren der Lehre und des Wissens zu machen.«

»Davon wusste ich ja gar nichts! Äußerst löblich.«

»Es wird Jahre dauern, bis wir die Früchte dieser Reform sehen, doch ich glaube fest daran, dass Johannes es schaffen wird. Er ist ein überzeugender Mensch. Wilhelm ist von ihm sehr eingenommen.«

»Wenn er so überzeugend ist, dann ist es zu schade, dass er heute nicht hier ist«, sagte Jan düster.

Eine Zeit lang wippten sie noch auf den Fußballen, bis man ihnen endlich die Türen öffnete. Sie wechselten einen Blick, mit dem sie einander Mut zusprachen, und traten ein.

Die Herzöge saßen am anderen Ende des länglichen Beratungstisches, die Hände gefaltet wie im Gebet, die Gesichter unbewegt. Die beiden Freunde blieben einige Schritte entfernt stehen. Auch hier bot man ihnen keinen Sitzplatz an.

»Wir haben Unglaubliches vernommen«, hob Ernst an, kaum, dass die Diener rumpelnd die Türen geschlossen hatten.

»Das wundert mich nicht, Vater. Du hast deine Spitzel überall. Sogar auf der Blutenburg.«

»Du hast dieses Badermädchen zur Frau genommen!«

»Sie ist kein Badermädchen. Sie ist eine Baderstoch...«

Ernst lief bis über beide Ohren rot an. Er sprang auf und knallte mit der flachen Hand auf den Tisch. »Genug davon! Ich kann auf diese Spitzfindigkeiten verzichten!«

Albrecht schloss schnell den Mund.

Sein Vater begann, den Saal mit weiten Schritten zu bemessen. »Wie kannst du es wagen? Wie kannst du es wagen, dich unseren Wünschen zu widersetzen und diese Familie in eine so große Gefahr zu begeben? Ist dir überhaupt *bewusst*, was du da angerichtet hast?«

Albrechts Blick glitt zu seinem Onkel. Dessen Augen waren kalt. Von Wilhelm war also keine Hilfe zu erwarten. »Ich habe es mir sehr wohl überlegt, Vater. Für mich kann es nur eine Frau im Leben geben, und das ist Agnes Bernauer.«

»Du Tor hast Schande über uns gebracht! Das ganze Reich wird sich über uns das Maul zerreißen.«

»Der König wird von uns verlangen, dass wir Rede und Antwort stehen«, fügte Wilhelm hinzu.

»Und du, Sedlec, unterstützt diese Torheit etwa?«, fragte Ernst.

»Nun, ich ...«

»Das ist eine handfeste Krise für das Haus Bayern-München! Albrecht, du hast das Vertrauen der Bürgerschaft fahrlässig aufs Spiel gesetzt. Vetter Ludwig hat in Ingolstadt nur auf so einen Moment gewartet. Er wird die Münchener erneut gegen uns aufwiegeln. Er wird behaupten, dass wir unfähig sind, den Thron zu halten!«

»Es ist ja nicht so, als ob ich hier der Einzige bin, der für Nachkommen sorgen kann.«

»Hast du dir deinen Onkel einmal genauer angesehen? Er ist ein alter Mann!«

Wilhelm grummelte verschnupft, und Jan scheiterte dabei, ein Grinsen zu unterdrücken.

»Dann soll er sich eine junge Gattin suchen. In Kleve gibt es eine Dame, die sehr reizend sein soll ...«

Mit einem mürrischen Schnauben nahm Ernst wieder Platz. »Jetzt gibt es keinen Weg zurück mehr, Wilhelm«, sagte er zu seinem Bruder. »Du musst diese Dame zu dir bestellen, nach Basel. Du wirst sie dort auf dem Konzil heiraten. Wenn die Tat erledigt ist, schickst du sie zu uns nach München.«

Wilhelm strich sich über den Bart. »So wird es wohl sein.«

Ernst zeigte mit ausgestrecktem Finger auf Albrecht. »Dass du ein Taugenichts bist, das habe ich schon lange gewusst. Doch dass du unsere Interessen mit Füßen trittst, aus Eigennutz und Respektlosigkeit dieser Familie gegenüber, das habe ich nicht erwartet. Wir haben dir alles gegeben. Alles!« Stöhnend strich er sich mit beiden Händen über die Glatze. »Du kannst von Glück reden, dass deine Mutter das nicht mehr erleben muss.«

»Vater, wenn du auch nur einmal innehalten würdest, dann könntest du sehen, dass Agnes mehr ist als eine ...«

»Warum sollte ich mich dazu herablassen? Glaubst du, irgendjemand in Bayern, irgendjemand im Reich, würde *innehalten* und hinter die Fassade dieses grotesken Arrangements schauen? Es ist mir gleich, was sie kann oder wie sie sich gibt. Sie ist eine Frau von niedrigster Herkunft, und du hast sie mit dieser Verbindung in die höchsten Kreise unserer Gesellschaft katapultiert.«

»So ist es aber nicht beabsichtigt.«

»Was willst du der Welt mit dieser Ehe denn sonst sagen? *Schaut her, jedes Bauernmädchen kann es bis in den Hochadel schaffen? Es braucht nur die Beine breitmachen.* Wie ein geiler Bock bist du jahrelang ihren Röcken hinterhergelaufen!«

Albrecht brauste auf. »Jetzt habe ich aber genug! Das lasse ich mir nicht bieten!«

Jan legte eine Hand auf seinen Arm. »Lass gut sein, *bratře.*« Er räusperte sich. »Mein Herzog, wir müssen uns alle eingestehen, dass das Kind bereits in den Brunnen gefallen ist. Es ist eine Ehe geschlossen worden, und sie ist nicht mehr zu lösen. Jetzt ist es dringend erforderlich, dass eine Antwort auf die veränderte Situation gefunden wird.«

Wilhelm fuhr sich mit Daumen und Zeigefinger über die Mundwinkel. »Die Münchener sollen sie so wenig wie möglich zu Gesicht bekommen. Sie wird hier nicht durch die Straßen geführt wie eine Trophäe.«

Diesem Beschluss stimmte Albrecht gern zu. »Selbstverständlich.«

»Wurden Schriftstücke aufgesetzt, die die Regelungen dieser Verbindung festhalten?«

»Nein.«

»Wieso nicht?«

»Ich wollte die Einzelheiten zunächst mit euch besprechen …« Als Ernst erbost den Mund aufriss, rief er schnell: »Bitte, Vater, du musst sehen, dass ich nicht völlig eigensinnig handele. Ich wünsche mir, dass wir alle zu einem Ergebnis kommen, das für das Haus München zuträglich ist.«

»Niemals. Nichts davon wird jemals für uns zuträglich sein.« Er stand auf und schritt zum Fenster. Für einen Moment sagte niemand etwas.

Schließlich beschied er: »Es wird keine Verträge geben. Dieser Verbindung werden wir nicht die Ehre erweisen, dass wir sie so behandeln wie jede andere

Vermählung. Du hast dafür die Vorlage gegeben, Albrecht. Eine klandestine Ehe! Lieber Herrgott im Himmel! Welch Schande für uns!«

Albrecht senkte betreten den Kopf.

Ernst fuhr herum. »Nun hört! Da es also geschehen ist, brauchen wir einen neuen Weg. Es wird gelten, was wir heute hier besprechen, unter acht Augen. Sedlec, du bist der Zeuge.«

»Sehr wohl.«

»Ich verfüge, dass Agnes Bernauer niemals den Titel einer Herzogin erhalten soll. Allein die Vorstellung wäre absurd.«

Albrecht biss sich auf die Unterlippe. Er musste zugestehen, dass die Forderung billig war. Eine Baderstochter konnte weder in Gottes Angesicht noch vor der Welt zu einer Herzogin aufsteigen. Es war unmöglich. Eher war das Gegenteil der Fall: Wer auf die ungeschriebenen Gesetze hätte pochen wollen, hätte von Albrecht verlangen können, dass er zu seiner Gattin hinabstieg und seine Titel für sie aufgab.

»Zweitens, niemand in dieser Familie, bei Hofe, in Bayern und im Reich, soll sich jemals erdreisten, Agnes Bernauer als Herzogin zu bezeichnen oder ihr die entsprechenden Ehren zuteilwerden lassen.«

Albrecht warf ein: »Aber wir dürfen nicht vergessen, sie ist nun meine Gattin. So soll sie als solche behandelt werden.«

Ernst wechselte einen Blick mit Wilhelm. Dieser brummte und stimmte zu: »Wir begrüßen sie als Teil der Familie. Sie wird mit uns an der Tafel speisen und darf in Würden leben.«

Albrecht grinste erleichtert. Das war erstaunlich leicht errungen. Es war mehr Entgegenkommen, als er erwartet hatte.

»Drittens, ich wünsche, dass ihr beiden keine Nachkommen zeugt.«

»Aber Vater!«

»Nicht, solange nicht Wilhelm vorgelegt hat. Am besten zweifach, denn wir alle wissen, dass nicht jedes Kind zu einem Erwachsenen heranreift.« Er schüttelte den Kopf. »Du hast mit deinem eigensinnigen Handeln die Erbfolge in akute Gefahr gebracht. Wenn du als Erster einen männlichen Nachkommen zeugst, wird es endlose Debatten darüber geben, ob er erbberechtigt ist. Es schwächt unsere Familie, das wirst selbst du verstehen. Nein, wir müssen sicherstellen, dass selbst der größte Bauerndepp keinen Zweifel hegt, wer der Erbe dieses Hauses ist. Nur Wilhelms Kinder werden den Herzogtitel weitertragen, deshalb hat er als Erster Nachkommen zu zeugen. Gibt es sonst etwas, das wir zu beschließen haben, Wilhelm?«

»Du wirst selbst dafür sorgen, dass sie abgesichert ist«, sagte Wilhelm. »Aus eigener Kasse. Wir haben der Verbindung schließlich nicht zugestimmt.«

»Sie hat eine Brautgabe erhalten.«

»Ich bin ja immer noch davon überzeugt, dass es ihr nur ums Geld geht«, murmelte Ernst.

»Nein. Es ging ihr immer nur um mich.«

Ernst lachte bitter auf. »Wenn du meinst ... Es ist ein Jammer, Sohn. Ich hatte so große Pläne mit dir. Und du hast sie alle auf einen Schlag vernichtet.«

»Ich wüsste nicht, wieso das der Fall wäre. Ich habe

meine Kapazitäten und mein Geschick durch diese Verbindung nicht eingebüßt.«

Der Herzog kehrte an den Tisch zurück und ließ sich erschöpft in den Stuhl fallen. Mit einer Geste bedeutete er Jan und Albrecht, ebenfalls Platz zu nehmen.

»Das wird sich zeigen«, sagte Ernst unwillig. »Nun, so höre gut zu. Wie du weißt, sind Wilhelm und ich soeben aus Straubing zurückgekehrt. Dort liegt einiges im Argen. Die Landstände beharren auf ihre Unabhängigkeit, doch wir dürfen das nicht zulassen. Es ist nun unsere Stadt.«

»Es ist schwierig«, sagte Wilhelm, »unsere Interessen durchzusetzen, weil wir so selten vor Ort sind. Doch ich bin nicht in der Lage, mich selbst darum zu kümmern, denn ich breche in den nächsten Tagen zum Konzil nach Basel auf.«

»Und mir ist es nicht möglich, München und Straubing gleichzeitig zu regieren«, sagte Ernst. »Die Entfernung ist zu groß. Ich hatte daher eigentlich mit deiner Unterstützung gerechnet.«

Albrechts Herz begann, schneller zu schlagen. Beabsichtigte sein Vater etwa, ihm Straubing anzuvertrauen? Immer wieder hatte er um jede Aufgabe, jedes noch so kleine Stück Verantwortung gekämpft. Und nun deutete man an, dass man ihm dieses Vertrauen entgegenbrachte! Dabei hatte er sich längst damit abgefunden, durch seine Ehe mit Agnes in die Bedeutungslosigkeit abzurutschen. Niemals hätte er erwartet, dass man auf seinen Einsatz bauen würde.

Zynisch dachte er bei sich: Erst wenn dem Esel eine Karotte vorgehalten wird, weiß er, wo die Reise hingeht.

Und er war dieser Esel! Vor einem Moment noch hatte er keinen einzigen Gedanken an Straubing verschwendet. Im Gegenteil, er hatte sich stillschweigend damit abgefunden, dass man ihn wegen seines Treuebruchs elegant aus der Regierung hinaus komplimentieren würde. Doch jetzt, da man ihm Hoffnung machte, ein ganzes Teilherzogtum zu übernehmen, fand er die Aussicht unwiderstehlich. Ein eigenes kleines Reich, wo er schalten und walten konnte, wie es ihm beliebte. Fern von München. Ein Neuanfang. Ohne Vaters ständig stechenden Blick. Und dazu die schönste Frau Bayerns an seiner Seite.

Er räusperte sich, um die Aufregung aus seiner Stimme zu nehmen. »Ich wüsste nicht, warum ich dir unter diesen Umständen nicht behilflich sein könnte.«

Die Herzöge wechselten einen Blick. Wilhelm nickte unmerklich.

Ernst musterte Albrecht kritisch, dann sagte er: »Wir hatten überlegt, dir bis zum Jahresende die Statthalterschaft in Straubing anzutragen.«

Albrecht strahlte. »Die Statthalterschaft? Es wäre mir eine große Ehre!«

»Doch nun ist alles anders ...«

»Vater, ich versichere dir, dass ich die Münchener Interessen nach bestem Wissen und Gewissen dort vertreten werde. Ich werde alles dafür tun, dass du dich ganz auf deine Belange hier in München konzentrieren kannst, während Wilhelm in Basel ist.«

»Doch dieses Weib, diese Agnes Bernauer ...«

»Wie wir besprochen haben. Sie ist keine Herzogin, und sie wird auch nie eine sein. Natürlich wäre sie an meiner Seite, aber sie würde gar nicht weiter auffallen …«

»Ernst, das klingt doch gar nicht so schlecht«, sagte Wilhelm. »Der Junge wird unser Schlüssel zu Straubing sein.«

Sie alle atmeten erleichtert auf, auch Jan.

Wilhelm angelte nach einer Glocke. »Brotzeit muss her. Es gibt viel zu besprechen.«

KAPITEL 26

MÜNCHEN, JUNI 1433

Agnes hatte noch nie im Leben einen Menschen so abgrundtief gehasst wie Albrechts älteste Schwester Beatrix. Es war ein schreckliches Gefühl, und sie schämte sich dessen sehr.

Die Abneigung war beiderseitig. Es war offensichtlich, dass die Pfalzgräfin nie die Güte in sich finden würde, Agnes als Mitglied der Familie willkommen zu heißen. Die unehrbare Baderstochter hatte es gewagt, das Herz des Bruders zu gewinnen, und damit die Aussichten auf einen Erben für München gefährdet. Es war sträflich und unverzeihlich.

Beatrix machte sich nicht die Mühe, ihre Gefühle zu verbergen. Alles wäre besser zu ertragen gewesen, wäre Albrecht nicht mit seinem Vater nach Straubing gereist, um sich dort auf seine neue Rolle als Statthalter vorzubereiten. Seit die Herzöge ihm die Regentschaft über das

Teilherzogtum in Aussicht gestellt hatten, hatte er frische Zuversicht gefunden. Agnes hatte ihn gern ziehen lassen, auch in der Hoffnung, dass sein Einsatz sich vorteilhaft auf das Verhältnis zu seinem Vater auswirken würde. Sie vermisste ihn dennoch.

Während sie in München auf seine Rückkehr wartete, war es ihr verboten, die Alte Veste zu verlassen, aus Furcht, dass das gemeine Volk auf sie aufmerksam wurde. Ein wenig fühlte sie sich wie eine Gefangene. Es gab nicht viel für sie zu tun. In Beatrix' Kreis aus illustren Damen, die mit ihr aus der Oberpfalz angereist waren, war sie nicht willkommen.

Um die Zeit bis zu Albrechts Rückkehr zu überbrücken, machte sie sich daran, eine Altardecke für die Kapelle der Blutenburg zu besticken. Zu diesem Zweck hatte sie sich eigens Goldfäden aus der Stadt kommen lassen.

Es war ein weiterer dieser einsamen Tage, als sie an ihrem Werk arbeitete, während ihre Zofe die Kammer aufräumte. Diese trat unvermittelt ans Fenster und stieß aus: »Ach herrje.«

»Was ist, Afra?«

»Eure Schwägerin ist mal wieder auf dem Weg in die Kapelle.«

Agnes rieb sich den schmerzenden Rücken. Sie stand auf und begab sich zum Fenster, um ebenfalls hinauszuschauen. Der Rock einer Dame aus Beatrix' Gefolge verschwand soeben durch die zufallende Tür.

»All die Beterei macht diese Frau auch nicht frommer«, sagte Agnes leise.

»Das Gesinde munkelt, sie betet für ein Kind. Es

wäre wohl hilfreicher, sie wäre bei ihrem Gatten in der Oberpfalz, statt hier auf den Knien herumzurutschen.«

Agnes kicherte. »Afra!«

»Vielleicht ist das auch der Grund, warum sie Euch gegenüber so garstig ist«, sinnierte die Zofe weiter.

»Die Pfalzgräfin wird ihre Gründe haben.«

»Aber wie sie Euch behandelt hier bei Hof! Ich finde, Ihr solltet ihr einmal gehörig die Meinung sagen.«

»Besser nicht. Lass sie nur machen. Sobald mein Gatte zurück ist, ziehen wir wieder auf die Blutenburg, und dann muss ich sie nicht länger ertragen.«

»Aber wenn sie weiter so über Eure Person lästert, wird es bald die ganze Stadt erfahren. Und der Herzog hat ausdrücklich angeordnet, dass wir Eure Anwesenheit in München so weit wie möglich geheimhalten sollen. Was, wenn die Ratsherren all diese Geschichten zu Hause ihren Gattinnen erzählen, und dann hört es das Gesinde? Und wir alle wissen ja, was dann passiert. Das Gesinde tratscht es auf dem Markt weiter, wo es die Handwerkergesellen hören, und in kürzester Zeit gibt es hier in München wegen Euch einen Aufstand.«

Agnes seufzte auf. »Was kann ich da schon tun, Afra? Sie ist die Hochwohlgeborene, ich bin nur ein kleines Licht in ihrem Schatten.«

»Ihr seid die Gattin des Prinzen von Bayern-München. Da kann diese Frau sich noch so ...«

Sie brach ab, als ein Ritter in den Hof gesprengt kam, eine Handvoll Bürger, mit Mistgabeln und Schaufeln bewaffnet, dicht auf den Fersen. Die Torwachen stürzten ihnen überrumpelt hinterher.

Alles war blitzschnell geschehen. Plötzlich war der

Hof voller bewehrter Fremder. Knechte, Mägde und Beamte flohen in Panik in die umliegenden Gebäude und verrammelten Türen und Fenster. Eine handfeste Schlägerei zwischen Eindringlingen und Torwachen brach aus. Der Ritter flüchtete sich derweil in eine Ecke des Hofes. Er wendete sein Pferd und zog das Schwert.

»Ist dieser Ritter wegen Euch hier?«, fragte Afra. »Seid Ihr in Gefahr?«

Agnes hatte keine Ahnung. Wie gelähmt beobachtete sie die Vorgänge unter ihrem Fenster. Die Torwachen erfuhren heftigen Widerstand. Weitere Leute strömten nach, und nun kamen auch Büttel aus der Stadt hinzu. Sie waren mit Spießen bewaffnet und zögerten nicht, diese gegen die Umstehenden einzusetzen.

Das Pferd des Ritters tänzelte auf der Stelle, von allen Fluchtwegen abgeschnitten. »Bei Gott dem Allmächtigen! Weicht zurück!«, brüllte er so laut, dass es bis durch das offene Fenster schallte.

»Knüpft ihn auf!«, rief einer der Verfolger, der Kleidung nach zu urteilen ein Gewandschneider. Der Lohn für seine Forschheit war eine Kopfnuss von einer Stadtwache.

Immer näher wagte sich die Menge an den Ritter heran, wollte ihn offenbar aus dem Sattel ziehen. Jener hielt die gezückte Klinge bedrohlich von sich, um sie von diesem Plan abzuhalten. Alsbald mischten sich unter die wütenden Rufe der Menge erstes Wehklagen und Schmerzensschreie.

»Ernst!«, donnerte der Eindringling. »Zeigt Euch!«

»Der Herzog ist doch gar nicht im Haus«, raunte Afra.

»Das weiß er offenbar nicht.«

»Und auch Herzog Wilhelm ist nicht da. Oder Euer Gatte.«

»Er hat sich einen wahrlich schlechten Zeitpunkt ausgesucht, um hier einzufallen. Was nur möchte er?«

Ein Übermütiger schnappte nach dem Zaumzeug. Das Pferd, ein robustes Schlachtross, ließ sich das nicht gefallen und biss zu. Der Bursche wich zurück, und durch einen unglücklichen Zufall ratschte ihm die Spitze des Schwertes die Wange auf. Er stieß einen Schrei aus und taumelte in die Arme einer Stadtwache.

»Das wird ein Blutbad geben«, sagte Afra, hin und her gerissen zwischen Faszination und Abscheu. »Gleich wird jemand ernsthaft verletzt werden.«

»Man muss einschreiten«, stimmte Agnes zu. »Die Torwachen und die Büttel behindern sich gegenseitig. Keiner der Gewappneten schafft es, bis zum Ritter vorzudringen.«

»Warum nur ist er hier?«

»Vielleicht ist er ein Bote? Aber warum wird er dann von den Münchenern so bedrängt?«

»Wir werden es nicht herausfinden, wenn nicht jemand nachfragt. Der Herzog wird es nicht tun, denn der ist in Straubing. Also wer sonst?«, fragte Afra.

»Die Pfalzgräfin.«

»Gewiss hat sie noch gar nicht mitbekommen, was sich gerade im Hof abspielt. Die Mauern der Burgkapelle sind dick.«

Agnes hatte genug gesehen. Sie raffte die Röcke und rannte los. Es gab eine Möglichkeit, in die Kapelle zu gelangen, ohne den Hof zu durchqueren. Ein ummauerter Gang über dem südlichen Torbogen. Vom Zwingerstock aus lief sie bis zum Ende des Burgstocks, wo eine schwere Eichentür zu einem Durchgang führte. Zum Glück war die Tür unverschlossen. Agnes riss sie auf und schlüpfte hindurch. Nach Atem ringend blinzelte sie ins Halbdunkel. Sie fand sich auf der hölzernen Galerie im Westteil der Kapelle wieder, die den Blick freigab bis zum Chorraum. Einträchtig knieten Beatrix und ihr Freundinnen vor dem Altar, die Hände zum Gebet gefaltet, die Köpfe demütig gesenkt.

Auf der rechten Seite der Empore befand sich eine schmale Wendeltreppe. Agnes rumpelte hinunter und eilte zu ihrer Schwägerin.

Die Pfalzgräfin kniete auf einem kleinen Kissen. Ihre Lippen bewegten sich kaum merklich. »*Ave Maria, gratia plena, Dominus tecum. Benedicta tu in mulieribus, et benedictus fructus ventris tui, Iesus …*«

Agnes räusperte sich. Sie hasste es, ihre Schwägerin bei der Einkehr zu stören. »Beatrix, bitte, Ihr müsst kommen, werte Schwester …« Sie biss sich auf die Zunge. Wieso rutschte ihr in diesem Moment ein so unglücklich gewähltes Wort heraus?

Beatrix runzelte die Stirn in einer Weise, die an Herzog Ernst erinnerte. »Schwester?«, fragte sie frostig.

Agnes fluchte innerlich. »Pfalzgräfin«, korrigierte sie sich. »Werte Pfalzgräfin, da draußen ist ein Tumult und mittendrin ein Ritter, den wollen die Bürger regelrecht in Stücke hauen. Ich weiß nicht, was da genau vor sich geht, aber …«

»Was belästigst du mich damit? Siehst du nicht, dass

ich mich im Zwiegespräch mit unserem Herrgott befinde?«

»Das sehe ich, doch ich … Ich befürchte eine Metzelei, sollte nicht jemand eingreifen.«

»Fürchtest du etwa um dein Leben?«

Eine der Damen gluckste.

»Ich weiß nicht! Vielleicht!«

Beatrix ließ den Blick an ihr rauf und runter gleiten. »Als ob sich mit dir jemand die Hände schmutzig machen wollte.«

Agnes schluckte eine Erwiderung hinunter, die ihr auf der Zunge lag. Sie hatte mittlerweile Übung darin. »Der Ritter will Herzog Ernst sprechen, doch der ist nicht im Haus. Und Herzog Wilhelm ist in Basel …«

»Und?«

»Könntet Ihr vielleicht einmal nachschauen, was da vor sich geht?«, fragte sie und hasste sich im selben Moment dafür, dass sie wie eine Bittstellerin das Offensichtliche aussprechen musste.

»Wozu?«

»Ihr seid die Tochter des Herzogs.«

»Und Ihr?«

»Ich …« Sie brach ab.

Beatrix grinste. »Nun?«

»Ich bin …«

»Du bist die Gattin des Prinzen, nicht wahr?«

Agnes spürte, wie ihr die Knie einzuknicken drohten. *Ich bin eine Baderstochter.* Sie hatte sich noch nie zuvor so geschämt wie in diesem Moment. Beatrix spielte mit ihr wie eine Katze mit ihrer Beute.

Nein, sagte sie sich sogleich. Sie würde sich nicht so

leicht aus der Fassung bringen lassen. Albrecht stand zu ihr und hatte sie geheiratet. Sie gehörte nun zu dieser Familie, ob es Beatrix passte oder nicht.

Sie legte die Schultern zurück und erwiderte: »Ganz recht, ich bin die Gattin des Prinzen.«

»Keine Herzogin«, flüsterte jemand hinter ihr, und die Damen lachten.

»Nur ein Liebchen, das den Prinzen bezirzt hat.«

»Ein loses Weibsbild«, zischte eine andere.

Agnes spürte, wie ihr die Wangen heiß wurden.

»Kümmere dich selbst darum«, sagte Beatrix. Sie faltete die Hände vor der Brust. »Ich bin beschäftigt.«

Agnes starrte sie sprachlos an. Sie ballte die Fäuste. »Ihr könnt noch so inständig den Herrgott anflehen, Beatrix. Solange Euer Herz so schwarz ist wie ... wie dieses unmodische Gewand, in das Ihr Euch hüllt, wird er Euch keine Kinderfreuden gewähren.« Sie wirbelte herum und eilte mit klopfendem Herzen auf den Ausgang zu.

»Du brauchst gar nicht so herablassend zu tun, Agnes!«, rief Beatrix hinter ihr her. »Wenn ich kein Kind empfange, Gott sei mein Zeuge, dann sollst auch du keins bekommen.«

Agnes, die Hand an der Türklinke, gefror das Blut in den Adern. War dies ein Fluch? Hatte Beatrix ihr soeben angedroht, dass sie niemals schwanger werden würde? Ihr Blick wanderte zu den Statuen und Bildern der Heiligen, die die Wände und Fenster der Kapelle zierten. Da war die Muttergottes mit dem Kind, der sonst so gütige Ausdruck unvermutet grimmig.

Hastig schlug sie ein Kreuz und riss die Tür auf. Sie

prallte gegen den breiten Rücken eines Burgwächters, der erzürnt herumfuhr.

»Wer ist dieser Ritter?«, fragte sie.

Er inspizierte sie kurz von Kopf bis Fuß und schloss anhand ihrer Aufmachung, dass sie zum Hofstaat gehörte. »Der Ritter Münnhausen, gnädige Frau. Er ist vor den Schergen der Stadt in die Veste geflohen.«

»Warum?«

»Er ersucht den Schutz des Herzogs. Sollte man ihm diesen gewähren, würde er sich der herzoglichen Gerichtsbarkeit unterstellen und die Schergen müssten unverrichteter Dinge abziehen.«

Das würde ihm zumindest Zeit kaufen, dachte sie. Sie schaute zu dem Ritter hinüber. Sein Visier war hochgeklappt und offenbarte ein attraktives, jugendliches Gesicht, das vor Schweiß glänzte.

»Wo ist der Hauptmann der Wache?«

»Er ist gleich dort drüben, gnädige Frau.« Er deutete auf einen breitschultrigen Kerl, der am Rand des Geschehens mit überkreuzten Armen zusah und Befehle bellte.

»Bring mich zu ihm.«

»Wie Ihr wünscht.«

Sie war froh, dass sie seine Hilfe gesichert hatte. Auf ihrem Weg durch die Menge machte er ausgiebig von seinen Ellbogen Gebrauch. »Platz da für die Dame, ihr Pack!« Nach einigen Schritten gab es kein Durchkommen mehr. Durch Winken und Rufen versuchte er, auf sich aufmerksam zu machen. »He! Meister! Hier will Euch jemand sprechen!«

Der Hauptmann kam ihnen auf halber Strecke entgegen. Unsanft packte er Agnes am Oberarm und zog sie aus der Menge in eine weniger dicht gepackte Ecke. »Was soll das? Wieso bringst du diese Dame mitten ins Getümmel?«

Sie befreite sich aus dem schmerzhaften Griff. »Ich habe ihn darum gebeten.«

»Ihr solltet überhaupt nicht hier draußen sein. Habt Ihr nicht gesehen, dass dieser Unhold bewaffnet ist?«

»Was hat er angestellt, dass die Büttel der Stadt ihn bis in die Veste verfolgen?«

»Er ist ein Pferdedieb. Seinen Gehilfen haben sie noch auf frischer Tat erwischt. Doch dieser Ritter war gewitzter und ist sogleich hierher geflüchtet. Auf Pferdediebstahl steht die Todesstrafe.«

Kein Wunder, dass er so verzweifelt aussieht, dachte sie. Der Mann kämpfte um sein Leben. »Würde der Herzog ihn denn begnadigen?«

»Wohl kaum. Aber wenn die Schergen der Stadt ihn zu fassen kriegen, werden sie kurzen Prozess mit ihm machen und ihn noch heute aufknüpfen.«

Agnes rieb sich unbehaglich über die Arme.

»Ihr solltet besser wieder hineingehen. Dort drüben geht es gleich hinein, dann könnt Ihr innerhalb der Veste den Weg zurück finden.« Er schaute sich um, um einen der Wachleute für sie heranzuwinken.

Sie legte eine Hand auf seine Brust. »Einen Moment.«

Er wandte sich brummend zu ihr um.

»Was geschieht denn nun mit ihm? Der Herzog ist nicht bei Hof, kann ihm also keine Freistatt gewähren.«

»Jemand anderes muss die Entscheidung fällen. Wisst Ihr, ob die Pfalzgräfin im Haus ist?«

»Die Pfalzgräfin hat mir gerade mitgeteilt, dass sie sich der Sache nicht annehmen kann. Lasst mich mit dem Ritter sprechen.«

Er musterte sie kritisch. »Ihr? Und wer seid Ihr?«

Sie atmete tief durch und fasste sich ein Herz. »Ich bin die Gattin des Fürsten Albrecht.«

Er riss erstaunt die Augen auf. »Prinz Albrecht ist verheiratet?«

»Also? Bringt Ihr mich nun zu ihm?«

Er besann sich und schloss eilig den Mund. »Ich ...« Sein Blick schweifte über den Hof, während er nach Wegen suchte, die Agnes näher an den Ritter heranbringen würden. »Ich bringe Euch auf diese Freitreppe dort vorn. Ihr könnt über die Köpfe der Menge hinweg zu ihm sprechen. Da seid Ihr weit genug weg, dass ich für Eure Sicherheit einstehen kann.«

Sie stimmte dem Vorschlag zu und ließ sich von ihm dorthin führen.

Auf Befehl des Hauptmanns trieben Wachleute die Herumlungernden die Stufen hinunter. Agnes drückte sich an ihnen vorbei und stieg bis zum obersten Absatz.

»Münnhauser!«, rief sie.

Das Stimmengewirr war so laut, dass ihr Ruf nicht bis zu ihm herüberschallte.

»Münnhauser!«, rief sie lauter. Diesmal drehten sich alle Köpfe zu ihr herum. Sie spürte, wie ihr die Ohren heiß wurden.

»Ich will den Herzog Ernst sprechen. Wo steckt er?«, rief er zurück.

»Der Herzog ist nicht bei Hof.«

»Dann den anderen Herzog. Wilhelm.«

»Der ist ebenfalls nicht da. Genauso wie Fürst Albrecht.«

Der Ritter murmelte etwas vor sich hin, wahrscheinlich einen Fluch. »Und wer zum Teufel hat sonst das Sagen hier?«

»Ich befürchte, Ihr müsst mit mir Vorlieb nehmen.«

»Mit Euch? Und wer seid Ihr?«

Sie zögerte.

»Agnes Bernauer«, kam ihr eine Stimme zuvor.

Erschrocken schaute sie in die Richtung, aus der der Ruf gekommen war. Doch sie konnte die Quelle nicht ausmachen.

»Agnes Bernauer«, tönte es auf einmal aus allen Ecken. Agnes war das, ja, die Bernauerin!

Sie krallte sich am Geländer fest, sodass die Knöchel weiß hervorstanden.

»Und wer ist diese Agnes Bernauer?«, fragte der Ritter.

»Ich ...« *Na los, Agnes, trau dich! Der Herzog wird es nicht auf ewig verheimlichen können.* »Ich bin die Gattin des Prinzen Albrecht.«

Ein Raunen ging durch die Menge. Das Stimmengewirr schwoll an, als die Zuschauer andere, die die Antwort nicht vernommen hatten, über diese erstaunliche Wendung aufklärten. Der Herzogssohn hatte geheiratet? Der Thronfolger? Wann war das geschehen? Und warum hatte man in München nicht die Hochzeitsglocken läuten hören?

»Aha! Eine Dame also«, brüllte Münnhauser zurück.

»Pah! Wenn die hochwohlgeboren ist, dann bin ich eine Prinzessin aus dem Morgenland«, rief eine beleibte

Frau. »Die ist doch eine Badersmagd aus Augsburg. Hat dem Prinzen wohl ordentlich den Kopf verdreht, als sie ihn *abgerieben* hat!« Tosendes Gelächter brauste auf.

Agnes lief feuerrot an. Der Hauptmann warf ihr einen fragenden Blick zu. Würde sie die Schmähung durchgehen lassen oder wollte sie, dass hart durchgegriffen wurde?

Sie entschied, den Einwurf zu überhören. »Was auch immer es ist, Junker Münnhauser, das Ihr von den Herzögen begehrt, Ihr werdet es mir anvertrauen müssen. Denn ansonsten ist niemand hier, der sich Eurer Sache annehmen wird.«

Er schien einen Moment darüber nachzudenken, dann grinste er breit. »Gern. Doch zunächst verlange ich, dass diese Meute zerstreut wird. Sie drohen allenthalben, mich aus dem Sattel zu ziehen, noch bevor ein Richter ein Urteil zu meinem Fall gesprochen hat.«

Agnes schaute zum Hauptmann der Wache.

»Ihr werdet Euch für diesen Kerl verbürgen?«, fragte er.

Verbürgen? Durfte sie sich das überhaupt herausnehmen? Sie schielte zur Burgkapelle, doch Beatrix war immer noch nicht daraus hervorgekommen. »Könnt Ihr den Mann in der Veste festhalten?«

»Was habt Ihr vor?«

»Es muss eine Nachricht zum Herzog nach Straubing geschickt werden. Er soll entscheiden.«

»Wir haben die Möglichkeit, ihn hier sicher zu verwahren.«

Sie nickte. Das musste vorerst reichen. »Münnhauser, werdet Ihr Euch beugen und in unsere Verwahrung begeben, bis wir den Herzog zu Eurem Fall befragt haben?«

»Ihr habt mein Ehrenwort.«

»Ehrenwort«, brummte der Wachmann. »Von einem Pferdedieb.«

Doch Agnes war es genug. »So werft Eure Waffen weg und lasst Euch von der Burgwache in Gewahrsam nehmen.«

»Ihr habt's gehört!«, brüllte der Hauptmann der Wache. »Der Ritter wird in der Veste festgesetzt, bis der Herzog über ihn entschieden hat. Wer sich gegen diese Anweisung stellt, wird ebenfalls vor dem Hofgericht enden. Büttel, nehmt euer Pack und schert euch alle raus.«

Zu Agnes' Erstaunen fügten sich die Zuschauer grummelnd und strömten aus dem Hof. Nie hätte sie erwartet, dass ein einfaches Mädchen aus Augsburg eine solche Macht haben könnte.

Als die Gefahr gebannt war, warf Münnhauser sein Schwert und seinen Dolch von sich und nahm den Helm ab. Er stieg vom Pferd und ließ sich anstandslos abführen.

Der Hauptmann führte Agnes zurück zum Wohntrakt. »Was für ein Schmarrn«, brummte er kopfschüttelnd. »Darüber werden sie sich noch in fünfhundert Jahren das Maul zerreißen.«

KAPITEL 27

STRAUBING, JUNI 1433

ALBRECHT LIEBTE DAS STRAUBINGER HERZOGSSCHLOSS. Es befand sich in malerischer Lage am Stadtrand, etwa eine halbe Meile vom breiten Band der Donau entfernt. Am Fuße des Bauwerks schlängelte sich ein schmaler Seitenarm des Flusses entlang, dahinter erkannte man die dünn besiedelte Insel Gstütt, die mitten im Hauptarm lag. Am Horizont erstreckte sich der saftig grüne Gäuboden, der der Region immensen Reichtum bescherte. Er hegte keine Zweifel, dass Agnes sich sofort in dieses Panorama verlieben würde. Er konnte es kaum erwarten, sie hierher zu führen und es ihr zu zeigen.

Das Schloss würde ihr ebenfalls gefallen, dachte er. Es war anders als die Blutenburg, ähnelte im Aufbau und den Anforderungen eher der Alten Veste in München als einem kleinen Jagdschloss, wie sie es jetzt bewohnte. Hier würden sie als Paar residieren und regieren, repräsentieren und kultivieren. Er hatte eigens im Wohntrakt einen Bereich beiseitegestellt, den er Agnes überlassen würde, damit sie ihn nach ihrem Gutdünken einrichtete. Es konnte kein Zufall sein, dass sie hier in dieser aufstrebenden Stadt ihr gemeinsames Leben beginnen würden.

Bis dahin würde es allerdings dauern. Sein Vater war ein Taktiker, und er plante eine schrittweise Einführung seines Sohnes in den Regierungsapparat. Albrecht würde sich erst mit allen Gesetzen, Richtlinien und den wichtigsten Köpfen vertraut machen, bevor man ihm offiziell die Statthalterschaft anvertrauen würde.

Das Verhältnis von Vater und Sohn war weiterhin kühl. Dennoch war es unübersehbar, dass sich Ernst um ein friedliches Miteinander bemühte. Es war beinah rührend, wie sie umeinander herumtanzten, ohne dabei eines der vielen Themen anzusprechen, die ihre Beziehung immer wieder auf eine Bewährungsprobe stellten. Es galt, als geeinte Front die Geschicke des Landes zu lenken. Ein offenes Zerwürfnis hätte ihre Position in Straubing unnötig geschwächt.

»Denkst du darüber nach, ob es rund um Straubing gute Jagdgründe gibt?«, fragte Ernst.

Albrecht fuhr ertappt herum. Er hatte sich am offenen Fenster an der lieblichen Landschaft festgeguckt, sodass er das Eintreten seines Vaters nicht bemerkt hatte. »Nein, eigentlich nicht. Ich genieße nur die kühle Brise, die vom Fluss hereinzieht.«

Der Herzog trat an seine Seite und schaute ebenfalls hinaus. Er atmete tief ein und schmatzte genüsslich. »Ah ja, in der Tat erfreulich! Klar und frisch ... Und das Rauschen ...«

»Ja, man hört es bis hierher.«

»Ich hatte überlegt, eventuell den Lauf so zu verändern, dass die Donau näher an die Stadt herankommt.«

Albrecht blies vor Überraschung die Backen auf. »Oh, das wäre sehr gewagt! Meinst du, so etwas ließe sich bewerkstelligen?«

»Es wäre nicht gerade billig, doch auf lange Sicht würde es sich auszahlen.«

»Wegen der Zolleinnahmen, die die Stadt erwarten dürfte? Ja, das ist tatsächlich eine interessante Idee, die man weiterverfolgen sollte.«

Schweigend standen sie für eine Weile am Fenster, der glatzköpfige kleinere Vater und der breitschultrige Sohn mit der südländischen Note, und hingen ihren Gedanken nach.

Warum kann es nicht immer so sein?, dachte Albrecht frustriert. Wieso herrschte zwischen ihnen so selten diese Harmonie? »Wenn uns doch Mutter jetzt nur so sähe«, platzte es aus ihm heraus.

Ernst nickte. »Es hätte sie sehr gefreut.«

Schweigend genossen sie die Aussicht, als Ernst sagte: »Vetter Heinrich hat sich für heute Abend angekündigt. Er befindet sich auf der Rückreise nach Landshut und will uns einen Besuch abstatten.«

»Das ist sehr freundlich von ihm. Wird er lange bleiben?«

»Ein, zwei Nächte. Ist ja genug Platz da für alle.«

Albrecht nickte versonnen und ließ den Blick zum blauen Himmel gleiten. Die Schwalben zogen ihre Kreise. *Auch das wird Agnes freuen,* dachte er.

»Es ist unerlässlich, dass wir das Verhältnis zu

Landshut nicht einschlafen lassen. Heinrich ist unser wichtigster Verbündeter. Vor allem, wenn Ingolstadt mal wieder auf törichte Gedanken kommt.«

»Ich weiß.«

»Hast du dich auf den morgigen Landtag vorbereitet?«

»Ich habe die Tagesordnung studiert und bin immer noch dabei, die Namen aller Mitglieder auswendig zu lernen.«

»Gut. Das ist wichtig. Sie werden sich nicht von uns ernstgenommen fühlen, wenn du dir nicht einmal die Namen merken kannst.«

»Ich werde sie morgen alle verinnerlicht haben. Ich habe mir zusätzlich die der Gattinnen geben lassen, nur um sicherzugehen.«

»Dann brauche ich dir wohl nicht erklären, wer Hans von Degenberg ist?«

»Er ist der Erbhofmeister, Vater.«

»Du wirst in Zukunft viel mit ihm zusammenarbeiten. Er ist für die Hofhaltung zuständig, und er ist außerdem der Vorsitzende des Hofrats. Die Leute achten ihn und hören auf seine Meinung. Wenn du es nicht vollbringst, Degenberg auf deine Seite zu ziehen, wirst du bei den übrigen Herren große Probleme haben.«

»Und wie ist er so? Ist er umgänglich?«

»Dein Onkel nennt ihn einen Dickschädel.«

»Oje!«

»Fürwahr. Ich habe ihn deshalb bereits heute einbestellt. Ich möchte, dass du ihn in intimer Runde kennenlernst. Damit ihr euch schon einmal beschnuppern könnt.«

»Verstanden.«

»Unterschätze ihn nicht.«

»Das werde ich nicht, Vater.«

»Degenberg ist unser Schlüssel zu den Landschaften, wie sie hier die gewählten Vertreter der Stände nennen. Sie pochen fest auf ihre Unabhängigkeit, an die sie sich die letzen zehn Jahre gewöhnt haben.« Er schüttelte nachdenklich den Kopf. »Wahrscheinlich glauben sie in ihrer Arroganz, da sie die Stadt gegen die Hussiten verteidigt haben, können sie sich nun einiges herausnehmen.«

»Dabei haben sie eigentlich nichts zu sagen. Am Ende entscheidet immer der Herzog.«

»In Straubing hat man leider gelernt, dass es keinen Herzog braucht, um das Land zu regieren oder zu verteidigen. Sie machen von ihren zahlreichen Rechten nur allzu gern Gebrauch und verlangen, auch in Zukunft auf alle Entscheidungen direkten Einfluss zu nehmen.«

»Dann wird es unsere oberste Aufgabe sein, ihnen mit unseren Entscheidungen und Taten zu beweisen, dass es ohne den Herzog dennoch nicht geht.«

Ernst sah ihn überrascht an. »Ich hätte erwartet, dass du vorschlägst, dass wir den Landschaften die Rechte noch mehr beschneiden, um ihnen eine Lehre zu erteilen.«

»Sodass sie aufbegehren? Wem wäre damit geholfen? Nein, wir wollen mit ihnen zusammenarbeiten und uns ihre Mittel und ihr Wissen zunutze machen.«

»Doch wir müssen auch von vornherein zu verstehen geben, dass man uns nicht an der Nase herumführen kann. Sie sind uns immer noch untertan.

Ich hoffe, dass du das genauso verinnerlichst wie die Namen der Gattinnen. Reicht man ihnen den kleinen Finger, nehmen sie gleich die ganze Hand.«

»Natürlich, Vater.«

Ein Diener trat ein. »Hans von Degenberg, Eure Hoheiten.«

Ernst zupfte sich die Kleidung zurecht. »Oh, jetzt schon? Zeitiger als gedacht. Doch wir sind bereit, nicht wahr? Nur herein.«

Ein gedrungener Mann mit unübersehbaren Segelohren trat ein. Zielstrebig hielt er auf Ernst und Albrecht zu und vollführte eine formvollendete Verbeugung. »Wie überaus erfreulich, Euch wieder hier in Straubing zu begrüßen, mein Herzog.«

In Albrechts Ohren klang es scheinheilig. Er konnte nicht genau sagen, was es war, doch es fiel ihm auf Anhieb schwer, dem Erbhofmeister Sympathien entgegenzubringen.

»Degenberg, danke, dass Ihr heute für uns Zeit hattet trotz der spontanen Einladung. Dürfte ich meinen Sohn vorstellen? Fürst Albrecht, der Graf von Vohburg.«

»Welch eine Ehre«, sagte Degenberg.

»Es freut mich, Eure Bekanntschaft zu machen.«

Ernst machte eine einladende Geste. »Wollen wir uns nicht setzen? Dort drüben stehen ein paar Sitzgelegenheiten bereit.«

Er führte den Erbhofmeister fort und begann, belanglos mit ihm über das Wetter zu plaudern. Albrecht schloss sich an und winkte im Vorbeigehen nach Obst und Wasser.

»Degenberg, wir möchten mit Euch ganz offen sprechen, noch bevor die Stände morgen zusammenkommen. Wie Ihr gewiss vernommen habt, wurde Herzog Wilhelm vom König zum Konzil nach Basel bestellt …«

»Eine rühmliche Aufgabe.«

»Nicht wahr? Wir fühlen uns auch sehr geehrt. Das Problem ist nur, uns bleibt dadurch nichts anderes übrig, als vorerst meinem Sohn die Aufgabe der Regierung von Straubing zu überlassen …«

Albrecht war im Begriff gewesen, Platz zu nehmen, doch nun ließ er sich getroffen in den Sessel fallen. Sein Vater hatte ihn eingeführt wie einen defekten Ersatz. *Da wir es nicht selbst tun können, müsst Ihr mit diesem hier vorliebnehmen …* Er ballte in seinen langen Ärmeln die Hände zu Fäusten und unterdrückte den aufwallenden Zorn.

Degenberg hob die Augenbrauen und warf Albrecht einen unmissverständlichen Blick zu. »Aha.«

»Es wird einige Zeit dauern, bis wir ihm die volle Verantwortung übertragen. Wir haben dafür ein gutes halbes Jahr veranschlagt. Deshalb baue ich darauf, dass Ihr Euch seiner annehmen werdet, damit er sich adäquat auf diese schwierige Aufgabe vorbereitet.«

»Selbstsprechend.«

»Albrecht hat mir zugesichert, dass Straubing zu allen Zeiten die Interessen Münchens unterstützen wird. Es wird keine Bündnisse, Kriege oder Veräußerungen geben ohne unsere Zustimmung oder entsprechende Absprachen.«

Albrecht traute seinen Ohren kaum. Ja, dergleichen hatte er den Herzögen versprochen, doch sein Vater ließ ihn wie eine willenlose Puppe dastehen! Wo war das diplomatische Geschick, das Ernst sonst immer an den Tag legte? Wie sollte Albrecht Respekt bei diesen Herren einfordern, wenn er genau wie sie vor seinem Vater zu kuschen hatte?

Und tatsächlich: Die Lippen des Erbhofmeisters wurden zu einer feinen Linie.

Eilig bemühte er sich um Schadensbegrenzung. »Das bedeutet nicht, dass die Straubinger Angelegenheiten nicht meine höchste Priorität haben werden.«

»Nichts anderes erwarten wir von unserem Fürsten«, erwiderte Degenberg trocken.

Albrecht warf seinem Vater einen erzürnten Blick zu. Es war offensichtlich. Der Schaden war bereits angerichtet. *Warum hast du das getan?*, fragte er stumm. *Warum lässt du mich hier wie deinen willenlosen Handlanger dastehen?*

Ernst schien den Verdruss des Sohnes nicht zu bemerken. »Uns schwebt eine enge Verbindung von Ober- und Niederbayern vor. Straubing und München sollen einander gegenseitig stützen. Dabei wird das Straubinger Land jedoch größtenteils seine Unabhängigkeit beibehalten.«

»Größtenteils?«, fragte Degenberg misstrauisch. *Zu Recht,* befand Albrecht.

»Die Einzelheiten hierzu werden wir in den nächsten Monaten festlegen. Natürlich möchten wir gern die Meinungen der Landschaften dazu einholen.«

»Verstanden.«

Albrecht brach unter dem Gewand der kalte Schweiß aus. »Mein werter Herr Degenberg. Ich werde so viel Zeit wie möglich in Straubing verbringen, damit Ihr mich schnell auf den neuesten Stand bringen könnt. Es gibt weitere Ländereien, die durch das Ableben meiner Mutter meiner Aufmerksamkeit bedürfen. Doch ich möchte hiermit ausdrücklich versichern, dass das Hauptaugenmerk von nun an auf Straubing liegen wird.«

»Ihr werdet hier residieren?«

»So ist es gedacht.«

»Dürfen wir also einen großen fürstlichen Haushalt erwarten?«

Albrecht fehlten für einen Moment die Worte, um die komplizierte Situation zu erklären, in die er sich mit seiner unstandesgemäßen Ehe gebracht hatte.

»Nur das, was angemessen ist, Degenberg«, kam ihm sein Vater zu Hilfe.

»Das ist erfreulich zu hören.« Der Spott in der Stimme des Erbhofmeisters vermittelte das Gegenteil.

Er weiß es bereits, dachte Albrecht. *Jemand hat ihm gesteckt, wer meine Gattin ist, und er ist davon ganz und gar nicht angetan.*

»Natürlich begrüßen wir es, dass der Fürst sich dazu entschließt, hier bei uns im Schloss zu residieren«, sagte Degenberg. »Denn noch immer ist die Gefahr durch die Hussiten nicht gebannt, weshalb wir kurze Entscheidungsprozesse als hilfreich erachten. Wir haben uns all die Jahre zwar ohne fremde Hilfe gut verteidigt, aber natürlich wissen wir auch, vor allem die finanzielle Unterstützung zu schätzen, die München uns dazu angedeihen lassen wird …«

Ernsts Mundwinkel zogen sich nach unten. »Finanzielle Unterstützung?«, wiederholte er in einem Tonfall, der Albrecht nur allzu bekannt vorkam. »Zunächst einmal erwarten wir, dass Straubing seinen Beitrag zur Sondersteuer für die Vermählung unserer Tochter leistet. München hat sich großzügig gezeigt, doch Straubing schuldet uns …«

»Herzog Wilhelm stellt diese Forderung ebenfalls?«

»Nun … Er weilt in Basel. Doch ich habe ein Schreiben dabei, das seinen Standpunkt …«

Degenberg schüttelte bedauernd den Kopf. »Ich befürchte, ohne persönliche Bekräftigung werden die Landschaften schwer zu überzeugen sein.«

Ernst brauste auf. »Wie sollen wir das leisten? Mein Bruder ist in Basel. Für Papst und König!«

»Auch das sind Detailfragen, die wir nicht sofort klären müssen«, sagte Degenberg mit einem großspurigen Lächeln. »Ich bin mir gewiss, wir werden mit Eurem Statthalter«, er nickte Albrecht zu, »schnell zu einer gütlichen Einigung kommen.«

Am Abend war Albrechts Zorn noch immer nicht verraucht, doch da sie ihren Vetter Heinrich bewirteten, bemühte er sich, sich seinen Verdruss nicht anmerken zu lassen.

Sie speisten allein in einem der Privatgemächer des Herzogsschlosses. Die Fenster waren weit aufgestemmt, sodass der fischige Geruch des Flusses in der lauen Luft lag.

Heinrich war bester Dinge. Er wischte sich mit einem wohligen Rülpsen die fettigen Finger an der Tischdecke ab und langte nach seinem Pokal. Die kugelrunden Augen glitzerten im Schein der Kerzen. »Wilhelm beabsichtigt also tatsächlich, die Hussiten in Basel ein weiteres Mal zusammenkommen zu lassen? Hat sich in der Vergangenheit nicht oft genug bewiesen, wie fruchtlos die Verhandlungen mit ihnen sind?« Er genehmigte sich einen kräftigen Schluck Wein.

»Du kennst meinen Bruder«, sagte Ernst. »Er hofft, die einzelnen Parteien gegeneinander auszuspielen. Das würde Prokop isolieren und ihn schwächen.« Mit einer ungeduldigen Geste orderte er Brot nach. Ein Page verschwand in den Schatten der Halle und kam mit einem Korb zurück, den er dem Herzog mit einer Verbeugung hinhielt.

»Ein ausgefuchster Plan!«, lachte Heinrich röhrend auf. »Stelle man sich nur einmal vor – die Gottlosen zerfleischen sich gegenseitig. Uns kann's recht sein, nicht wahr, Albrecht? Nochmal ins Feld gegen sie zu ziehen, würde bestimmt auch einem Wagehals wie dir kein Vergnügen bereiten.«

Albrecht lächelte säuerlich. »Ich habe nur meine Pflicht für mein Land getan.« *Im Gegensatz zu dir, Vetter,* fügte er im Stillen hinzu, denn Heinrich hatte es vorgezogen, sich beim Kreuzzug von einem seiner Ritter vertreten zu lassen.

»Wie äußerst löblich, Albrecht. Du bist zweifellos der bessere Mann von uns beiden. Wenn die Häresie erst mal ausgerottet ist, können wir uns alle wieder wichtigeren Dingen zuwenden. Ernst hat erwähnt, dass du dir einen neuen Einspänner zugelegt hast. Wirst du ihn mir morgen mal zeigen?«

Es klopfte an der Tür und ein Bote trat nach Aufforderung ein, einen versiegelten Brief in der Hand.

»Wie ein Taubenschlag heute«, murmelte Ernst und sah ihm seufzend entgegen.

»Eine Eilnachricht aus München, Eure Hoheit.«

Der Herzog ließ Wasserschüssel und Leinentuch kommen, bevor er das Schreiben mit gesäuberten Fingern entgegennahm. »Der Stadtrat«, sagte er verwundert, als sein Blick auf das Siegel fiel.

Heinrich deutete mit dem Messer auf den Brief. »Du kannst es ruhig öffnen. Vielleicht ist es wichtig.«

Ernst wechselte einen Blick mit seinem Sohn. Sie dachten beide dasselbe. Heinrich hatte den Hang dazu, seine Nase ungebeten in fremde Angelegenheiten zu stecken. Gewiss brannte er darauf, zu erfahren, was sich so Bedeutendes in München ereignet hatte, dass man den Herzog beim privaten Abendmahl störte.

»Es könnte etwas mit Beatrix sein«, gab Albrecht zu bedenken, dachte dabei aber in Wahrheit an Agnes.

Ernst nickte und ließ sich ein blankes Messer reichen, um das Siegel zu lösen. Er überflog die Zeilen und runzelte die Stirn.

»Und? Ist es meine Schwester?«, fragte Albrecht.

»Nein, nichts dergleichen. Es ist unser Vetter Ludwig.«

Albrecht sackte das Herz in die Hose. Hatte der Ingolstädter etwa herausgefunden, dass Albrecht sich unstandesgemäß vermählt hatte? Hatte er bereits einen Weg gefunden, die Herrschaft der Münchener zu schwächen? Seit Wochen schon hing ihm der Vater mit seinen Befürchtungen in den Ohren, und nun sah es so aus, als würden sich seine unheilvollen Vorahnungen bewahrheiten.

»Was hat er nun schon wieder angestellt, dieser Störenfried?«, fragte Heinrich.

»Der Rat schreibt, dass ein Ritter namens Münnhauser und sein Geselle Jackl vor den Mauern der Stadt versucht hätten, den Bauern ein paar Pferde zu stehlen. Als man sie auf frischer Tat ertappte, habe sich der Münnhauser in die Alte Veste geflüchtet.«

Heinrich grunzte. »Ist das wahr? Münnhauser? Den Schalk kenne ich! Er war der Pfleger von Reichertshofen. Er stand in Ludwigs Dienst und Sold.«

»Ich habe den Mann auch schon mal getroffen«, sagte Ernst. »Ein unangenehmer Zeitgenosse. Ein Schurke durch und durch. Jedenfalls zählen die geschädigten Gehöfte zum Burgfriedensbereich Münchens, weshalb sie der städtischen Gerichtsbarkeit unterliegen. Dem wollte er sich offenbar entziehen. Mit gezücktem Schwert soll er sich in die Veste geflüchtet haben.«

»Mit gezücktem Schwert?«, fragte Albrecht erschrocken.

»Man hat dem Rat mitgeteilt, dass Münnhauser nun dort einsitzt. Sie erbitten, dass sie ihn in Gewahrsam nehmen dürfen. Das werden wir ihnen natürlich gestatten. Ich habe keine Lust, mir mit dieser Geschichte die Finger schmutzig zu machen.«

»Beatrix hat das angewiesen?«, fragte Albrecht.

Sein Vater runzelte die Stirn, während er weiterlas. »Nein … Der Rat schreibt, es sei die Bernauerin gewesen, die sich der Sache angenommen habe. Sie sei sehr zornig gewesen. Sie unterstützt das Gesuch um Auslieferung.«

»Sie haben sie namentlich genannt?«

Sein Vater nickte düster. »Das Weibsbild muss einen gewaltigen Eindruck hinterlassen haben.«

Albrecht grinste breit. Er hätte platzen mögen vor Stolz. »Ich hab's doch gewusst«, nuschelte er in seine Faust.

Ernst schnaubte erbost. »Was gibt es da zu jubilieren? Ich habe diesem Weib ausdrücklich untersagt, sich öffentlich hervorzutun. Und was macht sie? Sie trifft sich mit dem Rat und fällt in aller Öffentlichkeit ein Urteil über einen Pferdedieb.«

»Was hätte sie sonst tun sollen? Sich wie ein verängstigtes Weib in ihren Gemächern verkriechen?«

»Ja!«

»Warum hat sich denn Beatrix nicht der Sache angenommen?«

»Was weiß ich? Vielleicht war es ihr zu heikel.«

»Aber dann hat sie doch das Richtige getan. Jemand musste eine Entscheidung treffen in unserer Abwesenheit. Der Verbrecher gehört aufgeknüpft.«

»Begreifst du nicht, was das bedeutet?«

»Nein, was denn?«, fragte Albrecht zornig. Er konnte nicht verstehen, warum sein Vater schon wieder etwas an Agnes auszusetzen hatte. Sie hatte gehandelt, wie man es von einer Herzogin erwartet hätte, und Ernst sah abermals nur das Schlechte in ihr.

»Du Schwachkopf! Sie hat uns zum Gespött der ganzen Stadt gemacht. Wenn wir zurück nach München kommen, werden sie Lustspiele über euch auf dem Schrannenplatz aufführen!«

»Das weißt du doch gar nicht. Sie werden denken, sie sei lediglich eine Hofdame.«

»Eine Hofdame konferiert nicht mit dem Rat. Sie wird ihnen gesagt haben, dass ihre Stellung mehr ist als das.«

»Und? So ist es ja auch!«

»Die Bernauerin?«, fragte Heinrich dazwischen.

Albrecht schloss den Mund und betrachtete stumm die kalte Mahlzeit auf seinem Teller. Ihm war das Blut so hochgekocht, dass er für einen Moment Heinrichs Anwesenheit vergessen hatte.

»Danke.« Ernst gab dem Boten mit einem Nicken den Brief zurück. »Wir werden heute Nacht antworten.«

Als man sie allein gelassen hatte, nahm Ernst das Speisemesser auf und sagte so beiläufig wie möglich: »Ach ja, Heinrich, das weißt du noch gar nicht. Albrecht hat sich vermählt.«

Heinrich schnappte vor Verblüffung nach Luft. »Wann?«, war alles, was er hervorbrachte.

»Im Januar«, sagte Albrecht.

»Sie ist nicht von Stand«, erklärte Ernst. »Wir beabsichtigen, es daher nicht weiter an die große Glocke zu hängen.«

Heinrichs Augen funkelten amüsiert, während er von Vater zu Sohn schaute. Dann brach er in dröhnendes Gelächter aus. »Du hast nicht wirklich ...? Albrecht! Eine junge Dame aus dem Volk hat dir das Herz gestohlen?«

»Von Dame kann keine Rede sein«, sagte Ernst säuerlich. »Eine Badersmagd. Doch über die genauen Umstände wollen wir besser Stillschweigen bewahren.«

»Sapperlot!« Heinrich bedachte Albrecht mit einem

Blick, aus dem aufrichtige Bewunderung sprach. »Du wilder Hengst! Ich hätte dir vieles zugetraut, doch das nicht.«

»Du brauchst es nicht zu bewundern oder zu loben«, warf Ernst schneidend ein. »Mein werter Sohn hat einen großen Fehler begangen, und wir müssen alle daran arbeiten, den Schaden möglichst einzugrenzen.«

Heinrich grinste. »Eine Bürgerliche ... Sag, ist sie sehr hübsch, Albrecht? Ach, was frage ich. Natürlich ist sie das! Sie muss eine wahre Schönheit sein. Alabasterhaut und goldenes Haar, da bin ich mir gewiss.«

Albrecht musste unweigerlich schmunzeln. Der freimütige Zuspruch seines Vetters bestärkte ihn. Sollte sein Vater doch wüten, wie er wollte! Es war nicht immer alles so schwarz und weiß, wie er sich das vorstellte.

»Ach, Vetter, wie konntest du sie mir nur vorenthalten?«, fragte Heinrich amüsiert. »Ich muss sie unbedingt kennenlernen.«

»Sie ist kaum Teil dieser Familie, Heinrich«, sagte Ernst. »Wir wollen Ludwig nicht die Möglichkeit bieten, die Münchener deswegen gegen uns aufzuwiegeln.«

»Aber warum so bange? Sorgst du dich um die Erbfolge? Wenn ich mich recht entsinne, kann Wilhelm ebenfalls Söhne in die Welt setzen. So alt ist er nun auch wieder nicht.«

»Herrgott!« Ernst ließ erbost das Messer auf die Tischplatte fallen.

Albrecht zuckte zusammen, doch Heinrich ignorierte die Entrüstung. Er prostete Albrecht vergnügt zu. »Ach, Ernst, jetzt mach mal nicht so ein Gesicht. Lass dem Jungen doch seinen Spaß. Schau mich an! Meine

Gemahlin ist hässlich wie die Nacht. Ich sage dir, es war kein Vergnügen, ihren Acker zu pflügen! Ein wahres Trauerspiel … Ist doch schön, dass mein junger Vetter es da besser getroffen hat. Darauf ein Prosit!«

Albrecht hob den Pokal. Er hatte Häme befürchtet, Zurechtweisung oder Neid. Dass Heinrich so wohlwollend reagierte, erleichterte ihm das Herz. Es gab ihm Hoffnung, dass auch andere Adlige seine Eheschließung nicht so sehr verurteilten wie Ernst und sein Onkel.

»Sie ist ganz bezaubernd«, ließ er sich dazu hinreißen zu sagen. »Klug und barmherzig. Ein wahres Juwel.«

Heinrich leerte den Pokal in einem Zug. »Na, da sie es vollbracht hat, diesem Münnhauser die Stirn zu bieten, besteht daran kein Zweifel. Dieses Weib weiß offenbar, sich durchzusetzen.«

KAPITEL 28

STRAUBING, APRIL 1435

AGNES ERWACHTE MITTEN in der Nacht und fand die andere Hälfte ihres Bettes leer vor. »Ach, Albrecht«, seufzte sie auf. »Schon wieder dieser Traum?«

Sie schlug die Bettdecke zurück, angelte nach ihrem Hausmantel und tapste auf nackten Sohlen zu ihm herüber. Er saß in seinem Lieblingsstuhl, den Blick starr auf die sterbende Glut im Kamin gerichtet.

»Ja, das auch. Tut mir leid. Ich wollte dich nicht wecken.«

»Soll ich wieder zu Bett gehen?«

»Nein ... Bleib bei mir, Agnes.«

»Ich bleibe für immer bei dir. Das weißt du doch.« Sie kletterte auf seinen Schoß und zog die Decke über sie beide. Mit angewinkelten Knien schmiegte sie sich an seine Brust. »Ich weiß, du kannst es nicht mehr hören, aber du hast das Schicksal damals nicht abwenden können. Du musstest etwas tun, sonst wäre Jan wahrscheinlich nicht mehr unter uns.«

»Er war nur ein Kind, ein unschuldiges Kind …«

Sanft drückte sie seinen Kopf an ihren Busen. »Tsch …« Er schloss die Augen und ließ sich von ihr hin und her wiegen.

»Du darfst dich nicht weiter damit belasten. Deine Qual schmerzt auch mich.«

»Verzeih. Das soll es nicht. Das ist einzig meine Angelegenheit. Es hat nichts mit dir zu tun.«

Sie betrachtete ihn besorgt. Es war erschreckend, wie verletzlich er in solchen Nächten war, wenn ihn die Träume aus dem Schlaf rissen. Beinah wie ein verängstigtes Kind, das am liebsten ins Bett der Amme gekrochen wäre.

»Weißt du, ich würde dir so gern helfen. Wenn man mir nur einen Wunsch erfüllen würde, Albrecht, einen einzigen, ich würde dir diesen Alptraum nehmen und ihn für immer forttragen – ins Jenseits und darüber hinaus.«

Er lächelte matt. »Was für ein seltsamer Wunsch.«

»Ich möchte doch nur, dass du glücklich bist.«

»Das bin ich. Nur noch ein bisschen schlaflos dazu.«

Er legte die Arme um sie und atmete tief ein. »Wusstest du, dass du immer nach Wiesenblumen duftest? Was ist das?«

»Kamille und Mädesüß.«

»Wie machst du das? Hast du eine Salbe, die du dir dafür anrührst?«

Sie strich ihm lächelnd eine Strähne aus der Stirn.

»Nun, mein lieber Albrecht ... Das bleibt mein Geheimnis.«

»Der Duft erinnert mich an die schöne Zeit, die wir zusammen hatten. Auf der Blutenburg. Weißt du noch? Nur du und ich und endlose Nachmittage auf bunt betupften Wiesen. Damals war alles noch so einfach.«

Sie war anderer Meinung. Auch in jenen Tagen war es nicht einfach gewesen. Der Konflikt mit Albrechts Vater begleitete sie, seit sie vor sieben Jahren als naives, junges Ding im Hof der Alten Veste vom Pferd gestiegen war.

Freilich, eine Zeit lang waren sie unbeschwert gewesen, vor allem, als sie nicht unter den wachsamen Augen der Bürgerschaft lebten. Doch kaum hatte sich Agnes' Anwesenheit und ihre Rolle im Gefüge der herzoglichen Familie herumgesprochen, hatten sich Parteien in der Stadt gebildet. Eine Frau hatte man sogar ins Gefängnis geworfen, weil sie versucht hatte, die jüngeren Bürger für eine Parteinahme zu erwärmen, dass Agnes Bernauer sehr wohl durch ihre Vermählung eine Herzogin war.

Ihre Schwägerin Beatrix ließ ebenfalls kein gutes Haar an ihr. Mehrfach hatte sie Albrecht zur Rede gestellt und von ihm verlangt, seine peinliche Ehe aufzugeben und sich eine adlige Braut zu suchen. Vor dem versammelten Hofrat hatte sie Agnes als *hochmütig und großfeist* bezeichnet, was der Schreiber genüsslich zu Protokoll gegeben hatte.

München, die Familie, der Hof: Die Affäre hatte immer größere Wellen geschlagen. Dann, im November hatte man Albrecht in Regensburg wegen seiner unstandesgemäßen Vermählung öffentlich von einem Turnier ausgeschlossen. Beschämt und am Boden zerstört war er wieder abgereist, das Turnierreiten war ihm immer wichtig gewesen.

Auch Straubing erwies sich als harter Brocken. Niemand schätzte Agnes' Anwesenheit hier, und sie war gezwungen, sich regelrecht zu verstecken.

Sie ergriff seine Hand und legte sie unter ihren Busen, ließ ihn die Schwere der Wölbung fühlen. Sie wusste, er liebte ihre Brüste, die größer waren als die der meisten Frauen. Er konnte ganze Nachmittage damit verbringen, sie zu liebkosen. Doch er war nicht bei der Sache.

»Albrecht, ich weiß, du willst nicht, dass ich mir Sorgen mache. Aber ich sehe, wie du mit dir kämpfst. Du bemühst dich, den Anschein zu geben, alles sei in bester Ordnung, doch du scheiterst jeden Tag aufs Neue. Hier geht es nicht um das Kind, nicht wahr?«

»Es ist Straubing«, räumte er brummend ein. »Das und diese elendigen Landschaften.«

»Dieser Degenberg.«

»Er ist noch nicht einmal der Schlimmste von ihnen. Sie alle nehmen mich nicht für voll. Für sie bin ich nur ein kleiner, dummer Prinz ohne Macht und Entscheidungskraft.« Er stöhnte auf. »Und dann ist da Vater mit seinen unmöglichen Forderungen! Weißt du, ich hatte gedacht, mit Straubing kann ich mir etwas erarbeiten, etwas, worauf ich stolz sein kann. Ein Ort, wo wir uns eine gemeinsame Zukunft aufbauen. Falsch gedacht! Keiner lässt mich hier so recht Fuß fassen.«

Sie konnte seinen Kummer nachvollziehen. Er hatte Besseres verdient als diese aufständischen Bürger, die jeden seiner Beschlüsse in Frage stellten. Doch er durfte es sich nicht so zu Herzen nehmen.

Sie wollte ihm genau dies sagen, da fügte er voll Bitterkeit hinzu: »Und jetzt auch noch das!«

»Wovon sprichst du?«

»Die Straubinger Ritterschaft. Du erinnerst dich, dass sie entlohnt werden wollen für ihren Einsatz in Böhmen, aber Vater verweigert ihnen den Sold?«

»Er spielt seine Machtspielchen mit dir und will, dass du dafür nach München reist. Womöglich, damit du auf Knien vor ihm rutschst.«

»Es ist völlig unnötig! Er weiß genau, dass die Ritter im Recht sind. Sie haben im Kreuzzug gegen die Böhmen gekämpft, hatten Ausgaben und Kosten und erwarten nun ihren gerechten Lohn. Doch Vater, der sie schließlich zu den Waffen gerufen hat, verweigert sich stur.«

»Er denkt offenbar, dass Straubing die gesamten Kosten tragen soll ...«

»Womit er falschliegt!«, brauste er auf.

»Wenn du das so sagst ...«

»Er hat mit seinem Starrsinn den Konflikt auf die Spitze getrieben. Nun hat die Ritterschaft mit Fehde gedroht.«

»Sie haben eine Absage geschickt?«

»Und wahr gemacht. Letzte Woche, als die Bürger von Bogen beim Gottesdienst waren, haben die Ritter ihren Ort überfallen. Zum Glück gab es erhebliche Gegenwehr, sodass sie ohne größere Schäden wieder abgezogen sind. Doch die Fehde bleibt bestehen, und sie können jederzeit wieder zuschlagen.«

»Du musst unbedingt deinem Vater schreiben und

ihm davon berichten«, sagte sie erschrocken. »Jetzt ist es kein Spiel mehr. Das kann Menschenleben fordern.«

»Agnes.« Er blickte sie zum ersten Mal an, die Augen so traurig wie damals, als seine Mutter auf dem Sterbebett lag. »Er weiß es bereits.«

Sie verstand plötzlich, was der eigentliche Grund für den Streit war. »Er gibt dir dennoch kein Geld«, schloss sie. »Wegen mir.«

»Er will alles tun, damit ich meinen Fehler eingestehe und dich verstoße. Doch so weit wird es nicht kommen. Niemals.«

Sie schluckte beklommen und schmiegte sich enger an ihn. Sie befürchtete nicht, dass Albrecht sie für eine andere Frau verlassen würde. Sie liebten sich wie am ersten Tag, und sie vertraute ihm. Gleichwohl war es eine Qual, ihn so leiden zu sehen. »Und nun sorgst du dich um die kleinen Leute.«

»Weil du mir beigebracht hast, dass es meine oberste Pflicht ist, sie zu schützen. Du sagst selbst, als Fürst sei es meine heiligste Aufgabe. Aber ich kann es nicht, wegen Vater.«

»Willst du hören, was ich denke?«

Er nickte.

»Ich glaube, er fürchtet um dich.«

»Schmarrn, er fürchtet um sein Herzogtum. Er hat Angst, dass der kleine Adolf stirbt und wir abermals ohne Erben dastehen.«

Onkel Wilhelm hatte, wie beschlossen, auf dem Konzil zu Basel Margarethe von Kleve geehelicht. Als die junge Braut schließlich in München eingetroffen war, hatte sie bereits ein Kind unter dem Herzen getragen.

Der kleine Adolf war im Januar 1434 zur Welt gekommen. Eigentlich hätten nun alle endlich aufatmen können, doch der Junge war kränklich, und in der Veste sorgte man sich täglich um seine Gesundheit.

»Ich kann mir nicht vorstellen, dass dein Vater in dir nur den Erben sieht. Er liebt dich. Du bist sein Sohn.«

»Ein missratener Sohn, so viel ist gewiss«, schnaubte er. »Störrisch und eigensinnig …«

»Tsch …«

»Ach, Agnes, was soll ich denn nur tun? Die Situation ist so verfahren. Jetzt droht auch noch ein Krieg mit der Ritterschaft.«

»Du musst weiter mit deinem Vater reden. Schreib ihm sogleich noch einmal.«

»Pah! Als ob das in der Vergangenheit was gebracht hätte.«

»Bleib ruhig und höflich. Dränge nicht mehr auf Zahlung, sondern betone deine Liebe zu ihm. Die Ehre, die du ihm erweisen willst.«

Er lachte höhnisch auf. »Du verlangst, dass ich das tue, was er mir nie zurückgibt.«

»Ich weiß, es ist schwierig, doch du darfst den Glauben an ihn nicht verlieren. Beweise ihm, dass du der Fürst bist, der du immer sein solltest.«

»Und das fehlende Geld?«

»Ich bin mir gewiss, da wird sich eine Lösung finden. Vielleicht in den eigenen Kassen, bis die Sache mit den Münchenern geklärt ist? Am besten besprichst du dich deswegen noch einmal mit dem Hofrat.«

KAPITEL 29

STRAUBING, JUNI 1435

EINIGE WOCHEN später meldete ein Diener einen unerwarteten Besucher an. »Der Herzog, mein Fürst.«

Albrecht saß an seinem Schreibtisch, über ein paar Abrechnungen gebeugt. Er runzelte die Stirn. »Welcher?«

»Herzog Ernst, aus München.«

Er stutzte, sein Blick wanderte zum Fenster. Was zum Kuckuck hatte seinen Vater dazu bewogen, den weiten Weg nach Straubing auf sich zu nehmen? Monatelang hatte Albrecht ihn angefleht, vor dem Landtag zu sprechen, seinen Standpunkt vor den Räten selbst zu verteidigen, doch Ernst hatte sich immer wieder entschuldigen lassen. Und nun tauchte er hier unangekündigt auf! Hoffentlich war zu Hause nichts passiert ...

Er zog die langweiligste der Abrechnungen aus dem Stapel, die Zollabgaben aus dem Marktflecken Bogen, und machte sich daran, sie eingehend zu studieren. »Er soll eintreten.«

Wenig später öffnete sich die Tür erneut, doch da Albrecht nicht von seinen Dokumenten aufschaute, konnte er nur annehmen, dass es sich um seinen Vater handelte. Er tunkte den Federkiel in die Tinte, um sich ein paar Notizen zu machen.

Nach einem Moment des Zögerns kam Ernst näher und zog sich einen Stuhl heran, um sich hinzusetzen. »Sohn.«

Albrecht sah nicht auf. Da er selbst oft genug das Opfer dieses Spielchens gewesen war, wusste er genau, wie die Partie zu spielen war. Er erwiderte nur knapp: »Vater.«

»Es war ein langer Ritt. Warmer Tag noch dazu. Ob es hier wohl etwas Wasser gibt?«

Ohne den Kopf zu heben winkte Albrecht mit dem Ende der Feder in Richtung Tür. »Steht da nicht der Page draußen vor dem Eingang?«

Ernst stand schnaubend auf und riss die Tür auf. »Wasser, Bursche!«

»Ja, mein Herzog. Verzeihung.«

Er kehrte zu seinem Platz zurück und überkreuzte die Arme. »Viel zu tun?«

»Es gibt immer viel zu tun, Vater. Daher wäre es von Vorteil, wenn du schnell zur Sache kämest. Ist mit Adolf alles in Ordnung?«

»Er hatte ein Fieber, aber es geht ihm schon wieder besser.«

»Ein Glück. Wir werden eine Messe für ihn stiften. Und Margarethe?«

»Blendend. Wilhelm ist aus Basel zurück. Sie verbringen viel Zeit miteinander.«

»Freut mich«, sagte Albrecht mit einem bitteren Lächeln.

»Sohn, ich bin hier wegen einer dringenden Angelegenheit. Ich ...«

Es klopfte, und der Page trat mit einem Tablett mit Getränken und einer Schale Erdbeeren ein. Er stellte die Erfrischungen vor dem Herzog ab und schenkte den Herrschaften ein. Ernst sah ihm ungeduldig dabei zu.

Als sie wieder allein waren, fuhr er fort. »Du erinnerst dich doch gewiss, dass unser Vetter Ludwig aus Ingolstadt vom Kaiser für vogelfrei erklärt wurde.«

Albrecht legte mit einem Seufzen den Federkiel beiseite und faltete die Hände. »Natürlich bin ich mit der Angelegenheit vertraut. Das Konzil in Basel hatte wegen seiner andauernden räuberischen Tätigkeiten den verstärkten Bann ausgesprochen. Kaiser Sigismund lud ihn daraufhin vor Gericht, doch unser aufmüpfiger Vetter zog es vor, nicht zu erscheinen. Deshalb wurde er im Januar geächtet, im April erklärte man ihn für vogelfrei. Das ist nun über ein Jahr her, Vater.«

»Die Ächtung wurde von Sigismund wieder aufgehoben.«

Albrecht ließ sich verblüfft zurückfallen. »Ach – und wieso?«

»Ludwig hat seinen Sohn nach Ulm geschickt, um den Kaiser um Gnade anzuflehen und um ihm ein großzügiges Geschenk in Form von Donauwörth anzubieten. Sigismund konnte angesichts dieses saftigen Happens offenbar nicht Nein sagen. Die Acht wurde aufgehoben.«

»Ha«, stieß Albrecht aus. »Freigekauft.«

Er hatte nicht erwartet, dass sein unliebsamer Vetter zu Lebzeiten noch eine bedeutende Rolle in Bayern spielen würde, nach allem, was er sich die letzten Jahre herausgenommen hatte, von Kriegszügen bis zu Raubüberfällen. Doch offenbar war Ludwig ein nicht tot zu kriegendes Stehaufmännchen.

»Wir müssen uns also vorbereiten«, sagte Ernst.

»Ach ja?«

»Die Lage ist ernst. Ludwig hat seine alte Macht zurückerhalten und wird sie nutzen wollen.«

»Und wie sollen wir uns dagegen wehren?«, fragte Albrecht mit mäßigem Interesse.

»Mit einem neuen Bündnis.«

»Mit wem?«

»Mit unserem Vetter Heinrich.«

Albrecht schüttelte den Kopf. »Ich weiß nicht. Bündnisse sind immer der erste Schritt zu einem erneuten Krieg.«

»Das sehe ich nicht so.«

Albrecht brummte nachdenklich. Dann nahm er die Feder wieder auf und tauchte die Spitze in die Tinte. »Ohne mich.«

»Wie bitte?«

»Haltet mich da raus. Ich will mit diesen ganzen Bündnissen und Intrigen nichts zu tun haben. Ein Bündnis von zweien unter dreien verfolgt alleinig den Zweck, den anderen auszuschließen, was nur Ängste und Neid schürt.«

»Aber unser Bündnis ist weit fortgeschritten! Heinrichs Sohn hat ebenfalls bereits den Eid geschworen.

Und ich habe ein ganzes Jahr auf Wilhelm eingeredet, damit er zustimmt. Du bist der Einzige, der fehlt.«

»Vater«, sagte Albrecht ruhig. »Ich will mich nicht gegen einen Vetter verbünden, sei er auch noch so aufbegehrend. Ich finde vielmehr, wir sollten uns Ludwig annähern, damit sich die Fronten nicht ein weiteres Mal verhärten.«

Ernst brauste auf. »Das machst du mit Absicht!«

»Was denn?« Es war ihm unmöglich, die Scheinheiligkeit aus der Stimme zu nehmen.

»Du sabotierst mich! Du machst dir einen Spaß daraus, mir das Leben schwer zu machen.«

Albrecht rechnete die letzte Kalkulation der Bogener Zolleinnahmen nach und befand sie als richtig. Zufrieden zog er auf dem Pergament eine saubere Linie.

»Ich glaube, du verkennst den Ernst der Lage, Sohn!«, wütete sein Vater. »Unser Vetter ist ein Störenfried in den eigenen Reihen. Wir haben uns gegenseitig zu schützen, denn sobald er wieder in Ingolstadt Einzug genommen hat, wird er seine Ritter zusammentrommeln und erneuten Unfrieden übers Land bringen.«

Es klopfte. Ernst fuhr unwirsch herum. »Herein!«

Es war Agnes. »Albrecht, sag, weißt du, wo wir noch etwas von dem ...« Sie blieb wie angewurzelt auf der Türschwelle stehen. »Oh.«

Albrecht musste unwillkürlich lächeln. Sie sah wie immer bezaubernd aus. Ihr dunkelgrünes Kleid war elegant und doch schlicht gearbeitet. Es brachte ihre weiblichen Rundungen voll zur Geltung, ohne aufdringlich zu wirken.

Ernst war bei Agnes' Erscheinen aufgesprungen.

Geschockt starrte er seine Schwiegertochter an, dann blieb sein Blick an der Haube hängen, mit der sie als verheiratete Frau die goldenen Haare züchtig verdeckte. Für einen köstlichen Moment rang er nach Worten.

Agnes fing sich als Erste. Sie knickste tief. »Verzeihung. Ich wusste nicht, dass du einen Besucher hast. Eure Hoheit.«

Zu Albrechts Überraschung verließ Ernst seinen Platz, um ihr einen Stuhl heranzuziehen. »Bitte, Agnes. Setz dich doch für einen Augenblick zu uns.«

Sie runzelte die Stirn. »Wenn ich nicht störe ...?«

»Im Gegenteil.« Er ergriff galant ihren Ellbogen. »Etwas Wein?«

»Bitte verdünnt.« Sie ließ sich zu dem Sitzplatz führen und warf Albrecht einen fragenden Blick zu.

Ernst schenkte ihr ein und stellte sicher, dass sie es bequem hatte, bevor er selbst wieder Platz nahm. »Es freut mich, dass du ebenfalls hier bist, Agnes. Stell dir vor, ich bin den ganzen weiten Weg aus München angereist, um ein Bündnis mit Albrecht zu schließen, doch dieser verweigert seine Mithilfe.«

»Was für ein Bündnis?«

»Ein Pakt, der sicherstellt, dass Ingolstadt nicht wieder Unfrieden in den anderen Teilherzogtümern stiftet.«

»Ich glaube nicht, dass Agnes hierzu eine Meinung hat«, warf Albrecht verärgert ein.

»Hat sie nicht?«, fragte Ernst herausfordernd und blickte dabei Agnes an.

Sie zögerte. »Nun ...«

Albrecht fuhr schnell dazwischen. »Vater, du

brauchst es gar nicht zu probieren. Meine Antwort bleibt Nein. Und weißt du, warum ich nicht mitmachen will?«

»Ich bin gespannt.«

»Seit zwei Jahren bettle ich dich an, dass du mir entgegenkommst in der Angelegenheit mit den Straubinger Rittern. Zwei Jahre! Doch du verweigerst dich mir. Ohne Grund!«

Ernst lief tiefrot an. »Wer sagt, dass ich keinen Grund hätte? Straubinger Angelegenheiten gehören nach Straubing, Münchener nach München.«

»Ach ja? Eure Räte in München dürfen die Straubinger Bürger dennoch mit bezahlen.«

»Das eine hat mit dem anderen ...«

»Nein«, fuhr Albrecht ihm ins Wort. »Ich weiß, warum du das alles tust. *Du* bist es doch, der mir das Leben so schwer wie möglich macht. *Du* verlangst, dass ich meine Gattin für dich verstoße.«

Agnes wurde blass und senkte den Blick, aber Ernst hatte dafür keine Augen. Er sprang so abrupt auf, dass sie zusammenzuckte. »So einen Schmarrn!« Er ballte die Fäuste. »Jetzt tu doch nicht so, Albrecht, als hätte sich das Problem nicht mittlerweile von selbst gelöst!«

»Du konntest die Ritter bezahlen?«, fragte Agnes.

Albrecht presste die Lippen aufeinander.

»Oh ja, er hat sie bezahlt!«, rief Ernst. »Zumindest den Teil, der aus Straubinger Kassen kommen soll, wie ich immer gesagt habe. Und weißt du auch, woher die Mittel gekommen sind? Na los, Albrecht, erzähl es ihr! Wundert mich nicht, dass du das bisher für dich behalten hast.«

Albrecht starrte blind auf die Abrechnungen aus

Bogen, unfähig, darauf zu antworten. Schließlich sprang er auf und umrundete den Tisch. Er nahm den verdatterten Ernst am Arm, um ihn so höflich wie möglich zur Tür zu drängen. »Es ist besser, wir reden ein andermal weiter.«

Doch der Herzog ließ sich nicht so einfach heraus eskortieren. Wie ein störrisches Maultier blieb er stehen und befreite sich mit einem Ruck aus Albrechts Griff. »Er hat sich das Geld widerrechtlich angeeignet«, grollte er. »Das hat dir dein Ritter in glänzender Rüstung wohl nicht erzählt?«

Albrecht meinte, zu hören, wie Agnes erschrocken die Luft einsog.

Ernst schnaubte, die eisblauen Augen stechend. »Du hast dich über geltendes Gesetz gestellt. Eigentlich sollte ich dir die Statthalterschaft entziehen. Du hast dein Amt missbraucht!«

Ohne darauf einzugehen, legte Albrecht eine Hand an seine Schulter und schob Ernst hinaus. Leise schloss er die Tür und lehnte sich gegen das Holz. Erst jetzt bemerkte er, wie feucht seine Handflächen waren.

»Was hat dein Vater soeben angedeutet?«, fragte Agnes.

»Nichts von Belang.« Er setzte ein Lächeln auf. »Komm, lass es uns vergessen. Was war es, weshalb du mich aufsuchen wolltest? Hat es mit dem Bankett am Freitag zu tun?«

Ihre Miene wurde zu Stein. »Was verheimlichst du mir?«

»Nichts.«

»Dein Vater war sehr erbost.«

Er warf hilflos die Hände in die Luft und kehrte zu seinem Platz zurück. »Wann ist er das nicht?«

Agnes lachte nicht. Ihre blauen Augen waren dunkel. Als er erkannte, dass sie sich nicht einfach abweisen ließ, rief er: »Ach, es ist wegen dieser vermaledeiten Juden!«

»Was ist mit ihnen?«

»Ich wollte es dir eigentlich nicht erzählen, weil es sich nicht für die Ohren von Damen schickt.«

»Welch Glück, dass ich keine Dame bin.«

Er lächelte matt und rieb sich kräftig über das Gesicht. »Nun, gut. Es ist so: Unser Hofpriester Vater Heinrich hat mir ein schreckliches Geheimnis angetragen, das ihm jemand aus der Stadt im Beichtstuhl anvertraut hat.«

»Er hat das Beichtgeheimnis gebrochen?«, fragte sie. Das Entsetzen in ihrer Stimme machte ihm plötzlich klar, wie frevelhaft der Vorgang war. Er selbst hatte gar nicht weiter darüber nachgedacht.

»Es war notwendig. Das Vergehen war zu gravierend.«

»Welches Vergehen?«

»Bis zu zwölf Juden aus der Gemeinde in Straubing sollen sich der Unzucht hingegeben haben. Mit Christinnen.«

Sie blieb erstaunlich gefasst. »Und was hast du dazu unternommen?«

»Ich habe die Juden festnehmen lassen, um sie zu befragen.«

»Du hast sie der Inquisition übergeben?«

»Ja.«

Sie schüttelte den Kopf. »Ich dachte, die Juden in

Straubing stünden unter deinem Schutz. Du hast noch im August einen entsprechenden Erlass herausgegeben.«

»Was sie getan haben, war dennoch falsch. So etwas gehört bestraft.«

»Und hast du die Christinnen ebenfalls festnehmen lassen, um sie zu verhören und zu bestrafen?«

»Nein.«

»Wieso nicht?«

Er biss sich auf die Zunge. Zorn stieg in ihm auf, als ihm keine passende Erwiderung einfiel. *Herrgott noch mal,* dachte er verdrossen. Warum befand er sich nun auf dem Prüfstand und musste Rede und Antwort stehen? »Weil es Christinnen waren!«

»Und als Strafe hatten die Juden wohl zu zahlen, oder?«

»Geldstrafen sind in solchen Fällen üblich.«

»Das kam dir zweifellos gelegen bei all den Geldsorgen, die das Herzogtum hat.«

»Nun ja. Das half mir zumindest, die Fehde mit den Rittern abzuwenden.«

Sie überkreuzte die Arme und bedachte ihn mit einem anklagenden Blick.

»Was willst du jetzt von mir hören, Agnes? Dass es mir leidtut?«

»Du hast dich über das Gesetz gestellt, Albrecht. Du hast zugelassen, dass der Priester das Beichtgeheimnis bricht. Du hast willkürlich gehandelt. Das war äußerst töricht von dir.«

Die Wahrheit, so schonungslos ans Tageslicht gezerrt, klang bitter in seinen Ohren. Er kämpfte gegen die Scham an, die sich seiner bemächtigen wollte. »Gott, du klingst wie Vater!«, stöhnte er auf.

»Ich erkenne dich nicht wieder.«

»Was hätte ich denn sonst tun sollen, Agnes? Du sagst selbst, wir haben die kleinen Leute zu schützen. Und hier hatte ich nun die Gelegenheit dazu.«

»Du hast zwölf Judenleben für deine Zwecke geopfert. Klingt nicht gerade so, als hättest du die kleinen Leute behütet.«

»Sie wurden nicht geopfert. Sie haben die Folter alle überstanden.«

Ihr Gesichtsausdruck wurde mit einem Mal verschlossen. Ihm war, als wäre sie auf den Schlag um Jahre gealtert.

Sie stand auf und wandte sich zur Tür. »Albrecht, so geht das nicht weiter. Dein ständiger Kampf mit Ernst schadet allen im Land. Du musst dich endlich mit ihm aussprechen. Was ist es, was er von dir verlangt? Ein Bündnis? Das klingt doch wie ein guter Anfang.«

»Agnes, er verachtet dich! Meine eigene Gattin! Er tut es wegen dir! Siehst du das denn nicht? Wie kannst du da seine Partei ergreifen?«

Sie legte die Hand auf die Klinke. »Das siehst du falsch, Albrecht. Dein Vater verachtet mich nicht. Er verschmäht meine niedrige Herkunft. Das ist nicht dasselbe.«

»Er macht mein Leben zur Hölle.«

»Bitte, tu es mir zuliebe. Sprich dich mit ihm aus. Unterzeichne dieses Bündnis und sorge für Frieden in deiner Familie. Ganz Bayern wird es dir am Ende danken.«

Er schnappte nach Luft, doch ihm fiel keine Erwiderung ein. Er fühlte sich im Stich gelassen.

Kopfschüttelnd verließ sie die Kammer und ließ ihn mit seiner Reue allein.

Ernst reiste noch am selben Tag ab.

Albrecht benötigte sechs weitere, bis er sich dazu durchgerungen hatte, dem Bitten von Vater und Gattin nachzugeben.

Zähneknirschend gestand er sich ein, dass Agnes recht hatte. Sturheit brachte ihn nicht weiter. Manchmal war es in der Tat zuträglich, einen Kompromiss einzugehen. Und den konnte er sich nun endlich leisten, denn die Straubinger Ritterschaft war durch die Zahlungen ruhiggestellt. Und es stimmte: Ein Bündnis würde sie alle in Bayern stärken.

Also stellte er ein Gefolge zusammen und brach am siebten Tag nach München auf, um seinem Vater hinterher zu reiten. Agnes' Erleichterung war greifbar. Immer wieder ließ sie ihn unterwegs wissen, wie sehr sie sich freue, Margarethe von Kleve und den kleinen Adolf kennenzulernen. Die Straubinger Juden fanden keine weitere Erwähnung mehr.

Sie erreichten München spät am nächsten Tag. Er schickte Agnes zu den Räumen der Herzogin und steuerte ohne Verzug den Zwingerstock an.

Ernst war so erfreut über sein unverhofftes Erscheinen, dass er Albrecht erleichtert in die Arme schloss und beinah zärtlich über den Hinterkopf strich. Die Gefühle, die diese Liebesbekundung in ihm auslöste, waren neu und ungewohnt. Ein wenig befremdet rückte er ab und warf Wilhelm bei der Gelegenheit einen vorsichtigen Blick zu.

Vieles war zwischen ihnen die letzten Jahre schiefgelaufen. Der Druck, sich zu vermählen, den er an den Onkel abgeleitet hatte, war nur der Anfang gewesen. Hinzugekommen waren diverse kleinere Streitigkeiten wie die vom Onkel unrechtmäßig abgezweigten Einkünfte aus den Schlössern der verstorbenen Herzogin, von denen Albrecht sich nun gezwungen sah, sie mit Nachdruck einzufordern. Er hoffte, dass Wilhelm, so wie sein Vater, seine heutige Aufwartung als positives Entgegenkommen deuten würde.

»Ich habe über das Freisinger Bündnis nachgedacht, wegen dem du mich in Straubing aufgesucht hast, Vater, und ich möchte meine Meinung dazu revidieren«, sagte er förmlich, nachdem sie alle an einem runden Tisch Platz genommen hatten.

»Welch erfreuliche Wendung, Sohn.«

»Ich stimme zu, dass Straubing und München zueinanderfinden müssen. Ich will dies als ersten Schritt tun, damit wir wieder mehr auf einer Linie regieren.«

Wilhelm brummte und strich sich über den Bart.

»Wie war Basel, Onkel?«, fragte Albrecht höflich. »Du bist bestimmt froh, wieder zurück in München bei deiner Gattin zu sein.«

»Es war eine schwierige Zeit, doch Kaiser und Papst sind zufrieden mit den Ergebnissen. Wir haben die weniger radikalen Flügel der Hussiten, die Utraquisten und die Kalixtiner, wieder auf unsere Seite ziehen können. Seit sie mit uns gegen die extremen Taboristen ins Feld ziehen, verliert die Bewegung immer mehr an Aufwind.«

»Ein großartiger Erfolg, Onkel. Ich bin mir gewiss, dein Einwirken auf die Ketzer war nicht unerheblich in der Sache.« Er lächelte vorsichtig. »Nun, ich freue mich schon, Margarethe kennenzulernen. Agnes ist bereits bei ihr. Man sagt, sie sei sehr umgänglich. Sie tanzt wohl auch gern?«

»Sie ist wieder guter Hoffnung«, sagte Ernst.

Albrecht lachte auf und klatschte erfreut in die Hände. »Ist das wahr? Das sind ja wunderbare Neuigkeiten!«

Ernst nickte eifrig, doch Wilhelms Augen blieben kalt.

Albrecht räusperte sich. Das schroffe Verhalten kam einer Beleidigung gleich, er wollte sich davon jedoch nicht verunsichern lassen. Lieber konzentrierte er sich auf die Aufgabe, für die er zwei Tage lang hierher geritten war. »Nun, wo sind die Pergamente, Vater? Ich will schnellstens überall meine Unterschrift setzen.«

Ernst winkte einem Kanzleischreiber, der Unterlagen und Schreibgeräte brachte.

Albrecht nahm den Gänsekiel zur Hand und begab sich geflissentlich an die Arbeit. Als das letzte Schriftstück unterzeichnet war, sagte er: »Das ging schnell. Dann bleibt uns ja genug Zeit, um uns den angenehmeren Dingen des Lebens zuzuwenden, oder was sagt ihr? Wollen wir morgen zusammen ausreiten, Wilhelm? Hast du Lust?«

»Ich habe zu tun.«

Albrecht schloss verärgert den Mund.

»Vielleicht wünscht Margarethe, mitzukommen«, sagte Ernst. »Du könntest ihr ein wenig die Gegend zeigen.«

»Ja, gute Idee. Ich könnte auch Agnes mitnehmen, dann wird es ein vergnüglicher Ausflug zu dritt …«

Wilhelm schob den kugeligen Bauch vor und starrte auf die ausgebreiteten Verträge.

Das Schweigen war kaum zu ertragen. Albrecht wagte einen erneuten Vorstoß. »Ist etwas mit Adolf? Ist er wieder krank?«

»Nein, ihm geht es prächtig«, sagte Ernst.

»Schön …«, gab Albrecht zurück. Das Wort hing für eine Weile herrenlos im Raum.

»Nun gut«, sagte er schließlich mit einem Seufzen. »Das Wichtigste ist also erledigt. Auf eine produktive Zusammenarbeit, meine Herren.«

Er stand auf und begab sich zum Ausgang.

Der Page machte sich daran, die Tür für ihn zu öffnen, da sagte Ernst: »Wann schickst du dieses Weib endlich ins Kloster, Sohn?«

Albrecht wandte sich getroffen um. »Wie bitte?«

»Ich glaube, wir haben jetzt alle lange genug zugeschaut. Wir wollen wissen, wann nimmst du dir eine adlige Braut?«

»Wir?«

»Wilhelm und ich.«

Er schaute von einem zum anderen. »Du etwa auch?«

»Diese Affäre überschattet deine Statthalterschaft«,

sagte Wilhelm. »Das ganze Reich zerreißt sich hinter unserem Rücken das Maul über dich.«

Albrecht schnaubte. »Ja, das habe ich beim Turnier in Regensburg nur allzu deutlich zu spüren bekommen.« Er hatte noch immer die Vermutung, dass der Ausschluss dort auf Veranlassung seines Vaters geschehen war. Er traute es ihm jedenfalls zu.

»So etwas Peinliches macht immer schnell die Runde«, erwiderte Wilhelm mitleidlos. »Es wird Zeit, dass du etwas dagegen unternimmst.«

»Ich dachte, das hätten wir nun oft genug durchgekaut.«

»Aber das Problem wurde nicht gelöst. Wir wünschen, dass diese Agnes Bernauer aus deinem Leben verschwindet. Sie spielt sich da drüben in Straubing wie eine Herzogin auf, und das ist etwas, was wir dir von vornherein verboten haben.«

Albrecht brauste auf. »Das ist unzumutbar! Ich kann sie nicht verstoßen. Wir sind vermählt.«

»Wir erkennen diese klandestine Ehe nicht an.«

»Aber Vater! Du warst vor wenigen Tagen noch so zuvorkommend zu ihr.«

»Ich habe sie höflich behandelt, wie es sich geziemt.«

»Du wolltest nur, dass ich dieses Bündnispapier unterzeichne. So lange wolltest du uns vorspielen, dass du meine Ehe billigst.«

Ernst lachte höhnisch auf. »Billigen? Bist du noch ganz bei Trost?«

Albrechts Blick ging zu Wilhelm. »Onkel?«

»Du hast uns gehört, Junge. Wir können nicht mehr

untätig zuschauen, wie du unser Haus ins Lächerliche ziehst.«

»Ich? *Ich* ziehe uns ins Lächerliche?«

Der Onkel antwortete nicht.

»Und wenn ich mich weigere?«, fragte Albrecht.

»Dann haben wir keine andere Wahl, als dir die Statthalterschaft zu entziehen. Wilhelm ist ja wieder zurück, er kann übernehmen.«

Albrecht spürte Schwindel in sich aufsteigen. Sie wollten ihn aus Straubing verjagen? Nach allem, was er dort für das Herzogtum erreicht hatte? Was für eine Maulschelle!

Ein Bild tauchte vor seinem inneren Auge auf. Der Onkel mit seiner blutjungen Gattin, und wie sie Arm in Arm an den Fenstern des Straubinger Schlosses standen, um den Ausblick bis zur Donau zu genießen. Und er selbst, wie er sich mit Agnes in der zugigen Blutenburg verkroch, zur Untätigkeit und Bedeutungslosigkeit verdammt. »Aber ich habe mir dort unten so viel aufgebaut.«

»Und warum hören wir dann nur von deinen Problemen?«

»Weil ... weil ...« Er holte tief Luft, um zu einer längeren Erklärung auszuholen, doch als er in die unbewegten Mienen der Herzöge schaute, brach er ab. Das führte zu nichts. Ernst und Wilhelm weigerten sich, sich in seine Lage zu versetzen.

Kopfschüttelnd wandte er sich ab. »Ich wünsche euch noch einen guten Tag. Ich hoffe, das Bündnispapier wird euch viel Freude bereiten.«

Dann verließ er hoch erhobenen Hauptes die Kammer.

KAPITEL 30

VOHBURG, JUNI 1435

Agnes hauchte sich in die Fäuste und legte den Kopf in den Nacken. Dicke Spinnweben klebten in den Ecken des Gewölbes und schaukelten sacht in der steten Zugluft. Kein Wunder, dass es trotz des sonnigen Wetters so kalt in der Halle war! Die winzigen Fenster waren undicht, die Kamine viel zu klein. Von Wohnkomfort konnte man wahrhaftig nicht sprechen. Die gesamte Anlage war völlig veraltet.

Ihr fragender Blick glitt zurück zu Albrecht.

»Und, wie gefällt dir Vohburg?«, fragte er mit einem Grinsen.

Es raschelte in einer Ecke, in der das vergammelte Bodenstroh aufgetürmt lag. *Wie wunderbar,* dachte sie zynisch. *Und Mäuse noch dazu!*

»Es ist ziemlich düster hier«, antwortete sie. Und das war freundlich ausgedrückt.

»Und stickig«, ergänzte er lachend. Mit einem Schwung riss er eines der Fenster auf. »Ja, ich weiß, es wurde ein wenig vernachlässigt in den letzten Jahren. Aber nun, da Mutter es mir vermacht hat, gedenke ich, es nach und nach zu modernisieren und entsprechend unseren Vorstellungen umzubauen.«

Sie rieb sich über die Oberarme und schritt zu einem der verblichenen Wandteppiche, um das Motiv zu ergründen. Ihr graute es bei dem Gedanken, die Nacht in einem Gemach verbringen zu müssen, welches ebenso abgewohnt war wie diese Halle. »Ist es denn ausreichend, um hier zu übernachten?«

»Die Kemenate oben ist gut in Schuss. Du weißt, dass ich ab und zu hier nächtige. Alles andere wird sich mit der Zeit regeln.«

Sie fuhr zu ihm herum. »Mit der Zeit? Wie lange bleiben wir denn hier?«

Er verschränkte die Hände hinter dem Rücken und zog mit der Stiefelspitze geschwungene Linien über den verdreckten Boden. »Ich dachte, vielleicht den ganzen Sommer?«

»Aber Albrecht! Ich dachte, wir sprechen von einer, allenfalls zwei Nächten. Wir wollten doch von München aus sofort nach Straubing zurückreisen. Meine Damen warten dort auf mich. Und … ich habe gar nicht genug zum Anziehen.«

Er legte den Kopf schief, die braunen Augen funkelten amüsiert.

Verlegen schlug sie den Blick nieder. »Ach herrje. Jetzt hör dir mal an, wie ich klinge. Du hast mich ganz schön verzogen.«

Er ging zu ihr und schloss sie in die Arme. Wärmend rieb er ihr über den Rücken. »Wir werden alles kommen lassen, was du brauchst. Auch deine Hunde. Sorge dich nicht. Vohburg wird dir gefallen«, sagte er zuversichtlich.

Sie wollte ihm gern glauben, besonders, als er sich für einen Kuss zu ihr hinab beugte. Doch etwas stimmte nicht mit ihm. Sie konnte es spüren.

»Aber warum sind wir überhaupt in Vohburg? Werden sie dich in Straubing nicht vermissen?«

»Man wird die paar Wochen schon ohne mich auskommen. Degenberg hat alles im Griff. Wusstest du eigentlich, dass Vohburg nicht weit von Pfaffenhofen ist? Wir können Margarethe und Jan ab und zu besuchen, oder sie uns.«

»Du verschweigst mir etwas.«

Er ließ sie los und schritt hastig zu den tiefen Fensternischen. Stirnrunzelnd sah sie ihm hinterher. Es wirkte beinah wie eine Flucht.

Mit der flachen Hand strich er den Staub vom nackten Stein und nahm Platz. »Wie kommst du darauf?«

Sie überkreuzte die Arme. »Du hast nichts hiervon geplant. Vor wenigen Tagen wusstest du nicht einmal, dass wir nach München ziehen werden. Dann hieß es, wir blieben für ein paar Tage bei deinem Vater. Stattdessen stürmst du in Margarethes Räume, reißt mich aus dem Gespräch mit ihr und lässt aufsatteln. Noch am selben Tag brechen wir wieder auf mit Mann und Maus, doch anstatt nach Hause zurückzukehren, wendest du die Pferde nach Vohburg.«

»Und?«

»Eine Grafschaft, die dich nie zuvor interessiert hat.«

»Jetzt interessiert sie mich halt. Warum sollte sie das nicht? Mutter lag sie immer sehr am Herzen.«

»Du heckst etwas aus.«

Er lächelte beschwichtigend. »So ein Unsinn, Agnes. Ich dachte nur, es wäre mal schön, etwas Anderes zu erleben. Straubing ist mir ein wenig über den Kopf gewachsen, ich gebe es gern zu. Es wird uns beiden guttun, Abstand zu gewinnen. Dann kann ich im Herbst mit neuem Elan an die Arbeit gehen.«

Er sah sie forschend an, so als wollte er sehen, ob sie die Lüge schlucken würde. Doch er konnte ihr nichts vormachen. Etwas war vorgefallen in München. Er musste sich schon wieder gestritten haben mit seinem Vater. Es konnte gar nicht anders sein. Aber warum ausgerechnet nun dieser Umzug?

Sie schlug erschrocken die Hand vor den Mund. »Vohburg ist nicht weit von Ingolstadt!«

Er überkreuzte die Knöchel seiner ausgestreckten Beine. »Und?«

»Dein Vetter Ludwig residiert dort wieder, mit seinem Sohn.«

Sie musterte ihn genau. Es mochte zwar finster sein in dieser heruntergekommenen Halle, doch ihr entging nicht, wie er kaum merklich zusammenschrak.

»Oh, Albrecht! Sag mir, dass wir nicht deswegen hier sind!«

Er zuckte bemüht gelassen mit den Schultern. »Und wenn es so wäre? Nur, weil Vater voller Vorurteile gegenüber unserem Vetter ist, heißt das nicht, dass ich diese teile. Ich würde mir gern mein eigenes Bild machen. Selbst der Kaiser hat die Güte in sich gefunden, Ludwig seine Schandtaten zu verzeihen.«

»Das meinst du nicht so!«

»Ich will ihn nur einmal besuchen. Da ist doch nichts dabei.«

Sie schnappte nach Luft, als ihr aufging, wie störrisch er an seiner Täuschung festhielt. »Du willst das Bündnis verraten, das du gerade erst geschlossen hast.«

»So ein Unsinn. Warum sollte ich das tun?«

»Um dich zu rächen! Als du bei deinem Vater und deinem Onkel warst, ist irgendetwas vorgefallen. Ihr habt euch gestritten, obwohl du den Pakt unterschrieben hast, wie sie gefordert haben. Habe ich recht? Und jetzt planst du, es ihnen heimzuzahlen.«

Er schwieg.

Sie durchquerte die Halle und setzte sich auf den Sitz gegenüber. Beschwörend ergriff sie seine warmen Hände. »Bitte, Albrecht, sag mir, dass ich falschliege. Sag, dass du nicht beabsichtigst, den Vertrag zu brechen, den du soeben erst geschlossen hast.«

Er verzog den Mund zu einer Grimasse. Es sollte ein Lächeln darstellen, doch er war ein erbärmlich schlechter Lügner. »Ich gebe dir mein Wort, ich will wirklich nur Ludwig und seinen Sohn besuchen und sie besser kennenlernen. Das ist alles.«

»Aber warum nur?«

Als er nicht sogleich antwortete, rief sie: »Ich fasse es nicht! Du *willst*, dass dein Vater die falschen Schlüsse zieht. Du legst es darauf an, dass er denkt, dass du ihn verrätst.«

Er musste nicht antworten. Sie konnte in seinem Gesicht ablesen, dass sie den Nagel auf den Kopf getroffen hatte. Sie ließ seine Hände los und sprang auf. »Du bist gspinnert, Albrecht!«

»Ich glaube nicht, dass ich dich um deine Meinung gebeten habe«, erwiderte er scharf. »Aber da du so darauf bestehst, dass ich es dir erkläre: Es stimmt. Vater und Wilhelm haben mich hintergangen. Sie haben verlangt, dass ich dich verstoße, kaum, dass die Tinte auf den Urkunden getrocknet war. Sie knechten mich weiterhin, obwohl ich mich bemüht habe, mit ihnen zusammenzuarbeiten. Doch ich lasse mir nicht von ihnen vorschreiben, wie ich mein Leben zu leben habe! Immer nehmen sie nur das Schlechteste von mir an. Und weißt du was? Ich habe es satt. Jetzt sollen sie mal sehen, wie es sich anfühlt, wenn ich mich tatsächlich von meiner schlechtesten Seite zeige.«

Der harsche Tonfall traf sie mitten ins Herz. Ihre Hand umgriff das schlichte Kreuz aus Gold, das sie an einer Kette um den Hals trug. »Welcher Teufel ist nur in dich gefahren?«

»Es ist eine Finte, Agnes. Ein böser Scherz.«

»Ein Scherz«, wiederholte sie.

»Mach dir keine Sorgen. Ich werde mit Ludwig nicht daran arbeiten, München oder Landshut zu schaden. Ich will nur mit ihm zechen und ein paar alte Geschichten austauschen. Im Herbst reiten wir beide dann wie verabredet nach Straubing.«

Sie starrte ihn an. Millionen Dinge gingen ihr gleichzeitig durch den Kopf. Welch enormes Risiko er mit diesem *Scherz* einging. Dass man mit dem Herzog nicht seine Spiele treiben konnte, ohne den Preis dafür zu zahlen. Dass er am Ende nur als Verlierer herausgehen konnte. Und mehr noch: Dass es einem Fürsten von Bayern-München nicht würdig war, sich so absurd zu benehmen.

All das hätte sie ihm gern gesagt, um ihn schnell wieder zur Vernunft zu bringen. Doch stattdessen stieß sie nur hilflos hervor: »Aber ... aber das ist kindisch!«

Die Farbe wich aus seinem Gesicht, er zuckte schwer getroffen zusammen. Sogleich bereute sie ihre unbedachten Worte. Sie hätte ihn nicht schlimmer beleidigen können.

»Was weißt du schon von den Sorgen der Großen, Agnes?«, brüllte er. »Du bist nur ein dummes Weib! Du wirst sehen, mein Plan wird aufgehen. Genieß du deinen Sommer, erkunde die Umgebung mit den Hunden, widme dich der Einrichtung des Schlosses, nähe Hemdchen für den kleinen Adolf ... Was weiß ich, was ihr Weiber den lieben langen Tag so treibt. Das Regieren jedoch, das überlass besser mir!«

Sie war wie erstarrt. Mit dem Ärmel wischte sie sich über die Augen, doch es half nichts. Die Tränen ließen sich nicht aufhalten.

Als ihm aufging, dass sie weinte, fuhr er sich durch die Haare und wandte den Blick ab. »Herrgott noch mal!«

Sie machte auf dem Absatz kehrt und lief hinaus. Er rief sie nicht zurück.

KAPITEL 31

INGOLSTADT, JUNI 1435

»*Mon Dieu*! Ja, ist es denn die Möglichkeit? Albrecht, welch eine Überraschung!«

Ludwig kam mit weit ausholenden Schritten auf ihn zu gehastet. Um den Herzog herum wuselten fünf zottelige Hündchen, die immer wieder vergeblich nach den Händen ihres Herrchens schnappten.

»Niemand hat uns angekündigt, dass wir die Ehre deines Besuchs haben würden. Ich hoffe, wir haben dich nicht zu lange warten lassen?«

Albrecht sah dem fast unbekannten Vetter entgegen. Ludwig war trotz seines Alters – er hatte die Sechzig längst überschritten – erstaunlich agil. An seiner Seite war ein zweiter Mann mit einem gewaltigen Buckel auf dem Rücken, der ihn in eine vorwärtsgebeugte Haltung zwang. Er war in etwa so alt wie Albrecht.

»Darf ich dir meinen Sohn vorstellen? Das ist *Louis*!«

Sie begrüßten einander höflich, auch wenn Albrecht für einen Moment verwirrt war. Er hatte nie zuvor von einem Vetter namens Louis gehört. Dann ging ihm etwas verspätet auf, dass Ludwig seinem gleichnamigen Sohn einen französisch klingenden Spitznamen gegeben hatte.

Louis grinste und entblößte dabei einen Mund voller orangefarbener Zähne. »Der berühmte Albrecht! Ich habe ja schon so viel von dir gehört.«

»Hoffentlich nur Gutes.«

»Was führt dich zu uns?«, fragte Ludwig. »Ist in München alles in Ordnung? Die Herzöge sind wohlauf?«

»Alles in bester Ordnung. Ich verbringe mit meiner Gattin den Sommer in Vohburg, und da das ja sozusagen um die Ecke ist ...«

Ludwig lachte auf und drosch ihm vergnügt auf die Schulter. »Wir freuen uns! Komm, speise mit uns. Es wurde soeben aufgetragen.« Er dirigierte Albrecht zur angrenzenden Halle.

»Ist es nicht ein wenig zu früh zum Essen?«

»Ah! Wir halten es hier nach französischer Sitte, musst du wissen.«

»Verstehe«, sagte Albrecht, obwohl er nichts verstand. Dann fiel ihm wieder ein, dass Ludwig viele Jahre am Hof seiner Schwester Isabeau, der Königin von Frankreich, gelebt hatte. »Da bin ich ja mal gespannt.«

Sie erwartete eine lange Tafel, die von Anfang bis Ende mit Köstlichkeiten beladen war. Albrecht erspähte einen Schwanenbraten, saftige Schinken und einen mit Petersilie reich verzierten Wildschweinkopf. Es war ein wahres Festessen, doch es standen nur zwei Stühle bereit. Ludwig winkte einen Pagen heran und trug ihm auf, einen dritten hinzuzustellen.

»Ist diese Menge an Gerichten Teil der französischen Sitte?«, fragte Albrecht verblüfft und ließ sich zu dem neu hinzugestellten Sitzplatz führen.

»Den Rest werden wir am Tor als Almosen ausgeben. Doch ist es nicht erfreulich, eine Auswahl zu haben? Es fällt mir immer schwer, zu entscheiden, nach welchem Gericht es mich gelüstet, bis ich es letztlich vor mir sehe. Etwas importierten Wein dazu? Ich habe erst gestern eine neue Lieferung von meinem eigenen Gut erhalten.«

Albrecht fragte sich flüchtig, welchen Ingolstädter Bettler die ausgeklügelten Spezialitäten dieser Tafel wohl vor dem Hungertod erretten würden, wenn ein wenig Brot doch den gleichen Zweck erfüllt hätte. Er musste jedoch zugeben, der Schwanenbraten war ausgezeichnet.

Alle drei ließen es sich schmecken und kamen dabei ins Plaudern.

»Ach, Albrecht«, rief Ludwig. »Ich kann dir gar nicht sagen, wie sehr wir uns freuen, dass du uns besuchen kommst. Wir haben uns ja so lange nicht mehr gesehen. Wann war das letzte Mal?« Er tippte sich nachdenklich an die fettigen Lippen und schnippte mit den Fingern. »Ach, jetzt fällt es mir wieder ein. Louis, stell dir vor, das letzte Mal sah ich deinen Vetter als stürmischen Jüngling in Rüstung. Er wollte mir nämlich auf dem Schlachtfeld todesmutig das Banner entreißen.«

Albrecht grinste verlegen. »In Alling. Und es wurde mir prompt vereitelt. Deine Ritter haben mir das Pferd unterm Hintern erschlagen.«

Ludwig lachte dröhnend auf. »Ja, das war eine Sache! Und dann kam dein Vater herbeigeeilt und hat dich aus der misslichen Lage befreit. Doch alles vergeben und vergessen, nicht wahr, Albrecht?«

»Ich bin nicht nachtragend. Und am Ende waren wir es, die die Schlacht gewonnen haben.«

Ludwig schlug amüsiert mit der Hand auf den Tisch. *»C'est vrai, cousin! Mon Dieu!«*

»Wie geht es denn deinem Vater, Albrecht?«, fragte Louis.

»Er ist gesund und bester Dinge.«

»Und dein Onkel hat doch jetzt geheiratet, oder?«

»Eine bezaubernde junge Dame. Margarethe von Kleve.«

Ludwig grunzte vergnügt. »Oh ja, der alte *coureur de jupons*! Lässt sich das Bett von einem blutjungen Mädchen wärmen, das genauso gut seine Tochter sein könnte.«

»Oder Enkelin«, warf Louis ein.

»Nur ein kleiner Scherz, lieber Albrecht! Wir haben natürlich vernommen, wie dringlich euch die Zeugung eines Erben ist. Du hast dich ja anderweitig orientiert?«

»Ich habe ein bürgerliches Weib genommen, das ist zutreffend. Sie heißt Agnes.«

Louis rülpste. »Überall in Bayern spricht man von ihrer sagenhaften Schönheit. Ihre Haut soll so weiß sein, dass man den Wein die Kehle hinabrinnen sieht. Wann stellst du sie uns vor?«

»Bald«, log Albrecht. Als er am Morgen aus Vohburg aufgebrochen war, hatte Agnes nach ihrem Streit am Vortag noch immer nicht mit ihm gesprochen. Er bezweifelte, dass sie sich in nächster Zeit zu einer Stippvisite nach Ingolstadt überreden lassen würde.

»Sie muss was hermachen, wenn du sie aus Liebe genommen hast. Sieh mich an. Ich war zweimal verheiratet, doch diese französischen Schnepfen waren kalt wie Fische. *Sacrebleu!* Ich war froh, dass ich nach Bayern zurückmusste.« Er gluckste. »Isabeau hat mich zwar bekniet, die Gattin nachzuholen und hier in Ingolstadt mit ihr Fuß zu fassen, aber sie ist ja nicht diejenige, die mit Katharina das Lager zu teilen hat, nicht wahr?«

»Katharina ist deine zweite Frau?«

»Die zweite offizielle. Nicht zu verwechseln mit Louis' Mutter Anna von Bourbon. Die hat schon lange das Zeitliche gesegnet.«

»Mein Beileid.«

»Ah, spar dir das, Albrecht. Louis kann sich kaum an sie erinnern. Er war ja noch so jung, als er nach Bayern kam.«

Sein Sohn ließ sich nachschenken. »So jung nun auch wieder nicht«, murmelte er. »Die Reise hierher kam einer Höllenfahrt gleich. Daran kann ich mich noch allzu gut erinnern.« Gedankenverloren wanderte seine Hand zum Buckel, um ihn zu kratzen. Albrecht fragte sich, ob der Höcker ein Vermächtnis dieser Reise war.

»Jetzt lass ich mir das Bett von meiner Laneta wärmen«, fuhr Ludwig versonnen fort. »Dem Gesetz nach ist sie zwar anderweitig vergeben ... Aber sie ist die Mutter meines Wielands, in den ich so viel Hoffnung setze.«

Albrecht horchte auf. »Ein uneheliches Kind, Ludwig?«

»Vom Papst legitimiert und mein ganzer Stolz.«

Albrecht schielte verstohlen zu Louis. Dessen Lippen waren plötzlich fest aufeinandergepresst. Ein wunder Punkt für den Spross, schloss er. Ludwig hatte mit dem Buckligen längst einen legitimen Nachfolger und hätte der aufwändigen und kostspieligen Anerkennung eines Bastards nicht bedurft. Die Legitimation musste für Louis ein Schlag ins Gesicht sein. Albrecht dämmerte, dass er gut beraten war, ein unverfänglicheres Thema anzuschneiden.

»Ludwig, da ich vorhabe, für ein paar Wochen in der Gegend zu verweilen, dachte ich, dass wir gewiss auch etwas zusammen unternehmen können? Um an unsere familiäre Bande anzuknüpfen?«

»Eine ausgezeichnete Idee. Ich muss gestehen, als man dich angekündigt hat, war ich zunächst misstrauisch. Ja, es ist mir nicht entgangen, dass unsere Vettern seit über einem Jahr an einem Bündnis arbeiten, das uns zu isolieren sucht.«

»Dann weißt du offenbar noch nicht, dass das Freisinger Bündnis jetzt geschlossen ist. Landshut und München sind näher zusammengerückt.«

Ludwig nickte nachdenklich. »Ach, ist das so? Und wie kommt es, dass du derweil bei uns in Ingolstadt bist? Hat Ernst dich etwa geschickt?«

»Nein. Ich bin aus eigener Veranlassung hier. Wie gesagt, ich wünsche, dass wir uns besser kennenlernen.«

Vater und Sohn wechselten einen Blick.

»Wird München das nicht verurteilen?«, fragte Louis.

»Die Herzöge werden sehen, welch Früchte es trägt,

wenn man sich einander annähert statt immer nur zu drohen.«

»Ganz meiner Meinung«, stimmte Ludwig nachdenklich zu.

»Du bist also hier, um die Gegend besser kennenzulernen?«, fragte Louis. »Gern führe ich dich herum. Ich kenne jeden Winkel in Ingolstadt, auch die Anrüchigen ...«

Albrecht lächelte über diesen offenen Enthusiasmus. Der Alkohol begann, ihm angenehm zu Kopf zu steigen. »Hab Dank, aber diese Tage sind lange vorbei. Ich bin glücklich verheiratet und ziehe nicht mehr wie früher um die Häuser.«

Louis machte große Augen. »Ein Mann der Treue? Auch noch seiner Gattin gegenüber? Diese Agnes muss zweifellos ein Teufelsweib sein!«

»Mein Vater hasst sie von ganzem Herzen«, sagte Albrecht freimütig. »Wahrscheinlich ist er der Ansicht, sie habe mich mit ihren Reizen verzaubert.«

»Ihr habt wohl öfters Streit deswegen?«, fragte Ludwig.

»Ständig. Agnes ist die Wurzel allen Übels, wenn du meinen Vater fragst. Nur ein weiterer Beweis, dass er mit einem nichtsnutzigen Sohn geplagt ist.«

Louis sah ihn bedauernd an. »Was für ein Narr.«

Albrecht rang mit sich. Er konnte es nicht in sich finden, dem Vetter zu widersprechen. Die Jahre der Schmähung hatten bei ihm tiefe Narben hinterlassen. »Er versteht es einfach nicht«, brach es schließlich aus ihm hervor.

Ludwig pflichtete ihm eifrig bei. »Wir dafür umso

mehr, Albrecht. Eine schöne Frau ist es wert, ein ganzes Königreich zu verspielen.« Er sprang voller Elan auf. »Noch ein bisschen Wein?«

Albrecht winkte ab. Er musste bereits mehr getrunken haben als üblich. Der wie vielte Pokal war dies? Der Zweite? Oder gar der Dritte? »Dieser Tropfen war ganz schön schwer«, lallte er. »Ich glaube, ich muss passen.«

»Aber er kommt von meinem eigenen Weingut. Die französischen Weine sind immer noch die besten, oder etwa nicht?«

Albrecht wollte seinen Gastgeber, der ihn so zuvorkommend bewirtete, nicht kränken. »Sie sind vorzüglich, Ludwig. Besser als alles, was ich sonst kredenzt bekomme. Mir ist nur ein wenig schwindelig ... Ich sollte bald aufbrechen.«

Ludwig umrundete die Tafel, um seinem Gast eigenhändig nachzuschenken. »Probier mal diesen. Der ist leichter, eine völlig eigene Note. Johannisbeere und ein Hauch von Apfel.«

Albrecht schaute ohnmächtig zu, wie ihm der Pokal ein weiteres Mal aufgefüllt wurde.

Ludwig ließ gekonnt den letzten Tropfen vom Rand der Karaffe abperlen und richtete sich auf. Mit einem wohlwollenden Klopfen auf Albrechts Schulter sagte er: »Du solltest heute nicht mehr nach Hause reiten. Am Ende landest du zu allem Unglück im Graben. Und das können wir deiner Agnes nun wirklich nicht antun.«

Albrecht öffnete den Mund, um zu widersprechen, doch seine Hand kam ihm zuvor und führte stattdessen den Pokal an die Lippen.

Ludwig kehrte zu seinem Platz zurück. »Keine Sorge. Ich lass dir ein gemütliches Gemach bereiten. Und morgen früh gehst du mit meinem Louis auf die Jagd. Ah, ich dulde keine Widerrede!«

Louis hob den Pokal. »Auf unsere Vetternschaft!«

Sie stießen gemeinsam an.

»Weißt du«, sagte Louis, als sein Vater nach einiger Zeit die Halle verließ, um auszutreten, »ich bin froh, dass du zu uns nach Ingolstadt gekommen bist. Du bist mir sehr sympathisch.«

»Du mir auch, Louis.«

»Nun, die Sache ist die ...« Louis lehnte sich über die Tafel, um vertraulich zu sprechen. »Ich spüre, dass es gewaltige Spannungen zwischen dir und deinem Vater gibt. Und das, nun ja, kommt mir nur allzu bekannt vor.«

»Ja, als dein Vater diesen Wieland erwähnte ...«

»Sein ganzer Stolz!«, rief Louis verbittert. »Warum auch nicht? Hat ja schließlich keinen Buckel wie sein missratener Sohn.«

»Aber sorgen brauchst du dich doch trotzdem nicht. Du bist der derjenige, der das Herzogtum erhalten wird, wenn dein Vater das Zeitliche segnet.«

»Ja, das stimmt. Aber warum fühlt es sich dann wie eine Abfindung an?«

»Wie kann etwas so Wertvolles und Kostbares eine Abfindung sein?«

»Mein Halbbruder hat alles, und ich habe nichts! Eine Universitätsausbildung in Bologna, das Amt des Kammermeisters, jede Menge Geld und Kleinodien, sogar eine adelige Braut – die wunderschöne und reiche Gräfin Amalia von Wertheim soll er erhalten.«

»Das ist in der Tat eine Menge.«

»Sei froh, dass dein Vater seine Bastarde nicht so zur Schau stellt. Wie kann ein außereheliches Kind mehr verwöhnt werden als der wahre Erbe des Hauses?«

Albrecht zuckte mit den Schultern. »Wer versteht schon, was in Vätern vorgeht?«

Louis grinste breit. »Nun siehst du, wir beide teilen ein ähnliches Schicksal. Mein Vater ist ein Scheusal.«

Schweigend leerte Albrecht seinen Wein. Er konnte die Verbitterung des Vetters zwar nachvollziehen, doch gleichzeitig sträubte es sich in ihm, die Handlungen des eigenen Vaters mit denen von Ludwig gleichzustellen. Ludwig handelte aus Eigennutz und Selbstherrlichkeit, ohne auf die Gefühle seines Sohnes Rücksicht zu nehmen. Ernst hingegen tat, was er tat, für das Wohl der Familie. Ihm ging es nicht darum, den eigenen Sohn bloßzustellen, um sein Selbstwertgefühl zu erhöhen. Im Gegenteil. Albrecht war sich gewiss, wäre Agnes als Gräfin oder Tochter eines Herzogs geboren worden, die ganze Geschichte hätte niemals solche Wellen geschlagen.

Nein, ein Scheusal war Ernst nicht; er war allenfalls kalt und gefühllos.

»Louis, mein Vater hat erzählt, dass du nach Ulm gereist bist, um den Kaiser vor dem versammelten Hof in Ludwigs Namen auf Knien um Gnade anzubetteln.«

»Es war eine verfluchte Sauerei, aber was blieb mir anderes übrig? Hätte uns Sigismund nicht vergeben, stünde ich heute ohne mein Erbe da.«

»Das war in der Tat außerordentlich mutig von dir.

Ich wette, du hast so manchen der anwesenden Herrn beeindruckt.«

Louis lachte auf. »Da hätte ich gern Heinrichs Gesicht gesehen! Ohne Zweifel hat er schon lange auf die Übernahme Ingolstadts spekuliert. Jetzt muss er sich ein neues Ziel für seine Raffgier suchen.«

»Ich glaube nicht, dass Heinrich …«

»Du kennst ihn nicht! Wie er damals auf dem Konzil beinah meinen Vater erschlagen hat …«

»Ja, das war schlimm«, stimmte Albrecht zu.

»Er ist hinterrücks und eine wahre Schlange«, sagte Louis düster. »Du darfst ihm auf keinen Fall trauen, ganz gleich, was man dir erzählt.«

KAPITEL 32

VOHBURG, OKTOBER 1435

AGNES GING zum offenen Fenster und atmete tief die feucht-kühle Luft ein. Seit dem Aufstehen kämpfte sie gegen eine störrische Übelkeit an.

Bei dem Anblick, der sich ihr bot, seufzte sie auf. Draußen rauschten wahre Sturzbäche den Burgberg hinunter. Vielleicht hatte der ständige Regen etwas in der Vorratskammer verdorben, dachte sie. Oder die Feuchtigkeit hatte das Ungeziefer ins Warme getrieben. Sie nahm sich vor, ein ernstes Wort mit der Köchin zu sprechen. Man musste die Knechte anweisen, hinter jeden Sack zu schauen, notfalls das gesamte Lager auf den Kopf zu stellen, mit Essig abzuscheuern und auszuräuchern. Sie ahnte, das Gesinde würde sie dafür im Stillen verfluchen.

Albrecht kam herein. »Ach, hier steckst du. Ich habe dich schon überall gesucht.«

Sie lächelte matt.

»Herrje, du bist so blass um die Nase. Was stehst du denn auch am offenen Fenster? Du holst dir in der kalten Luft noch den Tod.«

Er ging zu ihr herüber und schloss die Läden.

»Ach, weißt du, dieser Regen ... Jedes Mal wenn du fort bist, bin ich zur Langeweile verdammt, weil es einfach nicht aufhört zu schütten.«

Bereitwillig ließ sie sich in den Arm nehmen. Sie hatte längst aufgegeben, Albrecht böse zu sein. Er hatte sein Versprechen gehalten, bei seinen Besuchen in Ingolstadt die Politik aus dem Spiel zu lassen, und ihm schienen die Treffen mit seinem jungen Vetter gutzutun. Dennoch konnte sie nicht abstreiten, dass sich seit dem Streit etwas zwischen ihnen verändert hatte. Die Unschuld, die sie beide einst geteilt hatten, war ihnen abhandengekommen.

Albrecht vergrub die Nase in ihrem Haar. »Das schlechte Wetter kannst du aber nicht Vohburg ankreiden. Ich habe gehört, überall im Reich hat es diesen Sommer durchgeregnet. So wie auch im Jahr zuvor, wie ich anmerken möchte. Mein Verwalter sagt, unsere Bauern sind sehr unglücklich darüber.«

»Ich will dennoch gern so schnell wie möglich zurück nach Straubing, selbst wenn das Wetter da nicht besser ist.«

»Genau deshalb habe ich dich gesucht. Das Gerichtsverfahren, das mich hier gehalten hat, ist abgeschlossen. Alles andere kann ich von Straubing aus regeln. Ich verspreche dir, sobald es aufhört zu regnen, brechen wir auf.«

Das waren erfreuliche Neuigkeiten. »Danke«, sagte sie erleichtert. »Ich freue mich so darauf. Ich habe viele große Pläne, die ich diesen Herbst angehen möchte.«

»Zum Beispiel?«

»Die Karmeliter neben dem Schloss haben doch diesen herrlichen Kreuzgang. Viele Patrizier sind dort zur Ruhe gebettet. Ich dachte daran, ebenfalls ein Grabmal in Auftrag zu geben, was denkst du?«

Er brummte verstimmt. »Woher diese unheilvollen Pläne?«

»Weil so etwas Zeit in Anspruch nimmt, will man es richtig angehen. Es soll schön werden. Mit einer Kapelle. Darf ich?«

»Natürlich darfst du.« Er küsste ihre Stirn.

»Selbst wenn es ein bisschen mehr kostet? Ich kann mir schon vorstellen, was deine Schwester dazu sagen wird.«

»Was auch immer du dafür ausgibst, es sei dir gestattet.«

»Du findest nicht, dass es unangemessen wäre oder eitel?«

»Überhaupt nicht. Die Straubinger Herzöge liegen dort begraben, also sollte auch ich dem eines Tages folgen. Und natürlich will ich dich an meiner Seite haben. Für immer. Da kann sich Beatrix noch so empören.«

Sie schmiegte sich in seine Umarmung. »Danke. Ich weiß das sehr zu schätzen.« Ihr stieg ein unangenehmer Geruch in die Nase, würzig und unerträglich süß. Sie erinnerte sich, dass Albrecht beim Eintreten einen Strauß Blumen dabei gehabt hatte. Er hatte ihn neben sich auf dem Schreibtisch abgelegt, um die Fensterläden zu schließen. »Nanu? Was ist denn das?«

Er folgte ihrem Blick. »Ach, das hier? Das sind Rosen.«

Sie wusste, sie hätte den Strauß aufnehmen sollen, um anerkennend an den Blüten zu schnuppern, doch der Duft war so durchdringend, so *penetrant*, dass sie es nicht über sich brachte. »Aber wo hast du die her? Bei diesem Regen ...«

Er grinste. »Auch ich habe meine Geheimnisse. Gefallen sie dir?«

Sie bedachte ihn mit einem scheltenden Blick. »Jeden Tag neue Blumen, Albrecht. Du bist wirklich ein ausgesprochener Schmeichler.«

»Ich will wiedergutmachen, was ich verbrochen habe. Ich will, dass du mich wieder in dein Herz lässt.«

»Aber da bist du doch schon längst!«

Versonnen betrachtete sie die hübschen Blumen. Der Tisch, auf dem sie lagen, war mit unzähligen Dokumenten und Briefen übersät. Albrecht hatte zwar die letzten Wochen bis spät in die Nacht gearbeitet, trotzdem war vieles unbeantwortet geblieben. »Also wirklich«, sagte sie tadelnd. »Was für ein Durcheinander.«

Er setzte ihr einen Kuss in den Nacken und umschloss sie von hinten. »Sorge dich nicht. Ich komme bestimmt noch heute dazu, diese überaus faszinierenden Abrechnungen und Grenzstreitigkeiten zu begutachten. Wie wär's? Vielleicht nach einem kurzen Ausritt?«

Sie errötete, denn ihr war klar, er meinte keinen Ausflug zu Pferd, denn dafür war das Wetter zu schlecht.

»Du bist unmöglich!« Sie nahm den Brief auf, der zuoberst lag, und wendete ihn, um das Siegel zu betrachten. »Ist das nicht vom Münchener Hof?«

»Der kam heute rein. Der Bote wartet in der Küche.«

»Aber warum öffnest du ihn dann nicht? Vielleicht muss der Mann unverzüglich mit einer Antwort zurück.«

Er ließ die Hände über ihre Kurven wandern. »Können wir das nicht später besprechen? Es gibt da noch ein paar Dinge, die wir heute Morgen nicht beendet haben ...«

Sie krümmte sich geschickt aus seinem Griff und hielt ihm das Schreiben hin. »Erst, wenn du wenigstens einen davon öffnest. Fang mit diesem hier an.«

Er zog ein gequältes Gesicht.

Sie hielt ihm den Brief unter die Nase. »Na los, was schreibt dein Vater? Du weißt, du kannst dich nicht ewig vor ihm verstecken.«

Augenrollend nahm er den Brief entgegen und erbrach mit einem theatralischen Schnauben das Siegel. »Herr im Himmel«, stöhnte er auf, als er das Blatt auffaltete. »Es ist so dicht beschrieben, typisch Vater! Nur keinen Platz verschwenden.«

»Hat er es etwa eigenhändig verfasst? Nicht die Kanzlei?«

Er nickte. »Mal sehen ... Wir beginnen mal wieder mit Vorwürfen. Schon lange nicht mehr gemeldet, bla bla ... Ziemt sich nicht für einen treuliebenden Sohn ... Und so weiter und so weiter ...«

Sie lachte. Albrecht konnte den Tonfall seines Vaters täuschend echt nachstellen.

Er verstummte und las konzentriert weiter.

»Albrecht? Was ist?«

Er erbleichte, seine Faust fuhr zum Mund. »Süßer Herr Jesus Christus!«

»Was ist passiert? Was schreibt dein Vater?«

»Mein Onkel ... Wilhelm ... Ich fasse es nicht ...« Er schaute verwirrt auf. »Er ist tot.«

Sie entriss ihm das Blatt, überflog die reich verschnörkelten Zeilen, obwohl sie gar nicht lesen konnte. »Unmöglich! Als wir vor wenigen Wochen in München waren, sagte Margarethe, er sei voller Lebenskraft. Du hast ihn doch da noch getroffen. Wie wirkte er auf dich?«

»Voller Lebenskraft«, murmelte er.

Sie berührte seinen Arm.

»Wir sind im Streit auseinandergegangen, Agnes. Das Schicksal hat mir nicht die Möglichkeit eingeräumt, die Luft zu klären.«

Die Reue stand ihm ins Gesicht geschrieben. Sie ahnte, welch ein Sturm in ihm tobte. »Wie ist es passiert? Eine Krankheit? Ein Unfall?«

Er nahm ihr den Brief ab und las das Schreiben ein zweites Mal. »Er ist eines Abends an der Tafel zusammengebrochen. Das Herz ist ihm stehengeblieben.«

»Jetzt ist Margarethe ganz allein.« Sie erinnerte sich an das, was die junge Herzogin ihr bei ihrem Treffen anvertraut hatte. »Und sie ist erneut schwanger ... Oh, Albrecht! Welch Unglück!«

»Jetzt ist mein Neffe also sein Nachfolger«, murmelte er düster.

»Adolf? Aber er ist doch noch ein kleines Kind. Er hat

gerade erst laufen gelernt. Wie soll der Knabe denn ein ganzes Herzogtum regieren?«

»Ich schätze, ich werde ihm helfen müssen, schnell erwachsen zu werden.«

»Aber das kann Jahre dauern!« Rasch biss sie sich auf die Zunge. Er brauchte nicht ihre Worte, um zu erkennen, welch dramatische Wendung das Schicksal für das Haus Bayern-München genommen hatte.

Er faltete das Schreiben sorgfältig zusammen. »So lange wird Vater wohl allein weiterregieren.«

»Glaubst du nicht, dass du ihm nun helfen musst, Albrecht? Bedenke, er wird von Jahr zu Jahr gebrechlicher.«

»So ein Mist«, murmelte er.

Tief in Gedanken schleppte er sich zur Fensternische. Agnes sah ihm betreten hinterher. Zu ihrer Überraschung wählte er nicht die steinerne Fensterbank, sondern ließ sich auf die niedrige Trittstufe davor sinken. Er stützte die Ellbogen auf die Knie und vergrub den Kopf in den Armen. Er war ein einziger Ausdruck des Elends.

»Das tut mir so leid, Albrecht. Ich weiß, du hast deinen Onkel über alles geliebt.«

»Er war mir oft der Vater, den ich in Ernst nicht finden konnte.«

»Ein wunderbarer Mann«, stimmte sie zu.

»Der Kaiser wollte, dass er zum nächsten König gekrönt wird.«

»Ja, das hätte er gut gekonnt. Alle hätten ihn gemocht. Und er wäre gerecht gewesen.«

»Das Kompromisspaket, das er in Basel mit den Hussiten geschnürt hat, war genau der richtige Schritt nach vorn. Dieser Prokop mit seinen radikalen Taboriten stand auf einmal auf ziemlich verlorenem Posten da, und als Sigismund dann mit seinen katholischen Truppen kam ...« Er stöhnte auf und raufte sich die Haare. »Ich bin so ein selbstverliebter Narr! Er war ein bewundernswerter Mann, doch die letzten Worte, die ich zu ihm sprach, waren im Zorn.«

Sie kam zu ihm herüber, nahm auf der Bank hinter ihm Platz und legte ihre Hand tröstend auf seinen Schopf. »Tief im Herzen wusste er, dass er dir teuer war. Was ist schon ein Jahr im Streit gegen dreißig voller Liebe?«

Er nickte, doch sie konnte sehen, dass der Gedanke für ihn wenig Trost bereithielt.

»Die Zeit der Spiele ist nun vorbei, Albrecht«, sagte sie schließlich. »Du kannst nicht länger so tun, als ob dich das alles nichts anginge. Du wirst mit deinem Vater einen Weg nach vorn suchen müssen.«

»Ich weiß.«

»Hat er noch mehr geschrieben?«

»Er wünscht eine Trauerfeier in Straubing. Wilhelm war ja auch Herzog dort.«

Sie kraulte ihm den Nacken. Er lehnte den Kopf in ihre Röcke, atmete tief ein und schloss die Augen. Ihr ging auf, dass diese Geste ihn an seine Kindheit in Prag erinnern musste. Er hatte ihr erzählt, wie gern er so zu Füßen seiner Tante Sophie gesessen und ihren Geschichten gelauscht hatte.

»Wir werden so schnell wie möglich abreisen und alles vorbereiten«, sagte sie.

Er nickte. »Sobald der Regen nachgelassen hat, geht es zurück.«

Doch der Regen wollte nicht nachlassen. Tagelang saßen sie auf heißen Kohlen, die Spannung war unerträglich.

Als Albrecht es nicht länger aushielt, machte er sich auf in den Stall, um die Unterstände auszumisten.

In der schwülen Luft kam er schnell ins Schwitzen. Er richtete sich auf und drückte die Hand in die Seite. Sein Rücken brannte wie Feuer, doch der Schmerz fühlte sich gut an. Befreiend.

Von draußen drangen gedämpft Stimmen an sein Ohr. Die Stallknechte sprachen sich ab, wo welches Pferd untergebracht werden sollte. Jemand musste mit großem Gefolge eingetroffen sein.

Er hörte Agnes' Stimme aus dem Gewirr heraus. »Danke, dass du gekommen bist!«

»So schnell ich konnte. Bezaubernd schaust du aus. Leuchtest förmlich von innen.«

»Danke, dass du das sagst. Dabei geht es mir seit Tagen nicht besonders. Muss die Tragödie sein, die unsere Familie befallen hat … Na ja, du musst jedenfalls nicht weit laufen. Er ist da drin.«

»Im Stall?«

»Frag nicht. Geh ruhig gleich hinein. Ich kehre in den Palas zurück und lasse euch Würzwein vor dem Kamin bereitstellen.«

Albrecht stützte sich auf den Griff der Mistgabel, um für einen Moment zu verschnaufen und um dem Gast entgegenzusehen. Sein Gaul stupste ihn sanft an der Schulter, wie um zu fragen: Warum machst du nicht weiter?

Wie erhofft war es Jan, der die Stallgasse hinuntergeeilt kam. Sein Mantel war so durchgeweicht, dass er ihm an den Beinen klebte. Er schlug die Kapuze zurück und enthüllte ein vor Sorge gepeinigtes Gesicht. »*Bratře!* Ich habe mich so schnell wie möglich frei gemacht. Welch fürchterliche Nachricht!«

Albrecht schlang voller Dankbarkeit die Arme um den Freund. Für einen wohltuenden Moment vergrub er die Nase in Jans Nacken und kämpfte gegen das Schluchzen an, das aus ihm hervorzubrechen drohte. »Danke, dass du gekommen bist.«

Jan drückte ihn von sich, um ihn kritisch zu begutachten. »Was lungerst du hier bei den Pferden herum, du verrückter Kerl? Willst du den Burschen etwa die Arbeit wegnehmen?«

»Ich kann nicht bei strömendem Regen in diesem zugigen Schloss sitzen und Däumchen drehen. Die Bewegung tut mir gut.« Er verzog das Gesicht, als der Rücken ihm einen scharfen Schmerz bis in die Fersen schickte.

Jan grinste breit. »Ach, tut es das, ja?«

Albrecht schmunzelte. Es tat gut, dass Jan da war. Beinah wie Medizin.

»Na, komm. Ich glaube, wir haben uns beide einen warmen Würzwein verdient.«

Er strich dem Pferd zum Abschied über die Nüstern, das die Geste mit einem Schnauben kommentierte. Die Mistgabel drückte er einem Stallknecht in die Hand. Der

Bursche nahm sie mit unverhohlener Erleichterung in Empfang.

Die Kapuzen tief in die Stirn gezogen überquerten sie im Eilschritt den Hof, sprangen über Bäche aus Regen und umrundeten Pfützen so groß wie Seen. Auf dem Treppenabsatz schüttelten sie die Mäntel aus. Sie begaben sich in die leere Halle. Das Schloss war ausgekühlt und feucht. Albrecht schickte nach einer Schale zum Händewaschen und weiterem Feuerholz für den Kamin.

Jan warf seinen nassen Mantel achtlos auf eine Truhe und ließ sich in einen Sessel plumpsen. »Die Nachricht kam sehr überraschend.«

»Aus heiterem Himmel. Nie im Leben hätte ich mit so etwas gerechnet. Er war zwar nicht mehr der Jüngste, aber ...«

»Was wird denn nun? Ernst und du, ihr seid euch spinnefeind.«

Albrecht lächelte müde. Eine Magd brachte die Waschschale. Er tauchte seine Hände hinein und trocknete sie mit einem Tuch ab.

Erschöpft ließ er sich in den Sessel gegenüber fallen. »Ganz so ist es nicht. Er ist immer noch mein Vater, und ich bin sein Sohn. Glaube mir, der Wille ist auf beiden Seiten vorhanden. Doch du hast recht. Jetzt ist der Zeitpunkt gekommen, sich über alle Differenzen hinwegzusetzen.«

Ein Knecht trat mit einem Stapel Holzscheite ein und schürte das Feuer erneut an, bis es prasselnd und funkenstobend den Schlot erreichte.

»Wenn Ernst ebenfalls stirbt, bleibst nur du übrig«, sagte Jan düster.

»Nun, da ist ja noch mein Vetter Adolf. Doch bis der alt genug ist, wird er einen Vormund benötigen, so wie Heinrich damals. Da haben mein Vater und der Onkel diese Rolle für Landshut übernommen.«

»Und, wirst du es tun?«

»Natürlich.«

»Weil du glaubst, dass es das Richtige ist? Oder weil du es so willst?«

Albrecht seufzte. »Wenn ich das nur wüsste!«

Jan hob einen Fuß an. »Ist es in Ordnung, wenn ich die Stiefel ausziehe? Sie sind völlig durchnässt.«

»Nur zu. Fühl dich wie zu Hause.«

»Danke.« Er entledigte sich des schlammbespritzten Schuhwerks und streckte die Beine aus, um die Füße nah am Feuer zu rösten. »Ah! Das ist besser!«

Albrecht brach unwillentlich in Gelächter aus, als er Jans Socken sah. Sie hatten alle beide Löcher, sodass die großen Zehen vorwitzig herauslugten. Amüsiert stützte er das Kinn auf die Armlehne. Er war immer wieder darüber erstaunt, wie wohl er sich in Jans Gegenwart fühlte. *Wie ein altes Ehepaar,* dachte er.

»Albrecht«, riss ihn Jan aus den Gedanken. »Als du Agnes damals geheiratet hast, hast du alles auf eine Karte gesetzt.«

»Ja.«

»Du hast riskiert, dass sie dich aus der Erbfolge ausschließen.«

»Aber sie haben es nicht gewagt.«

»Und nun bist du ein gleichberechtigter Erbe mit Adolf zusammen.«

»Das stimmt.«

»Freut dich das?«

»In gewisser Weise schon. Ich will regieren, selbst wenn es nicht immer einfach ist.«

»Dein Vater wird gar keine andere Wahl haben. Er kann das gesamte Herzogtum – und Straubing noch dazu – nicht allein übernehmen. Das sind also gute Neuigkeiten, für dich und Agnes.«

Eine Magd trat mit den heißen Getränken ein. »Die Herrin hat das hier für die Herrschaften in Auftrag gegeben.«

Albrecht bedeutete ihr, dass sie das Tablett abstellen solle, und schickte das gesamte Gesinde vor die Tür. Er übernahm das Einschenken und reichte seinem Gast einen dampfenden Becher. »Ich schätze, ich werde mit Vater ein langes Gespräch haben, wenn der erste Sturm vorüber ist.« Es klopfte, und er sah auf. »Das muss Agnes sein. Herein!«

Doch es war nicht seine Gattin, sondern ein triefend nasser Bote. »Mein werter Graf, eine Nachricht aus Landshut.«

Albrecht nahm das Schreiben entgegen. »Ist mit dem Herzog alles in Ordnung?«

»Alles gut. Ich soll warten.«

»Lass dich in der Küche bewirten. Ich werde nach dir schicken, wenn die Antwort formuliert ist.«

Der Mann verneigte sich und schloss die Tür hinter sich.

»Heinrich?«, fragte Jan verwundert.

»Gewiss ein Kondolenzschreiben.«

»Aber warum soll der Bote dann auf Antwort warten?«

Albrecht löste das Siegel. »Wir werden es gleich erfahren.« Er überflog das Schreiben und schnaubte erbost. »Wie geschmacklos!«

»Was ist es?«

»Eine Einladung zur Jagd.«

»Wirklich? Na, das kommt reichlich ungelegen!«

»Wie kann er jetzt an Vergnügungen denken?«, fragte Albrecht.

»Ist es möglich, dass Heinrich vom Tod deines Onkels noch nichts vernommen hat?«

»Oh, ganz gewiss weiß er davon.«

»Vielleicht will er dich damit aufheitern?«

Albrecht nippte nachdenklich an seinem Wein. »So muss es wohl gemeint sein.« Er faltete das Blatt und warf es achtlos auf das Tischchen neben sich. »Jedoch völlig unmöglich.«

»Warum?«

»Weil wir zurück in Straubing erwartet werden, um die Trauerfeierlichkeiten vorzubereiten. Mein Vater will mich dort treffen. Es gibt einiges zu besprechen.«

»Das klingt, als ob eine Menge Entscheidungen anstehen. Wofür auch immer du mich in den nächsten Tagen brauchst, ich werde an deiner Seite sein.«

»Danke, mein Freund.«

Agnes trat ein. »Ein Bote aus Landshut sitzt in der Küche. Ist etwas passiert?«

Albrecht winkte ab. »Nur eine Einladung zur Jagd. Doch keine Sorge. Ich werde eine Absage schicken.«

Sie nahm auf dem dritten Sessel Platz. »Aber warum hast du vor, abzusagen?«

»Weil ich in Trauer bin. Und weil wir nach Straubing reisen, wie ich dir versprochen habe, und dort die Trauerfeier vorbereiten.«

»Ach so.« Sie schaute zum Kamin und kaute auf der Unterlippe herum.

»Was soll dieser Blick, Agnes? Ich dachte, du wünschst dir nichts sehnsüchtiger herbei als unsere Rückkehr nach Straubing.«

Sie faltete die Hände in den Schoß. »Nun, das kommt vielleicht unerwartet«, sagte sie zögerlich, »aber ich denke, du solltest die Einladung annehmen.«

»Red keinen Unsinn!«

»Na ja, weißt du ... Du darfst nicht vergessen: Das ist Heinrich, der dir schreibt. Du hast mit ihm ein Bündnis geschlossen, doch in den letzten Monaten hast du dich sehr rar gemacht. Sollte er dich, wie dein Vater, irgendeiner Schurkerei verdächtigen, könntest du jetzt alle Zweifel aus dem Weg räumen.«

»Schurkerei?«, fragte Jan. »Was zum Kuckuck hast du angestellt, Albrecht?«

»Er hat den halben Sommer in Ingolstadt verbracht«, erwiderte Agnes. »Freundschaft geschlossen mit den Vettern dort.«

Jan runzelte die Stirn.

Albrecht zog den Kopf ein. »Nur eine Finte«, murmelte er kläglich.

»Wenn es stimmt, was Agnes sagt, solltest du sofort jeglichen Verdacht entkräften.«

»Heinrich wird verstehen, dass ich aus Trauer und

der Familie wegen nicht teilnehme. Das ist keine lahme Ausrede.«

»Aber, Liebster, siehst du denn nicht? Das ist eine passende Gelegenheit, um wieder mehr Zeit mit dem Landshuter Vetter zu verbringen.«

»Das stimmt«, pflichtete Jan ihr bei. »Auf einem Jagdfest kann man sich ungezwungen begegnen, ohne dass es gleich um Politik geht.«

Albrecht brummte mürrisch. Es war nicht so, dass er nicht gern mit Heinrich zur Jagd geritten wäre. Doch er hatte seinem Vater das Versprechen gegeben, alles in Straubing vorzubereiten, und dessen Wünsche wogen mehr. »Aber was soll dann aus der Trauerfeier werden?«

»Nun, das könnte ich übernehmen«, sagte Agnes.

»Du?«

Sie wechselte einen Blick mit Jan, der ihr aufmunternd zunickte.

»Ja, also ...« Sie legte die Schultern zurück und richtete sich auf. »Warum nicht, Albrecht? Es ist gar nicht so schwer. Ich werde mit den Karmelitern sprechen. Sie werden mir helfen, damit es den fürstlichen Ansprüchen gerecht wird. Und ich bemühe Degenberg wegen der Einladungen und der Unterbringung der Gäste.«

Er betrachtete sie skeptisch. »Das traust du dir zu?«

Sie verzog den Mund, offenbar beleidigt, dass er so wenig Vertrauen in ihre Fähigkeiten hatte. »Aber ja, Dummerchen! So beweise ich deinem Vater, dass ich zu mehr in der Lage bin, als hübsch auszusehen. Es ist eine passende Aufgabe für mich.«

Jan schlug die Beine übereinander. »Sie hat recht. Es ist eine vortreffliche Idee. Du schlägst gleich mehrere

Fliegen mit einer Klappe. Ich begleite dich nach Landshut und im Anschluss reiten wir direkt nach Straubing. So verpassen wir nicht die Feierlichkeiten und deinen Vater.«

Albrecht nippte an seinem Wein und ließ den Blick von seinem Freund zu seiner Gattin schweifen. Beide wirkten mehr als überzeugt von dieser Idee.

Er zuckte mit den Schultern. *Warum eigentlich nicht?,* dachte er. Agnes war durchsetzungsfähig und wusste zu delegieren, das hatte sie ja bereits mehrfach bewiesen. Er hatte keinen Zweifel, dass sie die Aufgabe meistern würde. Außerdem würde es seinem Vater beweisen, dass sie für die Rolle der Herzogin geeignet war.

In ihm breitete sich ein ungebührliches Gefühl der Genugtuung aus. Agnes würde es allen zeigen. »Einverstanden.«

Als hätte der liebe Gott sie erhört, kam am nächsten Tag zwischen den grauen Wolkenfetzen wie ein lang gehütetes Geheimnis der blaue Himmel zum Vorschein. Albrecht blies sofort zum Aufbruch.

Vom Rücken seines Pferdes aus sah er sich ein letztes Mal im Burghof um. Die Dienerschaft war geschlossen vor die Tür getreten, um ihn zu verabschieden. Auf eine seltsame Art fühlte es sich wie ein Abschied für immer an. Die betretenen Gesichter des Gesindes, die Pferde, die ungeduldig mit den Hufen scharrten, das Gelächter seiner Eskorte aus ungestümen jungen Männern, die es kaum erwarten konnten, für das Jagdfest nach Landshut zu reiten.

So sehr er in sich hinein horchte, er entdeckte dennoch keinen Abschiedsschmerz in sich. Der Sommer in Vohburg war ein Kapitel seines Lebens, das er heute erleichtert abschließen würde. Er war nun bereit, sich wieder seinen Aufgaben in Straubing zu stellen. Nein, mehr noch. Er war voller Tatendrang.

Agnes kam auf ihn zu. Sie trug ein Gewand aus tiefblauem Samt mit verspielten Rankenmustern und Borten, in die kleine Rosen gestickt waren. Obwohl es ihr um die Mitte ein wenig zu eng saß, sah sie, wie immer, bezaubernd aus.

Er erinnerte sich, wie er sie das erste Mal so aus einer Menge heraustreten gesehen hatte, damals, auf dem Fronhof in Augsburg. Sie hatte betörend ausgesehen mit ihren goldenen Haaren mit den blauen Bändern darin. Sie war jünger gewesen, noch keine achtzehn, doch bereits an jenem Tag hatte er etwas Fürstliches in ihr erkannt.

Sie berührte seinen Wallach an den Nüstern und ließ sich beschnuppern. Mit gerunzelter Stirn fragte sie: »Hast du alles, was du brauchst?«

Der besorgte Gesichtsausdruck passte nicht zu ihr. Es beraubte sie des Zaubers, den er so an ihr liebte. Rasch nahm er sich vor, ihre Grübchen noch einmal für ihn funkeln zu lassen. »Was fehlt, kann ich mir in Landshut leihen. Man nennt Heinrich nicht umsonst *den Reichen*«, scherzte er.

Sie nickte gedankenverloren, so als hätte sie ihm

nicht richtig zugehört. Ihr Blick glitt zum Himmel. »Ein Sturm zieht auf, mal wieder.«

Er betrachtete die dicken, schwarzen Wolken, die sich in der Ferne zusammenbrauten. »Der Regen kommt aus der anderen Richtung. Wenn wir uns beeilen, können wir ihm entkommen.«

»Dann solltest du nicht länger zögern.«

Er streifte einen Handschuh ab und streichelte über ihr Gesicht. »So viel Zeit muss sein.«

Sie bettete ihre Wange in seine Handfläche und legte die ihre darüber. Sie war kühl. Ihre Hände waren immer kühl, ging ihm auf. So wie die von Mutter damals.

»Wann wirst du nach Straubing abreisen?«, fragte er.

»Morgen, wenn das Wetter uns hold ist.«

»Direkt nach der Trauerfeier werde ich mich auf meine Aufgaben stürzen«, versprach er.

»Da habe ich keine Zweifel. Du wirst der jüdischen Gemeinde Gründe geben, dir wieder zu vertrauen. Du wirst das Bündnis mit Heinrich stärken. Und du wirst deinem Vater mit Adolf unter die Arme greifen.«

»Es wird bestimmt nicht langweilig.«

»Ganz gewiss nicht«, stimmte sie zu.

Die Grübchen, er wollte die Grübchen funkeln sehen. »Ich liebe dich, Agnes.«

»Ich dich auch, Albrecht. Über alles.« Sie trat zurück, um ihm den Weg frei zu machen. »Und nun reite los. Sonst erwischt dich doch noch der Regen.«

Seufzend zog er den Handschuh wieder an und wendete mit einem Schnalzen das Pferd. Das Gefolge fiel hinter ihm ein.

Kurz vor dem Torhaus drehte er sich ein letztes Mal um.

Agnes stand da mit ihren beiden Hunden zu Füßen, die Paternosterschnur baumelte ihr vom Gürtel, die Haare waren von einem schlichten Tuch bedeckt. Für einen winzigen Moment legten sich ihre Hände schützend auf den Bauch, dann hob sie die Rechte mit den beiden Ringen, um ihm zuzuwinken.

Er winkte zurück.

Sie verließen die Stadt gen Süden. Hinter der Donaubrücke galoppierten sie scharf an und machten in kurzer Zeit gut Strecke.

Vergeblich. So sehr sie die Pferde auch antrieben, es war nicht genug. Am Ende holte sie der Regen dennoch ein.

KAPITEL 33

VOHBURG, OKTOBER 1435

AGNES SCHAUTE ALBRECHT noch lange hinterher. Er fehlte ihr schon jetzt, dabei war er gerade eben erst durchs Tor geritten.

Ein kühler Wind zog auf, wirbelte Staub hoch und drückte ihr den Rock zwischen die Beine. Ihr Blick glitt zum Himmel. Tiefgraue Wolken schoben sich rasant vor die Sonne.

Sie machte kehrt und begab sich zurück in den Palas. Es war Zeit zu packen. Da sie nicht wusste, wie sie sich sonst die Stunden bis zur Abreise am nächsten Morgen vertreiben sollte, ging sie Afra zur Hand. Zu zweit durchkämmten sie das gesamte Schloss, wickelten Zerbrechliches in Leinentücher und deponierten es in tiefen Truhen, die mit Stroh gefüllt waren. Es war eine kurzweilige Aufgabe, und ihre Laune hob sich von Mal zu Mal mehr, selbst, als draußen ein Nieselregen einsetzte.

»Das hört wohl nie auf«, sagte sie mit einem Kopfschütteln.

»Als wollte der liebe Gott uns etwas damit sagen«, sagte Afra. »Die Leute unten im Dorf sprechen schon vom Jüngsten Gericht, weil die Brotpreise so stark steigen.«

»Es kommen auch wieder bessere Zeiten, da bin ich mir gewiss. Man muss nur fest dran glauben.« Sie schaute sich um. »Weißt du was, Afra? Schau mal nebenan. Da ist noch etwas Geschirr, das wir mit in die Truhe legen können.«

Die Zofe eilte aus der Kammer, und Agnes blieb allein zurück. Ihr Blick fiel auf eine schlichte Schachtel aus Walnussholz, die auf einem Bord stand. Verwundert nahm sie sie herunter und strich den Staub mit der flachen Hand weg.

Während sie zum Bett ging, dachte sie an ihre Jugend in Augsburg zurück. Neben ihren beiden Kleidern – eins für sonntags, eins für die Arbeit in der Baderstube – hatte sie ganze fünf persönliche Gegenstände ihr Eigen genannt: eine Haarbürste, eine Brosche aus dem Nachlass ihrer Mutter, eine Sammlung von bunten Bändern, eine Strohpuppe und ein Kieselstein aus dem Lech, den sie behalten hatte, weil er der Jungfrau Maria mit dem Jesuskind ähnelte. Ein übersichtlicher Schatz, der ihre ganze Welt ausgemacht hatte. Und jetzt besaß sie so viel, dass sie sich nicht einmal mehr an diese Schachtel erinnern konnte!

Mit einem Kopfschütteln ließ sie sich auf die Bettkante sinken. Sie öffnete den zierlichen Verschluss, doch zu ihrer Enttäuschung war der Inhalt wenig spektakulär. Es waren Stoffbinden.

Sie wusste sofort, was sie vor sich hatte. Afra hütete diese Leinenlumpen für Agnes' monatliche Blutungen, wusch sie nach Verwendung aus und ersetzte jene, die nicht mehr zu retten waren. Dies musste die Schachtel sein, in der die Zofe sie aufbewahrte.

Sie schaute verdutzt auf, als ihr aufging, dass sie sich nicht entsinnen konnte, wann sie das letzte Mal ihre Blutung gehabt hatte. Eifrig rechnete sie nach. Sie waren im Juni in Vohburg eingetroffen, und sie war sich sicher, dass sie da noch von den Binden Gebrauch gemacht hatte. Aber sie konnte sich nur an ein weiteres Mal erinnern. Und nun war Oktober.

Schnell klappte sie den Deckel wieder zu. Kein Wunder, dass die Schachtel so verstaubt war! Alles ergab plötzlich einen Sinn. Das Spannen in den Brüsten. Die Übelkeit. Die starken Gerüche.

Ihr Herz begann, wie wild zu schlagen. Albrecht würde vor Freude platzen!

Afra kam schnaufend hereingestürmt. »Hier sind noch zwei Teller, Frau Agnes.«

Agnes setzte eine nüchterne Miene auf, packte die Schachtel zu den Leinensachen und klappte den Deckel der Truhe zu. »Diese hier ist nun voll.«

Sie rief zwei kräftige Burschen hinzu und wies sie an, das Gepäck nach unten zu schleppen.

Am Abend war alles gepackt. Agnes plante, gleich nach dem Frühstück aufzubrechen. Draußen nieselte es zwar, doch sie hatte beschieden, dass ein leichter Regen kein Hindernis darstellte. Die Donau müsste schon über die Ufer treten und alle Brücken mit sich fortreißen, um sie von ihrer lang ersehnten Heimreise abzubringen.

Die letzte Stunde vor dem Schlafengehen verbrachte sie mit Afra vor dem Kamin. Sie spielten Karten, während die Hunde auf einem Wildschweinfell vor dem Feuer dösten.

Afra war gerade im Begriff, eine Spielkarte abzulegen, als hinter der geschlossenen Tür tiefe Männerstimmen erklangen, gefolgt von einem Rumpeln und einem Klirren wie von zerbrochenem Glas. Die Frauen wechselten einen Blick, Bello hob verschlafen den Kopf. Einen Herzschlag später vernahmen sie ein metallisches Schleifen, das so unheilvoll klang, dass es die feinen Härchen in Agnes' Nacken aufstellte.

»Ist Euer Gemahl etwa umgekehrt?«, fragte Afra und nahm eine neue Karte auf.

Nein, wollte Agnes sagen. Sie hätte das sofort herausgehört. Sie erkannte Albrechts Schritte jedes Mal, noch bevor er an der Tür war. Sie öffnete den Mund, um zu antworten, da ertönte der gellende Schrei einer Frau, der ihr durch Mark und Bein ging.

Sie sprang auf, doch weit kam sie nicht. Die Tür schlug so heftig auf, dass der Schwung sie beinah aus den Angeln riss. Die Hunde huschten winselnd unters Bett.

Ein halbes Dutzend Büttel strömte herein, die Schwerter im Anschlag. Auf die Waffenröcke war das Münchener Wappen gestickt.

Afra sprang mit einem Kreischen auf und flüchtete sich hinter Agnes, die erstarrt den Eindringlingen entgegensah.

»Agnes Bernauer?«

Sie sah keinen Sinn darin, sich zu verleugnen. »Ja.«

Der Vorderste schnappte nach ihrem Arm und zerrte so kräftig, dass ihr die Spielkarten aus der Hand rutschten. »Ihr sollt mitkommen.«

»Mitkommen?«

»Ihr seid vorgeladen.«

»Wozu?«

»Man wünscht Eure Anwesenheit in Straubing.«

»Das weiß ich doch«, sagte sie verwirrt. Schließlich gab es eine Trauerfeier auszurichten.

»Es soll über Euch verhandelt werden.« Als sie nicht sofort folgte, schleifte der Büttel sie in Richtung Tür. »Mitkommen! Jetzt!«

»Wie könnt Ihr es wagen?«

Ein kräftiger Stoß schubste sie in den Flur zur Treppe. Sie schrie auf und umfasste das Kruzifix, das um ihren Hals hing. Beinah wäre sie gestolpert und die Stufen hinuntergestürzt.

»Herrin!«, schrie Afra.

»Das muss ein Missverständnis sein«, sagte Agnes.

»Das könnt Ihr gern dem Herzog selbst erläutern.«

»Dem Herzog?«

»Ich werde einen Boten nach Landshut schicken«, rief Afra. »Euer Gemahl wird es aufklären.«

Der Büttel drängte Agnes grob die Treppe hinunter, die anderen Männer folgten. Agnes musste sich an den Wänden festhalten, damit sie nicht stürzte.

»Na los! Weiter!«

Im Hof angelangt führte er sie zur Wehrmauer.

»Wohin gehen wir?«

»Nur ein kurzer Aufenthalt im Verlies, bis alles vorbereitet ist. Dann brechen wir auf.«

Die Tür des Wehrturms stand offen, die Kammer dahinter war winzig. Es gab nur eine schlichte Bank aus Holz und darüber ein schmales Fenster. Agnes wich instinktiv zurück, doch ihr Bewacher verpasste ihr einen kräftigen Stoß, sodass sie über die Schwelle taumelte. Er nahm die Fackel aus der Wandbefestigung und schloss die Tür. Ein Schlüssel wurde klackend umgedreht, dann war es still. Da der Mann das Licht mitgenommen hatte, wurde es stockfinster. Agnes ließ sich auf die Knie fallen und begann, bitterlich zu weinen.

Vor Angst konnte sie kaum einen klaren Gedanken fassen. Tausend Fragen schwirrten ihr im Kopf herum. Immer wieder kam sie auf das Grundlegende zurück. Warum sperrte man sie in diesem Verlies ein? Und warum jetzt?

Seit über sieben Jahren waren sie und Albrecht ein Paar, seit mehr als drei waren sie miteinander verheiratet. Gewiss, die Herzöge hatten sich nie daran gewöhnen können und Agnes durchgehend mit Missachtung gestraft, aber Albrecht und sie hatten angenommen, dass man letztlich zu einer gütlichen Lösung gekommen war. Die Erbfolge für Bayern-München war nicht länger in Gefahr. Wilhelm hatte geheiratet und mit Margarethe von Kleve für Nachkommen gesorgt.

Aber galt das noch? Nun, da Wilhelm tot war, bestand keine Aussicht mehr darauf, dass über seine Linie weitere Söhne geboren werden würden. Margarethe war zwar zum zweiten Mal schwanger gewesen, hatte das Neugeborene aber zwei Wochen nach

Wilhelms Tod verloren. Es hatte geheißen, der kleine Wilhelm wäre so zart und schmächtig gewesen, dass er wenige Tage später einfach aufgehört hatte zu atmen. So war die Welt. Agnes hatte nicht weiter darüber nachgedacht. Beinah jedes vierte Kind starb, besonders die Schwachen, die, die immer kränkelten, ganz gleich welchen Standes. Auch Adolf fieberte in einem fort. München war deswegen in ständiger Sorge.

Sie stockte. War es etwa das, was Herzog Ernst befürchtete? Dass der kleine Adolf ebenfalls verschied und somit die schwere Bürde der Erbfolge wieder alleinig Albrecht zufallen würde?

Ja, dachte sie. So musste es sein. Der Herzog war nach dem Tod des Säuglings in Panik verfallen. Er hatte Angst, dass der Thron nicht besetzt sein würde, wenn nun auch Adolf verstarb. Er wollte sich absichern. Albrecht würde weitere Erben in die Welt setzen müssen, doch dabei stand ihm seine Ehe mit Agnes im Weg. Niemand würde die Kinder, die Agnes ihm gebar, jemals als Herzöge anerkennen. Deshalb hatte Ernst beschlossen, dass es an der Zeit war, zu handeln.

Ihr ging auf, dass es kein Zufall sein konnte, dass Albrecht heute nicht bei ihr in Vohburg war. Sein Vetter Heinrich hatte ihn weggelockt. Er steckte mit Ernst unter einer Decke und hatte ihn auf dessen Geheiß von ihrer Seite entfernt, damit die Büttel leichtes Spiel hatten. Es war eine Intrige. Was hatte Albrecht ihr einmal gesagt, wie sein Vetter Louis Heinrich genannt hatte? Eine Schlange! Er hatte darüber den Kopf geschüttelt und die Warnung in den Wind geschlagen, und nun war der Verrat geschehen.

Was würde nun also geschehen? Der Büttel hatte ihr mitgeteilt, dass man in Straubing über sie verhandeln wollte. Das klang wie eine öffentliche Gerichtsverhandlung, nicht wie ein Gespräch unter vier Augen. Wahrscheinlich ahnte der Herzog, dass eine einfache Unterredung nicht ausreichen würde, um Agnes von der Seite seines Sohns zu vertreiben. Er hatte es schon einmal mit bloßen Worten versucht, damals, auf Jans und Margarethes Hochzeit. Er hatte ihr gedroht, sie verhöhnt, sie belogen und sogar probiert, sie zu bestechen. Vergeblich. Agnes hatte ihm die Stirn geboten.

Diesmal würde Ernst kein Risiko eingehen. Er würde Agnes vor Zeugen konfrontieren. Er würde seine herzogliche Macht in die Waagschale werfen und sie mit allen Rechtsmitteln zwingen, für immer ihrem Gemahl zu entsagen.

Die Aussicht, sich vor den Schöffen rechtfertigen zu müssen, sich *verteidigen* zu müssen, für eine vor Gott geschlossene Ehe machte sie so zornig, dass sie sich aufsetzte und das Gesicht mit dem Ärmel abtrocknete. Nein, beschied sie in diesem Moment. Herzog Ernst konnte sich noch so ereifern – verjagen lassen würde sie sich nicht! Albrecht und sie gehörten zusammen. Sie liebten einander.

Ganz recht, dachte sie mit frischer Zuversicht. Sie würde sich vor den Herren nicht fürchten. Sie würde ihre Gründe vorbringen und ihnen aufzeigen, dass sie auf dem Irrweg waren. Nicht einen einzigen der Anklagepunkte würde sie unbeantwortet lassen. Auf diese Weise würde sie Zeit schinden und das Verfahren in die Länge ziehen. Wenn sie es geschickt anstellte, konnte sie dafür sorgen, dass der Prozess Wochen dauerte. Es würde Albrecht genug Zeit geben, aus Landshut zurückzukehren, um sie aus dieser misslichen Lage zu befreien.

Die Tür öffnete sich. »Du bist die Bernauerin? Mitkommen.«

Sie überhörte die respektlose Anrede und legte die Schultern zurück. »Was, etwa jetzt?«

»Die Pferde sind gesattelt.«

Sie kam ächzend auf die Füße. »Aber es ist mitten in der Nacht.«

Der Büttel grunzte ungehalten und schnappte ihr Handgelenk, um sie nach draußen zu zerren. »Ich sagte: Mitkommen.«

KAPITEL 34

LANDSHUT, OKTOBER 1435

ALS DIE JAGDGESELLSCHAFT am Morgen aufgebrochen war, hatte der Nebel noch bleischwer in den Niederungen gehangen. Nun jedoch war die Sonne hervorgekommen und ließ das Herbstlaub in den schönsten Farben aufleuchten. Goldenes Licht filterte durch die Kronen der Bäume und wärmte die Gesichter der Reiter.

Jan und Albrecht genossen den Ritt durch das herzogliche Forstgebiet. Sie hatten sich vor einiger Zeit aus der Hauptgruppe gelöst, um ein wenig zu Atem zu kommen. Seit ihrem Eintreffen in Landshut hatte Heinrich seine Gäste ununterbrochen bewirtet, unterhalten und zu Höchstleistungen angestachelt. Ihnen dürstete nach einer Pause.

Jan lenkte sein Pferd aus dem Wald heraus zu einem Bach, der sich über blank geschliffene Steinbrocken sprudelnd Richtung Tal ergoss. »Welch unsägliches

Pech«, sagte er plötzlich, »dass Wilhelms zweiter Sohn nur so kurz gelebt hat. So viele Hoffnungen, die sich mit seiner Geburt verbunden haben.«

Albrecht seufzte. »Eine tragische Wendung für Margarethe, in der Tat. Erst der Gatte, dann der Sohn. Und beide so kurz hintereinander. Wie ich gehört habe, kam der Tod des Kleinen für niemanden in München überraschend. Der Säugling war schon bei der Geburt blau und sehr klein.«

»Sie hat ihn Wilhelm getauft, wie ich gehört habe.«

»Eine schöne Geste, findest du nicht? Jetzt bleibt uns nur Adolf. Der arme kleine Kerl ...«

»Du wirst ihm ein ausgezeichneter Vormund sein, kein Zweifel.« Jan zeigte mit ausgestrecktem Arm auf eine Wiese, die vor ihnen zu einer baumlosen Anhöhe anstieg. »Sollen wir hier entlang?«

Albrecht trat seinem Pferd kräftig in die Flanken, und das Tier machte einen erschrockenen Satz nach vorn. »Wer zuerst oben ist!«, rief er und zog an seinem Freund vorbei.

Jan fiel hinter ihm ein. »He!«

Sie galoppierten die kleine Anhöhe hinauf, dass die feuchten Erdklumpen nur so zu allen Seiten spritzten. Albrecht jauchzte innerlich auf. Er liebte das Stapfen und Schnauben des Gauls zwischen seinen Schenkeln. Wie bei einem Turnier! Die schiere Muskelkraft, die von dem Tier ausging, schien sich auf seine Glieder zu übertragen und ihm neuen Lebensmut zu geben.

Jan kam immer näher und schloss auf. Kurz vor dem Ziel überholte er Albrecht, der ihm protestierend hinterherjagte. Sein Wallach legte die Ohren an und gab sein Bestes, doch der Vorsprung war nicht mehr einzuholen.

Oben angekommen zügelte Jan sein Pferd. Er klopfte dem Tier den Hals und schaute mit einem Gähnen seinem Freund entgegen. »Auch schon da?«

Albrecht ließ sein Reittier den letzten Rest traben. Er verzog den Mund zu einem schiefen Verlierergrinsen. »Wie ich sehe, geht es deinem Bein wieder besser, du Hundsfott.«

Jan grinste spitzbübisch. »Als wäre nie etwas gewesen.«

Für eine Weile genossen sie schweigend die Aussicht. Von der Anhöhe aus hatte man einen weiten Blick über die Wälder und bis zur Isar. In der Ferne waren die Türme und Dächer von Landshut auszumachen. Die Stadt wurde von fruchtbarem Ackerland umschlossen, das sich bis zu den Flussauen und darüber hinaus erstreckte. Über allem thronte Heinrichs trutzige Festung.

»Es ist ein wunderschönes Land, dieses Bayern.«

»Der Herrgott meinte es gut mit uns«, erwiderte Albrecht. »Das Land ernährt uns wie die geschwollene Brust einer liebevollen Mutter. Nun heißt es, dieses Geschenk mit allen Mitteln zu bewahren und zu schützen.«

Er wurde wenige Schritte entfernt einer Scheune gewahr. Ein Vorwitziger hatte mit Kreide ein paar Worte auf das breite Scheunentor geschrieben.

»Nanu – was ist denn das?« Neugierig trabte er näher heran. Jan folgte ihm. »Ein Sinnspruch«, sagte jener verwundert.

Albrecht las laut vor:

Mit Kreide schreib' ich Leid so zart,
doch wer kein Schmerz im Herzen hat,
mag diese Spuren flugs entfernen,
da Freude soll im Herzen währen.

Jan lachte vergnügt auf. »Pfiffige Worte. Meinst du, das trifft auf uns zu?«

Albrecht dachte darüber nach. »Schätze schon.«

»Du betrauerst doch deinen Onkel.«

»Aber dieser Schmerz wird vergehen. Man darf nicht nur den Augenblick sehen. Schau mich mit meinem geliebten Weib an. Hier gibt es kein Schmerz und kein Leid. Dank ihr bin ich ein glücklicher Mann.«

»Du Glückspilz! Soll ich also den Satz für dich wegwischen?«

»Warum nicht? Wenn es doch dort so steht?«

Jan stieg feixend ab. »Du bist schon ein seltsamer Kauz.« Er stöberte einen zerfledderten Lumpen auf und wischte die Wörter eins nach dem anderen weg. Albrecht stützte das Kinn auf und sah ihm belustigt dabei zu.

Als Jan fertig war, vollführte er einen tiefen Diener. »Ist es so besser, der Herr?«

»Dir sei gedankt. Der Wahrheit ist Genüge getan.« Er schaute sich um. »Was wollen wir jetzt unternehmen?«

Jan warf den Lumpen wieder in den Schmutz und klopfte die Handflächen aneinander, um sie vom Kreidestaub zu befreien. Er schwang sich zurück in den Sattel. »Wir sollten schauen, wo die anderen geblieben sind. Bestimmt werden wir schon vermisst.«

»Ach ja ... die Jagd! Ich hatte gehofft, dass mir der Besuch in Landshut guttun würde. Doch stattdessen bin ich so unter Anspannung, dass ich kaum Zeit habe, meine Trauer zu bewältigen.«

»Heinrich hat sich ganz schön ins Zeug gelegt, um uns einen kurzweiligen Aufenthalt zu bereiten. Ich bin allerdings deiner Meinung, er übertreibt es. Die Nächte sind kurz, die Tage voller Spiel und Spaß. Selbst abends in der Halle bleibt kaum Zeit zum Reden, weil der Spielmann alles übertönt. Dabei hatte ich angenommen, er würde mit dir Details des Bündnisses besprechen, jetzt, wo Wilhelm tot ist.«

»Ich auch. Stattdessen bekomme ich ihn kaum zu Gesicht. Immer wieder stellt er mich anderen Gästen vor und gibt mir neue Herausforderungen. Ich habe das Gefühl, wenn wir in einigen Tagen abreisen, ist mir Heinrich so fremd wie eh und je.«

Jan hob einen Finger und legte den Kopf schief. »Still!«

Aus der Ferne vernahmen sie eiliges Hufgetrommel.

»Kommt uns dein Vetter mit seiner Jagdgesellschaft etwa entgegen?«

»Nein«, erwiderte Albrecht stirnrunzelnd. »Es klingt nach nur einem einzelnen Pferd.«

Kurz darauf erspähten sie einen Reiter, der den Hügel hinaufgeschossen kam und kopflos auf sein schnaufendes Tier eindrosch. Der Gaul hatte so viel Schaum vorm Maul, dass er in großen Flocken zu allen Seiten flog. Auf Albrechts Armen bildete sich eine Gänsehaut. Er wusste sofort, etwas Unheilvolles musste passiert sein.

Sie sprachen sich wortlos ab und kamen dem fremden Reiter entgegen.

»Mein Fürst!«, brüllte dieser schon von Weitem.

Albrecht erkannte den Burschen. Er war einer seiner Wachleute aus Vohburg. »Oberle!«

»Fürst Albrecht«, sagte der Mann atemlos. »Ein Glück, dass ich Euch gefunden habe! Man sagte mir, Ihr seid ausgeritten zur Jagd, aber bei der Gesellschaft konnte ich Euch nicht finden, und so ... Zum Glück habe ich Euch oben auf der Kuppe stehen sehen.« Er zügelte das erschöpfte Pferd und rutschte aus dem Sattel, um auf ein Knie zu fallen. Mit bebender Hand hielt er ihnen ein Stück Pergament hin.

Albrecht war wie erstarrt. »Was bringst du mir?«

»Eine dringende Nachricht aus Vohburg, Herr. Von der Kammerjungfer Afra.«

Albrecht war mit einem Satz aus dem Sattel und entriss dem Boten das Schreiben. Er drehte und wendete das Schriftstück. Es war nicht versiegelt.

»Afra? Die kann doch gar nicht schreiben.«

»Na los, mach's schon auf«, sagte Jan.

Albrecht stierte auf den Brief. Seine Hand begann zu zittern. Als er Jans drängenden Blick einfing, entrollte er das Pergament. Es war nur ein einziger Satz, hastig dahin gekritzelt.

Sie haben sie nach Straubing geschafft für einen Prozess.

Die Hand fuhr ihm an die Brust. Für einen Moment befürchtete er, das Herz würde ihm stehenbleiben.

»Was ist es, Albrecht?«, fragte Jan besorgt. »Herr im

Himmel, du siehst aus, als hättest du den Teufel persönlich gesehen. So sprich schon!«

Doch Albrechts Zunge versagte ihm den Dienst. Er las den Brief noch einmal und dann ein drittes Mal.

Mit einem ungeduldigen Schnalzen stieg Jan ab und riss ihm das Pergament aus den Händen. Er überflog die kurze Nachricht und stieß einen unchristlichen Fluch aus.

Albrechts leerer Blick wanderte in die Ferne. »Geh zurück zum Scheunentor, Jan. Nimm ein Stück Kreide und schreib den Spruch wieder dran.«

Jan packte ihn an den Oberarmen und schüttelte ihn heftig. »Bist du gspinnert, Albrecht? Was faselst du da? Wir müssen sofort zurück nach Landshut! Und von dort weiter nach Straubing!«

»Ich dachte, nichts könnte mir noch passieren, Jan. Nichts. Was bin ich doch nur für ein gutgläubiger Tor … Ich habe mein Glück herausgefordert.«

»So ein Schmarrn. Das ist ein Aberglaube!«

»Heinrich hat es gewusst. Es war ein abgekartetes Spiel. Er hat mich weggelockt.«

Jan erkannte sofort, in welch heikler Lage sie sich befanden. Er erbleichte und warf dem Boten einen Blick zu.

»Schweig, um Christi Willen!«, raunte er Albrecht ins Ohr. »Wir dürfen keine voreiligen Schlüsse ziehen. Oder willst du Krieg mit deinem Vetter? Es ist gewiss alles nur ein Missverständnis.«

Albrecht nickte benommen.

Mit einem Wink schickte Jan Oberle fort, der immer noch auf ein Knie gesunken war. »Reite wie der Teufel zum Schloss und kündige unsere Abreise an. Sie sollen uns frische Pferde bereitstellen und mit Proviant und Laternen bestücken.«

Der Bote nickte. »Jawohl, mein Herr.«

Jan schob Albrecht zu seinem Gaul. »Na los, mein Prinz! Aufsteigen! Jetzt ist keine Zeit zu verlieren.«

Die Straßen waren trocken, und sie kamen gut voran. Sie ritten die ganze Nacht durch und erreichten Straubing am späten Nachmittag des folgenden Tages.

Als sie das Stadttor passierten, schaute Albrecht angestrengt in die Gesichter der Stadtwachen. Was er dort las, beunruhigte ihn zutiefst. Schuld stand in ihnen geschrieben. Schuld und – schlimmer noch – Mitleid.

Verärgert presste er die Lippen aufeinander.

Sie erreichten den Stadtplatz, wo rund um die Baustelle des Stadtturms emsiges Treiben herrschte. Dutzende Stände und Buden boten allerlei Hausrat und Lebensmittel feil. Schweine grunzten, Federvieh gackerte.

Als die Bürger ihr Herannahen bemerkten, drehten sich nach und nach die ersten Köpfe zu ihnen um. Die Weiber und Marktschreier hielten in ihrem Gefeilsche inne, Bettler und Beutelschneider verdrückten sich in die umliegenden Gassen, ein Wanderprediger auf einer umgedrehten Obstkiste brach seine Tirade ab.

Die Stille, die sich über den Platz legte, war schwer wie Blei. Albrecht presste die Kiefer so fest aufeinander, dass es knirschte. Er wandte den Blick ab und konzentrierte sich wieder auf den Weg.

Hinter dem Stadtturm schlossen sich ihnen eine Handvoll Kinder an. Vergnügt stimmten sie einen Ringelreigen an, wohl in der Hoffnung auf Münzen. »Stoßt das Weib, stoßt es! Lasst die Hure schwimmen!«

Albrecht und Jan ignorierten sie. Einer nach dem anderen fielen die Kinder zurück und ließen die beiden Reiter ziehen.

Schließlich erreichten sie das Schloss. Schon von Weitem sahen sie, dass das Tor zum Hof zugesperrt war.

»Lasst den Fürsten ein, sofort!«, brüllte Jan.

Der Wachtmeister zog den Schlüssel vom Gürtel. Das Tor schwang quietschend auf. Sie ritten hinein. Der Hof wirkte wie ausgestorben.

Albrecht stieg so hastig ab, dass er beinah gestürzt wäre. Schnell klammerte er sich am Sattelblatt fest. Seine Knie waren nach dem langen Ritt weich wie Butter. Er ließ einen zornigen Blick über den Hof gleiten, er hatte ihn noch nie so verwaist erlebt. »Wo ist sie? Wo ist meine Gemahlin?«, fragte er laut.

Aus dem Augenwinkel bemerkte er, wie im zweiten Stock lautlos ein Fensterladen geschlossen wurde.

Er fluchte. Keiner wollte ihm Rede und Antwort stehen. Er überließ das Pferd sich selbst und eilte zum Palas. Jan, der ihn bis dahin stumm beobachtet hatte, sprang aus dem Sattel und folgte ihm.

Die Tür zu Halle stand offen. Als Albrecht hereinplatzte, war eine Handvoll Mägde gerade im Begriff, den Boden zu kehren. In der Mitte türmte sich ein großer Haufen Bodenbinsen.

»Wo ist mein Weib?«, brüllte er.

Die Frauen stoben quiekend auseinander, so als hätten sie eine Maus gesehen. Eine ließ ihren Besen fallen, er fiel krachend zu Boden. Erschrocken starrten sie ihn an, doch niemand beantwortete seine Frage.

Albrechts Blick glitt zur Treppe. »Nach oben.«

Sie nahmen zwei Schritte auf einmal. Wieder fragte Albrecht: »Wo ist Agnes?« Doch die Worte verklangen ungehört.

Auf dem Treppenabsatz sahen sie sich um. Das Schloss wirkte unbewohnt, in den Ecken stand fingerdick der Staub. »Wo zum Teufel stecken die Diener?«

»Wir sollten in ihrer Wohnung nachschauen«, sagte Jan und deutete nach rechts.

Albrecht eilte zur Tür. Normalerweise waren hier zwei Pagen positioniert, doch nicht heute. Zornig umschloss er mit den Händen die Klinken. Das Metall war kühl und leblos. *Unberührt* – das Wort kam ihm in den Sinn. Es verklemmte sich unheilvoll in seinem Verstand und echote sinnlos darin herum.

»Was, wenn sie gar nicht in Straubing ist, Albrecht? Vielleicht hat Afra sich geirrt, und sie ist immer noch in Vohburg – oder gar in München?«

Albrecht riss die beiden Türflügel auf. Augenblicklich stürzten sich zwei Hunde auf ihn, sprangen kläffend an ihm hoch und brachten ihn beinah zu Fall. Einen trat er aus Versehen in die Seite, vielleicht war es Mio. Das Tier winselte, doch es kam sogleich schwanzwedelnd zu ihm zurück.

Die Kammer war leer, die Möbel mit Tüchern abgedeckt, die Luft roch abgestanden. Sie war die Erste in einer Flucht von Kammern, die nur von Agnes bewohnt wurden. Die Türen dazwischen standen alle offen. Albrecht durchquerte den Raum.

Am fernen Ende erspähte er eine Frau, die von mehreren Kisten und Körben umgeben war. Sie war offenbar mit Auspacken beschäftigt. Mit weit ausholenden Schritten ging er auf sie zu. Sie fuhr erschrocken herum. In der Hand hielt sie eine Schachtel aus poliertem Walnussholz.

Er wollte gerade Agnes' Namen sagen, da erkannte er mit sinkendem Herzen, dass es nur ihre Zofe Afra war.

»Wo ist sie? Wo ist meine Gemahlin?«, donnerte er. »Warum kann denn keiner hier diese simple Frage beantworten?«

Afras Augen wurden groß, dann brach sie in Tränen aus. Achtlos legte sie die Schachtel beiseite und hob die Hände wie zum Gebet. »Oh, mein lieber Herr! Wie gut, dass Ihr gekommen seid!«

Ihm entwich ein frustriertes Geräusch. »Wo ist sie? Nun sprich doch schon!«

Mit Klauenhänden wollte er auf sie losgehen und sie schütteln, schütteln, bis endlich eine Antwort aus ihr herausfiel. Er machte einen bedrohlichen Schritt auf sie zu und ballte die Faust. Jans ausgestreckter Arm schnellte ihm gegen die Brust, um ihn zurückzuhalten.

»Du bist ja wie von Sinnen. Das arme Mädchen ist ganz verschreckt.«

Albrecht ließ Luft entweichen und wandte sich ab.

Jan setzte ein Lächeln auf und fragte sanft: »Afra, mein Kind, sag uns, wo finden wir deine Herrin?«

Falls er gehofft hatte, dass die gefasstere Ansprache

sie zum Reden bringen würde, hatte er sich verschätzt. Afra fiel auf die Knie, vergrub das Gesicht in den Händen und begann, jämmerlich zu schluchzen. Die Hunde hielten es für ein Spiel. Sie ließen von Albrecht ab und sprangen auf die in sich zusammengerollte Zofe. Afra wimmerte und vergrub den Kopf tief in den Armen.

Albrecht zog seinen Dolch und fuhr herum. »Diese verfluchten Köter!«

Jan drückte ihm den Arm weg. »Nicht! Bist du denn von allen guten Geistern verlassen?« Er stieß seinen Freund weit von sich, damit er keinen Schaden anrichten konnte. Albrecht knurrte, das Heft in der Hand.

Jan zog die Zofe wieder auf die Füße. »Afra«, flüsterte er beschwörend in ihr verheultes Gesicht. »Ich bin mir gewiss, dich trifft keine Schuld. Bitte sag uns: Was ist passiert?«

Ihre Augen waren wie große, wässrige Kugeln. Rotz hing ihr unter der Nase. »Sie kamen mitten in der Nacht und haben sie geholt!«

»Wer? Wer hat sie geholt?«

»Die Büttel der Stadt.«

»Welche Stadt?«

»München.«

Albrecht brüllte gepeinigt auf. Die Kammer, die Agnes so liebevoll eingerichtet hatte, wurde vor seinen Augen rot wie Blut.

»Und dann haben sie sie nach Straubing gebracht?«, fragte Jan.

»Es war ein geheimes Gericht, mein Herr, unter Ausschluss der Öffentlichkeit. Alles war blitzschnell vorbei. Der Herzog hat sie schuldig gesprochen.«

»Wie lautete die Anklage?«, fragte Jan.

»Hochverrat und Zauberei, denn ...«

»Wo ist sie?«, unterbrach Albrecht sie ungehalten. »Wo hat man sie eingesperrt?« Er wartete die Antwort nicht ab, sondern stürzte zum Ausgang. »Ich will sofort zu ihr. Führ mich hin, Afra. Jan, folge mir.«

»Das geht nicht, Herr. Das Urteil wurde noch am selben Tag vollstreckt.« Sie stockte, dann fügte sie leise hinzu: »Sie ist tot.«

Albrecht blieb stehen. Ihm war, als hätte ihm jemand von hinten ein Messer mitten ins Herz geschleudert. Die Welt vor seinen Augen begann, sich zu drehen. »Tot?«

»Sie haben sie auf einem Karren vom Schloss bis zur äußeren Donaubrücke gebracht«, erzählte Afra schluchzend. »Wie eine Verbrecherin. Und dann haben sie sie gebunden auf die Brücke gestellt und mit einem Stab in die Fluten gestürzt.« Sie brach abermals in Tränen aus.

Albrechts Dolch fiel mit lautem Scheppern zu Boden. Er wandte sich langsam um. »Sie ist tot?«

»Sie hat tapfer gekämpft, bis zum letzten Atemzug«, sagte Afra. »Sie hatten ihr die Augen verbunden, die Hände und die Füße waren gefesselt. Im Wasser hat sie sich dann befreit. Sie wollte zurück zum Ufer, mit nur einem freien Fuß. Sie hat geschrien: *Helft, helft, helft!* Doch keiner kam ihr zur Hilfe.«

Jan blinzelte zur Decke. »Süßer Jesus!«

»Oh, der Herr sei mein Richter«, fuhr Afra fort. »Ich ja auch nicht! Ich habe ihr auch nicht geholfen! Wir alle waren vor Schreck wie erstarrt. Wisst Ihr, sie hatte es schon fast geschafft. Beinah war sie gerettet ... Da hat der Scharfrichter einen Blick mit dem Herzog gewechselt. Der hat genickt, und der Scharfrichter ist mit dem Stab zum Ufer geeilt. Er hat den Stock in ihre Haare gewickelt, ihre goldenen Haare, Herr, und er hat sie so lange nach unten gedrückt, bis sie sich nicht mehr gewehrt hat. Dann hat der Fluss sie mit sich fortgerissen.«

Albrecht wurde es eiskalt. Vor seinem inneren Auge sah er Agnes deutlich vor sich, leblos im Wasser, die Lippen ganz blau. »Der Fluss hat sie mit sich fortgerissen?«, keuchte er.

Bevor Afra antworten konnte, setzte in seinen Ohren ein schrilles Pfeifen ein. Ihm knickten die Beine weg. Er sank an Ort und Stelle zu Boden, der Türrahmen sein einziger Halt.

Die beiden Hunde ließen von der Zofe ab und kehrten zu ihm zurück.

Geistesabwesend ließ er sich Hände und Gesicht ablecken. »Der Herzog, mein Vater … Er war bei der Vollstreckung persönlich anwesend?«, fragte er tonlos.

»Ja, mein Herr. Herzog Ernst war da, auf der Brücke. Er hat alles mitangesehen. Kaltblütig sah er aus. Und dieser Geheimschreiber …«

»Aichstetter«, sagte Jan.

»Und dieser Degenberg, hier aus Straubing.«

»Wann ist es passiert?«, fragte Jan.

»Heute Morgen, Herr. Direkt nach dem Urteil. Es ging alles so schnell. Oh, ihre Augen waren gebunden, so wie damals, als man ihr die Blutenburg zum ersten Mal gezeigt hat.«

»Was ist danach passiert? Wurde sie irgendwo angespült?«, fragte Jan.

»Ja, Herr. Unweit des Gottesackers von St. Peter im Kirchlein. Sie wurde gleich dort verscharrt.«

Albrecht ballte die Faust. »Das ist unwürdig! Die Gemahlin des Herzogs!«

»Eine gemeine Verbrecherin hätten sie wieder ins Wasser gleiten lassen«, erwiderte Jan spöttisch.

»Kurzer Prozess, sofortiger Vollzug. Sie wollten sie so schnell wie möglich beiseiteschaffen«, knurrte Albrecht. »So lange sollte Heinrich mich offenbar beschäftigt halten.«

»Wo ist Herzog Ernst nun?«, fragte Jan.

»Er ist gleich darauf nach München abgereist«, erwiderte Afra. »Mich wundert, dass ihr ihn nicht auf der Straße getroffen habt.«

Albrecht kam mühselig auf die Beine und klaubte den Dolch auf. »Ich muss Degenberg finden, sofort.«

Jan wechselte einen erschrockenen Blick mit Afra und sprang hinterher. »Albrecht, komm zurück! Albrecht! Das Messer! Sei kein Narr! Gib es mir! Sofort!«

KAPITEL 35

VOHBURG, OKTOBER 1435

Das Aroma von Weihrauch war tröstlich. Die Dunkelheit war tröstlich. Die Stille – war tröstlich.

Es waren endlose Stunden, die Albrecht auf Knien in der Burgkapelle verbrachte, das Flackern der Kerzen sein stummer Begleiter, das Herz eine gähnende Wüste. Man hatte ihn des Einzigen beraubt, das ihm kostbar war. Der Verrat wog schwer.

Er vernahm Schritte hinter sich, doch er wandte sich nicht um. Wahrscheinlich war es schon wieder der Kaplan, der sicherstellen wollte, dass er beim Gebet nicht eingenickt war.

»*Bratře,* die Tage werden kühler. Du solltest nicht so viel Zeit hier auf dem eisigen Boden verbringen.«

Er ignorierte den wohlgemeinten Rat und senkte den Kopf, um noch inbrünstiger zu beten. »Sie wurde verscharrt wie eine Verbrecherin«, erwiderte er schroff. »Ich muss ihr den letzten Weg ebnen.«

»Sie hätte nicht gewollt, dass du dich dabei erkältest«, sagte eine weibliche Stimme.

Er fuhr herum. Es war Margarethe. Sie trug noch ihren Reisemantel, die Wangen waren vom Ritt gerötet, das Gesicht kummervoll.

Dass Jan sie für ihn aus Pfaffenhofen geholt hatte, ließ Albrechts Mauern zum Einsturz bringen. Ein Schluchzen löste sich in seiner Kehle, frische Tränen strömten über die stoppeligen Wangen. Er hätte nicht gedacht, dass er noch weinen konnte.

»Sie haben sie mir einfach weggenommen!«, schluchzte er auf.

»Oh, mein Albrecht!«

Sie stürzte zu ihm, und er flog in ihre Arme.

Es dauerte, bis er sich wieder gefasst hatte, doch Margarethe war geduldig. Schließlich trat er mit gesenktem Blick zurück und wischte sich mit dem Ärmel über das Gesicht.

»Komm, lass uns drinnen reden, wo es warm ist«, sagte sie sanft.

Wortlos streckte er ihr einen Gegenstand hin, den er die ganze Zeit fest umklammert gehalten hatte.

»Was ist das?«, fragte sie.

»Das ist alles, was mir von ihr geblieben ist«, flüsterte er.

Vorsichtig entfaltete sie das Stück Stoff. Darin eingewickelt war eine Haarlocke, die Enden des blauen Bandes, mit dem sie zusammengehalten wurde, zerschlissen. Sie strich sanft mit der Daumenkuppe darüber, dann legte sie alles wieder zusammen.

»Noch nicht einmal Gerichtsunterlagen gibt es«, sagte er voller Bitterkeit, als er die Locke wieder entgegennahm. »Sie haben sie einfach in den Fluss geworfen.«

Margarethe nickte und strich ihm über den Arm.

»Zweifellos hat man in München die Archive ebenfalls geleert. So als hätte es sie nie gegeben.«

»Du tust dir selbst weh, Albrecht. Damit ist niemandem gedient.« Sie schob ihn in Richtung Ausgang. »Komm, wir setzen uns vor ein warmes Feuer, und dann erzählst du mir alles, was du weißt. Es wird dein Herz erleichtern.«

Sie hakten ihn in ihre Mitte ein und führten ihn über den Burghof zum Palas. Obwohl es erst Oktober war, lag der Geruch von Schnee in der Luft.

In der Halle schleppte sich Albrecht zu seinem Sessel. Eine Magd brachte ihm dampfend heißen Wein und breitete eine Decke über seine Beine aus. Agnes' Hunde gesellten sich zu ihm und machten es sich auf dem blanken Boden neben seinen Füßen bequem. Sie dösten in kürzester Zeit weg.

»Konntest du rekonstruieren, was genau geschehen ist?«, fragte Margarethe.

»Sie haben sie verhaftet und noch in derselben Nacht nach Straubing gebracht, wo man sie unter Hausarrest gesetzt hat. Am Morgen hat mein Vater das Hofgericht einberufen. Sieben Männer hat er dazu bestellt, aus München und Straubing. Degenberg war dabei. Er hat mir erzählt, was danach passiert ist.«

»Und dein Vater war ihr Richter?«

»Es war sein gutes Recht als Herzog.«

»Wie lautete die Anklage?«

»Zauberei und Hochverrat.«

Margarethe entwich ein ungläubiges Schnauben. »Soll Agnes dich etwa verzaubert haben?«

»Sie kam aus dem Badergewerbe. Jeder weiß, wie nah diese Leute der Welt der Dämonen sind«, spöttelte Jan. »Sie sind von Natur aus kalt und bedürfen der Wärme des Menschen.«

Albrecht dachte an Agnes' Hände, immer so kühl.

»Aber das ist absurd!«, rief Margarethe.

»Du weißt doch, wie es ist, meine Liebe. Frauen sind nur unvollkommene Männer«, sagte Jan. »Ganz offensichtlich war Agnes ein böses Weib, das danach trachtete, Albrecht mit Hilfe der Fleischeslust zu verführen.«

»So ein ausgemachter Schmarrn!«

»Zudem beschuldigte man sie des Schadenszaubers«, sagte Albrecht. »Sie soll mit Gift versucht haben, den kleinen Adolf zu töten.«

»Das glaube ich nicht! Das hätte sie nie getan. Sie liebte Kinder über alles.«

»Das Gericht sah die Vorwürfe als erwiesen an. Eine einfache Frau, die es bis in die höchsten Kreise gebracht hat – da konnte es nicht mit rechten Dingen zugehen. Dass Zauberei im Spiel war, lag für sie auf der Hand. Somit war es ein Verbrechen gegen Gott selbst. Das Gericht konnte nur mit voller Härte urteilen.«

»Glaubst du das etwa auch, Albrecht? Glaubst du, dass Agnes dich verzaubert hat?«

Er schüttelte den Kopf. »Sie hat mich nur geliebt, das war alles.«

Margarethe warf frustriert die Hände in die Höhe. »Wie kann denn Liebe Sünde sein?«

»Die Sache ist die«, sagte Jan. »Zauberei an sich ist schon ein schweres Verbrechen. Aber in diesem Fall richtete sich die Magie gegen die beiden Thronerben Albrecht und Adolf. Der Herzog befand, dass sie deshalb nicht nur gegen die Gesetze Gottes verstoßen hat, sondern auch gegen die des Fürsten. Und das, wie wir alle wissen, bedeutet Hochverrat.«

»So gab es also keinen Ausweg für sie«, schloss Margarethe. »Haben sie Agnes denn gar nicht sprechen lassen? Durfte sie etwas zu ihrer Verteidigung vorbringen?«

Albrecht lachte gallig auf. »Doch, natürlich. Schließlich sollte es wie ein richtiger Prozess aussehen. Allerdings hat das alles nur noch schlimmer gemacht.«

»Man sagt, sie habe sich vehement verteidigt und alles abgestritten. Ernst nahm dies zum Anlass, auch ihren Hochmut als erwiesen anzusehen. Und Hochmut ist eine Kardinalsünde.«

»Noch ein Vergehen gegen Gott«, folgerte Margarethe.

»Ernst soll während des Prozesses gesagt haben, sie sei in ihrer Bosheit erstarrt.«

»Agnes hat sich geweigert, ihren Platz an meiner Seite zu räumen«, sagte Albrecht. »Während der Verhandlung hat sie sich angemaßt, das Schloss in Straubing als *ihr* Schloss zu bezeichnen.«

»Wie lächerlich! Ich bin mir sicher, das war ein

simpler Versprecher«, sagte Margarethe. »Agnes wusste ganz genau, wo ihr Platz in der Welt ist. Sie wollten sie missverstehen.«

»Für meinen Vater muss es geklungen haben, als wähnte sie sich bereits eine Herzogin von Gottes Gnaden.«

»Aber nichts davon lässt sich beweisen«, sagte Margarethe. »Alles, wofür sie angeklagt wurde, die Zauberei, der Hochverrat, die Ketzerei – das waren doch nur Vermutungen. Wie kann das ausreichen, um jemanden zum Tode zu verurteilen?«

»Es war ein Verfahren auf Leumund. Die Annahme allein, dass sie dem Land und dem Fürsten Schaden zufügen könnte, genügte, um sie mit Strafe zu belegen.«

Eine Magd kam herein und versorgte sie mit weiteren Getränken und Gebäck. Margarethe kaute nachdenklich auf der Unterlippe herum.

Als das Mädchen wieder gegangen war, flüsterte sie: »Ich wage kaum, zu fragen, aber hat man sie gefoltert?«

Albrecht verneinte mit einem stummen Kopfschütteln.

»Gott sei Dank.«

Er ließ die Schultern sacken und starrte auf den erkalteten Wein in seiner Hand.

»Was gedenkst du nun zu tun, Albrecht?«, fragte Jan in die Stille hinein. »Wie willst du darauf reagieren?«

»Hast du in Pfaffenhofen die Männer zusammengerufen, wie ich dir befohlen habe?«

Jan wechselte einen Blick mit Margarethe. »Ja ...«

Albrecht nickte abwesend. Er war auf einmal sehr müde. Mit Zeigefinger und Daumen massierte er sich die

Nasenwurzel. »Geisenfeld hat sich ebenfalls auf meinen Befehl gewappnet.«

»Wozu rufst du zu den Waffen? Bitte, sag mir nicht, dass du etwas gegen deinen Vater planst.«

»Die beiden Ludwigs in Ingolstadt haben dem Landshuter Herzog mit Fehde gedroht.«

Margarethe griff erschrocken Jans Hand. »Du willst Krieg?«

»Ingolstadt will Krieg. Aus gutem Grund, wie ich finde. Der Landshuter Ritter Nothaft hat ihr Land massiv geschädigt. Sie wollen sich das nicht länger bieten lassen.«

»Aber was hast du damit zu schaffen?«

»Ich ergreife für sie Partei.«

»Damit brichst du das Freisinger Bündnis!«

Er zuckte mit den Schultern. »Ich habe nicht angefangen. Das Bündnis wurde in dem Moment gebrochen, da sie meine Gattin verhafteten.«

»Du machst mit, weil du glaubst, dass dein Vetter Heinrich in der Sache mit Agnes mit drin steckt«, schloss Jan.

»Er ist nicht mehr mein Vetter. Er ist nur noch der Herzog von Landshut.«

»In Ordnung. Also noch einmal: Du planst, mit Ingolstadt Krieg zu führen gegen Landshut? Du willst Rache nehmen?«

»Wir werden sehen.«

»Und dein Vater?«

»Der weilt derzeit in Straubing, wo er einen Landtag einberufen hat, um mir die Statthalterschaft zu entziehen.«

Margarethe schnappte entrüstet nach Luft. »Aber das kann er doch nicht machen!«

»Es ist sein Herzogtum, nicht meins. Er kann damit tun und lassen, was er will. Er hat sogar seinen Anteil an den Schulden für die hiesige Ritterschaft bezahlt, um sich mit ihnen gutzustellen. Wie ironisch, wenn man bedenkt, wie lange ich ihn deswegen erfolglos anbetteln musste.«

Jan schwieg nachdenklich.

Albrecht seufzte auf. »Vielleicht ist es besser so. Ich kann Straubing nicht mehr betreten. Alles dort gemahnt mich an sie.«

Margarethe ergriff seine Hand. »Wir werden immer für dich da sein, Albrecht. Ich hoffe, das weißt du.«

»Danke, Margarethe.« Er lachte auf. »Stellt euch vor: München hat mir letztens ein paar Abgesandte geschickt. Dass ich Männer zu den Waffen rufe, hat ihnen wohl Angst eingejagt. Sie befürchten, dass sie sich mit dieser Affäre ihr eigenes Grab geschaufelt haben.«

»Aber inwiefern haben sich die Münchener schuldig gemacht?«, fragte Margarethe.

»Schrenk und Rudolf und wie diese Räte und Patrizier alle heißen. Sie haben meinen Vater in diesem Vorhaben unterstützt.«

»Was hast du der Gesandtschaft gesagt?«, fragte Jan.

»Es gibt nichts zu sagen. Ich habe sie am Tor abgewiesen.«

»Albrecht, ich verstehe deine Trauer und deinen Schmerz. Aber München ist deine Heimat. Du bist dort aufgewachsen. Die Bürger lieben dich. Du kannst ihnen doch nicht einfach den Rücken kehren.«

»Sie haben mich verraten, genauso wie Vater. Ich will sie nie mehr wiedersehen.«

Mit einem traurigen Blick schaute er zum Kamin, wo das Feuer heiß prasselte. Er schloss die Augen und stimmte einige Zeilen aus Neidharts Winterliedern an.

Des Sommers Glanz, dir wir nun entsagen,
Der eisig Winter trübt und schmerzt uns tief.
Ungetröstet bleibe ich von der Liebsten:
Wie übersteh ich diese lange, schwere Zeit,
Da das Kraut welkt und Blumen verwehen?
Auch die Vögel im Wald zwingt sie zur Stille,
Ihr Gesang verstummt, ein traurig Spiel.

KAPITEL 36

MÜNCHEN, DEZEMBER 1435

Trotz klirrender Kälte sorgte Albrecht dafür, dass sein Einzug nach München würdevoll und feierlich war. Niemals würde er den Bürgern zeigen, wie sehr sie ihn mit ihrem Verrat getroffen hatten. Er würde wie ein Fürst diese Stadt betreten, und er würde sie auf schnellstem Weg wieder verlassen, ohne etwas von dem Kummer zu offenbaren, der ihm heimlich das Herz zerriss.

Auf dem Weg zur Veste schaute er in die Gesichter der Leute am Wegesrand. Sie wirkten besorgt. Er hatte erfahren, dass man seit einigen Wochen in den Kirchen zusätzliche Kerzen entzündete und Messen spendete in der Hoffnung, so den drohenden Krieg zwischen Vater und Sohn abzuwenden. Der Gedanke gab ihm ein wohliges Gefühl der Genugtuung. Das geschah ihnen recht! Sollten sie ihn ruhig fürchten!

Die erste Einladung seines Vaters nach München hatte Albrecht bereits im Oktober erhalten, da war Agnes gerade erst ermordet worden. Weil er Ernsts Verbohrtheit zur Genüge kannte, vermutete er, dass der Hofrat den Herzog dazu gedrängt hatte, mit Albrecht Kontakt aufzunehmen. Das Schreiben war so formuliert, als hätte Ernst sich nichts zu Schulden kommen lassen. Unverkennbar Vater! Albrecht war darüber dermaßen erzürnt gewesen, dass er alle weiteren Briefe nicht mehr geöffnet hatte.

Doch nun war Weihnachtszeit, das Fest der Familie und der Liebe, und Jan hatte so unerbittlich auf ihn eingeredet, bis er schließlich selbst überzeugt gewesen war, den Standpunkt seines Vaters wenigstens einmal anzuhören. Er hatte sich zu diesem Zweck freies Geleit zusichern lassen. Es war ihm gestattet worden, die Stadt zu betreten, doch die bewaffneten Männer hatten vor den Toren warten müssen. Albrecht war nur mit den engsten Vertrauten weitergeritten. Das Misstrauen saß auf beiden Seiten tief.

In der Alten Veste nahm man ihn steif in Empfang, und er wurde zu Vaters privatester Kammer geleitet. Er trat mit versteinerter Miene ein.

Der Herzog stand hinter einem gepolsterten Stuhl. Der Ausdruck in seinen Augen war beinah scheu, die schmalen Hände, von Altersflecken übersät, umklammerten die Lehne. Für einen Moment wussten sie beide nichts zu sagen.

Ich werde meinen Blick nicht als Erster abwenden, dachte Albrecht erbost. *Eher friert die Hölle zu.*

Tatsächlich war es Ernst, der nach einem Augenblick

des Zögerns den Blickkontakt brach und ihm mit einer Geste bedeutete, Platz zu nehmen. Er schenkte seinem Gast eigenhändig ein, bevor er den Sessel gegenüber wählte.

»Ich weiß, wie du dich in deinem Herzen fühlst, Sohn«, hob er an.

»Nichts weißt du«, schnitt Albrecht ihn ab. »Du bist der Liebe nicht einmal fähig.«

Ernst presste die Lippen zusammen und ließ sich zurückfallen. Er starrte in die züngelnden Flammen im Kamin, bevor er erwiderte: »Du hast alles Recht der Welt, auf mich böse zu sein.«

»Ich benötige keine Erlaubnis für meinen Zorn.«

»Ich will, dass du weißt, dass es nicht der Plan war, dass sie hingerichtet wird.«

»Pah! Hast du ihr deshalb den Prozess gemacht? Damit du sie am Ende *nicht* umbringst?«

»Ich wollte das nicht. Sie ... hat es herausgefordert.«

In Albrecht kochte die Empörung so heiß hoch, dass es ihn nicht länger im Sessel hielt. Er sprang auf und reckte drohend die Faust. »Jetzt gibst du ihr auch noch die Schuld an ihrem eigenen Tod! Das ist unerhört! Wie kannst du es wagen ... wie kannst du es wagen, die Toten zu verhöhnen?«

»Bitte setz dich wieder, Albrecht. Lass mich meine Sicht der Dinge schildern.«

»Wozu? Was soll das bringen? Sie ist tot! Tot! Begreifst du das? Von deiner Hand!«

»Möchtest du denn gar nicht hören, wie es sich zugetragen hat? Willst du nicht wissen, was ihre letzten Worte waren?«

Albrecht zögerte. Etwas in ihm klammerte sich an jeden noch so kleinen Fetzen von Erinnerung, den er an Agnes hatte. Möglicherweise gab es etwas, das sein Vater über sie wusste, von dem er nie erfahren würde, wenn er sich nicht zu einem Gespräch öffnete.

Mit einem Stöhnen ließ er sich wieder in den Sessel fallen und wappnete sich für ein erneutes Aufflackern des Schmerzes. »Ich höre.«

»Wir brachten sie nach Straubing, um sie dort vor das Hofgericht zu stellen. Es sollte ordentlich verlaufen, damit die Leute sehen, dass alles mit rechten Dingen zugeht.«

»Deshalb war es ein heimlicher Prozess, nicht wahr? Ohne Augenzeugen und Mitschriften«, warf Albrecht spöttisch ein.

»Ein Schauspiel hinter verschlossenen Türen, um den Schein zu wahren. Mein Ziel war lediglich, dass sie ihren Platz an deiner Seite räumt.«

»Aber warum nach all der Zeit? Wir waren glücklich, Vater!«

»Ich habe es mit der Angst zu tun bekommen. Zunächst starb dein Onkel. Der Sohn, den er uns hinterlässt, ist kränklich. Das zweite Kind ... nun ja. Und dann hast du angefangen, das Freisinger Bündnis, das wir mit Landshut geschlossen haben, zu missachten ...«

»Nichts dergleichen habe ich getan. Ich habe den Sommer in Vohburg verbracht, das ist alles. Ich bin keine andere Verbindung eingegangen, habe nicht aufgerüstet, habe keine Ränke geschmiedet. Deine Spitzel hätten dir das doch mitteilen müssen! Ich habe im Schloss meiner verstorbenen Mutter residiert, um dort nach dem

Rechten zu sehen. Du wusstest doch selbst, dass es dort Einiges zu tun gab, um den Bau zu restaurieren.«

»Es hat uns dennoch ... verunsichert. Welch anderen Grund solltest du haben, so viel Zeit in Ingolstadt zu verbringen?«

Albrecht schüttelte fassungslos den Kopf. »Ich sehe schon. Du hast dich nicht verändert. Erst schiebst du es Agnes in die Schuhe, dann mir. Fass dir doch nur einmal an die eigene Nase. Du bist es, der am Ende den Urteilsspruch gefällt hat.«

»Ich will dir nur die Gründe erklären. Wie es so weit kommen konnte.«

»Und du hast Heinrich gebeten, mich wegzulocken, damit du Agnes nach Straubing entführen kannst ...«

»Dein Vetter wusste von nichts.«

Albrecht klatschte mit den Händen auf die Oberschenkel. »So ein Schmarrn!«

»Er war nicht eingeweiht. Das musst du mir glauben! Ich hatte ihn gebeten, dich einzuladen, doch den wahren Grund kannte er nicht.«

Albrecht wandte kopfschüttelnd den Blick ab. »Ich muss gar nichts«, murmelte er.

»Jedenfalls, ich hatte vor, den Prozess zu nutzen, damit Agnes unter Zeugen von dir abschwört. Sie sollte in ein Kloster eintreten oder eine andere Ehe eingehen. Ich hatte bereits einen Kandidaten gefunden, der sie genommen hätte. Sie hätte ein gutes Auskommen gehabt.«

»Du begreifst es immer noch nicht, oder, Vater? Agnes ging es nie um Geld oder Titel. Sie wollte mich.« Er zeigte mit dem Daumen auf sich. »Mich!«

»Ja, das hat sie auch gemeint. Sie hat gelacht und gesagt, nichts und niemand könne sie von deiner Seite und aus ihrem Schloss vertreiben. Sie sah sich im Recht.«

»Und das war sie ja auch! Sie war meine mir angetraute Gattin. Gott war unser Zeuge!«

»Wie dem auch sei ... Sie hat sich erdreistet, mir Widerworte zu geben. Sie hat ihre Redezeit dazu verwendet, mit den Schöffen zu diskutieren. Sie fing an, alles in Frage zu stellen.«

»Natürlich hat sie das. Was hast du erwartet? Dass sie still dasteht und die Anschuldigungen über sich ergehen lässt?«

Ernst grübelte darüber nach, dann huschte ein flüchtiges Lächeln über sein Gesicht. »Nein, wohl nicht. Das wäre nicht Agnes gewesen.«

Albrecht starrte ihn irritiert an. Das wehmütige Lächeln brachte ihn aus dem Konzept. Wie konnte sein Vater Agnes' angebliche Streitsucht gutheißen und sie dennoch dafür verurteilen? Ungeduldig fragte er: »Und was ist dann passiert?«

»Wir haben uns gehörig gestritten vor den Herren. Sie hat ihren Standpunkt mit allen Mitteln verteidigt. Wäre sie ein Mann gewesen, es hätte mich vielleicht umgestimmt oder zumindest beeindruckt. Doch bei einem Weib ...«

»Bei einem Weib?«, hakte Albrecht nach.

»Man konnte es nur als Hochmut auslegen. Kein Weib gibt einem Mann solche Widerworte. Es war ungebührlich.«

»Dass dies genau das war, was ich an ihr so geliebt habe – dass sie einen eigenen Kopf hatte, der nicht hohl war – ist dir offenbar nicht in den Sinn gekommen?«

»Albrecht, ich behaupte nicht, ohne Fehler zu sein. In jenem Moment, als sie so lebhaft anfing mit mir zu streiten, da ist mir die Galle hochgekocht, das gebe ich gern zu. Was soll ich sagen? Ich habe viele Jahre daran gearbeitet, Bayern die Zukunft zu ebnen. So viele Männer mussten dafür ihr Leben lassen. Und dann kommt dieses Badersweib daher und macht mit seiner Anmut alles zunichte. Ich konnte das nicht riskieren.«

»Sie hat dich also zur Weißglut getrieben?«, fragte Albrecht mit einem Hauch von Befriedigung.

»Das Urteil, das ich gesprochen habe, fiel im Zorn, ja.« Ernst betrachtete traurig die Hände in seinem Schoß. »Der Herrgott möge mir eines Tages dafür vergeben.«

»Und bei mir willst du also anfangen mit dieser Suche nach Vergebung?«, schnaubte Albrecht.

»Bitte, Sohn, du musst verstehen, dass ich diesen Ausgang nicht geplant hatte. Doch Agnes hat mir am Ende keine Wahl gelassen.«

»Du wolltest vor dem Gericht dein Gesicht nicht verlieren.«

Ernst schwieg.

»Du«, brauste Albrecht auf, »du, Ankläger und Richter zugleich, suchtest zu verhindern, dass man in dir einen wankelmütigen Fürsten sieht. Weil sie ein Weib war und kein Mann.«

»Ich musste diesen letzten Schritt gehen. Es gab keinen Weg zurück.«

»Ist das auch der Grund, warum du dem Scharfrichter bedeutet hast, dass man Agnes wieder in den Fluss stoßen solle? Hast du ihn deshalb angewiesen, sie so lange unter Wasser zu drücken, bis sie qualvoll ertrank?«

»Ich verstehe, dass du in tiefer Trauer bist ...«

»Gar nichts tust du! Du hast mir das Liebste genommen, das ich je hatte! Das Einzige im Leben, das mich wirklich glücklich gemacht hat. Und jetzt bestellst du mich hier ein, um mir zu sagen, dass es nicht deine Schuld ist, dass sie tot ist. Was erwartest du, was ich nun tue?«

»Ich hoffe, dass du mir eines Tages verzeihst. Und dass du mit Heinrich sprichst. Er ist unschuldig an der ganzen Sache. Er ist hier in München ...«

Albrecht sprang auf. »Er ist hier? Ich will ihn nicht sehen. Er steckt doch mit dir unter einer Decke! Nein Vater, euer Ammenmärchen kaufe ich euch nicht ab. Er wusste ganz genau, warum er mich auf diese Jagd einladen sollte. Er hat alles dafür gegeben, dass ich abgelenkt sein würde.«

»Bitte, Albrecht, setz dich wieder. Lass uns in Ruhe über alles reden. Es ist wichtig, dass wir besonnen bleiben. Denk an den Pakt, den wir mit Landshut geschlossen haben. Wir dürfen das jetzt nicht in Gefahr bringen und Ingolstadt in die Arme spielen ...«

»Ich pfeife auf dieses Bündnis! Heinrich ist ein Verräter. Und du ebenso. Du hast mir meine Frau genommen. Und anstatt dich zu entschuldigen, von Mann zu Mann, führst du gleich wieder die Politik an. Die vermaledeite Politik kann mir gestohlen bleiben!«

Er stützte sich auf Ernsts Armlehne und hob den

Zeigefinger. Der Herzog blinzelte, so als befürchtete er, dass Albrecht ihm damit den Augapfel ausstechen würde.

»Du wolltest doch immer, dass ich entschlossen auftrete und für das einstehe, was mir wichtig ist, *Ernst*. Nun, dein Wunsch wird dir erfüllt. Ich habe mächtige Verbündete gefunden, in Ingolstadt. Warte es nur ab! Bald wird dir Hören und Sehen vergehen. Jetzt lasse ich die Waffen sprechen.«

KAPITEL 37

VOHBURG, JUNI 1436

»WIE SCHÖN, dass du neben all dem Mord und Totschlag Zeit findest, mir deinen neuen Falken zu präsentieren«, sagte Jan heiter. Er stützte die Hände in die Seiten und legte den Kopf in den Nacken.

Albrecht, der mit den Augen ebenfalls den kreisförmigen Flug des Raubvogels am Himmel verfolgt hatte, warf ihm einen gekränkten Blick zu. »Ich mache das nicht gerne. Aber Heinrich hat es nicht anders verdient.«

»Er ist immer noch dein Vetter, weißt du.«

»Das Recht auf verwandtschaftliche Verbundenheit hat er mit seinem Verrat verwirkt.«

Die Fehde, die Albrecht seinem Vater vor einem halben Jahr angekündigt hatte, hatte sich, gestärkt von Ludwigs Rückhalt, zu einem handfesten Krieg ausgeweitet. In Süddeutschland hatten sich zwei Parteien gebildet, und allerorten wurde aufgerüstet.

Jan schnalzte mit der Zunge. »Ich würde jetzt sagen, du hörst dich an wie ein kleiner widerspenstiger Bengel, den man einmal kräftig übers Knie legen sollte, aber das würdest du mir gewiss ebenfalls krummnehmen ...«

Albrecht hob gleichmütig den Arm, um dem Falken einen Landeplatz anzubieten.

»Und wo kämen wir da hin«, fuhr Jan fort, »wenn du mir nun auch noch mein Pfaffenhofen anzündest?«

Der Raubvogel peilte den ausgestreckten Arm an und landete mit weiten Schwingen und mörderisch scharfen Krallen auf dem Handschuh. Albrecht lächelte beglückt und fütterte dem Vogel seine Atzung, die er in der Faust versteckt gehalten hatte. »Ein herrliches Tier. Warum haben wir nicht schon früher die Beizjagd ausprobiert?«, fragte er versonnen.

»Weil du immer vom Ansitz geschwärmt hast. Deine Hochsitze sind legendär.«

Albrecht seufzte auf. »Ach ja.« Sein Blick verschwamm für einen Moment, als er von einer bittersüßen Erinnerung überfallen wurde, doch er fing sich sogleich wieder und fragte: »Wollen wir zurück? Es dämmert bereits.«

Jan nickte, und Albrecht stülpte dem Falken das Lederhäubchen über. Gemeinsam steuerten sie das Gefolge an, das mit den Pferden am Rande der Lichtung auf sie gewartet hatte.

»Dein Vater war neulich bei mir«, sagte Jan.

Albrecht war so verblüfft, dass er beinah über seine eigenen Füße gestolpert wäre. Der Falke schlug empört mit den Flügeln. Schnell winkte er den Falkner heran, damit dieser ihm das Tier abnahm. »Was hat Ernst von dir gewollt?«

»Wusstest du, dass er krank ist?«

»Wie sehr?«

»Er ist von Gicht geplagt. Und er hat das Zittern.«

»Das wusste ich nicht.«

»Vielleicht wollte er es vor dir geheimhalten.«

»Oder er hat dich aufgesucht, damit du mir ein schlechtes Gewissen einredest.«

Jan grinste. »Ich habe noch nicht einmal richtig angefangen!«

Albrecht überkreuzte die Arme. »Aha! Darauf läuft es also hinaus. In Ordnung, was verlangt mein Vater von mir? Warum ist er den weiten Weg nach Pfaffenhofen geritten?«

»Er lässt ausrichten, dass er für Agnes eine Kapelle in Auftrag gegeben hat. Sie soll auf dem Gottesacker von St. Peter in Straubing errichtet werden.«

»So?«

»Er weist an, dass sie umgebettet wird und dort ihre letzte Ruhe findet. Wie es sich für die Gemahlin eines Fürsten geziemt.«

»Die Einsicht kommt reichlich spät«, schnappte Albrecht. »Warum nur habe ich das Gefühl, die Münchener Räte hätten aus Angst vor weiterem Krieg auf ihn eingeredet?«

»Vielleicht haben sie das. Doch er hätte es trotzdem nicht tun müssen. Am Ende war es seine Entscheidung.« Er zählte an den Fingern auf. »Hinzu kommen eine ewige Messe sowie ein ewiger Jahrestag, Jahres- und

Quatembermessen, Vigilien und Morgenmessen sowie zu jedem Jahrestag vier Steckkerzen auf ihrem Grab.«

»Oha«, sagte Albrecht gallig. »Da hat er sich ja richtig ins Zeug gelegt. Will er nun etwa auch noch meine Stiftungen übertrumpfen?« Er selbst hatte im Dezember verfügt, dass die Karmeliter mit ausreichend Geld, Ornat und Kost versorgt würden, damit man seiner verstorbenen Gattin angemessen gedenken würde.

»Das ist kein Wettbewerb, Albrecht. Dein Vater wirkte aufrichtig zerknirscht.«

»Das wäre ich ebenfalls, wenn ich mit einem Bein im Grab stehen würde und mich einer solchen Sünde schuldig gemacht hätte.«

Jan ließ erschöpft Luft entweichen. »Ich weiß nicht, was ich noch sagen soll.«

»Dann schweig besser.«

In sich gekehrt legten die beiden Freunde den restlichen Teil der Strecke zurück.

Jan zog sich in den Sattel und nahm die Zügel auf. »Albrecht.«

Albrecht sah auf. Jans Miene war ungewohnt streng.

»Ich wage zu behaupten, von allen Menschen bin ich derjenige, der dich am besten versteht. Du bist verbittert, du bist einsam, du brodelst und kochst vor Wut. Doch bedenke dies: Dein Vater ist alt und wird nicht mehr lange unter uns weilen. Das Einzige, was zwischen Krieg und Frieden auf bayerischem Boden steht, ist dein Vetter Adolf. Der Knabe ist erst zwei Jahre alt. Zwei Jahre, Albrecht! Begreifst du nicht? Er wird dich brauchen.«

Albrecht wandte den Blick ab und betrachtete das Laub der Bäume am Rand der Lichtung.

»Aber weißt du«, fuhr Jan unbeirrt fort, »wenn du weiter nur an dich selbst denkst und an deine Rachegelüste, wirst du ihn ungeschützt seinen Feinden ausliefern. Ob Ludwig oder Heinrich ist eigentlich egal. Es ist doch klar, sie werden nicht zögern, ihn auf ihrem Weg zum Münchener Thron wie einen Floh zwischen ihren Fingern zu zerquetschen. Ich bin mir gewiss, dass das nicht in deinem Interesse liegt.«

Albrecht schluckte trocken.

»Bei allen Heiligen im Himmel, *bratře*«, sagte Jan in einem flehenden Ton, den Albrecht so noch nie bei ihm vernommen hatte. »Bitte erwäge, Frieden zu schließen. Wenn nicht für dich, dann für Adolf. Er ist ein kleines, unschuldiges Kind, das nicht den geringsten Anteil an dieser Misere hat. Denk an Agnes und daran, was sie für dich und ihn gewollt hätte.«

Agnes. Er senkte den Kopf. Plötzlich vermeinte er, tief in seinem Innern ihre Stimme zu hören. *Wenn man mir nur einen Wunsch erfüllen würde, einen einzigen, ich würde dir diesen Alptraum nehmen und ihn für immer forttragen – ins Jenseits und darüber hinaus.*

Sein Kopf fuhr zu Jan herum. Das Kind! Seit Agnes' Tod hatten ihn keine schrecklichen Träume mehr heimgesucht. Sie hatte ihr Versprechen wahr gemacht und ihn von der Schuld befreit.

Er weinte nicht mehr oft dieser Tage, denn der Schmerz war stumpfer geworden, doch in diesem Moment konnte er nicht an sich halten. Er heulte los wie ein kleiner Bengel.

Jan riss erschrocken die Augen auf. »Was ist mit dir?«

Albrecht war zu erleichtert, um zu antworten. Er nickte und wischte sich, halb lachend, halb weinend, die Tränen weg. Agnes hatte Wort gehalten. Der Fluch war gebannt.

KAPITEL 38

MÜNCHEN, JUNI 1436

Die Wohnung der Herzogin hatte sich seit Albrechts letztem Besuch so dramatisch verändert, dass er verblüfft auf der Schwelle stehenblieb. Verschwunden waren die dunklen Stoffe, die seine Mutter so geliebt hatte. Fortgepackt der Zierrat, die schweren Möbel.

Er mochte die Veränderung. Die Kammer wirkte frisch und jugendlich.

Wilhelms Witwe saß an dem Platz, den auch Elisabetta immer eingenommen hatte, was ihn kaum verwunderte, denn dort gab es das beste Licht. Und dennoch, so stellte er amüsiert fest, bot sich ihm ein völlig anderes Bild.

Zum einen trug Margarethe von Kleve nicht Schwarz. Ihren Kopf zierte keine übergroße Haube. Sie war eine Frau in der Blüte ihrer Jahre, und sie scheute sich nicht, diesen Umstand unter Beweis zu stellen. Ihr Kleid war von einem dezenten Safrangelb, passend für einen warmen Frühsommertag, das Haar bedeckte nur ein leichter Schleier. Umlagert wurde sie von einem gackernden Gefolge aus jungen Damen. Wie früher unter Mutters Aufsicht stickten sie zwar ebenfalls, doch es hielt sie dabei kaum auf den Sitzen. Garnknäule wechselten fliegend die Besitzerin, Ratschläge zu Stickmustern wurden eingeholt, Geheimnisse getuschelt. Albrecht erinnerte der Anblick an einen Hühnerstall.

Der Ruf des Kammerdieners ließ sie alle abrupt verstummen. »Fürst Albrecht, Eure Hoheit.«

Verdutzt starrten sie ihn an, kamen unbeholfen auf die Beine, tauschten verstohlene Blicke aus. Ein oder zwei erröteten sogar. Dann fielen sie alle bis auf die Herzogin, leicht verspätet, in einen tiefen Knicks.

Albrecht verneigte sich an der Tür und trat ein. Es war nicht das erste Mal, dass er Margarethe traf, doch ihre Zusammenkünfte waren immer flüchtig gewesen. In der Tat verhielt es sich so, dass es Agnes war, die mehr Zeit mit ihr verbracht hatte als er. Sie hatte ihm berichtet, wie gut sie sich verstanden hatten und dass die Herzogin eine aufgeschlossene junge Frau wäre. Er erwartete daher nicht, dass sie sich als eine zweite Beatrix herausstellen würde.

Und richtig: Als er ihr frisches Gesicht mit den wachen Augen betrachtete, wusste er auf Anhieb, dass Wilhelm sie sehr gemocht hatte.

»Wenn das mal nicht der liebe *Neffe* Albrecht ist!«, sagte sie schmunzelnd und betonte dabei das Wort *Neffe*, weil der umgekehrte Altersunterschied mehr als unpassend erschien.

Sie stand auf, um ihm entgegenzugehen. Das war ebenfalls neu. Mutter hätte sich niemals für ihn erhoben. »Was verschafft uns die Ehre?«

Er drückte ihr brüderliche Küsse auf die Wangen und folgte ihr zurück zu den Sitzgelegenheiten. Sie nahm Platz auf Mutters Sessel, er fand einen freien Stuhl daneben. Die Damen gaben vor, sich wieder ihren Handarbeiten zu widmen, doch er hatte keine Zweifel, dass sie alle eifrig die Ohren spitzten.

»Ich bin heute in München eingetroffen und werde mein altes Quartier beziehen. Da dachte ich, es wäre an der Zeit, meine Aufwartung zu machen.«

»Aber das sind ja erstklassige Neuigkeiten, Albrecht! Du wirst unseren Hof kräftig aufmischen, da bin ich mir gewiss.«

Er räusperte sich irritiert. Sie sagte dies, als wäre es eine gute Sache. »Nun, ich habe beschlossen, dem Herzog unter die Arme zu greifen. Wie ich gehört habe, ist er mittlerweile recht gebrechlich.«

»Ja, das stimmt. Es wächst ihm alles ein wenig über den Kopf. Der Arme.«

Albrecht war so verblüfft über ihre Anteilnahme, dass es ihm für einen Moment die Sprache verschlug.

»Ach, weißt du …« Margarethes Traurigkeit wich wieder der Fröhlichkeit, mit der sie ihn begrüßt hatte. »Wir spielen häufiger Schach gegeneinander.« Sie lachte auf. »Er ist ein wahrlich schlechter Verlierer.«

»Mein Vater verliert beim Schach?«

»Nur, wenn er gegen mich spielt.«

»Oje! Das wird ihm gar nicht gefallen.«

»Es gefällt ihm sogar ganz außerordentlich. Er ist es,

der mich zur Partie fordert, nicht andersherum.« Sie hob den Stickrahmen an, um ihm ihre Handarbeit zu präsentieren. »Was denkst du?«

Das Werk war linkisch und wenig ausgefeilt. »Es ist bezaubernd«, log er.

Sie schlug ihm spielerisch gegen den Arm. »Du Schmeichler! Es ist fürchterlich.« Sie blickte in die Runde und rollte mit den Augen. »Ich *hasse* Sticken.« Die Damen kicherten.

Er konnte sich ein Grinsen nicht verkneifen. »Na ja, man könnte vielleicht den Heiligenschein ein wenig runder ausarbeiten.«

Sie betrachtete ihn für einen Moment belustigt, dann legte sie eine Hand auf seinen Arm. »Es ist gut, dass du gekommen bist, Albrecht. Und das nach allem, was passiert ist. Ich danke dir.«

»Bitte verzeih, dass ich mich so lange habe bitten lassen. Ich werde noch heute Nachmittag die Unterschrift unter deine Witwenschaft setzen.«

Sie winkte ab. »Gut Ding braucht Weile. Es ist ja nicht so, als würde ich hier mit Adolf kein gescheites Auskommen haben.«

Er blickte sich um. »Wo steckt denn der Kleine? Ich hatte gehofft, ihn einmal kennenlernen zu dürfen.«

Sie gestikulierte einer Magd, die Amme zu rufen. »Wir werden schauen, ob er schon ausgeschlafen hat.«

Wenig später kam eine Frau mit Kind auf dem Arm herein. Der kleine Adolf sah sich mit glasigen Augen um, und die Damen seufzten geschlossen auf. Albrecht zog sich das Herz zusammen. Bis auf den fehlenden Wohlstandsbauch und weißen Bart war die Ähnlichkeit zu Wilhelm unverkennbar.

Margarethe nahm den Knaben entgegen und setzte ihn auf ihren Schoß. Adolf nuckelte am Daumen und lehnte das Köpfchen an ihre Schulter.

Albrecht betrachtete den Jungen fasziniert. Seine Erfahrung mit kleinen Kindern war begrenzt. Er hatte sich immer eigene gewünscht, mit Agnes. Bevor sie nach Vohburg gegangen waren, war der Wunsch so übermächtig geworden, dass er alle Vorsicht hatte fahren lassen – trotz der Drohungen und Warnungen des Vaters. Doch es hatte nicht sein sollen; das Schicksal war ihnen zuvorgekommen.

»Grüß Gott, Adolf«, sagte er.

Margarethe drückte ihrem Sohn einen Kuss auf den kugelrunden Kopf und flüsterte in den Flaum: »Schau mal, Adi. Das ist dein Vetter Albrecht. Dein Vater war sein Onkel. Er hat versprochen, dass er dir beim Großwerden und Regieren helfen wird.«

Der Knabe begegnete dieser Eröffnung, indem er sich mit dem Köpfchen tiefer in die Halsbeuge der Mutter grub.

Sie lächelte entschuldigend. »Es ist das Alter. Er hat Angst vor Fremden. Und er ist müde von seinem Mittagsschlaf.«

Die Schüchternheit traf Albrecht nicht. Er hatte jede Menge Zeit, um sich mit dem Kind bekannt zu machen. »Magst du Hunde, Adi?«

»Hunde kennt er noch nicht«, sagte Margarethe. »Aber er liebt Katzen. Das Tier, das die Wachleute am

Tor füttern, hat neulich geworfen. Er ist ganz fasziniert davon.«

Albrecht hob die Hände wie Pfötchen in die Luft und hechelte. »Wau, wau.«

Die Damen prusteten los, und Adolf wandte sich ihm immerhin so weit zu, dass er ein Auge riskierte, der Daumen fest im rosigen Mündchen verankert.

»Ich habe zwei Hündchen geerbt, die lieben es zu spielen, Adi. Sie sind flauschig und sehr lustig. Soll ich sie das nächste Mal mitbringen?«

»Oh ja, bitte«, flüsterte eine der Damen, was die anderen zum Lachen brachte.

Margarethe strich ihrem Sohn über das Köpfchen. »Das würde ihn gewiss freuen.«

»Wenn er sie ins Herz schließt, werde ich sie ihm schenken.«

»Oh, aber das musst du nicht. Sie gehörten doch deiner Gattin.«

»Es hätte sie gefreut. Als sie euch damals besucht hat, hat sie Adolf sogleich ins Herz geschlossen. Und für mich soll es mein Pfand sein, dass ich alles dafür tun werde, um Bayern wieder zu befrieden.«

KAPITEL 39

REGENSBURG, AUGUST 1436

Einige Wochen später fand sich Albrecht im Reichssaal der Stadt Regensburg wieder. Die prachtvollen Räumlichkeiten waren dem feierlichen Anlass angemessen. Da es ein Tag voll langatmiger Reden und Debatten gewesen war, hatte er jede Menge Gelegenheit gehabt, die zahllosen Details zu bewundern. Vor allem die Malereien und Wandbehänge hatten es ihm angetan. Er überlegte, ob er seine Residenz in München nicht ähnlich ausschmücken sollte.

Heimlich schielte er zu Ernst, der neben ihm mit unbewegter Miene ins Leere starrte. Hätte Albrecht es nicht besser gewusst, er hätte angenommen, dass der Herzog mit den Gedanken woanders war. Doch er wusste, seinem Vater entging nichts, selbst wenn sich ein Verhandlungstag wie heute endlos dahinzog.

Er machte sich dennoch Sorgen. Ernst war in den

letzten Monaten beträchtlich zusammengeschrumpft. Immer öfter wirkte er kraftlos und schwach, und das Weiß seiner Augen hatte einen gelblichen Schimmer angenommen.

Der große Augenblick war gekommen. Er konzentrierte sich wieder auf das Geschehen im Saal. Obwohl die Halle dicht gepackt war, wurde es totenstill. Es war ein bewegender Moment. Vor ihnen lag für alle sichtbar der ausgehandelte Bayerische Landfrieden, der für vier Jahre gelten sollte – nach den zahlreichen Schwelbränden in der Region ein immenser Erfolg.

Der letzte der Geladenen, ein Vertreter der Reichsstadt Rothenburg ob der Tauber, schlurfte zum Tisch, um seine Unterschrift zu setzen. Albrecht hämmerte das Herz in der Brust. Er dachte das, was wohl ein jeder in diesem Moment dachte: Endlich Frieden!

Hinter ihnen allen lagen anstrengende Wochen. Während Albrecht in sich die Bereitschaft zur Vergebung gefunden hatte und zurück nach München gezogen war, um seinem Vater unter die Arme zu greifen, war Herzog Ludwig zu alter Form aufgelaufen und hatte wiederholt den Landfrieden gebrochen.

Sein Nachbar, der Pfalzgraf Johann, tat das Einzige, was man als Reaktion auf die ständigen Überfälle tun konnte: Er verbündete sich mit Heinrich von Landshut und Friedrich von Brandenburg. Jeder für sich genommen hatte bereits genug Gründe, um gegen die Ingolstädter Aggressionen vorzugehen, doch zusammen waren sie eine formidable Macht.

München hingegen entschied, bis auf Weiteres von Bündnissen jeglicher Art Abstand zu nehmen und nicht länger Partei zu ergreifen. Als Ausgleich machte sich Albrecht an die schwierige Aufgabe, Frieden im Land zu stiften.

Zu seinem Verdruss war die Lage mehr als verfahren. Wochenlang redete er auf die Ingolstädter ein, bekniete sie regelrecht, auf ihre Ansprüche zu verzichten. Vergeblich. Selbst, als der Zank im Reich so hohe Wellen schlug, dass sich das Baseler Konzil gezwungen sah, einzugreifen, konnte er den Vettern keine Zugeständnisse entlocken.

Erst im Juli kam Bewegung in die Sache. Albrecht und Ernst waren vom Konzil als Wächter des Friedens bestellt worden – eine große Ehre, die ihnen der Kaiser hatte zuteilwerden lassen. So gestärkt luden sie zu Gesprächen nach Regensburg ein. Einzig Ludwig und sein Sohn zogen es vor, nicht zu erscheinen. Nur die Bündnispartner der Gegenseite, darunter Vertreter aus Passau, der Bischof von Würzburg, Johann von der Pfalz und Heinrich von Landshut, unterzeichneten den Vertrag.

Ingolstadt war abermals isoliert.

Nun, da die letzte Unterschrift gesetzt war, schlurfte der Rothenburger zurück zu seinem Platz. Albrecht nickte zufrieden.

Durch die Menge ging ein Raunen, dann wurden Jubelrufe laut. Die Herren begannen, sich gegenseitig um den Hals zu fallen. Friedensküsse wurden ausgetauscht. Auch Heinrich reichte seinem Banknachbarn, dem Bischof von Eichstätt, die Hand. Sein scheuer Blick indes glitt zu Albrecht.

Jener schaute geradewegs durch ihn hindurch. Das

Landshuter Einlenken war zwar löblich, kein Zweifel, vergeben würde er Heinrich dennoch nie. Für ihn stand unumstößlich fest, dass sein Vetter eine Mitschuld an der Ermordung von Agnes Bernauer trug.

Seine Mundwinkel zogen sich nach unten, der kurze wortlose Austausch hatte ihm die Laune verdorben. Agnes fehlte ihm wie am ersten Tag. Nicht selten ertappte er sich dabei, dass er sich umdrehen wollte, um ihr etwas Lustiges ins Ohr zu flüstern und ihre neckischen Grübchen hervorzuholen, nur um festzustellen, dass sie nicht mehr an seiner Seite war. Der Schmerz flackerte in solchen Momenten jedes Mal aufs Neue auf und war ihm wie ein Stich ins Herz. Um die düsteren Gedanken zu vertreiben, raunte er: »Endlich Frieden für Bayern, Vater. Welch ein Erfolg.«

Ernst sah ihn mit unbewegter Miene an und wieder einmal hätte Albrecht nicht sagen können, was in dessen Kopf vorging. Aber so war es schon immer gewesen. Innerlich wappnete er sich für die Schelte für etwas, von dem er noch nicht einmal gewusst hatte, dass er es verbrochen hatte, da sagte sein Vater: »Ich danke dir für deinen Einsatz in der Sache, Sohn. Das hast du gut gemacht.«

Albrecht zog überrascht den Kopf ein. War das etwa ein Lob? Hatte sich sein Vater tatsächlich dazu herabgelassen, ihm für seine Arbeit Anerkennung zu zollen? Er war sprachlos. Erst mit Verzögerung brachte er ein genuscheltes »Danke« hervor.

Der Herzog kam ächzend auf die Füße. »Es ist spät. Ich will zurück zur Herberge.«

Albrecht musste ihn stützen. Ernsts Gebrechlichkeit

verunsicherte ihn mehr, als er sich eingestehen wollte. Er hatte seinen Vater immer nur kraftstrotzend und tatkräftig gekannt. Der Greis, der sich heute an seinen Unterarm klammerte, kam ihm seltsam fremd vor. Hastig fischte er nach dem Gehstock und drückte ihn in die klauenartige Hand.

»Danke, Albrecht.«

»Hier entlang, Vater.«

Kritisch kniff Ernst die eisblauen Augen zusammen. »Du siehst müde aus.«

»Es waren zähe Verhandlungen. Lange Nächte.«

»Wenn wir wieder in München sind, müssen wir besprechen, welche Teile der Regierung ich von nun an an dich abtrete. Diese langen Nächte, von denen du sprichst, kann ich mir jedenfalls nicht mehr leisten.«

Er spürte, wie sein Kopf ganz leicht wurde. Gewiss hatte er sich verhört?

Ernst seufzte auf. »Mein Körper lässt mich mit jedem Tag mehr im Stich. Ich schätze, du bist nun für diese Aufgaben besser geeignet.«

»Aber sicher, Vater«, stammelte er.

Auf einmal kamen ihm die blauen Augen gar nicht mehr so stechend vor.

KAPITEL 40

MÜNCHEN, AUGUST 1436

DAS TANZFEST, das der Stadtrat Tage später anlässlich des neu beschlossenen Landfriedens im Münchener Rathaussaal ausrichtete, war weit fortgeschritten. Die formelle Sitzordnung war längst aufgehoben, um mehr Platz für die Tänzer zu schaffen.

Albrecht hatte sich ein stilles Plätzchen gesucht und kostete sich mit Jan geflissentlich durch die Weine, die die Ratsherren für das Fest aus den Kellern geholt hatten. Zu gern wäre er in die Alte Veste zurückgekehrt, doch er hatte versprochen, ein Auge auf Margarethe zu haben, die als Witwe der Aufsicht eines männlichen Verwandten bedurfte.

Jan schenkte eine neue Runde nach und deutete dezent zur Mitte des Saals. »Die Herzogin ist ganz in ihrem Element. Sie tanzt in einem fort.«

Albrecht schielte zur Tanzfläche. Die zwei Dutzend

Tänzer folgten den Regeln der in die Mode gekommenen Gaillarde. Sie machten vier kleinere Sprünge, abwechselnd vom linken auf den rechten Fuß, wobei der jeweils andere in der Luft nach vorn geführt wurde. Anschließend bewegten sie den vorderen Fuß in einem größeren Sprung nach hinten und setzten ihn schräg versetzt ab. Margarethe hielt dazu die Hand eines dümmlich grinsenden Patriziersohns, der mit ihrem Enthusiasmus kaum mithalten konnte. Ein paar Strähnen hatten sich aus ihrer aufwändigen Frisur gelöst, auf der Stirn glänzte der Schweiß. Sie war völlig außer Atem, beinah wie ein Kind, das noch nicht vermochte, seine Kräfte geschickt einzuteilen. »Die Münchener lieben sie dafür. Sie versprüht so viel Lebensfreude. Es ist ansteckend.«

»Es ist schön, dass dieser frische Wind durch die Veste weht.«

»Schade, dass deine liebe Gattin es heute nicht geschafft hat«, sagte Albrecht.

»Ich weiß ... Ein Kind nach dem anderen. Bei uns geht's zu wie im Kaninchenstall. Du darfst mich gern schelten. Sobald sie wieder in der Lage ist zu reisen, werde ich sie nach München bringen, versprochen.«

»Vielleicht schaue ich vorher in Pfaffenhofen vorbei«, sagte Albrecht nachdenklich.

»Das würde sie gewiss sehr freuen.«

»Sag, sieht dein Drittgeborener dir denn eigentlich auch so ähnlich wie die ersten beiden?«

Jan runzelte die Stirn. »Warum fragst du?«

»Nichts, nichts. Es ist nur ... so ein schweres Los.«

Jan antwortete mit einem Schlag in den Nacken, den

nur er und kein anderer sich bei Albrecht erlauben durfte. »He!«

Das Lied endete. Der Tanzmeister verkündete eine Pause, und die Tänzer zerstreuten sich. Margarethe tauchte vor ihrem Tisch auf, die Hände in die Seiten gestemmt. Hinter ihr drängten sich die Freundinnen, grinsend und feixend wie alberne Glucken.

»Ach, Albrecht, warum bist du nicht wie die anderen Herren auf der Tanzfläche?«, japste sie. »Was für einen traurigen Eindruck möchtest du hier eigentlich hinterlassen?«

Er lächelte galant. »Ich habe noch keine Dame zum Tanzen gefunden.«

»Na, du hast es ja auch versäumt, mich zu fragen!«

»Oh, würdest du denn mit mir tanzen wollen, liebe Margarethe?«, fragte er unschuldig.

»Aber natürlich! Zuerst mit mir und dann mit Gräfin Isabella und anschließend mit meiner Freundin Therese ...« Sie unternahm den halbherzigen Versuch, ihn an der Hand hochzuziehen. »Na los, gleich fängt das nächste Lied an!«

Er machte sich schwer wie ein nasser Sack. »Tut mir leid, Margarethe. Du wirst es vielleicht nicht glauben, doch ich habe zwei linke Füße.«

»Na gut. Ich probiere es später noch einmal. Trink nicht so viel!« Damit schwang sie herum und stürmte zurück zur Tanzfläche.

Jan deutete zur Tür. »Schau mal, ist das nicht dein Beichtvater?«

Albrecht folgte dem Fingerzeig. »So ist es. Entschuldige mich.« Er stand auf und machte mit einem Winken auf sich aufmerksam.

Rothuet erblickte ihn in der Menge und hielt direkt auf sie zu. »Albrecht, welch Freude Ihr uns mit diesem Frieden beschert habt!«

Sie gaben sich eine herzliche Umarmung. »Kommt, leistet uns ein wenig Gesellschaft, Johannes.«

Jan winkte um Nachschub, und der Augustiner-Chorherr nahm schnaufend Platz. »Wir haben uns schon lange nicht mehr gesehen.« Er senkte betreten den Kopf. »Ich war zutiefst betroffen, als ich erfahren habe, was Eurer Gattin zugestoßen ist.«

»Meine Trauer ist groß, doch ich muss nach vorn blicken«, erwiderte Albrecht tapfer.

»Wohl wahr.«

Eine Magd brachte dem Neuankömmling einen Kelch mit Rotwein. Rothuet schwenkte ihn anerkennend und schnupperte mit seiner langen Habichtnase daran. »Mm!«

»Auf Bayern!«, rief Jan, und sie stießen an.

Rothuet nippte und schmatzte genießerisch, bevor er fragte: »Können wir offen sprechen?«

»Natürlich.«

»Habt Ihr Euch schon überlegt, in nächster Zeit wieder zu heiraten?«

Albrecht war so verblüfft, dass er beinah den Wein über den Tisch spuckte. »Das ist reichlich unangemessen, Johannes!«

Sein Beichtvater nippte unbeeindruckt. »Erlesener Tropfen!«

»Ich glaube, wonach Albrecht gerade am wenigsten der Sinn steht, ist eine neue Frau«, gab Jan zu bedenken.

»Verständlich. Doch für Bayern wäre es von enormer Wichtigkeit.«

»Jetzt sagt nicht, dass das alles schon wieder von vorn losgeht!«, knurrte Albrecht. »Seid ehrlich, Johannes: Hat mein Vater Euch geschickt?«

»Glaubt Ihr, dazu benötige ich die Einflüsterung des Herzogs? Also wirklich, Ihr solltet mich besser kennen.«

»Tut mir leid, Johannes. Es ist ein empfindliches Thema, wisst Ihr ...«

Sein Beichtvater grinste wissend. »Nun, die Sache ist die: Ich bin ein aufmerksamer Mensch. Und hier im Saal habe ich eine junge Dame erspäht, die Euch schon den ganzen Abend nicht aus den Augen lässt.«

Albrechts Kopf fuhr hoch. »Und wer soll das sein?« Sein Blick schweifte über die zahlreichen Gäste des Tanzfestes. Ratsherren und ihre Töchter und Gattinnen waren gekommen, ebenso wie Patrizier, die nicht im Rat vertreten waren, und natürlich Mitglieder des Hofstaates und des hiesigen Adels.

»Hoffentlich nicht schon wieder eine Baderstochter«, murmelte Jan in seinen Wein.

»Hat man Euch bereits mit Prinzessin Anna von Braunschweig-Grubenhagen bekannt gemacht?«, fragte Rothuet.

»Sie muss die Tochter des Herzogs sein«, tippte Albrecht.

»Sie ist im Gefolge der Herzogin.«

»Ist das so?«

Er hatte den Hofdamen nie besondere Aufmerksamkeit gezollt. Er kannte ihre Namen nicht, wäre nicht einmal in der Lage gewesen, sie aus einer Gruppe Höflinge herauszupicken. Gewiss, sie waren alle adrett und dufteten gut, doch sein Herz versperrte sich für andere Frauen, solange die Erinnerung an Agnes darin wohnte.

»Sie ist vierundzwanzig, mein Fürst, gebildet und äußerst intelligent. Sonst würde ich es nicht ansprechen. Dass sie von beneidenswerter Abstammung ist, brauche ich gewiss nicht zu erwähnen. Ihr Stammbaum lässt sich bis zu Karl dem Großen zurückverfolgen.«

»Klingt wie die perfekte Kandidatin«, sagte Jan mit einem kecken Grinsen. »Und sie ist dir nie aufgefallen, *bratře*?«

Albrecht schüttelte den Kopf und inspizierte den Raum. Am entfernten Ende hatten sich die Damen der Herzogin zusammengefunden. Eine von ihnen hielt etwas in der Hand, über das die anderen die Nasen zusammensteckten. Alle, bis auf eine. Sie stand ein wenig abseits, war hochaufgerichtet und erwiderte geradeheraus seinen Blick.

Sie war tatsächlich recht hübsch, musste er einräumen, jedoch nicht so sehr wie Agnes. Er horchte in sich hinein, doch er konnte keine Regung ausmachen. Sein Herz war kalt. Enttäuscht ließ er Luft entweichen.

Er wandte sich wieder seinen Freunden zu und drückte dem Geistlichen die Schulter. »Ich weiß, es ist nett gemeint, aber vielleicht im nächsten Jahr, Johannes. Meine Trauer ist noch zu groß.«

»Aber Ihr habt sie doch noch gar nicht kennengelernt. Soll ich sie Euch nicht einmal vorstellen?«

»Danke, nicht nötig.«

Rothuet sprang auf. »Ich bin gleich zurück.«

»Was? Nein! Johannes!« Er biss sich auf die Zunge, bevor er unnötig Aufmerksamkeit in ihre dunkle Ecke lenkte. Halt suchend klammerte er sich an seinen Wein, den Blick starr nach unten gerichtet. »So ein Mist.«

Jan grunzte vergnügt. »Oje, Albrecht. Du bist ganz schön eingerostet. Sollen wir vielleicht noch einmal schnell üben, bevor sie hier ist?« Er lehnte sich zurück und füllte seine Lungen mit Luft.

»Bist du gspinnert? Du kannst doch hier nicht singen! Du ...« Er brach ab, als er erkannte, dass Jan nur Spaß machte.

Ihm blieb kaum Zeit für eine Erholung, da war Rothuet wieder da, an seinem Arm besagte junge Dame. Auf den zweiten Blick sah sie recht zauberhaft aus, musste er sich eingestehen. Sie trug ein Gewand nach neuestem Schnitt, in ihrem Haar glänzten unzählige Perlen. Eine Adlige aus feinstem Haus. Sie schlug verlegen die Augen nieder und vollführte einen Knicks.

Er spürte, wie Jan ihn diskret unterm Tisch mit dem Fuß anstieß. Eilig kam er für eine Verneigung auf die Beine.

»Mein Fürst«, sagte Rothuet förmlich, »bei meinem letzten Gespräch mit der Prinzessin Anna von Braunschweig-Grubenhagen hat mir diese anvertraut, wie sehr sie sich für die Falkenjagd interessiert.«

Albrecht hob erstaunt die Augenbrauen. »Ihr habt einen eigenen Falken?«

Sie lächelte und errötete zugleich. »Mein Vater hat einen. Zu Hause. Ich vermisse ihn sehr.«

»Den Vater oder den Falken?«

Die Prinzessin runzelte die Stirn, da sprang Jan eilig zu seiner Rettung. »Graf von Sedlec. Es wird Euch gewiss freuen zu hören, dass der Prinz erst kürzlich einen ausgezeichneten Vogel erworben hat.«

»Oh!«, rief sie verzückt.

»Vielleicht dürfte ich Euch diesen Falken eines Tages einmal zeigen?«, hörte Albrecht sich selbst sagen.

Sie schaute ihm unerschrocken in die Augen. Die Farbe der ihren war blau, stellte er fest. Doch es war kein Vergissmeinnichtblau, eher wie der Himmel an einem klaren Tag im Sommer. Keine schlechten Augen, dachte er, vor allem, wenn sie diesen Ausdruck in sich trugen.

Ihr Lächeln entblößte eine Reihe perfekter Zähne. »Gern.«

»Gern«, wiederholte er stupide.

»Vielleicht am Sonntag nach dem Kirchgang?«, fragte sie.

»Sonntag?«

Sie nickte.

»Tja, also ...«

Rothuet rieb sich grinsend die Hände und tauschte einen Blick mit Jan. Jener griff Albrecht unterm Ellbogen und schob das Paar zur Tanzfläche. »Der Prinz ist zudem ein begeisterter Tänzer. Verhält es sich nicht so? Bitte, die Herrschaften, das nächste Lied hat soeben begonnen.«

KAPITEL 41

MÜNCHEN, OKTOBER 1436

»Ich bedaure, dass ich Euch meinen Falken bisher nicht vorführen konnte. Ich habe nach ihm geschickt, aber leider ist der Falkner erkrankt. Momentan hält sich das Tier noch in der Blutenburg auf, wo die Jagdgründe freilich besser sind.«

»Das hat Zeit, mein lieber Albrecht«, erwiderte Anna lachend. »Ehrlich gesagt, ist es mir lieber so. Bei einem Spaziergang entlang der Isar kann man sich viel angenehmer unterhalten und kennenlernen.«

Er schielte zu ihr herüber. Obwohl er früher nie auf solche Dinge geachtet hatte, bemerkte er, wie sie jedes Mal, wenn sie sich trafen, ein anderes Kleid trug oder die Haare in einer neuen Weise hochgesteckt hatte. Sie hatte ein Gespür dafür, was ihr stand und wie sie das Beste aus sich herausholen konnte, ohne aufdringlich zu wirken.

Dass sie sich für ihn herausputzte, gefiel ihm – auf eine irritierende Art.

»Nun ... So tut mir den Gefallen und erzählt mir etwas über Euch«, bat er.

»Mal schauen«, sagte sie grübelnd. »Hier ist etwas, das Ihr gewiss noch nicht über mich gehört habt. Ich bin ein regelrechter Bücherwurm. Mein Vater hätte es lieber, wenn ich bei der Bibel bliebe, doch ab und zu gönne ich mir andere Bücher.«

»Welche Lektüre sagt Euch am meisten zu?«

»Der Rosenroman. Kennt Ihr ihn? Wir haben lediglich eine französische Kopie im Haus ...«

»Das war die Lieblingsgeschichte meiner Mutter!«, platzte es aus ihm heraus.

»*E bien sachiez que tuit li membre, Me fremissent quant il me membre, De la rose que je soloie ...*«

Er übersetzte leise:

Und wisset, dass all meine Glieder
Schaudern, wenn sie sich erinnern
An die Rose, die ich pflegte
Aus der Nähe zu betrachten, wann ich wollte;
Und wenn ich mich an den Kuss erinnere,
Der mich mit Aroma umhegte, wie Balsam,
Verliere ich beinah das Bewusstsein,
Denn noch immer habe ich im Herzen
Eingeschlossen den süßen Duft der Rose;
Und wisset, wenn es mich wieder erinnert,
Dass ich darauf verzichten muss,
Dann möchte ich lieber tot sein als lebendig.

»Hm, wie traurig …«, sagte sie. »Was denkt Ihr, hätte ich mich gut mit Eurer Mutter verstanden?«

Die Antwort war leicht. Elisabetta hätte sie geliebt. »Zweifellos.«

»Zu schade, dass sie so früh von uns gegangen ist«, sprach sie weiter. »Ich hätte sie gern kennengelernt.«

Er dachte darüber nach. Überhaupt dachte er in letzter Zeit eine Menge nach. Insbesondere, wenn er mit Anna am Arm einen Spaziergang unternahm oder an Regentagen mit ihr in Margarethes Wohnung Karten spielte, jedes Mal streng bewacht von einer mütterlichen Freundin. Sie hielt zwar Abstand und gab dem Paar Freiraum zum Reden, doch natürlich waren sie nicht wirklich ungestört.

Den ganzen Sommer hatten sie nun so miteinander verbracht. So kannten sie einander bereits recht gut, und dann irgendwie auch wieder nicht. Zu gern hätte er mehr über Annas intimste Gefühle und Wünsche erfahren, nicht nur die winzigen Einblicke, die sie ihm vorsichtig kalkuliert gewährte. Die Distanz, die sie wahren mussten, fing an, ihn zu verdrießen. Deshalb fragte er: »Was erhofft Ihr Euch eigentlich vom Leben?«

Sie blieb stehen und zwang ihn damit, ebenfalls stehenzubleiben. »Das ist eine sehr direkte Frage, Albrecht.«

»Verzeiht meine Taktlosigkeit. Vergesst es sogleich wieder.«

Er wollte sie weiterziehen und ein neues Thema anschneiden, da stieß sie eilig aus: »Mein Vater wünscht eine Trauung für mich, am besten noch in diesem Jahr.«

»Ihr klingt nicht besonders glücklich darüber.«

»War Eure Schwester Elisabeth glücklich, als man sie mit dem Grafen von Jülich-Berg verheiratete? Ich habe gehört, er sei ein alter Mann.«

Er verkniff sich ein Grinsen. »Ihr nehmt kein Blatt vor den Mund.«

Sie hob fordernd den Kopf. »Und, ist sie es?«

»Ich denke schon ...«

Ein schwaches Lächeln huschte über ihr Gesicht. »Nun, das freut mich für sie«, sagte sie mit einem Hauch von Ironie in der Stimme. Sie zog ihn weiter.

Plötzlich waren da unzählige Gedanken, die in seinem Kopf gehörig Unordnung stifteten. Anna sollte also noch in diesem Jahr heiraten. Das war nicht verwunderlich, schließlich war sie genau im richtigen Alter. Vermutlich hatte ihr Vater sie deshalb an den Hof nach München geschickt, damit er ihr hier einen passenden Gatten finden konnte. Albrecht stellte sich vor, wie sie schon bald vor dem Traualtar stehen würde, vielleicht wieder mit Perlen im Haar, den Ring eines anderen an ihrem Finger. Die Vorstellung brachte sein Herz in Aufruhr.

»Es schmerzt mich, zu hören, was mit Eurer Gattin geschehen ist«, riss sie ihn aus den Gedanken.

Er tauchte wie aus einem Nebel auf. »Hm?«

»Agnes Bernauer. Ich habe hinter vorgehaltener Hand vernommen, was ihr zugestoßen ist.«

Ihre Worte lösten einen leichten Schwindel in ihm aus. Beinah ein Jahr war vergangen seit Agnes' Ermordung, doch er sprach immer noch nicht gern über jene schwierige Zeit. Bei Hof wurde Agnes Bernauer nicht besprochen, zumindest nicht, soweit Albrecht das abschätzen konnte. Es war, als hätte es sie nie gegeben. Umso verwirrender, dass Anna dieses schmerzliche Thema nun in seiner Gegenwart so frei heraus anschnitt.

»Sie wurde wegen Landesverrats und Zauberei verurteilt«, sagte er.

Sie blieb stehen und schaute ihn unverwandt an. »Wir wissen beide, dass das völlig aus der Luft gegriffen war.«

Er glotzte in ihre himmelblauen Augen und befürchtete für einen Moment, dass man ihm den Boden unter den Füßen wegziehen würde. Anna scheute sich nicht, die Dinge beim Namen zu nennen. Doch wie stand sie selbst zu der ganzen Sache?

»Ihr müsst sie sehr geliebt haben«, sagte sie herausfordernd.

»Sie war mein Leben«, gab er zu.

Diese Augen, dachte er. Sie waren unschuldig und doch wissend. Da war Mitgefühl, aber kein Mitleid. Sie *verstand.*

»Sie muss die glücklichste Frau auf Erden gewesen sein.«

»Sie musste dafür sterben«, sagte er voller Bitterkeit.

»Glück und Liebe sind die einzigen Gründe, für die es sich zu sterben lohnt.«

Sie lächelte matt und wandte den Blick ab. Er spürte einen Zug an seinem Arm. Sie wollte weitergehen. Er ließ sich führen, die Knie weich wie Butter.

»Ich habe gehört, Euer Vater, der Herzog, war der Richter in ihrem Verfahren«, fuhr sie sachlich fort.

»Das ist korrekt. Der Fall wurde vor dem Straubinger Hofgericht verhandelt.«

»Seid Ihr nicht empört?«

Er suchte nach einer diplomatischen Antwort und scheiterte. Mit allerletzter Kraft hielt er sich davon ab, zu nicken.

»Also, ich wäre außer mir vor Zorn«, sagte sie.

»Ein wenig«, gab er zu und biss sich auf die Zunge.

Sie schüttelte den Kopf. »Ihr müsst am Boden zerstört gewesen sein. Welch ein Verrat.«

Er schwieg und ließ den Blick zu einer prächtigen Weide wandern, die die Äste in die Isar getaucht hatte.

»Deshalb finde ich es so bewundernswert, wie Ihr Euch nun für Euren Vater einsetzt.«

»Ach ja?«

»Aber selbstverständlich. Ihr hättet ihn bekriegen können oder ermorden lassen ...«

»Niemals!«, rief er entrüstet.

»Oder Ihr hättet Euch selbst in die Donau werfen können, oder davonlaufen oder Euch zu Tode saufen ...«

Er ließ den Kopf hängen. Ihre Worte erweckten die schwarze Zeit wieder zum Leben, durch die er viele Monate gewatet war und aus der er sich nur mit übermenschlicher Anstrengung hatte befreien können, nicht zuletzt für seinen Vetter Adolf.

»Doch Ihr habt nichts dergleichen getan«, fuhr sie fort. »Albrecht, Ihr seid nicht nur gestrauchelt, sondern schwer gestürzt. Es war keine kleine Schürfwunde, vielmehr ein Stich direkt ins Herz. Man hat Euch alles genommen. Und dennoch seid Ihr wieder aufgestanden. Ihr habt den Staub von den Knien geklopft und habt den Turnierplatz mit einem tapferen Lächeln auf den Lippen verlassen.«

Er wandte sich irritiert ab. Ihre Art, die Dinge beim Namen zu nennen, verschlug ihm die Sprache.

»Ihr habt wie ein Mann reagiert. Ich finde, das zeichnet Euch aus. So schwer der Schlag auch war, Ihr habt Euch darauf besonnen, was wirklich wichtig ist. Ihr habt Euer eigenes Leben dem Wohl Bayerns untergeordnet.«

Er löste den Blick von der Weide und wandte sich Anna zu. »Ich muss gestehen«, stammelte er, »ich weiß nicht, was ich sagen soll.«

Sie zuckte mit den Schultern. »Vielleicht besser gar nichts. Ich glaube, ich habe viel zu viel geredet und mir zu viel angemaßt. Eine junge Dame sollte nicht immer so plappern, sagt mein Vater.«

»Da muss ich widersprechen. Frauen wird viel zu häufig der Mund verboten.«

Sie schmunzelte.

»Abgesehen davon«, fügte er hinzu. »Mir gefallen unsere Gespräche.«

Er blieb stehen und ergriff ihre Hände. Die Finger waren schlank und angenehm kühl, trotz der Sommerhitze.

Sie schlug den Blick nieder, beobachtete ihn jedoch gleichzeitig durch die langen Wimpern. »Leider wird mein Vater es mir bald untersagen, mit Euch diese Spaziergänge zu unternehmen«, hauchte sie.

»Was könnte Euch daran hindern? Ich bin der Sohn des Herzogs ...«

»Wenn man mich verlobt, wird es nicht mehr schicklich sein, wenn ich mich mit einem anderen Mann treffe.« Sie sah ihn unverwandt an. »Allein.«

Der neckische Ausdruck in ihren Augen erzeugte ein unverhofftes Kribbeln in seiner Magengegend. Plötzlich stellten sich bei ihm Gedanken ein, wie er sie schon lange nicht mehr gehabt hatte. Sein Blick glitt über die Schulter, wo ganze acht Hofschranzen jede einzelne Berührung beobachteten und kommentierten. Er schaute zurück zu Anna. Von *allein* konnte keine Rede sein. Doch er verstand, was sie damit meinte. »Es würde mich überaus betrüben, wenn wir diese Spaziergänge unterlassen müssten«, raunte er ihr zu und ließ dabei das meiste, was er sagen wollte, unausgesprochen.

Ihr verträumter Blick wanderte zum Fluss, wo unzählige bunt schillernde Libellen eng verschlungen übers Wasser tanzten. »Mir ebenso«, bekannte sie. »Ich erkenne, dass wir viele Gemeinsamkeiten haben.« Sie schaute wieder zurück zu ihm. »Ihr werdet mir fehlen, mein lieber Albrecht.«

Die Zeit der Entscheidung war gekommen. Er konnte nicht ewig Agnes hinterher trauern und dabei seine Aufgaben als Landesfürst vernachlässigen. Bayern erwartete, dass er Erben in die Welt setzte, damit das Land weiterhin ohne große Wirren regiert wurde. Es war seine Pflicht.

Und das war es, was ein Mann tat: Man stellte sich seinen Pflichten. Er hatte das Gefühl, mit Anna würde er die richtige Frau an seiner Seite haben. Nicht nur kam sie aus gutem Hause, hatte eine ausgezeichnete Bildung erfahren und bewies immer wieder ihre Klugheit. Sie verstanden einander auf emotionaler Ebene. Vielleicht hatte Wilhelm damals recht gehabt: Ein Mann konnte zwei Frauen gleichzeitig lieben.

Er ignorierte, dass man sie aus der Ferne beobachtete und hob ihre Hände an seine Lippen. Sanft setzte er einen Kuss auf die Finger. Es war eine vertraute, unvermutet erregende Berührung. Ja, erkannte er erleichtert, es fühlte sich richtig an. Die Worte, die er nun sprach, kamen wie von selbst.

»Meine allerliebste Anna«, sagte er und sah ihr dabei tief in die Augen.

Sie errötete und biss sich vor Aufregung auf die Unterlippe.

»Bevor ich mit Eurem Vater spreche, wünsche ich, dass Ihr gewissenhaft Euer Herz prüft, denn ich habe eine äußerst wichtige Frage für Euch.«

KAPITEL 42

MÜNCHEN, NOVEMBER 1436

ÄCHZEND PLUMPSTE MARGARETHE in den Stuhl neben Albrecht. »Der dritte Tag in Folge«, stöhnte sie auf. »Ich kapituliere. Meine Füße bluten, Gott ist mein Zeuge!« Sie beugte sich vor, um sich über die Fußknöchel zu reiben. »Ich glaube, ich werde alt. Ich bin nicht mehr geschaffen für Hochzeitsfeiern.«

Albrecht grinste. »Jan sucht dich auf der Tanzfläche. Bist du ihm etwa ausgebüxt?«

Sie machte eine fuchtelnde Geste zu ihrem Gatten, der fragend die Hände gehoben hatte. »Er soll sich ein anderes Opfer suchen.«

Jan zuckte theatralisch mit den Schultern und sah sich um. Wenig später hatte er eine neue Dame im Arm, die greise Gattin des Hofkämmerers. Er küsste ihre Handknöchel und umgarnte sie wie eine Jungfrau, was sie herrlich erröten ließ.

Margarethe legte den Kopf schief und beobachtete ihn lächelnd.

»Ihr seht glücklich miteinander aus.«

»Wir ergänzen uns, wie Tag und Nacht. Und er bringt mich zum Lachen.«

»Er war schon immer ein Kasperl«, stimmte er zu.

»Was für eine schöne Feier, Albrecht.«

»Danke, meine Liebe.«

Er hatte alles, was ihm zur Verfügung stand, aufgeboten, um seiner Braut ein Fest zu bereiten, über das man noch in Jahrzehnten sprechen würde. Da es kurz vor dem Tag des heiligen Sankt Martin stattfand, hatte man reichlich Gänse geschlachtet und süße Wecken gebacken, Letztere auch für die Kinder in der Stadt.

»So, und nun verrate mir«, sagte Margarethe, »wie fühlt es sich an, so öffentlich einem Weib das Ja-Wort zu geben?«

Er trat ihr unter den Röcken auf den Fuß. »Nicht frech werden.«

Sie gluckste. »Es ist einfach zu leicht, dich aufzuziehen. Nein, wirklich. Anna ist zauberhaft. Sie wird dir eine hervorragende Gattin sein.«

»Ich schätze die Gespräche mit ihr. Sie ist nie verlegen, etwas Kluges beizusteuern.«

»So wie Agnes damals.«

Die Erwähnung schmerzte, noch immer. Er schloss den Mund.

»Was sind deine nächsten Pläne?«, fragte sie.

»Ich werde Vater weiter unterstützen, und ich werde mich um Adolfs Erziehung kümmern.«

»Ich habe gehört, der Kleine sei schon wieder erkrankt?«

»Ein Fieber«, sagte er grimmig.

»Du machst dir Sorgen.«

»Vor allem sorge ich mich um Margarethe. Das Kind ist siech. Es wird ihr das Herz brechen, sollte er ...«

»Was denkst du, würde dann geschehen? Gott bewahre, doch man muss es ja in Betracht ziehen.«

»Es würde seine Mutter mit Kummer erfüllen.«

Sie schnalzte mit der Zunge. »Das meinte ich nicht. Was wäre mit München?«

»München werde ich regieren«, sagte er bestimmt. »Für meine Söhne und deren Söhne.«

Sie tätschelte seine Hand. »Das ist erfreulich zu hören. Sehr brav.« Eine Weile lang beobachteten sie Jan auf der Tanzfläche, dann fragte sie wie aus dem Nichts: »Warst du schon mal letztens in Straubing?«

»Ich möchte keinen Fuß mehr in diese Stadt setzen«, stieß er gereizt aus. »Ich denke, du verstehst.«

»Natürlich, natürlich. Doch ich habe gehört, die Kapelle wurde fertiggestellt und Agnes' Gebeine umgebettet. Sie liegt nun unter dem roten Marmorstein, den du in Auftrag gegeben hast. Ich dachte nur, dass du es dir eines Tages mal anschauen möchtest.«

»Irgendwann einmal.«

»Ich glaube, es würde dir helfen.«

»Ich komme zurecht, Margarethe. Aber danke für deine Fürsorge.«

»Wollte es nur erwähnt haben.«

Er starrte stumm geradeaus. Seine frisch angetraute Gattin tanzte mit ihrem stolzen Vater, bevor sie zu

Aichinger und dann zu Jan wechselte. Sie sah entzückend aus in ihrem grünen Samtkleid und den vielen Edelsteinen im Haar. Die geborene Fürstin, wie auch Ernst immer wieder anzumerken wusste.

Margarethe war dem in sich gekehrten Blick gefolgt. »Eine würdige zukünftige Herzogin.«

»Sie wird ihre Aufgabe gut erledigen.«

Sie nickte nachdenklich. Dann raunte sie ihm leise ins Ohr: »Doch wirst du, mein lieber Albrecht, das Meisterwerk vollbringen, ihr auf immer treu zu sein?«

»Also wirklich«, zischte er entrüstet. »Für was hältst du mich eigentlich?«

»Jetzt tue mal nicht so.«

»Ich werde ihr natürlich treu sein. Wo denkst du hin?«

»Nun, ich wage zu behaupten, ich kenne dich ziemlich gut. Und ich weiß, dass du schon immer leicht entflammbar warst, um dann nach kurzer Zeit wieder abzukühlen. Es sei denn, die Dame des Herzens versteht, wie man das Feuer nährt. So wie Agnes. Bei Anna allerdings habe ich so meine Zweifel. Sie wirkt mir ein wenig zu … wie soll ich sagen … fromm?«

»Ich werde mein Bestes geben, ihr ein guter Ehemann zu sein«, sagte er mehr zu sich als zu Margarethe.

Sie ließ sich mit einem Lächeln zurückfallen. »Das habe ich mir gedacht.«

Er seufzte auf. »Sie ist einfach nicht Agnes.«

»Nein, das ist sie zweifellos nicht. Agnes war einzigartig. Niemand wird sie ersetzen können.«

Er nickte.

»Aber weiß du, was ich denke, mein lieber Albrecht? Anna wird ihre Rolle gut machen. Sie wird dir viele, viele Kinder schenken. Vielleicht ein ganzes Dutzend. Dann können die Nörgler endlich Ruhe geben. Und sie ist klug und gebildet genug, dass sie dir in schweren Zeiten eine Stütze sein wird. Du wirst ihr Regierungsaufgaben antragen können, ohne dich sorgen zu müssen, dass du sie damit überforderst.«

»Ich weiß«, stimmte er zu. »Ich weiß.«

EPILOG

STRAUBING, JANUAR 1437

DER FRIEDHOF WAR von einer hohen Wehrmauer umschlossen. Ächzend stemmte sich Albrecht gegen das Eingangstor und drückte die beiden Gitter auseinander. Er nickte Anna auffordernd zu, und sie schob sich durch den schmalen Durchlass, bevor er ebenfalls hindurch schlüpfte. Das Gefolge blieb wie angewiesen unten an der Straße zurück.

Er ergriff den Arm seiner Gattin und hakte sie bei sich ein, damit sie auf dem Eis nicht ausglitt und stürzte. Hinter ihnen fiel das Tor quietschend wieder ins Schloss. Zu zweit machten sie sich auf den Weg, warme Atemwölkchen stiegen vor ihren Nasen auf.

Der Weg wand sich zwischen uralten Bäumen einen kleinen Hügel hinauf. Es hatte in der Nacht heftig geschneit und der Pfad war noch nicht geräumt worden. Eiskristalle knirschten unter ihren Sohlen. Zu beiden

Seiten ragten die Grabmale aus dem Schnee hervor. Nüchterne Quader und elegante Madonnen, aus Stein geschnitzte Kreuze, Kunstwerke aus Schmiedeeisen und sogar ein Herr Jesus Christus, die Rechte zum Segen erhoben.

Nach wenigen Schritten hatten sie das Ziel erreicht. Der steinerne Bau mit seinen schlanken Spitzbogenfenstern und dem steilen Giebel ragte furchtlos in den Himmel. Die Zeugnisse seiner Errichtung waren noch allerorten zu sehen: An einem Baum lehnte eine Leiter, daneben steckte ein Spaten, ein paar Bruchsteine lagen verloren am Wegesrand.

Albrecht blieb ehrfürchtig stehen und schlug ein Kreuz. Sein Vater hatte sich nicht lumpen lassen. Das Bauwerk war wahrlich prachtvoll, einer Herzogin würdig. Er hätte nicht vorhersagen können, was der Anblick in ihm auslösen würde. Jetzt stellte sich heraus, er war erstaunlich gefasst.

»Dein Vater hat keine Kosten und Mühen gescheut«, sagte Anna staunend. »Die Kapelle ist wie ein leuchtender Diamant in einer Krone.«

Er nickte.

Sie zog ihn weiter. »Komm, wir wollen hineingehen.«

Die Tür stand offen. Die Wände des frisch gekalkten Innenraums waren nackt, der Fußboden rot-weiß gefliest. Der einzige Zierrat war der blutrote Stein, den Albrecht in Auftrag gegeben hatte. Man hatte ihn wie angewiesen im Boden eingelassen, sodass er nach Osten zeigte. Jemand hatte eine brennende Kerze darauf zurückgelassen.

Anna trat vorsichtig näher. »Ist es das?«, flüsterte sie.

Er gesellte sich an ihre Seite. Die Marmorplatte war kunstvoll gefertigt. Frühes Morgenlicht fiel durch die Fenster und ließ den Stein warm aufleuchten.

Er starrte für einen Moment darauf, dann wurde er von seinen Gefühlen überwältigt. Eine einzelne Träne rollte ihm über die Wange. »Hier muss sie liegen.«

»Sie sah so wunderschön aus. Wie ein Engel.«

»Ja, das war sie. Ein Engel.«

Alles auf der Platte war genau so ausgeführt worden, wie er es in Auftrag gegeben hatte. Vor ihm lag Agnes, wie er sie das letzte Mal im Hof von Vohburg gesehen hatte: die Hände ehrwürdig überkreuzt, die Paternosterschnur an ihrer Seite, die beiden Hunde zu ihren Füßen. Doch im Gegensatz zu damals ruhte ihr Haupt nun auf einem Kissen, die Augen waren geschlossen, so als würde sie schlummern.

Der Künstler hatte Agnes so treffend wiedergegeben, als hätte er sie zu Lebzeiten selbst gekannt. Nur die markanten Grübchen, in die Albrecht so vernarrt gewesen war, ließ das Bild vermissen. Das war beabsichtigt. Sie sollten nie wieder für jemand anderen funkeln.

Anna streichelte seinen Arm. »Bist du zufrieden mit dieser Kapelle, mein Liebster?«

Ihm fiel ein, dass er etwas mitgebracht hatte. Eine getrocknete langstielige Rose. Er legte sie neben der Kerze auf die Marmorplatte.

Er musste lächeln, als er das steinerne Bild betrachtete. Er wusste, Agnes hätte jetzt gefragt: »Woher hast du diese Rose, Albrecht, so mitten im Winter?«

Und er hätte geantwortet: »Das bleibt mein Geheimnis.«

Ja, genau so wäre es gewesen.

Er nickte und faltete die Hände vor dem Schoß. »Das ist sie. Das ist Agnes.«

Nachwort

Seit Jahrhunderten zieht die tragische Geschichte der Agnes Bernauer die Menschen in ihren Bann, selbst über die Grenzen Bayerns hinaus.

Und wer könnte es ihnen verdenken? Ein einfaches Mädchen, wunderschön, selbstbewusst und zweifellos mutig, dem es gelang, bis in die höchsten Kreise der starren spätmittelalterlichen Gesellschaft aufzusteigen. Eine Frau aus dem Volk, die politischen Intrigen zum Opfer fiel und auf Geheiß des eigenen Schwiegervaters ermordet wurde. Dazu ein lebenslustiger Herzogssohn, ein teuflischer Verrat, zerstrittene herzogliche Vettern und die dräuende Gefahr der Hussiten an den Grenzen – was für ein Stoff! Kein Wunder, dass an den Schauplätzen in Straubing und Vohburg regelmäßig Schauspiele stattfinden, man in München die Agnes-Bernauer-Straße entlang spazieren und in Straubing sogar ein Stück Agnes-Bernauer-Torte probieren kann.

Ich selbst stieß auf die Geschichte im Mai 2018 bei

der Lektüre eines populären Wissenschaftsmagazins auf einer Zugfahrt von Berlin ins Ruhrgebiet. Agnes' Verhaftung war dort so bildhaft beschrieben, dass mich die Geschichte fortan nicht mehr losließ. Sie sollte den Beginn meiner schriftstellerischen Karriere markieren.

Es gehört zu den Ironien der Geschichtsschreibung, dass Herzog Albrecht trotz des Todes seiner geliebten Agnes bereits 1436 abermals das Band der Ehe knüpfte. Diesmal war es eine Dame von edlem Geblüt, die er über den gemeinsamen Beichtvater Johannes Rothuet kennengelernt hatte: Anna von Braunschweig-Grubenhagen. Das mag für den modernen Leser befremdlich sein, besonders die Schnelligkeit, mit der diese Ehe geschlossen wurde. Doch wir müssen bedenken, dass der Adel zuvorderst nicht aus Liebe heiratete, und dass der Tod nur allzu schnell an die Tür klopfte, weshalb Absicherungen dieser Art williger eingegangen wurden.

Leider muss man zu Albrechts Schande anmerken, dass er es bei seiner zweiten Gattin mit der Treue nicht besonders genau nahm. Es sind zahlreiche Geliebte bezeugt, mit denen sich Herzogin Anna nach Albrechts Ableben wegen diverser Schenkungen herumplagen musste. Sie soll sich zudem geweigert haben, nach dem Tod ihres Gatten in der gleichen Stadt zu verweilen (München), in der auch seine Geliebte, eine Kürschnersgattin, lebte. Ich denke, das sagt einiges darüber aus, was für eine Art »Liebhaber zarter Frauen« dieser Herzog war. Auch war er sich nicht zu schade, seiner Gattin einen nicht unerheblichen Teil der Regierungsaufgaben zu überlassen, während er sich selbst lieber der Jagd und anderen Lustbarkeiten hingab.

Ihre Ehe kann dennoch nicht völlig glücklos gewesen sein. Es sind immerhin zehn gemeinsame Kinder bezeugt. Das erste, Johann, erblickte im Oktober 1437 das Licht der Welt.

Albrechts Vater, Herzog Ernst, starb im Jahr 1438. Beerbt wurde er sowohl von seinem Sohn Albrecht als auch von dessen Neffen. Doch Adolf war ein kränklicher Knabe, der noch im Kindesalter verstarb, sodass Albrecht bis zu seinem eigenen Tod als Alleinherrscher das Herzogtum München regierte.

Ich habe mich, so weit möglich, an die Fakten gehalten. Ich möchte trotzdem betonen, dass es sich bei dem vorliegenden Roman um ein Werk der Fiktion handelt.

Nicht viel ist über Agnes bekannt. Sie wird allgemein als Baderstochter bezeichnet, könnte aber auch eine Magd in einer Badestube gewesen sein. Ich habe es vorgezogen, sie nicht zu einer Prostituierten zu machen, selbst wenn diese Deutung möglich wäre. Umstritten ist zudem, ob ihr Vater Kaspar Bernauer der Besitzer einer Badestube war oder lediglich ein Knecht. Sein Name taucht nicht in den Abrechnungen der Stadt Augsburg auf. Strittig ist des Weiteren, ob Agnes ihrem Albrecht Kinder gebar. Gelegentlich ist die Rede von einer gewissen Tochter namens Sibilla. Da die Spur jedoch nicht hieb- und stichfest ist, habe ich mich entschieden, diesen Aspekt ihrer Beziehung anders zu erzählen. Ob Albrecht persönlich den 5. Kreuzzug für die Münchener angeführt hat, war für mich nicht hundertprozentig auszumachen, doch ich halte es für nicht unwahrscheinlich.

Die Details der Eheschließung – heimlich, nicht

schriftlich bezeugt und daher vom Datum her nicht eindeutig festlegbar – werden für immer im Unklaren bleiben. Es wird angenommen, dass ein überwiegender Teil der Belege für Agnes' Existenz nach ihrer Ermordung vernichtet wurde. Dass die beiden aber nach geltendem Recht verheiratet waren, ist unter Forschern allgemein unbestritten. Dafür sprechen die Schenkung eines Gehöfts in der Nähe der Blutenburg und die zwei Ringe, die Agnes auf der Grabplatte deutlich sichtbar trägt. Und natürlich die Tatsache, dass Herzog Ernst es für notwendig hielt, sie in die Donau stoßen zu lassen. Eine Handvoll Zeugnisse sind uns zum Glück erhalten, darunter auch einige herzzerreißende Briefe, die die komplexe Beziehung zwischen Vater und Sohn eindrucksvoll illustrieren.

Albrecht starb 1460 in München. Er liegt in der Klosterkirche zu Andechs begraben.

Ob Agnes in St. Peter zur letzten Ruhe gebettet wurde, ist nicht zu klären. Wahrscheinlicher ist, dass ihre Gebeine im Karmeliterkloster vergessen beziehungsweise bei Umbauarbeiten zerstört wurden. Die kleine, romantische Kapelle in Straubing ist auch heute noch – zu Recht – ein Publikumsmagnet.

Eine Abweichung von den Chroniken habe ich mir aus dramaturgischen Gründen erlaubt: Die Episode rund um den Raubritter Münnhauser fand bereits ein Jahr früher, im Sommer 1432, statt.

Zu guter Letzt ein paar Danksagungen. Zum einen an einen Fremden. Als ich mit der Arbeit an diesem (meinem ersten Roman) begann, wusste ich nicht, wohin mich die Reise führen würde. Und ehrlich gesagt hegte ich immense Zweifel, dass ich jemals ein Buch dieser Länge zu Ende schreiben würde (wie sich später herausstellte, würde ich genau diese Geschichte sogar dreimal aufschreiben und unzählige Male bearbeiten, kürzen und umgestalten, bis das Ergebnis endlich zufriedenstellend war). Wie erwartet, stockte ich auf Seite 30 und ließ die Arbeit vorerst ruhen. Da traf ich auf einer Party einen netten Iren, der mich fragte, was mich davon abhalten würde weiterzuschreiben. Als ich antwortete »Seite 31« gab er mir den Tipp, bei Seite 32 weiterzumachen. Gesagt, getan. Und das war der Beginn meiner Schriftstellerkarriere.

Ich kann daher nur jedem raten, es ebenfalls so zu halten: Weitermachen und nicht beirren lassen, egal, was man sich vornimmt.

Danke, fremder Ire. Leider habe ich deinen Namen vergessen, was vielleicht auch dem Bier geschuldet ist, das an jenem Abend konsumiert wurde.

Und danke an alle TestleserInnen, die mich auf dieser komplizierten und verworrenen Reise begleitet und mir mit ihrer scharfen Kritik weitergeholfen haben. Es waren so viele im Laufe der Jahre, dass ich mich in die Nesseln setzte, würde ich hier Namen nennen.

Danke auch an Susanne Hoyer für ihre Tschechisch-Kenntnisse, und an Johannes Ruscheinsky, geprüfter Stadtführer in Straubing, der sich spontan dazu bereit erklärt hat, mir einen Einblick in die Bernauer-Kapelle zu gewähren, sowie an Benjamin Bayer für sein Paar Adleraugen.

Zu guter Letzt: Danke an all die Verlage und Agenturen (es waren Dutzende), die frühere Versionen dieses Manuskripts abgelehnt haben. Das hat mir die Möglichkeit gegeben, den Roman so reifen zu lassen, wie es für eine Agnes-Bernauer-Geschichte angemessen ist.

Weitere Hintergrundinfos wie Biografien, Bilder, Karten usw. zu diesem und meinen anderen Werken finden Sie auf meiner Webseite www.silkeelzner.de.

Wenn Ihnen der Roman Spaß gemacht hat, würde ich mich über eine Text-Bewertung im Internet freuen. Wenn nicht, reichen Sie ihn einfach weiter an jemanden, dem das Buch vielleicht besser gefällt.

Berlin, September 2018 – April 2024

Historische Figuren

Agnes Bernauer, Baderstochter aus Augsburg
Albrecht III, Sohn des Herzogs von Bayern-München
Jan von Sedlec, sein böhmischer Hofmeister
Margarethe von Waldeck, eine Freundin
Ernst, Herzog von Bayern-München und Albrechts Vater
Elisabetta Visconti, seine Gemahlin
Beatrix von der Oberpfalz, Albrechts älteste Schwester
Johann von der Oberpfalz, ihr Gatte
Elisabeth von Jülich-Berg, Albrechts mittlere Schwester
Amalie, Albrechts jüngste Schwester und Nonne
Wilhelm III, Herzog von Bayern-München und Albrechts Onkel
Margarethe von Kleve, seine Gattin
Adolf, ihr Sohn
Wilhelm, ihr zweiter Sohn
Friedrich Aichstetter, Herzog Wilhelms Geheimschreiber

Anna Winzer, Ernsts Geliebte
Heinrich XVI, der Reiche, Herzog von Landshut
Ludwig VII, der Gebartete, Herzog von Ingolstadt
Ludwig VIII, der Bucklige (im Roman: »Louis«), sein Sohn
Anna von Bourbon, dessen Mutter
Katharina von Vendôme, die 2. Gattin des Gebarteten
Wieland von Freyberg, unehelicher Sohn des Gebarteten
Stephan III, verstorbener Vater des Gebarteten
Sophie von Bayern, Albrechts Tante und Königin von Böhmen
Wenzel IV, verstorbener König von Böhmen
Jan Hus, böhmischer Reformator
Andreas Prokop, Hussitenführer
Hans von Degenberg, Erbhofmeister in Straubing
Sigismund von Luxemburg, König und späterer Kaiser
Barbara von Cilli, seine Gemahlin und Regentin von Böhmen
Veronika von Deschenitz, Hofdame
Hermann, Graf von Cilli
Friedrich, sein Sohn und ehemaliger Schwager von Beatrix
Anna von Braunschweig-Grubenhagen, Prinzessin

Über die Autorin

Silke Elzner wurde in Dortmund geboren, wo sie für die Schülerzeitung Kurzgeschichten und Gedichte schrieb. Nach dem Linguistik-, Literatur- und Anglistikstudium zog sie nach Sydney, Australien, und arbeitete dort im Online-Tourismus.

Die Sehnsucht nach Burgen und Kopfsteinpflastergassen ließ sie jedoch nicht los. Nach 13 Jahren kehrte sie über Spanien nach Deutschland zurück und lebt heute als Autorin in Berlin.

Ihr Debüt „Die letzte Fehde an der Havel" (Gmeiner) wurde 2023 für den Goldenen Homer nominiert.

Weitere Informationen unter: www.silkeelzner.de

facebook.com/autorinsilkeelzner

instagram.com/silke.elzner.writer

BÜCHER VON SILKE ELZNER

»DIE LETZTE FEHDE AN DER HAVEL«

Brandenburg um 1400:

Als Carls Dorf von Dietrich von Quitzow überfallen wird, gerät sein Leben aus den Fugen: Der Raubritter schändet Carls Jugendliebe und er selbst wird als Geisel verschleppt. Für Carl beginnt ein neues Leben als Waffenknecht auf Burg Kletzke, doch in ihm wächst ein unstillbarer Wunsch nach Rache. Als sich mit Friedrich von Hohenzollern ein neuer Landesherr ankündigt, sieht Carl die Chance gekommen, sich für all das Leid zu revanchieren ...

Eine mitreißende Geschichte von Hass, Liebe und dem alles verzehrenden Wunsch nach Rache in den wirren Zeiten brandenburgischer Anarchie.

- **Verlag :** Gmeiner-Verlag 2022
- **Broschiert :** 537 Seiten
- **ISBN-13 :** 978-3839202524
- **ASIN** : B09Z6MQNDG
- **Preis** : 11,99 EUR (eBook), 15,00 EUR (Taschenbuch)

»DER VERRAT DER KAUFMANNSWITWE«

Im Jahre des Herrn 1376:

Eingeschneit auf Burg Altena verbringt die Magd Beleke einen romantischen Winter mit Ritter Rotger. Als ihr aufgeht, dass sie ein Kind erwartet, ist Rotger längst abgereist. Von der Familie verstoßen, zieht sie ihm hinterher, doch ihre gefahrvolle Suche endet vorerst in der Stadt Dortmund.

Eine Kaufmannswitwe nimmt die mittellose Beleke in ihr Haus auf. Die neue Herrin ist gütig und fürsorglich, doch sie hütet ein dunkles Geheimnis – Ein Geheimnis, das sie alle in Gefahr bringt.

Eine packende Geschichte über die Verräterin von Dortmund, Agnes von der Vierbecke, und die »Große Fehde« mit den Grafen von der Mark.

- **Verlag :** Eigenverlag 2023
- **Taschenbuch :** 548 Seiten
- **ISBN-13 :** 978-3757560973
- **ASIN** : B0C6BJHDWJ
- **Preis** : 4,99 EUR (Kindle eBook), 18,95 EUR (Taschenbuch)

»DER SCHWUR DER GRÄFIN«

Anfang des 15. Jahrhunderts wütet in Holland ein blutiger Bürgerkrieg. Jakobäa, das einzige Kind des verstorbenen Grafen, bangt um ihr Erbe. Nur mit einer Heirat kann sie als Frau ihren Anspruch durchsetzen.

Als ihr erster Gatte ermordet wird und der zweite sich als unfähig herausstellt, beschließt sie, auf eigene Faust Verbündete zu suchen.

Am Hof in London scheint ihre Mission von Erfolg gekrönt. Was sie nicht ahnt: Fataler noch als jede Schlacht ist ein Mann, der es vermag, ihr Herz zu erobern ...

Eine mitreißende Geschichte über die Wittelsbacherin Jakobäa von Bayern-Holland am Rande des Hundertjährigen Krieges.

- **Verlag :** Eigenverlag 2023
- **Taschenbuch :** 596 Seiten
- **ISBN-13 :** 979-8877071186
- **ASIN** : B0CK3WF8MM
- **Preis** : 4,99 EUR (Kindle eBook), 17,95 EUR (Taschenbuch)

Auch als Hardcover-Ausgabe erhältlich.

ISBN 978-3-7584-9269-3
9 783758 492693 00003
www.epubli.com

Printed in Poland
by Amazon Fulfillment
Poland Sp. z o.o., Wrocław

54154251R00303